KB149941

詩 論

詩論

최승호 · 김윤정 · 송기한 · 손진은 · 금동철 · 이미순 · 박현수 · 고현철 · 김경복
김종태 · 홍용희 · 이재복 · 이혜원 · 맹문재 · 김행숙 · 윤재웅 · 유성호

황금알

■ 서문

우리는 한치 앞도 예측할 수 없을 정도로 급변하는 고도의 정보화사회에 살고 있다. 이러한 세계에서는 사회과학과 자연과학이 주도적 힘을 발휘하는 것처럼 보인다. 하지만 새로운 지식과 자본을 찾아서 도시를 방황하는 고달픈 현대인들의 정신적 위안을 위해, 인문학은 역설적으로 더욱 절실하게 요청되는 삶의 양식이 될지도 모른다. 사실 인문학은 삶의 방식을 논하는 학문이다. 그런 의미에서 인문학은 다른 모든 학문을 선도하는 성격을 지니고 있다고 할 수 있다.

삭막한 포스트모더니즘의 물결이 사회와 문화의 전반적인 영역에 영향을 끼치는 디지털 시대에도 수많은 시인과 시학 연구자들이 작품과 논문을 쓰고 있는 것 또한 언뜻 보면 시대에 뒤처진 삶의 방식인 것처럼 보일지도 모르지만, 이들은 이러한 삶의 태도를 통하여 더욱 근원적인 방식으로 시대에 대응하고 있다. 근원적인 것은 래디칼한 성격을 띠는 법이다.

고대 그리스어 '파이데이아'(paideia)와 라틴어 '후마니타스'(humanitas)에서 유래한 인문과학의 개념 속에는 인간과 문화에 대한 깊은 이해의 갈망이 들어 있다. 인문과학은 지나간 세대의 업적들을 바탕으로 하여 새로운 세계로 나아가야 하는 학문이다. 인문과학 연구자는 과거의 전복을 도모하지 않고 과거의 선행 업적이 축적된 토대 위에 새 업적의 벽돌을 쌓아 올려야 한다. 이러한 학문적 특성으로 인해 인문과학 분야는 사회과학 분야, 자연과학 분야 등에 비하면 그 변화 속도가 느릴 수밖에 없지만, 최근 들어 여러 인접 학문 및 예술과의 교류를 통해서 변화의 속도를 내고 있는 것 또한 사실이다. 변화에서 느리다고 근본적인 사유를 포기한 것은 아니다. 시학은 시에 대한 연구이지만, 크고 넓게 보면 그것은 인간과 사회와 역사에 대한 근원적인 탐색을 하고 있다. 시학의 변화는 인간과 사회와 역사의 변화를 반영한다.

이 시기 우리가 새로운 〈시론〉을 간행하는 작업은 21세기적 삶에 부응하여 인간과 사회와 역사에 대한 영향력을 잃지 않으려는 치열한 인문과학의 변화된 모습에서 그 당위성을 찾을 수 있을 것이다. 동서양 고금을 막론하고 그 동안 수많은 시론이 쏟아져 나왔다. 과거 간행된 시론의 의미 또한 여전히 존중해야 하겠으나 문학의 보편성과 항구성이라는 틀 위에 새 시대에 부응하는 시가 새로운 양상으로 전개되는 작금의 시점에 그러한 변화 양상까지 포괄해야 하는 〈시론〉을 간행하는 작업은 시학 연구자의 피할 수 없는 책무일 수밖에 없다. 시대적 변화에 뒤처지지 않는 시론이어야 아리스토텔레스가 말한 우주의 '첫번째 원리' (first principles)로서 시학이 지니는 의미망에 조금 더 근접할 수 있을 터이다.

학문적 윗세대에서 만들었던 내용의 장점을 살리면서 새 시대에 맞는 시론을 지향하는 이 책은 크게 2개의 부로 나뉘어져 있다. '동일성' '언어' '시간' '리듬' '은유' '환유' '제유' '패러디' '아이러니와 역설' 등의 기초적인 시론 개념에 대한 탐색을 시도한 제1부는 1990년대 이후 논의된 탈근대적인 시학적 담론까지 수용하여 시론의 일반적인 틀을 존중하는 분야에 관한 논의들을 수록하였다. 그리고 '자연' '생태주의' '몸' '해체주의' '여성성' '환상성' '신화' '종교' 등 시론의 확산된 범주에 대한 탐색을 시도한 제2부는 기존의 근대적인 논의를 극복하여 1990년대 이후에 나타난 최근의 작품들까지 두루 인용하면서 시론의 확산된 범주에 관한 논의를 수록하였다.

이 책은 약 2년간의 준비 기간을 거쳐 출간에 이르게 되었다. 여러 번의 편집회의를 결쳐서 논의를 거듭한 다음, 각 주제의 전문연구자 17인에게 원고 청탁을 하게 되었다. 이 책이 변화하는 시대에 걸맞는 새로운 시론을 기대하던 전문가, 일반인, 대학생 모두의 기대에 어느 정도 부응할 수 있었으면 좋겠고 나아가 한국현대문학이론의 새로운 정립에도 조금이나마 기여해 주었으면 하는 희망을 가져본다. 끝으로 출판 과정의 모든 측면에서 물심양면의 도움을 아끼지 않으셨던 황금알출판사의 김영탁 주간님과 직원들에게도 감사의 마음을 전한다.

2008년 여름
저자 일동 씀

차례

제1부

제2부

제1부

1. 시와 동일성

최 승 호

1. 서정적 동일성

근대 독일문예학의 출현 이래 문학장르는 내적 형식으로 설명되어져 왔다. 여기서 말하는 내적 형식은 작품 내에 담겨있는 문학적 주체의 태도 내지 세계관으로 일컬어지는 개념이다. 시, 좁게 말해서 서정시는 동일성의 세계[1]를 지향한다. 동일성의 세계란 시적 주체와 세계가 하나로 혼융된 이상적인 상태를 말한다.

근대 이전에는 이 동일성의 세계가 자명하고 당연한 것이었는데 비해, 근대 이후에는 그렇지가 않다. 근대 이후 동일성의 세계는 지상에 더는 존재하지 않는 것, 회복되어져야 할 그 무엇이다. 이 동일성의 세계는 유토피아의 세계로서 신과 인간과 자연이 서로 조화를 이루며 존재하는 선험적 고향[2], 곧 근원을 지칭한다. 여기서 말하는 선험적 고향, 근원은 미래의 목표로 기능한다.[3] 과거적 사태로 끝나는 것이 아니라, 불완전한 현재를 비판하고 개

1) Ernst Bloch, *The Principle of Hope*, translated by N. Plaice, P. Knight(Oxford: Blackwell), p.203.

2) 게오르그 루카치(반성완 역), 『루카치 소설의 이론』, 심설당, 1985, p.29.

3) 발터 벤야민(반성완 역), 『발터 벤야민의 문예이론』, 민음사, 1983, p.350.

혁할 수 있는 미래적 지표로 기능한다.

> 짝새가 발뿌리에서 닐은 논드렁에서 아이들이 개구리의 뒷다리를 구어먹었다
>
> 게구멍을 쑤시다 물쿤하고 배암을 잡은 늪의 피 같은 물이끼에 햇볕이 따그웠다
>
> 돌다리에 앉어 날버들치를 먹고 몸을 말리는 아이들은 물총새가 되었다
>
> – 백석, 「夏畓」 전문

위의 작품에는 동화적 세계가 그림처럼 펼쳐져 있다. 짝새가 발부리에서 날아오르는 논두렁에서 아이들이 개구리를 잡아 뒷다리를 구워먹었다는 데서 자연과 일체화된 소박하고 동화 같은 삶을 보게 된다. 그리고 늪에서 게를 잡기 위해 구멍을 쑤시다 손으로 뱀을 잡은 이야기, 돌다리에 앉아 날버들치를 먹고 몸을 말리던 아이들이 물총새가 되었다는 이야기 등은 자연 속에서 자연과 더불어 하나가 되어 사는 낙원적 모습을 보여준다.

이 시에 나오는 사물들은 부분적으로 독자성을 지니며 전체적으로는 내적으로 연속되어 하나의 유기적인 세계를 이루고 있다. 초월적 중심이 없이 모든 사물들이 서로 대등하게 민주적 관계를 맺고 있다. 즉, 사물들 사이에 제유적 관계가 형성되어 있다. 대상과 자아 사이에도 그러한 제유적 관계가 형성되어 있다. 이것은 바로 백석이 추구하는 바 소위 동양적 유토피아의 세계이다. 선험적 고향을 잃어버리고 나그네로 떠도는 시적 주체는 동일성의 세계를 이렇게 동양적인 방법으로 회복하고 싶어 하는 것이다. 여기서 제시된 토속적 유토피아는 일제에 의해 강요된 근대화에 대한 비판을 내포하는 동시에 미래적 비전을 서정적으로 제시하고 있다.

이처럼 서정적 동일성을 향한 미학적 이념은 근원적 삶의 방법을 제시함으로써 근대가 안고 있는 부정성을 비판할 뿐만 아니라, 미래적 비전을 제시한다는 의미에서 역사철학적 의미를 지니고 있다. 그것은 보수주의적인

방법으로 현실개혁의 논리를 제공한다. 그것은 일종의 역진보의 논리를 지니고 있다. 역진보의 논리의 핵심엔 이른바 '숨은 신'[4]이 존재하고 있다. 헤겔의 표현대로 말하면, 근대란 신이 떠나버린 시대이다. 만물의 존재근거이면서 통합의 원리인 신이 사라진 시대, 신을 찾아 헤매는 것이 근대문학이라는 것이다.

통합의 근거인 신이 떠나버린 시대, 만물은 분열과 해체를 거듭한다. 갈수록 이 분열과 해체는 심해진다. 서정적 동일성이란 하나의 이데올로기이다. 거기에는 사물들 사이의 분열과 해체를 지연시키고 새로운 통합을 도모하고자 하는 열망이 들어가 있다. 통합에는 중심축이 있어야 한다. 이 중심축으로 기능하는 것이 바로 '신'이고 '진리'이다. 이런 의미에서 서정시학은 진리의 시학이다. 서정시가 진리를 토대로 할 때 사회적인 통합을 지향할 수 있다. 진리의 시학을 지향하는 서정시는 개인의 내면적 인격적 통합을 꾀할 수도 있다. 동일성의 근거인 진리를 토대로 자아정체성을 확보할 수 있기 때문이다.

오늘날 이 동일성에 대해 회의하고 비판하는 사람들이 많이 있다. 동일성에 근거한 시만을 서정시라 부를 수 없다는 견해들이 있다. 동일성에 근거한 전통적 서정시를 좁게 서정주의시라 부르며 서정시의 개념을 확장하려 한다. 보들레르 이후 비루하고 외설적인 것이 서정시의 진정한 내용이라 말한다. 통합의 원리인 신, 객관적이고 보편적인 진리가 사라졌으니, 분열되고 해체된 병든 사회와 개인의 내면을 있는 그대로 드러내는 것이 진정한 서정이라 말한다. 따라서 '차이'를 중시하는 비동일성에 근거한 '반서정시'(반시)야말로 이 시대 진정한 서정시라고들 말한다. 확실히 '서정시'는 고정된 개념이 아니다. 그것은 시대의 요구에 따라 달리 정의될 수밖에 없는 것이다.

아우슈비츠 이후에 서정시를 쓰는 것은 야만이라고들 말한다. 이것은 순

4) Lucien Goldmann, *The Hidden* God, Routledge & Kegan Paul, 1964, p.30.

수서정시의 순진성을 두고 일컫는 말이다. 그럼에도 불구하고 지구상에는 끊임없이 순수서정시가 쓰여지고 있다. 그것은 인류가 여전히 순수하고 순진한 삶을 향한 서정적 열망을 포기하지 못하고 있다는 것을 보여준다. 서정적 열망이란 바로 동일성에 대한 꿈이요, 통합에 대한 바람이다. 서정시가 추구하는 순수한 삶, 유토피아적인 삶은 결코 허무맹랑한 것이 아니다. 서정시가 지니는 이러한 순수성 내지 순진성은 근대 이후 타락한 삶을 비판하고 우리의 잘못된 삶의 궤도를 수정하게 해준다. 뿐만 아니라 우리의 삶에 저항력을 높여준다. 그리고 보다 바람직한 삶에 대한 희망을 갖게 한다. 이것은 바로 서정시가 추구하는 동일성의 세계, 조화와 질서가 잡힌 세계 때문이다.

서정적 동일성에 이르는 방법은 시대와 장소에 따라, 문화권과 세계관에 따라 다양하게 전개되어 왔다. 서정적 동일성에 이르는 방법이 다양하다는 것은 갈등의 종류와 그것을 해소하는 방식이 다양하다는 것을 뜻한다. 그리고 각각의 서정화 방법들은 그것이 배태된 시대와 장소에 따라 삶의 방식과 내용에 따라 다양하게 요청되어 온 구체적인 양상들인 것이다.

2. 서정적 동일성에 이르는 서구 낭만주의적 방법

사전적 정의에 따르면, 서정시는 '대상에 대한 주관적인 느낌을 표현한 것'이 된다. 이같은 소박하고 일반화된 정의 속에는 알게 모르게 근대 서구 낭만주의적인 미학사상이 들어가 있다. 우리는 주로 이러한 낭만주의적 관점에서 서정시를 이해해 왔었다.

대상에 대한 주관적인 느낌을 표현한 것이 서정시라는 사고방식은 서구에서도 18세기에 형성된 개념에 지나지 않는다. 대상에 대한 주체의 절대적 우위를 말하고 있는 이러한 표현론적 관점은 낭만주의 미학사상을 완성시킨 헤겔에게서 잘 나타난다.

> 서정시의 내용은 주관적이고 내적인 세계이며 관조하고 감동하는 마음이어서, 이것은 행위로 나타나 전개되는 것이 아니라 내면성에 머무른다. 따라서 주체의 자기표현을 유일한 형식이자 목표로 삼을 수 있다. 그러므로 여기에서는 하나의 실체적인 총체가 외부사건으로서 펼쳐지는 것이 아니라, 자기 안으로 향하는 각 개인의 직관, 감정, 성찰이 가장 실체적이고 물질적인 것을 내포하는 것으로, 그 자체의 열정이나 기분, 반성으로서, 그리고 이것들에게서 직접 생긴 결과로서 전달된다.[5]

서정시를 주관적이고 내적인 세계의 표현으로 보는 헤겔의 이러한 정의는 이후 독일문예학에서 부동의 위치를 차지한다. 그 이후 서정시를 정의하는 독일의 문예학자들은 헤겔의 정의를 토대로 자신의 견해를 피력해왔다고 볼 수 있다.

'자아(das Ich)' 와 '세계(die Welt)' 의 관련양상 속에서 문학을 4대 장르(서정, 서사, 극, 교술)로 구분한 자이들러 역시 헤겔 선상에 놓여있다고 볼 수 있다. 자이들러는 서정의 본질을 '서정적 자아에 의해 포획된 세계(die vom lyrischen Ich ergriffen Welt)'[6]라고 설명하고 있다. 이것은 대상에 대한 주체의 우위를 설명하는 소위 주체중심주의적 사고를 드러내는 근대적 사유의 하나이다. 이러한 주체중심주의적 사고는 낭만주의 시관의 본질적 특징으로 내려오고 있다.

에밀 슈타이거는 서정시의 본질을 자아에의 회귀로 보고 있다. 그는 회감(回感)이란 용어로 자아와 세계가 일체화된 모습을 보여주고 있다. 원래 회감은 과거와 현재와 미래가 혼융되어서 구분되지 않은 상태를 지칭하는 외연적 개념이다. 그러나 거기에 그치지 않고 자아와 세계뿐만 아니라 리듬과 의미가 시제와 더불어 하나로 녹아드는 혼융된 상태를 지칭하는 내포적 의

5) G. W. F. Hegel(최동호 역), 『헤겔시학』, 열음사, 1987, p.87.

6) H. Seidler, *Die Dichtung*, Alfred Kröner Verlag, 1965, p.385.

미도 지닌다.[7] 에밀 슈타이거로부터 영향을 받은 볼프강 카이저 또한 자아와 세계간의 동일성을 표현론적으로 정의하고 있다. 자아와 세계가 동일성을 이루되 주체중심으로 이루어진다고 표명하고 있다. 그는 그러한 주체중심적 동일성을 '대상의 내면화'라 부르고 있다.[8]

우리나라에서도 이러한 주체중심적 시관이 서구로부터 이입되어 그대로 이어져온 것이 사실이다. 홍문표 같은 학자는 "외부 세계의 충격에 대한 유기체의 반응을 인간의 존재양식이라 할 때, 시인의 경우, 이 반응은 단순한 수동적이 아니라 그 외부 세계를 자기가 갖고 싶어 하는 세계로 변용시켜 자아와 세계가 동일성을 이루도록 하는 능동적 의미도 지니고 있다"[9]고 주체중심적인 견해를 피력하고 있다. 그리고 그는 "표현론의 관점에서 볼 때 시는 거울이 아니라 스스로 빛을 발하는 등불이 된다. 여기서 내면세계란 시인의 고유한 정신적 행동이며 시인의 감정과 욕망을 내포하는 충동의 세계다"[10]라고 말하고 있다. 이것은 M. H. Abrams 의 『거울과 등불』에서 빌려온 개념들이다. 에이브람즈 자신 이 책에서 낭만주의를 연구하고 그것의 중요성을 강조하고 있다. 즉 그는 모방으로서의 거울의 미학에서 표현으로서의 등불의 미학으로 나아갈 필요성과 정당성을 강조하고 있다.[11]

조동일 역시 '세계의 자아화'란 개념으로 서정시 일반을 설명하려 한다.[12] 이것은 자아와 세계라는 이분법으로 문학장르를 설명하는 독일문예학과 이기철학이라는 전통동양적 사유를 접목시킨 이론으로 나름대로 독창성이 인정되는 용어이다. 그러나 '세계의 자아화'라는 용어는 낭만주의 계통의 시를 설명하는 데는 효능이 있으나 그렇지 않은 시를 분석하는 데는 무리가 따른다.

---

7) E. Steiger(이유영 · 오현일 공역), 『시학의 근본 개념』, 삼중당, 1978, p.17.
8) V. Kaiser(김윤보 역), 『언어예술작품론』, 1982, pp.520~521.
9) 홍문표, 『현대시학』, 창조문학사, 2004, p.445.
10) 홍문표, 『현대시학』, 창조문학사, 2004, p.53.
11) 김경복, 『생태시와 넋의 언어』, 새미, 2003, p.67.
12) 조동일, 『한국소설의 이론』, 지식산업사, 1977, p.101.

우리나라에서 동일성이란 용어로 서정시를 본격적으로 설명하고 있는 학자는 김준오라 할 수 있다. 김준오의 저서『시론』전체를 꿰뚫고 있는 개념이 바로 이 동일성이다. 그가 사용하는 동일성이란 개념은 하나의 이데올로기로 부상한다. 김준오는 동일성을 자아와 세계의 일체감[13]이라 표현하고 있다. 이것은 조동일이 말하는 '세계의 자아화' 보다는 폭넓은 개념이다. 그가 이 폭넓은 개념으로서 동일성이란 용어를 사용한 것은 기존의 서정시론들이 가지고 있는 주체중심주의적 뉘앙스를 벗어나고자 한 것이 아닌가 한다. 그럼에도 불구하고 김준오의 동일성이론에도 근대 서구 낭만주의적 냄새가 배어 있다. 김준오는 동일성에 이르는 두 가지 방법으로 동화와 투사를 들고 있다. 이 동화와 투사가 바로 근대 서구 낭만주의자들이 주로 취하는 창작방법인데, 그 속에는 은연중 주체중심주의적 사유체계가 들어가 있는 것이다.

동일성이란 용어에 주체중심주의적 사고방식이 스며들게 된 것은 근대 동일철학 때문일 것이라는 견해가 있다. 다시 말해 독일낭만주의에 지대한 영향을 끼친 독일 관념주의 철학자 셸링의 '동일철학' 에서 그러한 자아중심주의가 시작되었다는 견해이다.[14] 셸링의 동일철학은 주관과 객관의 통합을 지향하고 있다. 자연철학에서는 객관적인 힘의 절대적인 통합이, 그리고 선험적 관념론에서는 주관적인 것의 통합이 전제되어 있다. 그 다음으로 객관과 주관을 절대적 동일성으로 통합하는 것이 과제다.[15] 그런데 이 통합의 과정에서 주체중심주의적 견해를 보인다. 자연과 자아의 동일성은 이성의 절대적 확장을 전제로 하고 있다.

모란이 피기까지는
나는 아직 나의 봄을 기둘리고 있을 테요

13) 김준오,『시론』(제4판), 삼지원, 1997, p.34
14) 김경복, 앞의 책, pp.75~78.
15) 강대석,『독일관념철학과 변증법』, 한길사, 1988, pp.163~168.

모란이 뚝뚝 떨어져버린 날

나는 비로소 봄을 여읜 설움에 잠길 테요

오월 어느날 그 하루 무덥던 날

떨어져 누운 꽃잎마저 시들어버리고는

천지에 모란은 자취도 없어지고

뻗쳐오르던 내 보람 서운케 무너졌느니

모란이 지고 말면 그뿐 내 한해는 다 가고 말아

삼백 예순날 하냥 섭섭해 우옵네다

모란이 피기까지는

나는 아직 기둘리고 있을 테요 찬란한 슬픔의 봄을

– 김영랑, 「모란이 피기까지는」 전문

모란이 핀다는 것은 우주가 그 비밀을 순간적으로 서정적 자아에게 현시하는 행위이다. 이 순간적인 접신과도 같은 신비한 심미적 체험은 매우 주관적이고도 사적이다. 그리하여 서정적 자아는 단순히 봄을 기다리고 있는 것이 아니라 어디까지나 '나의 봄'을 학수고대하고 있는 것이다. 쉽게 이 세상 누구와도 공유할 수 없는 '나만의' 봄이기에 서정적 자아는 세계에 대해 자기중심적인 태도를 취할 수 있다. 오직 모란을 통해서만 이 세계를 해석하려는 자아중심적 태도가 그러하다. 모란이 뚝뚝 떨어져버린 날 '나'는 비로소 봄을 여읜 설움에 잠길 것이라고 말한다. 모란이 아니면 봄도 이 세계도 '나'에게는 아무런 의미가 없는 것이다. 이처럼 위의 작품에는 매우 주관화된 서정화 방식이 나타난다. 주체가 중심이 되어 세계와 일방적인 동일성을 이루어 내고 있다.

주체 중심으로 서정화, 동일화가 이루어지고 있다는 점에서 낭만적 서정시에서 서정적 주체는 대상에 대해 비민주적인 태도를 취할 수 있다. 주체중심주의에 의한 서정화 방식이란 결국 서정적 주체가 중심이 되어 주변에 있는 대상을 일방적으로 타자화시키고 소외시키고 지배하는 구조로 발전할 수도 있기 때문이다.

이러한 부정성이 심화되면 문화적으로 정신적으로 제국주의화, 파시즘화가 나타나게 된다. 이것이 오늘날 탈근대주의자들이 우려하는 바 근대성의 부정적 측면이다. 낭만주의자들의 주관성이 좀 더 병적으로 심화되고 극단화되면 자아와 세계는 아주 단절이 되어버리고, 내면의 분열과 파탄이 초래된다. 모더니즘은 그때에 발생하게 된다. 서구 낭만주의에서 비롯되어 모더니즘에 이르기까지 확대재생산된 주체중심주의 미학의 부정적 측면에 대한 비판이 오늘날 거세게 대두되고 있는 것은 바로 이러한 이유에서이다.[16]

그런데 김영랑의 매우 주관적이고 사적인 서정시학은 1930년대 초반에 나왔다는 점에서 나름대로 긍정적인 의미가 있다. 이때는 한반도 안에서 근대의 부정성이 심각하게 노정되지 않았다. 따라서 김영랑의 주체중심적인 서정시학은 근대시학의 긍정적인 측면을 수행하고 있었다고 보아야 할 것이다. 그것은 바로 개인성과 내면성의 강조를 통해 수행되는 것이다. 타락한 현실 속에서 자신의 내면만이라도 순수하게 지켜내고자 애쓰는 모습 역시 나름대로 가치가 있다 하겠다.

3. 서정적 동일성에 이르는 전통 동양적 방법

근대 낭만주의 이념 속에 들어가 있는 주체중심적 폐단에 대한 대안으로 제시된 것 중의 하나가 전통 동양적 방법이다. 이 전통 동양적 방법은 탈근대적 사유의 하나로서 전근대에서 차용해 온 개념이다. 동양적 방법으로 탈근대적 사유를 지향하는 시론가들 중엔 동일성이란 용어 대신 조화나 物化 같은 전통적 용어를 사용하고자 하는 이들이 있다.[17] 이것은 동일성이란 용

16) 구모룡, 『제유의 시학』, 좋은날, 2000, p.41. 김경복, 앞의 글, pp.66~72.

17) 구모룡, 앞의 책, p.41. 김경복, 앞의 책, pp.84~89.

어를 사용하는 한 그러한 주체중심주의적 뉘앙스로부터 자유로울 수 없다는 판단 때문이다. 그러나 조화나 물화 등의 전통 동양적 용어도 명백히 서정적 동일성에 이르는 방법 중 하나에 지나지 않는다. 그 동일성의 내용과 방법이 서구 낭만주의 시론가들이 말하는 것과 다를 뿐이다.

(1) 情景論的 방법

오늘날 시인들은 누구나 할 것 없이 절대화된 주체로 인해 초래된 근대의 파국, 곧 인간과 자연의 분리, 인간 내면세계의 분열을 깊이 체험하고 있다. 이 근대의 파국을 경험하고 나서 그것을 극복하고자 가져온 전통시학 중에 하나가 바로 정경론이다. 정경론이란 시적 주체와 객체가 대등한 입장에서 서로 만나 교융하는 방식이다. 서구 낭만주의 시학에서처럼 주체 중심으로 기울어지지도 않고, 고전주의 시학에서처럼 객체 중심으로 경사되지도 않는다. 전통주의자들은 주체와 객체간의 균형잡힌 미학인 정경론으로 서구 미학이 초래한 심한 불균형을 바로잡으려 한다.

情景論이란 한시에서 널리 사용되는 시학이론이다. 전통적인 한시, 특히 자연서정시는 자아의 情과 대상의 景이 서로 만나 하나로 융해된 상태에서 쓰여진다고 보는 이론이다. 이렇게 情과 景이 통히 하나로 융해되어 있는 세계는 어디까지가 情이고 어디까지가 景인지 분리되지 않는다. 王夫之가 그것을 잘 이론화하고 있다.

> 情과 景이 이름은 둘이지만 실제로는 분리할 수 없는 것이다. 詩로써 神妙한 것은(情과 景이)감쪽같이 하나가 되어 이어댄 자리가 없고, 공교로운 것은 情가운데 景이 있거나 景가운데 情이 있거나 한다.[18]

18) 王夫之, 「薑齋詩話」. 이병한 편저, 『중국고전시학의 이해』, 문학과지성사, 1992, p.110에서 재인용.

이러한 정경교융론은 중국뿐만 아니라 우리나라에서도 사대부들의 한시에서 하나의 중요한 창작 지침이 되어 왔다. 조선조 문인화 정신을 부활시키고 있는 문장파 시인들이 이 정경론을 그들의 미학이념으로 그대로 계승하고 있다는 것은 의미심장하다. 가령 이병기가 전통지향적 자연시 속에 '山海風景'과 '山水情懷'[19]가 나타난다고 하거나, '情景'[20]이 보인다고 술회하는 것 등이 그러하다. 정지용 역시 客觀景物 묘사로서의 景과 主觀情緖 표현으로서의 情을 다같이 강조하고 있다. 그리고 조지훈의 시학에서도 객관경물의 묘사를 중시하는 모방론적 견해와 자아의 情을 중시하는 표현론적 견해가 불가분의 것으로 서로 맞물려 있다. 이들 문장파 시인들은 근대의 파국을 초극하려는, 탈근대적 지평을 여는 방법과 정신을 전근대적 사상에서 얻어오고자 한 것이었다.

골작에는 흔히
流星이 묻힌다.

黃昏에
누뤼가 소란히 싸히기도 하고

꽃도
귀향 사는 곳,

절터ㅅ드랬는데
바람도 모히지 않고

19) 이병기(정병욱 · 최승범 편), 『가람일기』, 신구문화사, 1975, p.384.
20) 이병기, 「시조와 그 연구」, 『가람문선』, 1966, p.242.

山그림자 설핏하면

사슴이 일어나 등을 넘어간다.

– 정지용, 「九城洞」 전문

위의 시에서는 자아의 주관정서와 객관대상의 경치가 분리되지 않는다. 골짝에는 흔히 유성이 묻힌다고 할 때 단순히 객관 경물의 묘사로 끝나지 않는다. 심산유곡의 고적한 분위기를 묘사하는 중에 어느덧 자아의 주관 정서 역시 매우 고적함을 간접적으로 드러내고 있다. 꽃도 귀향 사는 곳이란 말로 객관 경물의 분위기와 주관 정서를 동시에 드러내고 있다. 객관 경물과 분리되지 않은 주관 정서는 마지막 연에서도 확인된다. 사슴은 자아의 변형으로 은자의 모습을 하고 있다. 대상인 사슴의 모습을 통해 시적 주체의 고적하고 시름겨운 정서가 간접적으로 드러나고 있다.

이렇게 위의 시에서는 자아와 대상이 동일성을 지향할 때, 자아가 대상에 일방적으로 귀속되지도 않고, 대상이 자아에 흡수되지도 않는다. 조지훈의 말대로 대상의 자아화, 자아의 대상화가 동시에 일어나고 있다.[21] 이처럼 이 시에서는 情과 景이 대등한 입장에서 불가분의 관계를 맺고 있다.

情과 景이 하나로 융합된 상태를 '감흥(感興)'이라 부른다. 興感 또는 感興이란, 퇴계에 따르면, 我의 情과 物의 景이 통히 하나로 만나 이루어진 황홀경의 상태이다. 이 感興은 시학, 특히 정경론에서의 사물 인식 방법이지만, 그 구체적인 방법은 성리학, 곧 형이상학에서의 사물 인식 방법인 격물치지(格物致知)와 일치한다. 그 興感은 이른바 '거경(居敬)'의 상태에서 일어난다. 居敬은 유가들의 심신 수양방법이다. 격물치지하기 위해서 인식 주체가 먼저 자신의 마음을 바르고 곧게 가지는 방법이다.

궁리(窮理)를 하기 위한 이 居敬의 상태에서 興感이 일어난다는 말에서 우리는 興感 역시 직관적이란 것을 알 수 있다. 興感이 직관적이라는 것은

21) 조지훈, 「시의 원리」, 『조지훈전집 3』, 일지사, 1973, p.15.

그 속에 사물에 대한 형이상학적 인식까지 포함된다는 의미가 내포되어 있다. 다시 말해 興感으로 표현되는 정경론 속에는 형이상학론까지 포함된다는 뜻이다. 王夫之에 따르면, 정과 경이 서로 교융되는 가운데 자아의 마음과 사물의 정신이 하나로 만나게 된다는 것이다.

> 情을 품고 능히 그것을 표현할 수 있다면, 景을 보고 마음이 살아 움직인다면, 사물의 情을 체득하고 그 정신을 얻을 수 있다면, 자연스럽게 생동하는 구절을 얻게 될 것이고, 자연 조화의 묘함에도 참가하게 될 것이다.[22]

위의 글에서 우리는 자아의 情과 사물의 景이 하나로 만날 때 단순히 감각적이거나 정서적인 데 그치지 않고 형이상학적인 차원에까지 들어감을 볼 수 있다. 이것은 관조자가 사물의 形만 보는 것이 아니라, 사물의 情神까지 들여다본다는 것이다. 관조자의 마음이 관조되는 사물의 정신과 합일된다는 것이다. 이처럼 정경론 속엔 형이상학론이 내포되어 있다. 그 둘은 확연히 분리되지 않고 밀접하게 결합되어 있다.

(2) 形而上學論的 방법

동양시학에 있어서 형이상학론에 따르면, 시는 우주의 원리, 곧 道를 구현한다는 것이다.[23] 전통시학자들은 자연서정시를 쓸 때 단순히 자연의 景物 묘사나 정취를 표현하는 데 그치지 않고 그 속에 자연의 이법, 원리, 곧 道를 구현해야 한다고 생각하고 있었다. 詩 속에 형이상을 구현하는 것이 최고의 경지라는 이러한 시학은 고대 중국에서 생겨나 동아시아에 두루 일

22) 土夫之, 「詩繹」. 劉若愚(이장우 역), 『중국의 문학이론』, 동화출판공사, 1984, p.91에서 재인용.

23) 형이상학론이란 용어를 처음 사용한 사람은 유약우(劉若愚)이다. 그는 이 용어를 다소 애매하게 사용하여 모방론과 혼동되는 결과를 초래했다. 하지만 그 자신 형이상학론이 모방론과 다르다는 것, 모방론과 표현론의 중간에 서있는 것이라 해명한 바 있다. 유약우, 위의 책, p.107.

반화되어 현재까지 내려오고 있다.

유가들에게 있어서 도의 구현이란 객관적인 도와 주관적인 도의 일치에 의해 이루어진다. 즉 주관적인 理와 객관적인 理의 만남에 의해 이루어진다. 우리는 그것을 통상 물아일체라 부른다. 유가들에 따르면, 미란 주관적인 도와 객관적인 도가 하나로 합치될 때 실현되는 것이다. 따라서 이것은 서구의 모방론처럼 객관적인 美만을 반영하는 것도 아니고 표현론처럼 주관적인 美만을 표현하는 것도 아니다. 이런 이유로 형이상학론은 모방론이나 표현론과 다르다. 주지하다시피 모방론은 객관적인 美만을 일방적으로 반영한다. 이때 인식 주체의 정신은 거울에 지나지 않는다. 반면 표현론은 주관적인 美만 표현한다. 이때 외부 대상은 그 자체 미적 가치를 띠지 못한다. 표현론에서 미적 가치란 오로지 인식 주체의 선험적인 미적 인식 카테고리에 의해 결정된다. 따라서 이때 외부 대상은 등불과 같은 주체의 정신으로부터 빛을 받는 존재에 머문다. 이와는 달리 형이상학론에서는 주관적인 미와 객관적인 미가 대등하게 만나 통히 하나로 되는 데서 완전한 미가 실현된다.

주 · 객 양면성을 동시에 지니고 있는 형이상학론은 지나치게 주 · 객이 분리되어 있는 근대문화의 폐해를 극복하는 대안으로 기능할 수 있다. 1930년대 후반 이병기, 정지용, 조지훈과 같은 문장파 시인들이 시와 시론에서 형이상학론적 관점을 담지하고 있었다는 것은 바로 당대 문학이 지니고 있던 기형적인 면을 교정하고자 함이었다고 볼 수 있다. 서구 낭만주의 시학의 영향을 받은 시론들의 지나친 주체중심주의 성향과 서구 고전주의 시학의 영향을 받은 시론들의 지나친 객체중심주의적 편향들을 극복하고 균형 잡힌 시학을 제시하고자 했다고 보아야 할 것이다. 그리고 그것을 현대적인 것으로 재정립하고자 했을 것이다. 특히 1930년대 후반 모더니스트들에 의해 초래된 지나친 내면화에 대한 경계와 비판으로 제시했을 가능성이 크다. 나아가 그것은 하나의 탈근대적인 대안으로 제시되었을 가능성도 있다.

당대 모더니스트들에 의한 지나친 내면화 경향으로 말미암아 주관과 객관은 병적으로 분리되고 주체는 파탄되기에 이르렀다. 이런 상황 가운데

주 · 객 동일성의 중요성이 부각되었다. 그리고 그 주 · 객 동일성의 미학적 기반으로 정경론과 형이상학론이 제시되었던 것이다. 형이상학론은 주 · 객 간의 정당한 관계와 우주적 조화와 질서를 지향하는 시학이다. 당대 모더니스트들이 형이상학과 우주적 질서를 부인하고 병적이고 그로테스크한 삶에 침윤되어 있었음을 상기할 때, 이들 문장파의 형이상학론적 관점은 해체화의 시절에 중심을 잡아주는 원리로 작용했음을 알 수 있다.

실눈을 뜨고 벽에 기대인다. 아무것도 생각할 수가 없다.

짧은 여름밤은 촛불 한자루도 못 다 녹인 채 사라지기 때문에 섬돌 우에 문득 자류(柘榴)꽃이 터진다.

꽃망울 속에 새로운 宇宙가 열리는 波動! 아 여기 太古적 바다의 소리 없는 물보래가 꽃잎을 적신다.

방안 하나 가득 자류꽃이 물들어 온다. 내가 자류꽃 속으로 들어가 앉는다. 아무것도 생각 할 수가 없다.

– 조지훈, 「아침」 전문

이 시에는 유가적인 형이상학과 인식론이 한꺼번에 나타나 있다. 격물치지란 인식론은 결국 理 · 氣를 중심으로 한 형이상학 위에 서있기 때문이다. 제1연에서 서정적 주체가 고요한 생명력의 움직임 속에서 대상인 物의 理를 인식하려고 취하는 자세를 엿볼 수 있다. 실눈을 뜨고 벽에 기대인다는 데서 심적 상태를 가지런히 하기 위해 시적 주체가 居敬의 자세를 취하는 것을 볼 수 있다. 평소 자신의 마음이 탁한 기(形氣)에 의해 흐려져 있기 때문에 居敬하여 마음을 안정시키고자 한다. 窮理에 앞서 居敬이 선행되는 것이다. 이 거경의 결과는 '아무것도 생각할 수가 없다' 는 일종의 반무의식상태로 도달한다. 이것이 주체로서의 자아가 지니는 격물치지의 자세이다.

다음 제2 · 3연에서 物 자체가 지닌 理의 모습이 전개된다. 그것은 문득 자류꽃이 터진다는 데서부터 암시되고 있다. 꽃망울 속에 새로운 우주가 열린다는 것은 자류꽃 속에도 태극으로서의 理가 갖추어져 있다는 것이다. 그 자류꽃이 벌어진다는 것은 자류꽃이 자아를 향해 자신의 생명적 본질을 드러낸다는 것을 의미한다. 여기서 자류꽃은 우주 자연의 제유적 일부이다.

마지막 연에서 우리는 서정적 주체와 대상인 자류꽃 사이에 물아일체가 이루어짐을 볼 수 있다. 이때 서정적 주체와 자류꽃 사이 물아일체는 생명적으로 이루어지고 있음을 볼 수 있다. 즉 시적 교감이 생명적임을 알 수 있다. 방동미 식으로 말해서[24], 우주 자연 속에 들어있는 보편생명과 서정적 주체 속에 들어있는 개별생명과의 교감이 이루어지고 있는 것이다. 이처럼 동양시학에서 형이상학론은 생명시학과 밀접히 연결되어 있음을 볼 수 있다. 여기서 말하는 道란 바로 사물들 속에 들어있는 생명적 이치, 곧 生理에 다름 아니다.

4. 서정적 동일성에 이르는 미메시스적 방법

미메시스란 고전주의적 삶에 이르는 방법이다. 미메시스를 통해 자아는 객관적인 대상, 주어진 이상적이고 규범적인 모델을 본받고 흉내 내고 닮고 베낀다. 그러한 가운데 대상에 동화되고 대상과 합일한다. 대상과 합일함으로써 부박한 현실로부터 정신적으로 존재론적으로 구원을 받는다. 여기서는 서정적 동일성이 주체중심이 아니라 대상중심으로 이루어진다.

얼핏 보면, 플라톤에게 있어서 시인이 취하는 미메시스의 대상은 물질세계, 곧 현상계에 국한되어지는 것으로 여겨진다. 그런데 물질세계에 존재하

24) 方東美(정인재 역), 『중국인의 인생철학』, 형설출판사, 1983, p.23.

는 그림자같은 존재자들은 언제나 관념적인 실재로서의 이데아 세계를 사모(eros)하고 있다.[25] 즉 모든 존재자들은 본질적인 존재인 이데아를 동경하며 그것을 닮고자 끊임없이 노력하고 있다. 다시 말해, 현상계에 존재하는 모든 불완전한 존재자들은 이데아 세계에 존재하는 본질적 존재를 모방하고 닮고 베끼고 그것에 동화됨으로써 자기 자신의 완성을 도모하고 불완전한 현실로부터 벗어나고자 노력하고 있다. 따라서 이 에로스적 욕망에 사로잡혀 있는 현실세계를 모방한다는 것은 궁극적으로 본질적 세계, 곧 관념세계를 모방하려는 욕망과 연결되어지는 것이다. 비록 관념세계를 모방하려는 이 욕망이 헛된 결과로 나타날지라도 말이다.[26]

본질적 존재를 닮고 베끼고자 애쓰는 현실세계를 모방한다는 점에 있어서 플라톤이 사용하는 미메시스에는 '동화'의 개념이 들어가 있다고 볼 수 있다. 초월적 절대적 실재의 세계에 동화되고자 하는 꿈이 헛되이 끝날지라도 불완전한 현실세계에 발을 딛고 있는 시인은 그런 꿈을 끊임없이 꿀 수 밖에 없는 것이다. 이와 같이 플라톤은 미메시스를 단순히 창작의 원리가 아니라 삶의 원리, 고전주의적 삶의 방식으로 제시하고 있음을 볼 수 있다.

미메시스라는 용어를 중요한 시학적 개념으로 사용한 또 하나의 이론가로 아우얼바하를 들 수 있다. 그는 다양하게 해석이 가능한 이 미메시스라는 용어를 주로 반영론적인 개념으로 축소하여 사용한다. 리얼리즘 미학이론 선상에 서 있는 아우얼바하에 따르면, 미메시스란 현실의 핍진한 묘사를 강조한 개념으로 주로 사용된다.[27] 그러나 미메시스에는 반영의 개념만이 있

25) 플라톤(박희영 역), 『향연』, 문학과지성사, 2004, pp.140~144.

26) 김태경은 플라톤이 모방예술을 제한적인 의미에서 인정하고 있음 밝히고 있다. 시인이 훌륭한 대상을 옳게 모방한다면, 그러한 모방작품이 젊은이들에게 나쁜 영향을 미치지도 않으며, 따라서 시인이 비난받을 이유도 없다는 것이다. 그리고 설사 나쁜 대상을 모방하더라도, 그가 그것을 제대로 모방한다면, 그가 비난받을 이유 또한 없다는 것이다.
김태경, 「플라톤의 국가에서 모방과 정치성」, 『인문과학』 제39집, 성균관대학교 인문과학연구소, 2007, p.162~166.

27) 에리히 아우얼바하(김우창 · 유종호 역), 『미메시스 고대 · 중세편』, 민음사, 1987, pp.3~9.

는 것이 아니다. 거기에는 모방, 동화, 구원의 개념도 내포되어 있는 것이다.

'동화'의 관점에서 미메시스라는 용어의 의미를 확장시킨 사람은 아도르노이다. 아도르노가 사용하고 있는 이 미메시스 개념은 예술론에서만 쓰이는 좁은 개념이 아니라, 인간과 자연, 주체와 객체의 관계에 관한 전반적인 행동양식으로 확장된다.[28] 아도르노는 근대 서구 주체중심주의 사상이 인간의 자연지배 및 인간지배를 가져온 것으로 보고 선사시대의 미메시스적 사유체계에서 그 대안을 찾고 있다. 계몽의 발전과 함께 소멸될 수밖에 없는 이러한 종류의 미메시스적 사유는 주술적 세계관과 관련되어 있다. 이것은 주체중심이 아니라 대상 중심, 객체중심으로 동일화가 이루어지는 방법이다. 아도르노 역시 자연을 매우 이상적인 것으로 상정하고 있는데, 이것은 고전주의적 계기를 내포하고 있는 삶의 일반적 양상이기도 하다.

한편 리쾨르는 미메시스를 '창조적 모방'이란 개념으로 해석한다.[29] 그에 따르면 미메시스란 현실을 있는 그대로 복사하는 것이 아니라, 있는 그대로의 현실보다 더 훌륭하게 더 아름답게 창조적으로 구성하여 만들어 낸 '새로운 세계'를 제시하는 것이다. 그에게 있어서 미메시스란 문학적 형상화를 통한 새로운 세계의 개시이다.

江나루 건너서
밀밭 길을

구름에 달 가듯이
가는 나그네

길은 외줄기

28) Th. W. 아도르노, M. 호르크하이머(김유동 역), 『계몽의 변증법』, pp.30~34.
29) P. Ricoeur, *Metaphor vive*, Seuil, 1975, pp.13~69.

南道 三百里

술 익는 마을마다
타는 저녁 놀

구름에 달 가듯이
가는 나그네

– 박목월, 「나그네」 전문

이 시는 박목월이 고향 모량리를 모델로 쓴 작품이다. 모량리에는 건천(乾川)이란 메마른 하천이 있다. 이로 미루어 모량리는 풍요롭지 못한 마을이었을 것이다. 게다가 일제말기 여느 농촌과 마찬가지로 수탈 받는 황폐한 마을이었을 것이다. 그럼에도 불구하고 시적 주체는 이 마을을 강물이 흐르고 집집마다 술이 무르익고 있는 이상적인 농촌으로 바꾸어 놓았다. 이것은 서정시가 취할 수 있는 허구적 장치 때문에 가능하다.

이 허구적 장치를 통해 모량리는 실제 있는 그대로의 농촌이 아니라 언젠가 이 땅에 도래해야 할 이상적인 농촌, 곧 당위적 세계로 바뀌어져 있다.[30] 그것은 현실적으로 고통 받고 있는 식민지 농촌 사람들이 모방하고 닮고 베끼고 싶어 하는 세계인 것이다. 즉 동화되고 싶은 세계이다. 이 동화되기를 통해 이상적인 세계와 동일성을 획득하는 것이다. 이 동일성을 통해 시적 주체는 정체성을 확보하고 문학적으로 구원을 받을 수 있는 것이다.

서정시에는 이렇게 당위적인 세계를 선취하여 제시하는 측면이 있다. 선험적 고향과 같은 당위적인 세계를 먼저 제시해놓고 우리의 삶을 거기에까지 끌어올리려는 이념적인 측면이 강하게 들어있다. 여기서 제시되는 당위적 세계는 관념으로 존재한다. 따라서 그것은 일종의 이데아이다. 관념적

30) 김준오, 『시론』, 삼지원, 1992, p.21.

인 이상세계는 잃어버린 낙원으로서의 자연이거나 인류사의 시원, 이데아의 세계, 초월적 절대자 등 근원적인 것으로 나타난다. 근원적인 것으로 존재하는 이 모방의 대상은 절망적인 현실을 비판하고 개혁할 수 있는 지표가 된다. 이것은 보수주의적인 현실개혁 방법으로 자못 의미가 크다 할 것이다.

2. 시와 언어

김윤정

1. 일상적 언어와 정서적 언어

시 양식과 산문 양식은 많은 점에서 차이가 난다. 형식적인 측면뿐 아니라 내용적인 측면에서도 각기 고유한 특성을 가지고 있는 것이다. 시는 우선 산문에 비해 길이가 짧고 음악성도 가지고 있다. 또한 시가 인생의 순간을 담아내는 양식인 반면, 산문은 그 복합성을 구현하는 양식이라는 점에서도 차이가 난다. 그럼에도 시와 산문은 모두 인생관, 세계관을 재현해내는 양식이다.

시가 산문에 비해 짧은 양식임에도 불구하고 산문과 동일한 인생관 등을 구현해내기 위해서는 시 양식만이 갖는 고유한 특성이 있어야 한다. 시에 대한 정의라든가 다른 양식과의 차별성이라든가 하는 것에 주목할 때, 반드시 부딪히는 문제가 바로 이것이다. 시는 산문과 달리 단형(單形)의 문학이다. 그럼에도 산문에서 담고 있는 인생관이라든가 철학 등을 똑같이 담아내야 한다. 그럴려면 짧은 형식, 짧은 어휘 속에 많은 내용을 포함시켜야 한다. 짧은 형식에 많은 내용을 담아내려면 언어의 특이한 사용 없이는 불가능하다. 시를 이야기할 때 가장 먼저 시의 언어에 주목하는 것도 이 때문이다.

이렇듯 시는 언어의, 언어에 의한 예술이다. 산문 양식도 언어의 예술이라는 점에서는 동일하다. 그러나 산문 속의 언어는 시 속의 언어와는 그 성격, 의장 등이 판이하게 다르다. 시어의 특수성에 대해서는 일찍이 러시아 형식주의자들이 면밀하게 고찰한 바 있다. 그들은 시어와 일상어를 구분한 다음, 일상어는 자동화 혹은 습관화된 언어로 규정한다. 이런 언어들은 새로움이나 신기성 등 어떤 신선한 충격을 일으키지 못한다. 따라서 시에서 상쾌한 감각을 불러일으키려면 일상의 언어에 일종의 왜곡 혹은 폭력 등의 조작이 가해져야 한다. 형식주의자들은 이러한 과정을 "낯설게 하기(defamiliarization)"로 설명한다. 이는 다음 두 가지 측면에서 그 의미가 매우 크다. 우선 인식 주체의 사고 작용을 길게 가져가게 함으로써 지각의 폭을 크게 확장시킨다는 점과 일상의 평범한 대상에 대하여 독자로 하여금 정서를 새롭게 환기시켜 이를 심미적 대상으로 끌어올린다고 하는 점에서 그러하다.

시어의 특수성에 대한 인식은 미국 신비평가들에 이르러 더욱 다양하게 변주되어 나타난다. 그 가운데 하나가 정서적 언어(emotive language)이다. 정서는 경우에 따라서 감정, 주관, 감동, 개성 등 다양하게 해석될 수 있지만, 일단 주관적 감동의 언어로 정의될 수 있다. 이 언어와 대비되는 것이 과학적 언어(scientific language)이다. 과학적 언어는 지시어(시니피앙)와 지시대상(시니피에)의 정확한 일치가 요구되는 언어이다. 반면, 정서적 언어는 그러한 일치를 필요로 하지 않는다.

> 푸르른 봄날엔
>
> 편지를 쓰자,
>
> 이 그리움 시로 써서
>
> 멀리 보내자,
>
> 옷깃 풀어헤친 꽃향기 태워
>
> 팔랑 팔랑 나비 하나 날려 보내자.

푸르른 봄날엔

피리를 불자,

이 그리움 선율 엮어

멀리 보내자,

귀밑 머리 간질이는 꽃바람 태워

하롱하롱 꽃잎들을 날려 보내자.

– 오세영, 「이 그리움」 부분

이 시는 편지와 피리를 기본 소재로 해서 씌어진 작품이다. 그런데도 편지와 피리는 지시 대상을 정확히 요구하는 쪽으로 표현되지 않았다. 만약 그렇게 사용되었다면 편지나 피리에 대한 정의라든가 그 기능, 용도, 재질 등이 지시사항으로 포함되어야 할 것이다. 그러나 이 작품에서는 그러한 것들과 무관하다. 언어의 일상적인 사용과는 전혀 관계가 없고 다만 그리움이라는 정서를 환기시키는 것으로 사용되고 있을 뿐이다. 이렇듯 정서적 언어는 지시어와 지시 대상의 관계가 정확히 일치하지 않는 것을 성공으로 간주한다. 그러나 과학적 언어는 이 둘 간의 관계가 어긋나면 날수록 실패한 것이 된다.

이와 비슷한 시어의 개념으로 의사진술(pseudo ststement)과 내포적 언어(connotative language)가 있다. 일상적으로 흔히 쓰이는 언어는 그 내용이 증명 가능한 언어이다. 허황되거나 과장하는 특수한 경우를 제외하면 우리가 일상적으로 쓰는 언어들은 객관적 타당성을 요구하는 언어들인 것이다. 이러한 차원의 언어를 I.A.리차즈는 진술(statement)이라고 했다. 그러나 시에 쓰이는 언어는 무엇을 증명하여 과학적으로 규명되어야 하는 차원의 언어는 아니다. 즉 지시대상 내지는 진실에 부합되면서 서술되어야 할 필요는 없는 것이다. 내포적 언어의 경우도 마찬가지이다.

개념지시에 치중된 언어는 소위 외연(denotation)에 충실한 언어이다. 사전 속의 언어라든가 정의가 필요한 언어들은 모두 여기에 속한다. 시에 쓰이는 언어들은 개념 지시를 하거나 외연에 가까울 필요는 없다. 그럼에도 경우에 따라서는 시어의 사전적 의미가 필요한 때도 있긴 하다.

영산홍 꽃잎에는
산이 어리고

산자락에 낮잠 든
슬픈 小室宅

小室宅 툇마루에
놓인 놋요강

山 너머 바다는
보름사리 때

소금밭이 쓰려서
우는 갈매기

– 서정주, 「영산홍」 전문

이 작품에서 사전적 의미가 정확히 요구되는 부분은 아마도 '보름사리' 일 것이다. 사전적 의미에 따르면 '보름사리' 는 다음 두 가지 뜻으로 정의된다. 첫째는 음력으로 매달 보름날의 潮水, 다음은 음력으로 보름날 무렵에 잡힌 조기 등이다. 이렇게 그 의미가 정확히 나오면 "소금밭이 쓰려서/우는 갈매기"라는 표현이 살아나게 되고, 남자에게 버림받고 쓸쓸히 죽어갔을 것으로 생각되는 소실댁의 처량한 모습도 한결 정서적으로 떠오르게 되는 것이다.[1] 이 시의 경우처럼 사전적 뜻이 있어야 시의 의미가 제대로 해석되는 예도 있지만, 그럼에도 사전적인 정확한 의미가 시 해석의 전부가 될 수는 없다.

여윈 목소리로 바람과 함께
우리는 내일을 약속치 않는다
승객이 사라진 열차 안에서
오 그대 미래의 창부여
너의 희망은 나의 오해와
감흥만이다.

– 박인환, 「미래의 娼婦」 부분

이 작품은 전쟁의 폐허와 그 비극성, 그리고 미래의 전망을 상실한 화자의 상실감을 주제로 하고 있는 시이다. 여기서 주목해서 보아야 할 단어가 '여윈'이다. '여윈'이란 단어의 사전적 의미는 '마른', '살이 빠진' 등으로 되어 있다. 이 의미로 '여윈' 목소리를 해석하면 '마른 목소리'가 된다. 그럴 경우 우리는 이 시의 맛을 제대로 느낄 수가 없게 된다. '마른 목소리'란 일상어에서도 잘 사용되지 않을 뿐더러 그 의미 전달 또한 거의 이루어지지 않은 까닭이다. 그보다는 '여윈 목소리'를 전쟁의 폐허와 비극에 지친 '힘없는 작은 목소리' 혹은 '생기를 잃은 목소리'라고 해야 이 시의 맛이 살아난다. 한 편의 시의 구조 속에서 결정되는 말의 뜻, 내포란 이와 같은 것이다.

2. 애매성의 언어

애매성(ambiguity)은 엠프슨(W. Empson)이 『애매성에 대한 일곱 가지

11) 김용직, 『현대시원론』, 학연사, 1988, p.55.

유형』이란 책에서 다룬 이래로 시어의 중요한 요소 가운데 하나로 취급되어 왔다. 애매성은 ambi(둘)와 guity(의미)의 결합에서 알 수 있는 것처럼, 한 단어에서 일어나는 양자 택일의 반응 혹은 한 단어에 대하여 선택적 반응을 할 가능성을 주는 미묘한 언어적 뉘앙스로 정의된다. 앰프슨은 이를 좀 더 세분화하여 다음 7가지 유형으로 분류했다.[2)]

① 한 단어 또는 문장이 동시에 여러 방향으로 효과를 미치는 경우
② 두 개 이상의 의미가 시인이 의도한 하나의 의미로 수렴되는 경우
③ 동음이의어처럼, 하나의 단어가 두 가지의 다른 의미로 표현되는 경우
④ 여러 의미가 모여서 시인의 복잡한 정신 상태를 표현하는 경우
⑤ 직유의 경우, 그 직유의 두 관념이 서로 조화되지는 않지만, 시인의 관념을 다른 관념으로 전이시키는 경우
⑥ 하나의 표현이 모순되거나 어떤 의미도 나타내지 않는 경우
⑦ 하나의 표현이 모순되어 시인의 정신적 분열을 암시하는 경우

이러한 구분에서 알 수 있듯이, 애매성도 일차적으로는 개념어를 지향한다든가 지시대상과 관련을 맺으려 한다든가 하는 속성을 지니고 있지 않다. 정서적 언어나 의사진술의 언어와 같이, 애매성의 언어도 지시어와 지시대상의 불일치를 심미적 특성으로 한다. 다만 이들 언어와 애매성의 언어가 차이나는 것은, 애매성의 언어가 지시어와 지시대상과의 일치뿐 아니라 그 불일치를 모두 포함하고 있다는 사실에서이다.

산에는 꽃피네
꽃이 피네
갈 봄 여름없이
꽃이 피네

---

2) W.Empson, *Seven Types of Ambiguity*, Penguin Books, 1965.

산에

산에

피는 꽃은

저만치 혼자서 피어 있네

– 김소월, 「산유화」 부분

널리 알려져 있는 것처럼 「산유화」는 김소월의 대표작 가운데 하나이다. 또한 우리 시사에서 애매성의 언어가 어떻게 문맥 속에서 기능하고 있는가를 처음으로 제시해 준 작품이기도 하다.

김소월의 「산유화」에 대하여 가장 먼저 주목을 한 사람은 김동리[3)]이다. 이 시의 기본틀은 산과 인간의 관계로 짜여져 있다. 김동리에 의하면, 산은 인간이 추구해야 할 절대 구경의 경지 가운데 하나이다. 또한 그것은 우주의 이법, 섭리가 구현되는 절대적 공간이기도 하다. 그러한 까닭에 김소월에게 산은 필연적으로 갈 수밖에 없는 공간 혹은 존재론적 완성의 장이 된다. 그럼에도 그는 산에 접근하지 못한다. 근대 사회의 일원으로 살아가는 소월에게 산은 저만치 떨어져 있는 것이다. 그에게 산은 그곳에 영원히 다가가지 못하는, 끝없는 평행선으로 인식될 뿐이다. 소월과 자연이 영원히 합일될 수 없는 거리, 김동리는 그러한 거리를 청산과의 거리라고 했다.

김동리의 이러한 해석 이후, 많은 논자들이 이 부분에 대해서 다양한 의미부여를 했다. 물리적 거리, 심리적 거리, 혹은 상태나 정황의 거리 등으로 파악한 것이다. '저만치'를 물리적 거리로 보는 것은 이를 개념지시에 그치는 언어로 생각하는 경우이다. 즉 '요만치'라는 가까운 거리와 '저멀리'라는 먼 거리의 중간 거리의 개념인 것이다. 상태나 정황으로 '저만치'를 해석하면 그 의미는 상당히 달라지는데, 이때는 "저런 모양 혹은 저렇게"의 뜻으로 된다. 그리고 심리적 거리로 보면, 갈 수 있지만 갈 수 없는 거리, 곧 영원

3) 김동리, 「청산과의 거리」, 『문학과 인간』, 백민문화사, 1958.

한 거리, 역설적 거리로 바뀌게 된다.

저만치 – 물리적 거리 : 가까운 거리
상태나 정황 : 저렇게, 저런 모양
심리적 거리 : 영원한 거리, 역설적 거리

'저만치'가 이렇게 해석되는 것은 애매성의 일곱 가지 유형 가운데 두 번째인, 두 개 이상의 의미가 시인이 의도한 하나의 의미로 수렴되는 경우에 해당된다. 즉 저만치라는 하나의 단어에 물리적 거리, 상태나 정황, 심리적 거리 등의 의미가 수렴되어 있는 것이다. 시어 하나에 이와 같이 많은 뜻이 담기도록 가능하게 한 것은 시어 고유의 특성 가운데 하나인 애매성 때문이다.

3. 초현실주의와 시의 언어

모든 언어의 일차적 기능은 의미전달에 있다. 그런 면에서 시어의 경우도 예외가 될 수는 없다. 그것 역시 언어인 이상 의미전달에 그 목적을 두고 있는 것이다. 인간의 의사소통 과정은 인간의 의식 영역 혹은 이성적 판단에 의해 이루어진다. 인간의 사고, 곧 인간의 의식은 언어에 실려서 그 의식의 뜻이 상대방에 전달되는 것이다. 인간의 의식이나 이성이 중요시되던 시기에는 언어의 이러한 기능에 대한 견해가 의심의 여지없이 전적으로 받아들여졌다.

그러나 오늘날에 와서는 그 사정이 과거와는 완전히 달라졌다. 잘 알려진 바와 같이 현대 사회는 이성의 영역을 그렇게 중요하게 생각하지 않는다. 따라서 언어의 의미작용이란 것도 과거와는 그 사정이 판이하게 바뀌어 버렸다. 이성보다는 비이성을, 의식보다는 무의식을 강조하는 것이 현대 사회의 특성이 되어버린 것이다.

인간의 숨겨진 내밀한 부분들이 주목의 대상이 되게끔 그 이론적 토양을 제공한 것은 지그문트 프로이트이다. 그는 인간의 가장 중요한 정신 영역 가운데 하나가 무의식이고, 그것이 의식의 영역과 끝없는 갈등 및 긴장 관계를 유지하고 있다는 사실을 밝혀낸 것이다.

실상 의식과 무의식의 이원적 대립관계를 프로이트가 처음으로 알아낸 것은 아니다. 그 이전의 심리학에서도 인간의 심층 영역인 무의식의 존재는 익히 알려져 왔다. 다만 그것이 의식의 영역과 갈등 상태에 있다는 것은 거의 알려지지 않았다. 무의식이 의식과 대립상태에 있고, 그것도 오이디푸스 콤플렉스에 의해 조직적으로 모든 인간에게 기능적으로 작용하고 있다는 사실을 밝힌 것은 전적으로 프로이트의 공헌이었다. 프로이트가 억압의 저장소로서 무의식의 존재를 알아낸 것은, 그가 질병을 치료하는 과정에서 얻은 결과이긴 하지만, 그 이전에 이미 모든 철학적 사유들과 사회적 환경들은 무의식이 어떠한 것인가를 서서히 알려주고 있었다.

근대 과학 물질 문명에 바탕을 두고 있는 계몽주의 철학은 이성이나 합리성과 같은 사유를 절대적인 것으로 만들어버리고 오직 그것만을 신봉해 왔다. 그리하여 소위 비이성적인 광기나 욕망, 충동 등은 서서히 배제되어 버린 것이다. 특히 푸코의 경우는 그러한 이성적 사유들이 어떻게 비이성적 사유들을 철저하게 억압하여 왔는가를, 근대적인 여러 제도들의 분석을 통해서 자세하게 밝혀주고 있다.[4] 그러나 계몽의 이념들이 전쟁의 공포나 환경의 폐해 등 그 부정적 결과물들을 잉태하면서 초기의 건전한 지향성을 잃어버리게 된다. 광기나 욕망 등 소위 비이성적이라고 생각되던 사유들이 주목의 대상으로 떠오른 것도 이와 밀접한 관련을 맺고 있다.

이러한 철학적 조류와 맞물리면서 문학의 경우도 기존의 장르적 패턴과 관습으로는 설명하기 어려운 많은 변화가 일어났다. 그 가운데 하나가 초현실주의를 비롯한 모더니즘계 문학의 등장이다. 모더니즘 문학은 형식적인

4) 푸코의 대표적인 저작들인, 『광기의 역사』, 『병원의 탄생』, 『감시와 처벌』, 『말과 사물』 등이 그러한 사유를 보여주는 대표적인 예들이다.

파괴를 통한 강한 실험성을 그 특징으로 하고 있다. 모더니스트들의 실험성은 기존 언어와 형식에 대한 부정에서 시작된다. 그들의 언어 등에 대한 파괴는 결국 의미의 붕괴를 목표로 하고 있다. 모더니스트들이 의미를 부정하는 것은 의미야말로 이성의 흔적이고, 정신을 억압하는 가장 강력한 기제라고 생각하기 때문이다.

모더니즘 문학의 실험성은 특히 초현실주의 문학에서 가장 극단화된다. 프랑스 아방가르드계 문학을 대표하는 초현실주의는 정신의 완전한 해방에 그 목적을 두고 있다. 그리하여 정신의 해방을 가로막는 일체의 언어적 소통과정을 부정해 버린다. 이들은 의미 작용이나 의미의 생산이야말로 이성의 산물이며 정신을 억압하는 행위로 보기 때문이다.

> 낡은 아코오딩은 대화를 관뒀습니다.
>
> ――여보세요!
>
> 뽄뽄다리아
> 마주르카
> 디젤 엔진에 피는 들국화.
>
> ――왜 그러십니까?
>
>   모래밭에서
> 수화기
>   여인의 허벅지
>   낙지 까아만 그림자
>
> 비둘기와 소녀들의 랑데부우

그 위에

손을 흔드는 파아란 기폭들.

나비는

기중기의

허리에 붙어서

푸른 바다의 층계를 헤아린다.

– 조향, 「바다의 층계」 부분

조향의 이 시는 의미론적 연관성이 전혀 없는 이미지들을 서로 충돌시켜 시적인 긴장력을 높이는 초현실주의 시적 방법으로 씌어진 작품이다. 가령 아코오딩이라는 악기의 연주가 끝난 상황을 대화의 중단으로 파악하는 것은 그런대로 의미론적 질서를 가지고 있다고 하겠지만 '여보세요' 라는 질문 다음에 나오는 이질적인 언어들은 이 시의 유기론적 구성에 있어서 어떠한 의미론적 연관성도 가지고 있지 않다. 게다가 갑자기 해변가의 모습이 나오는가 하면, '여인의 허벅지' 와 '낙지 까아만 그림자' 라는 이질적인 이미지들의 결합(물론 원시적 건강성이라는 의미론적 공유성이 있긴 하지만), 비둘기와 소녀의 랑데부우, 나비와 기중기 등, 논리와 논리의 상호작용에서 오는 의미의 결합들이 완전히 차단당하고 있는 것이다.

초현실주의 계통의 시어들은 지시어와 지시대상과의 결합이라는 언어 고유의 특성이나 언어의 함축성, 애매성 등 시어 고유의 특성들과는 아무런 관련 없이 전개된다. 언어 그 자체가 자기 고립 혹은 자족적 실체로서 있을 뿐이고, 또한 그러한 실체 속에서 아무 의미도 발견할 수 없다는 것이 이 시어의 특징이다. 단지 기호들의 놀이, 기호들의 연쇄과정만이 의식의 아무런 간섭이 없이 나열되어 있을 뿐이다.

4. 기타의 언어철학들

언어를 인간의식의 순수한 표현으로 볼 것인가 아니면 사회적 산물로 볼 것인가에 따라 언어는 다르게 규정된다. 언어를 인간의식의 순수한 표현으로 인식하게 되면, 그 언어는 존재의 언어가 되고, 반면 사회적 산물로 보게 되면 그 언어는 사회적 언어가 되기 때문이다. 우선 언어를 존재의 언어로 본 대표적인 경우는 하이데거이다. 그는 언어를 존재를 현현케하는 매개로 보고 인간의 글쓰기란 곧 자신의 존재성, 혹은 타자의 존재성을 드러내는 행위로 보았다. 하이데거의 논법에 따르면, 언어 이전의 상태는 비존재성이고, 언어 이후의 상태는 존재성이 된다. 언어를 사이에 두고 그것이 존재이냐 비존재이냐를 결정하는 것인데, 이렇게 되면 언어란 존재를 드러내기 위한 하나의 수단이 된다.

> 내가 그의 이름을 불러주기 전에는
> 그는 다만
> 하나의 몸짓에 지나지 않았다
>
> 내가 그의 이름을 불러주었을 때
> 그는 나에게로 와서
> 꽃이 되었다.
>
> – 김춘수 「꽃」 부분

인용시는 언어가 존재를 어떻게 드러내는가를 잘 보여주는 작품이다. 이 작품에서 이름을 불러주기 전의 모습, 곧 언어로 명명하기 이전의 상태는 비존재(非存在)이고 무(無)의 상태이다. 그러니까 이름을 부르기 전에 '그는' '다만 하나의 몸짓'에 불과하다는 것인데, 여기서의 몸짓이란 존재화되기 이전의 어떤 순수한 상태라 할 수 있다. 그러나 내가 그의 이름을 불러주었을 때는 상황이 바뀌게 된다. 즉 언어로 명명할 때, 그는 '꽃' 으로 전환되는 존재의 전이를 일으키기 때문이다.

그러나 언어를 존재의 진리를 드러내는 매개로 보는 경우, 여기에는 간과할 수 없는 하나의 흠결이 존재한다. 이런 인식론에 기대게 되면 인간의 모든 행위들은 사회적 행위와는 무관한 것이 되기 때문이다. 인간의 의식 행위를 사회적인 것으로 볼 것이냐 아니면 순수 정신활동을 볼 것이냐의 문제는 물론 세계관의 차이에서 오는 것이긴 하다. 그러나 그러한 차이들은 실상 언어철학의 구성에 있어서는 매우 중요한 것이라 할 수 있다. 언어를 인간 존재의 표현이라는 시각과 정반대 편에 있는 경우를 상정해 보면 이는 금방 확인할 수 있다. 바흐찐은 인간의 모든 행위들이 사회를 떠나서는 설명할 수 없으며, 언어는 곧 그러한 인간의 사회적 행위를 반영한다고 본다[5]. 즉 인접한 사회적 상황이 언어의 의미를 결정한다는 것이다. 이런 의식에 기대게 되면 인간의 모든 언어적 활동은 사회 환경으로부터 자유롭지 않게 되며, 시인의 언어 역시 사회의 제반 현상을 필연적으로 반영할 수밖에 없게 된다.

> 올 어린이날만은
> 안사람과 아들놈 손목 잡고
> 어린이 대공원에라도 가야겠다며
> 은하수를 빨며 웃던 정형의
> 손목이 날아갔다
>
> 작업복을 입었다고
> 사장님 그라나다 승용차도
> 공장장님 로얄살롱도

5) M. 바흐찐 『마르크스주의와 언어철학』(송기한 역), 한계레, 1988, pp.20~25.

부장님 스텔라도 태워주지 않아

한참 피를 흘린 후에

타이탄 짐칸에 앉아 병원을 갔다

– 박노해 「손무덤」 부분

이 작품은 공장 노동자 출신이 쓴 노동시다. 삶의 현장에서 얻어진 체험이 적나라하게 묘사되어 있는데, 여기서의 언어는 인간의 존재라든가 무(無) 같은 관념적 언어가 아니다. 이 시에 쓰인 시어들은 철저히 사회적인 토양에서 길러진 것들이다. 특히 노동자 의식이 언어에 직접 투영되어 나타남으로써 언어가 상당히 기능화된 모습을 띠고 있다. 그러나 이런 시어들이 토대로부터 직접 반영되어 나타난 언어라고 보는 것은 단견에 지나지 않는다. 만약 언어가 하부구조에서 상부구조로 기계적으로 반영되어 나타난 형태라면, 그것은 단순히 계급언어에 불과할 뿐이고, 유물론이 흔히 범할 수 있는 기계적 오류에 해당될 뿐이다. 민중시나 노동시에서 볼 수 있는 시어들은 단순한 반영의 결과가 아니라 여러 이데올로기적 환경에 굴절되어 나타난 언어들[6]이라는 데 그 기본 특징이 있다. 이러한 면들이 기계적인 반영의 언어와 대비되는 근본 차이점들이다.

존재의 언어와 반영의 언어는 의미를 확보하는 데 주력하는 시어의 한 특징적 단면들이다. 그러나 현시대에 접어들면서 시의 현대성이 강조될 때마다 의미의 역할들은 점점 축소되어 온 것이 사실이다. 특히 후기 산업사회로 진입하면서 시에서 의미가 차지하는 비중은 현저히 약화되어 왔다. 시에서 이렇게 의미가 사라지는 근본이유는 현대사회에 내재되어 있는, 소위 근대성의 모순에 그 일차적 원인이 있다. 합리주의 사상이 부정되면서 논리나 이성의 영역 역시 불신의 대상이 되었고, 그 산물인 의미의 영역 또한 그 존립 근거를 잃게 되었다. 이런 현상들은 넓게 보면 의미의 다양성이란 말로

6) 위의 책, pp.26~27.

설명할 수도 있고, 진리 영역의 무화라고 설명할 수도 있다. 어떻든 중심이 해체되면서 의미를 하나로 고정하는 것조차 부질없는 일이 되어버렸다. 시니피앙과 시니피에가 일대일로 대응한다는 전통적 의미에서의 기호의 정의는 부정되고 하나의 시니피에에 여러 개 혹은 무한대의 시니피앙이 대응한다는 기호 연쇄의 논리가 자리잡게 된 것이다. 이런 현상은 데리다식의 표현을 빌면 차연(différance)[7]의 논리가 지배하고 있기 때문에 그렇다는 것인데, 어떻든 이 논리에 의해서 하나의 고정된 의미, 하나의 중심이란 더 이상 존립하기 어렵게 되었다.

당신이 내 곁에 계시면 나는 늘 불안합니다 나로 인하여 당신의 앞날이 어두워지는 까닭입니다 내 곁에서 당신이 멀어지시면 나의 앞날은 어두워집니다 (---)나는 당신이 떠나야 할 줄 알면서도 보내 드릴 수가 없습니다.

– 이성복 「앞날」 부분

인용시는 한용운의 작품 「님의 침묵」을 패러디화한 것이다. 패러디의 전략이 중심이나 고정된 의미를 해체하는 데 그 목적을 두고 있다면, 이 작품은 그 연장선에 있는 작품이다. 한용운의 시에서 님과의 해후가 나와의 통합을 전제로 한 기다림의 과정이고, 그 님과의 실질적 통합이 궁극적 목표였다. 그런데 인용시는 그 정반대의 경우이다. 통상적인 의미에서 나와 너가 하나가 될 때, 완전한 인간형이 된다거나 전일한 인격체로 받아들여지는 것은 자연스러운 일이었다. 그러나 「앞날」은 그러한 기존의 관념을 전복시킨다. 당신이 나와 함께 있으면 불안해지고, 나로 인하여 당신의 앞날이 어두워지기 때문이다. 이렇듯 해체의 담론은 권위적인 질서나 의미의 체계, 혹은 중심적인 사고 체계를 위반하는 데 그 목적을 두고 있다.

7) j., 데리다, 『그라마톨로지』(김성도 역), 민음사, 1996, pp.51~52.

3. 시와 시간

송기한

1. 시의 시간성의 근거

서정시에 나타나는 시간성의 문제는 서정시의 장르적인 특성과 인간의식에 결합되는 시간의 여러 양상에 의해 그 설명이 가능하다. 일반적으로 서정시는 자아의 독립적인 표현으로 나타난다[1]. 그래서 서정시의 본질은 자아와 대상, 혹은 세계와의 동일성이며, 사물에 대한 인격화이다[2]. 인격화된 사물은 자립적인 존재가 아니라 항상 서정적 자아에 종속되어 있다. 그러나 이 둘 사이가 연관되어 있다고 하더라도 서정적 자아가 인격화된 사물보다 항상 우월한 것은 아니다. 그것은 사물이 자아화되기도 하고, 자아가 사물이 되기도 하는 상호 교환의 관계로 나타나기 때문이다. 그리하여 사물도 서정적 자아도 구분되지 않는 융합의 경지가 나타나는 것인데, 이러한 경지는 서정적 자아가 황홀경에 빠지는 서정적 순간에 이루어진다. 서정적 순간, 곧 시적 순간은 동시성의 원리를 지니는 것으로 존재의 통일성과 관계가 있는 것이다[3]. 왜냐하면 서정시는 외부 사건의 연속보다도 체험의식, 즉

1) W. Kayser(김윤섭역), 『언어예술작품론』, 대방출판사, 1980, p.296.
2) N. Frye(김상일역), 『신화예술론』, 을유문고, 1971, pp.38~58.
3) 한계전, 『한국현대시론연구』, 일지사, 1983, p.247.

내적 경험의 순간적 통일성에 의존[4]하고 있기 때문이다.

슈타이거(E. Staiger)는 이런 순간을 자아와 사물의 상호동화가 가능해지는 회감(Erinnerung)[5]이라고 불렀다. 슈타이거는 회감을, 주체와 객체의 간격 부재에 대한 명칭일 수 있으며, 서정적인 상호 융화에 대한 명칭일 수 있다고 하면서, 현재의 것, 과거의 것, 심지어 미래의 것도 서정시 속에 회감될 수 있다고 했다.

서정시라는 장르에서 과거, 현재, 미래라는 시간성의 도입 근거는 바로 여기서 연유한다. 즉 과거는 기억의 작용에 의해서, 현재는 지금 여기라는 시간의식의 몰입에 의해서, 미래는 기대와 기획에 의해 시간을 미리 당김에 의해서인데, 이러한 시간의식이 회감이라는 시적 자아의 정신 작용에 의해 서정시에 구현되는 것이다[6].

서정시의 시간성의 문제는 인간의 의식과 시간의 여러 양상들이 결합되어 나타나는 베르그송의 순수 지속과 바슐라르의 시적 순간의 개념에 의해서도 그 설명이 가능하다. 순수 지속이란 인간의 자아가 자유롭게 활동하여 과거의 상태와 현재의 상태를 분리하는 태도를 중지할 때 생기는, 인간 의식 상태의 계속적인 형태[7]이다. 그러므로 순수 지속에서의 시간은 인간이 느끼고 체험하는 실재적이고 현실적인 시간의식이며, 결국 수학이나 물리학에서 측정가능한 추상적인 시간의식과는 구별되는 것이라 할 수 있다.

이러한 베르그송의 지속의 개념은 기억의 작용을 떠나서는 설명할 수 없다고 하겠다. 기억이란 개인의 특이한 체험에 근거한 표상이요 직관이고 시간적으로 순수 과거에 속하는, 객관적 시간과 무관하게 작용하는 의식의 흐

---

4) 김준오, 『시론』, 문장, 1986, p.44.

5) E. Staiger(이유영외역), 『시학의 근본개념』, 삼중당, 1976, p.96.

6) 슈타이거는 과거, 현재, 미래가 회감 작용에 의해 구현되는 모습을 다음과 같은 작품의 예를 들어 설명하고 있다. 괴에테는 『오월의 노래』라는 작품에서 밖에서부터 보이는 것, 현존의 것을 회감하고 있고, 모리케는 『봄에』에서 마지막에 〈형언할 수 없는 옛날〉을 회감한다. 그리고 클로크스토크의 많은 송시는 미래의 연인이나 무덤을 회감하고 있다고 하면서, 회감의 작용이 이처럼 과거, 현재, 미래라는 시간의식에 의해 모두 가능하다는 것을 밝히고 있다. Ibid.

7) A. Bergson(정석해역), 『시간과 자유의지』, 삼성출판사, 1992, p.93.

름[8]인 까닭이다. 기억에는 정신의 노력이 내재되어 있는 것으로, 정신의 노력은 현재의 상황에 가장 잘 개입될 수 있는 표상들을 현재에로 인도하기 위해서 과거 속에서 어떤 표상들을 찾는 행위인 것[9]이다. 그러므로 의식은 기억과 일치[10]한다고 할 수 있다.

그러나 베르그송의 이러한 지속의 개념으로는 현재성의 몰입으로 특징지워지는, 과거와 미래가 배제되는 탈근대주의적인 시간관이나 모더니즘 문학의 한 특성인 공간성의 원리를 해석하는 데는 일정한 한계를 가지고 있는 것이 사실이다. 잘 알려진 것처럼 베르그송의 시간관은 결과적으로 현재의 순간을 인정하지 않고 있다. 베르그송은 현재를 지속의 단절로 인식함으로써 기억으로 대표되는 시간의 흐름상 그것은 어떠한 의미도 갖지 못하는 것으로 보고 있는 것이다. 시간의 생성이라는 연속성 가운데서 현재 순간은 우리의 지각이 흐르는 도상의 덩어리 가운데 행사하는 것의 순간적인 절단에 의해서 형성되는 것이기 때문이다[11]. 이는 그의 철학이 과거와 미래를 철저하게 결합시키는 데서 오는 결과로서, 현재는 하나의 '순수무'의 상태[12]로 빠지게 되는 것이다. 이러한 상태에서는 과거, 현재, 미래라는 계기적 질서를 부인하고, 시간을 하나의 점이나 순간으로 인식하는 모더니즘의 동시성의 원리나 병치 등 공간적 형식을 설명할 수 없게 된다. 베르그송에 있어서 현재란 존재하지 않는 까닭이다.

베르그송의 이러한 시간성의 한계를 보충해 주는 것이 바슐라르의 시간성이다. 바슐라르는 시간을 베르그송처럼 지속으로 보는 것이 아니라 순간으로 정의한다. 그에 있어서 시간의 직관은 절대적인 비연속적인 특성과 순간의 절대적인 점 형태의 특성을 지니고 있는데[13], 여기서 말하는 순간의 점

8) 김형효, 『베르그송의 철학』, 민음사, 1995, p.46.
9) A. Bergson(홍경실역), 『물질과 기억』, 교보문고, 1991, p.88.
10) 한계전, op. cit., p.234.
11) A. Bergson(1991), op. cit., p.155.
12) 한계전, op. cit., p.235.
13) Ibid., p.239.

이란 바로 과거와 미래의 선조적 계기가 박탈된 현재의 시간성을 말한다. 이러한 순간적 현재는 물론 시적 대상과 서정적 자아의 순간적 통합에 의해 시의 이미지로 구현된다.

이처럼 시의 시간성은 장르적인 측면과 인간의 의식이 시간의 여러 양상과 결합되는 방식에서 찾을 수 있다. 즉, 과거, 현재, 미래가 서정적 자아의 정신 속에서 회감되거나 인간 의식의 단절과 지속에 의해서 이미지의 형태로 시간의 스펙트럼을 구현하는 것이다.

2. 시간의 두가지 의미맥락

(1) 문학적 시간과 자연적 시간

시간이 인간에게 인식되는 층위는 크게 두가지 각도에서 설명이 가능하다. 하나는 객관적 시간이고, 다른 하나는 주관적 시간이다. 시간이 성립되기 위해서는 흔히 3단계의 인식이 있어야 가능하다. 과거, 현재, 그리고 미래라는 감각이다. 즉 과거로서의 현재와 현재로서의 현재, 그리고 다가올 미래로서의 현재가 바로 그것이다. 이 가운데 시간감각이 성립하기 위해서 가장 중요한 매개는 과거라 할 수 있다. 인간에게 과거라는 시간의 작용 내지 인식은 기억의 작용 때문에 가능하다. 기억이 없다면 과거가 감각되지 않을 뿐만 아니라 현재도, 미래도 감각되지 않는다.

시간의 성립이 이와 같은 것이라면 시간은 인식주관의 개입여부에 따라 크게 두가지 시간으로 구분하는 것이 가능하다. 앞서의 언급처럼 객관적 시간과 주관적 시간이 바로 그러하다. 우선 객관적 시간이란 인간의 의식 저편에 존재하는 시간의식이다. 이는 초경험의 영역에 놓여 있는 것으로서 통상 등질적 시간으로 불린다. 가령 1분이 60초로 구성되어 있다든가 1시간이 60분으로, 하루가 24시간으로 구성되는 시간이다. 이러한 시간구성은 아주 규칙적으로 흘러간다. 소위 시간의 길이라든가 압축 등이 일어나지 않는 동질적 시간이다. 이러한 시간은 과학의 영역에 속하는 것이고, 초월적 어떤 영역에 속하는 자연의 시간이라 할 수 있다.

반면 주관적 시간은 인간의 의식과 밀접히 결부되어 나타나는 시간의식이다. 이러한 시간은 인간의 주관과 결부된 것이기에 의식의 흐름과 동일한 질서를 갖고 있다. 가령 즐거운 시간일 경우 시간이 빠르게 지나가는 것을 느낄 수 있을 것이고, 반면 공포스러운 상황이나 지겨운 상황일 경우 시간이 아주 느리게 지나간다는 느낌을 받을 수 있을 것이다. 실제의 시간을 측정해 보면, 즉 객관적 기준으로 보면 이 시간들은 모두 같은 양으로 구성되어 있다. 동일한 시간의 양이 인식 상황과 주관에 따라 다르게 느껴지는 것이다. 실상 문학에서 중요한 것은 이런 주관적 시간이다. 등질적 시간이란 과학의 영역에서 문제시되는 문학 외적인 것이고, 또 그러한 시간성들은 시의 리듬의 측정에나 필요할 뿐, 문학의 내재적 질을 탐색하는데 있어서는 별반 중요성이 없다고 하겠다.

(2) 시간의 근대적 맥락

시간을 인식 주체의 개입여부에 따라 주관적 시간과 객관적 시간으로 나누는 것이 가능했다고 했다. 여기서 또 한가지 짚고 넘어가야 할 것이 시간의 근대적 맥락이다. 근대의 시간은 그 이전의 시간의식과 매우 다른 영역에 놓인다. 현대문학이 시간의 규율적 힘으로부터 자유롭지 못하다는 것을 염두에 둔다면, 시간이 갖는 역사철학적 의미는 매우 중요한 것이라 하겠다. 근대의 시간의식과 그 역사철학적 의미를 이해하려면, 근대 특유의 시간관을 역사적 맥락 속에서 고찰해야 한다. 어떤 시대라도 인간 행위의 근저에는 반드시 시간의식이 존재하기 마련이므로, 경험적으로 인식되는 근대성의 시간의식을 한 시기의 고유한 범주와 질적 특수성으로 파악하기 위해서는 역사철학적인 이해가 선결조건이 되기 때문이다.

근대의 시간의식은 고대와 중세의 시간의식, 즉 근대 이전의 시간의식과 구별할 때 그 특징을 찾을 수 있다. 근대 이전의 삶의 중심은 농경 생활에 바탕을 두고 있었던 까닭에, 모든 시간 의식은 바로 농경 생활과 밀접한 관련 속에서 구성된다. 농업 중심의 생활 형태가 영위되기 위해서는 기본적으로 태양의 운행과 계절의 순환을 토대로 하는 시간의식을 갖는 것이 일반적 현상이다[14]. 아침, 저녁, 밤이라든가, 봄, 여름, 가을, 겨울이라든가 하는 따위의 측정법이 바로 그러한 예들인데, 자연의 운동 속에서 이루어지는 이러한 시간은 주기적, 순환적이며, 무한히 반복되는 양상을 보이는 것이 보편적인 특색이다. 따라서 농경 문화에서의 시간은 시간의 일탈이라든가, 상위(相違), 불가역적(不可易的)인 성격을 가지고 있지 않다. 이러한 순환적 시간인식에 있어서는 인간이 자연으로부터 자유롭지 못하다는 사실과 그의 의식이 계절의 주기적 순환에 종속되어 있다는 것을 말해준다. 그 결과 자연과 인간 의식이 일치하는 사회 세계는 '영원한 순환(eternal recurrence)' 이라는 믿음에 이끌려진다[15].

자연의 리듬과 일치하는 시간의식과 영원한 순환의식에 사로잡혀 있는 그러한 시간관에는 '과거로부터 미래로' 라는 선조적인 시간관이 존재하지 않는다[16]. 오직 과거와 현재만이 인간의 의식에서 구성되며, 미래라는 의식은 원리상 폐쇄된다[17]. 고대인들에게는 대상의 신기성이라든가 경이성, 혹은 낡은 것의 소멸과 새로운 것의 생성 등 발전적인 진취성은 존재하지 않았다. 고대 사회에서의 이러한 시간적 전망의 부재는 미래라는 관념의 부재에서 오는 것으로, 그들에게는 이처럼 미래에 대한 진정한 개념[18]이 없었던 것이다. 그들에게 다가오는 경험으로서의 시간들은 주기성과 반복성만이

14) 今村仁司, 『近代性の構造』, 講談社, 1994, p.63.
15) A.J. Gurevich, op. cit., 1976, p.231.
16) Ibid., p.231.
17) 今村仁司, op. cit., p.64.
18) M. Bakhtin(전승희 외 옮김), 『장편소설과 민중언어』, 창작과 비평사, 1988, p.61.
바흐찐은 고대와 근대의 기본적인 차이점을 미래 관념의 유무에서 찾고, 그러한 미래에 대한 관념이 처음으로 생성된 시기를 르네상스로 보고 있다.

전부였던 셈이다[19].

근대의 시간의식은 바로 이 미래의식을 떠나서는 생각할 수 없다. 주기적 시간론이 계기, 측정, 방향, 인과성 등 진보라고 생각되는 관념들보다는 반복, 순환, 회귀, 비인과성 등의 관념에 매달린 것은 미래에 대한 폐쇄성 때문이다. 따라서 순환론이 현재를 포함한 과거지향적인 특성을 가지고 있다면, 근대의 시간의식은 미래지향적인 특성을 가지고 있다고 할 수 있다. 그런 면에서 자연적인 리듬과 일치하는 시간의식의 소멸과 미래지향적인 시간의식이 어떻게 하여 생성되었는가 하는 것은 근대성을 이해하는 데 핵심적인 요인이라 판단된다.

선조적이고 직선적인 특성을 갖는 근대의 시간의식은 기독교적 세계관과 시계의 발명, 그리고 근대의 여러 자연과학의 성장과 더불어 태동하였다. 우선 고대의 주기적 시간관은 기독교적 세계관의 전파와 더불어 일정 정도의 변화를 겪는다. 잘 알려진 것처럼 기독교는 인간의 삶과 죽음, 그리고 부활이라는 인간의 존재론적 세계관에 바탕을 두고 있다. 물론 인간의 탄생과 죽음, 부활이라는 견지에서 보면 기독교의 시간관은 분명히 고대적인 순환론적 시간관과 다를 바가 없다. 특히 정신적인 영생을 희구하는, 종교적 인간의 기복적(祈福的) 욕망의 관점에서 보면 더욱 그렇다고 말할 수 있다.

3. 현대시에 구현된 시간의 맥락들

(1) 서정시와 시간의 지속

① 현재시제

서정시의 가장 큰 특징은 시간구성상 현재시제의 사용에 있다. 서정시가

19) Colin Wilson(권오천외 옮김), 『시간의 발견』, 한양대학교 출판원, 1994, p.29.

현재시제일 수밖에 없는 것은 그것의 장르적 특성 때문이다. 서정시란 순간의 정서적 표현이다. 즉 서정적 황홀의 순간에 창조되는 것이 서정시이기에 시간은 항상 현재시제로 나타난다.

> 해바라기 씨를 심자.
>
> 담모롱이 참새 눈 숨기고
> 해바라기씨를 심자.
>
> 누나가 손으로 다지고 나면
> 바둑이가 앞발로 다지고
> 괭이가 꼬리로 다진다.
>
> 우리가 눈감고 한밤 자고 나면
> 이실이 나려와 같이 자고 가고,
>
> 우리가 이웃에 간 동안에
> 햇빛이 입맞추고 가고,
>
> 해바라기는 첫시약시 인데
> 사흘이 지나도 부끄러워
> 고개를 아니 든다.
>
> 가만히 엿보러 왔다가
> 소리를 깩! 지르고 간놈이-
> 오오,사철나무 잎에 숨은
> 청개고리 고놈이다
>
> – 정지용, 「해바라기씨」 전문

인용시는 고향의 정서를 매우 사실적으로 그려놓은 작품이다. 고향의 아름다운 모습과 그 일체화된 세계 속에서 천진난만하게 놀고 있는 유아의 모습이 거의 동시의 세계를 연상시킬 정도로 평화롭게 나타나 있다. 이 시는 서정시의 기본 특성답게 현재시제로 되어 있다. 단지 눈앞에 다가오는 감각만을 재구성시켜 이를 표출시키고 있기 때문이다. 서정시에서 흔히 쓰이는 기억의 작용이나 변용조차 없다. "해바리기씨를 심자", "바둑이가 앞발로 다지고/괭이가 꼬리로 다진다", "청개고리 고놈이다"에서 보듯 모두 현재 진행형으로 이루어져 있는 것이다. 시적 주체가 해바라기 씨를 심고 개와 고양이가 그것을 다지고, 다시 이슬과 햇볕이 입을 맞추는 조화로운 공간, 유토피아적인 고향이 현재의 시간 속에서 신비롭게 펼쳐져 있는 것이 이 시의 특징이다. 서정시는 이렇듯 지금 이 순간의 감수성으로 씌어지는 현재시제를 기본 속성으로 한다.

② 과거시제

서정적 순간에 만들어지는 것이 서정시의 일반적 특징이다. 서정시가 현재시제를 유지할 수 있는 것도 그것이 현재의 정서를 바탕으로 하고 있기 때문이다. 그럼에도 서정시에 이야기성이 들어오게 되면, 시제가 현재시제로 한정되지 않는다. 통상적인 관점에서 볼 때, 사건은 지금 현재에 일어나는 진행적인 성격을 갖기도 하지만 대부분은 과거적인 성격을 띈다. 말하자면, 서사는 과거에 일어난 과거시제를 그 밑바탕으로 하고 있다. 그렇기에 체험을 형상화한 시들에서는 시간구성상 현재시제로 재현되지 않는다.

목련이 활짝 핀 봄날이었다. 인도네시아 출신의 불법 체류 노동자 누르 푸아드(30세)는 인천의 한 업체 기숙사 3층에서 모처럼 아내 리나와 함께 단란한 시간을 보내고 있었다. 목련이 활짝 핀 아침이었다. 우당탕거리는 구둣발 소리와 함께 갑자기 들이닥친 출입국관리사무소 직원들이 다짜고짜 그와 아내의 손목에 수갑을 채우기 시작했다. 겉옷을 갈아입겠다며 잠시 수갑을 풀어달라고 했다. 그리고 그 짧은 순간 푸아드는 창문을 통해 옆 건물 옥상으로 뛰어내리다 그만 발을 헛디뎌 바닥으로 떨어져 숨지고 말았다. 목련이 활짝 핀 눈부신 봄날 아침이었다.

– 이시영, 「봄날」 전문

이시영의 「봄날」은 체험을 바탕으로 씌어진 시이다. 소위 코리안 드림을 꿈꾸는 이주노동자의 비극적 삶을 다룬 체험 위주의 시로서 거의 산문에 가까운 장르적 특성을 보이고 있다. 이 작품에는 체험 시의 특성답게 인물이 있고, 사건이 있으며, 약간의 서사구조가 있다. 서정시의 기본 특색인 순간형식이 아니라 서사의 기본 특성인 완결형식으로 구성되어 있다. 완결형식은 그 특성상 과거 지향적인 시간의식을 특성으로 한다. 이 시에는 80년대에 유행하던 이야기시라고 해도 무방할 정도로 산문성과 이야기성이 강하게 나타난다.

그럼에도 이 시는 두가지 시간의 착종에 의해 직조된다. 먼저 노동자의 사망 사건은 과거에 일어난 것이다. 그러나 이 사건을 시화하고 있는 시인의 정서는 현재의 순간에 놓여 있다. 사건은 과거지만 시가 만들어지는 시간은 현재의 순간이다. 시간의 혼종 현상이 일어나고 있는데, 이를 굳이 모순이라고 인식할 필요는 없을 것이다. 이는 시간의 속성 가운데 하나인 지속으로 그 설명이 가능하기 때문이다.

하지만 그것이 어떤 것이든 간에 이 작품은 과거시제를 그 밑바탕으로 하고 있다는 사실이다. 현재시제라고 하는 서정시 일반의 특성을 넘어선 이러한 과거시제의 등장은 체험 위주의 시들에서 흔히 발견되는 양상들이다.

(2) 시정시와 무시간성

서정시에 드러나는 시간의식은 기본적으로 현재시제를 바탕으로 한다. 종종 과거시제의 양상을 보이기도 하지만 현재시제로 구성되어 있는 것이 서정시의 일반적 특성인 것이다. 그런데 이러한 특성들은 주로 통사론적인 국면에서 고찰한 시간의식들이다. 가령, 서술어가 현재인가 과거인가, 혹은 시속에 담긴 내용들이 현재의식에서 이루어진 것인가 아니면 과거의 어떤 사건인가에 따라서 시간의 구현양상이 달라지고 있었던 것이다.

서정시의 시간성은 서술어나 사건과 같은 시의 내용에 의해서도 구현되기도 하지만 기법이나 역사철학적인 관점에서도 고찰하는 것이 가능하다. 그 대표적인 경우가 시에서 시간이 추방되는 소위 무시간성이 바로 그러하다. 모더니즘의 기법 가운데 하나인 공간화 양식(spatial form)이 그 단적인 보기가 된다. 공간 예술은 병치(juxtaposition)의 기법을 기본 특징으로 하고 있는 반면 시간 예술은 연속성(consecutive)에 의존한다. 전자의 경우를 회화나 조각과 같은 공간예술에서 볼 수 있고, 후자는 시나 소설과 같은 문학 예술에서 볼 수 있다. 그러나 현대는 복잡한 의식을 기본 특징으로 하고 있다. 그러한 현대인의 의식을 한순간에 드러내려는 자의식적 열망이 강렬히 내포되어 있는 것이 또한 현대시의 특징이다. 그런데 이러한 분열상을 한순간에 드러내는 데 있어 공간화의 기법만큼 좋은 예도 없다고 하겠다. 가령 현대인의 분열된 의식을, 인물의 행위와 플롯이 지닌 시간적 지속의 원칙을 깬다든가 일상 어순이나 문법과 같은 연속의 원리를 파괴함으로써 표현하는 사례가 바로 그것이다. 이렇게 시간이 해체되는 현상을 두가지 인식론적 모형을 통해서 살펴보도록 하자.

① 시간의 공간화

넓은 벌 동쪽 끝으로

옛이야기 지줄대는 실개천이 휘돌아 나가고,

얼룩백이 황소가

해설피 금빛 게으른 울음을 우는 곳,

--그 곳이 참하 꿈엔들 잊힐리야.

질화로에 재가 식어지면
뷔인 밭에 밤바람 소리 말을 달리고,
엷은 조름에 겨운 늙으신 아버지가
짚벼개를 돋아 고이시는 곳,

--그 곳이 참하 꿈엔들 잊힐리야.

흙에서 자란 내 마음
파아란 하늘 빛이 그립어
함부로 쏜 활살을 찾으러
풀섶 이슬에 함추름 휘적시든 곳,

--그 곳이 참하 꿈엔들 잊힐리야.

전설바다에 춤추는 밤물결 같은
검은 귀밑머리 날리는 어린 누의와
아무러치도 않고 예쁠것도 없는
사철 발벗은 안해가
따가운 햇살을 등에지고 이삭 줏던 곳,

--그 곳이 참하 꿈엔들 잊힐리야.

하늘에는 석근 별
알수도 없는 모래성으로 발을 옮기고,
서리 까마귀 우지짖고 지나가는 초라한 지붕,
흐릿한 불빛에 돌아 앉어 도란 도란 거리는 곳,

--그 곳이 참하 꿈엔들 잊힐리야.

– 정지용, 「향수」 전문

정지용의 「향수」는 총 5연으로 되어 있는 작품이지만 기승전결의 완결된 짜임으로 구성되는 유기적 통일성을 가지고 있는 작품은 아니다. 각 연들마다 고향의 모습이 단편 단편으로 고립 분산되어 표현되고 있기 때문이다. 말하자면 고향의 장면 장면이 하나의 그림 모양으로 제시됨으로써 서정시에서 흔히 볼 수 있는 기승전결이나 감정의 클라이막스와 같은 점층적 구조를 읽어낼 수가 없다. 계몽적 사고에 바탕을 둔 시간이 통상 연속적인 흐름으로 나타나는 것에 비춰볼 때, 이는 그러한 시간관과는 상당한 거리가 있는 것처럼 보인다. 이 작품을 하나의 유기적 작품으로 만들어 주는 요소는 각 연의 마지막에 반복적으로 나타나는 "그 곳이 참하 꿈엔들 잊힐리야"라는 반복구 뿐이다.

「향수」의 이러한 비유기적 구조는 모더니즘의 한 기법인 공간화로 그 설명이 가능하다. 고향의 여러 가지 모습이 장면 장면으로 교체되어 나타나는 것은 영화적 요소 혹은 몽타쥬의 기법 때문에 그러하다. 정지용이 근대문명의 불구화된 감각을 기반으로 하는 모더니스트 시인이라는 것은 잘 알려진 일이다. 정서의 파편화, 감성의 파편화라는 인식의 불완전성이 모더니스트들의 주요한 인식론적 기반이라는 사실을 감안하면, 「향수」에서 영화나 몽타쥬의 기법은 당연하다고 하겠다. 이 기법은 그러한 인식론적 구조에서 생기하는 시간의 해체를 잘 보여준다.

② 시간의 영원성

香丹아 그넷줄을 밀어라

머언 바다로

배를 내어 밀듯이,

香丹아

이 다수굿이 흔들리는 수양버들 나무와
벼갯모에 뇌이듯한 풀꽃뎀이로부터,
자잘한 나비새끼 꾀꼬리들로부터
아조 내어밀듯이, 香丹아

珊瑚도 섬도 없는 저 하늘로
나를 밀어 올려다오.
彩色한 구름같이 나를 밀어 올려다오
이 울렁이는 가슴을 밀어 올려다오!

西으로 가는 달 같이는
나는 아무래도 갈수가 없다.

바람이 波濤를 밀어 올리듯이
그렇게 나를 밀어 올려다오
香丹아.

– 서정주, 「추천사」 전문

이 시는 춘향 설화를 가지고 씌어진 작품 가운데 하나로, 전후 서정주의 시간성을 보여주는 대표적인 작품이기도 하다. 「추천사」의 표면적인 구성은 춘향의 이도령에 대한 사랑의식으로 되어 있지만, 심층적으로는 그러한 사랑의 완성을 통해서, 세속적인 일시성을 벗어버리고 영원성으로 나아가기 위한 의미를 담아내고 있다.

우선 이 시의 1연은 춘향이 향단에게 머언 바다로 나아가기 위해 그네줄을 밀어 달라고 한다. 여기서의 머언 바다란 자신의 연인인 이도령이기도

하지만, 다른 한편으로는 현실의 질긴 끈으로부터 벗어나고자 하는 시적 자아의 의도 역시 내포된다. 2연에서는 그러한 사랑이 성립하는 데 있어서의 장애물, 그것은 곧 속세의 장애물이기도 한데, 그러한 장애물의 이미지들이 구체적으로 나타난다. 수양버들이나 풀꽃뎀이, 나비새끼, 꾀꼬리 등이 그러한 예들로서, 이것들은 모두 사랑의 장애물이며 동시에 시간적 구속력을 가지고 있는 속세의 유한한 것들이기도 하다. 3연에서는 1연의 바다와 비슷한 속성을 갖는 이상향, 즉 사랑의 완성과 이상향으로서의 하늘이 등장하는데, 이는 곧 그러한 구속에서 벗어나 이상향 속에 안주하려는 시적 자아의 의지적 표명에 해당된다고 하겠다.

「추천사」는 세속적인 삶의 유한성을, 영원한 삶으로 전환시키고자 하는 인간의 유토피아적 욕망에서 나온 작품이다. 그것이 영원 반복하는 윤회사상이다. 이는 영원주의이고 시간구성상으로 볼 때도 지금 여기의 세속의 시간이 아니다. 시간의 흐름이 지배하지 않는 이러한 영원의 시간들은 모두 무시간의 영역에 속한다. 영원성을 시간의 추방으로 보는 근거는 두가지이다. 하나는 세속의 시간처럼 시간의 압축이라든가 팽창이 일어나지 않는다는 점이 그 하나이고, 다른 하나는 영원의 시간이란 무한히 반복되는 시간이라는 점에서 그러하다. 즉 영원주의는 시간의 압축과 팽창 없이 언제든 환기되어 나타나는 순동시적으로 살아있는 무시간인 것이다.

4. 리듬

손 진 은

* 이 글은 『시창작의 이론과 실제』(시와시학사, 1998)에 발표된 필자의 「시와 리듬」을 일부 개고한 것임.

1. 리듬의 개념

리듬을 사전적으로 풀이하면 상이한 요소들이 재현하는 흐름이나 운동을 말한다. 넓은 의미에서는 춘하추동과 같은 계절의 변화나 생로병사와 같은 인생의 현상들을 계절의 리듬이나 생의 리듬으로 말하는 까닭이 여기에 있다.

예술에 있어서도 무용, 음악 등이 특히 리듬을 생명으로 하고 있다. 리듬을 통해서 우리는 기억을 촉진시키고 감정을 강화시키며 결국은 정서에 통일감과 조화감을 부여받게 된다. 리듬을 가지고 있는 시가 그렇지 못한 시보다 훨씬 친숙하게 다가오고 우리들 기억에 오래 남는 이유가 여기에 있다. 김소월과 서정주, 박목월 등의 시가 오랫동안 많은 사람들 사이에 애송되고 있는 것도 바로 시의 리듬, 즉 음악성 때문이다.

시의 리듬, 즉 운율은 독자의 호기심을 자극하고 만족시키는 동일한 과정을 되풀이한다. 하나의 리듬은 그 자체로서는 뚜렷한 의식의 대상이 되기에는 미약하지만, 그것이 계속해서 되풀이될 때에는 그 축적된 힘으로 상당히 큰 심리적 효과를 빚어낸다. 운율의 계속적인 자극으로 독자의 감정과 주의는 더욱 예민해지고 활발해진다. 일반적으로 시의 리듬은 독자에게 짝맞춤

(symmetry)과 조화감(harmony)의 효과를 주는 것으로 알려져 있다. 짝맞춤이란 반복, 혹은 대칭으로 두 번 이상 되풀이되는 과정에서 나타나는 속성이고, 조화감은 질서의식, 즉 심리적 기대가 충족되어질 때 얻어지는 안정감을 말한다. 이때 독자들은 질서화 속에 자아를 발견하며 통시적 동일성과 통일성을 확인할 수 있다.[1)]

그러나 시의 운율은 시의 내용을 풍부하게 하는 데 기여하는 수단과 방법이 되어야 한다. 운율이 따로 놀거나 없는 내용을 감추기 위해 쓰이는 운율이라면 아무 의미가 없다. 말하자면 한 편의 시에 있어서 운율과 의미는 서로 따로 떨어져 있어서는 안 되며, 운율이 시의 의미에 생명력을 주고 시의 감동을 심화, 확대하는 방향으로 기여하여야 한다는 말이다.

시의 운율은 운(rhyme, 押韻)과 율(meter, 律格)을 포괄하는 개념이다. 여기서 압운과 율격은 명백히 구분할 필요가 있다. 한때 율격을 음위율(音位律) 음성률(音聲律), 음수율(音數律)로 구분하고 압운을 음위율의 구현양상으로 본 경우가 있으나, 이는 본질적으로 다른 운과 율을 같은 기준 위에 놓고 구분한 오류이다. 운과 율은 시행(詩行)에서 나타는 소리의 현상이라는 점, 그리고 규칙성과 반복성을 갖는다는 점에서는 동일하다. 그러나 율격이 소리의 시간적 질서 위에서 나타는 거리의 반복임에 비해서 압운은 위치의 반복이라는 점에서 다르다.[2)] 이제 이 둘에 대해서 좀더 자세히 살펴보자.

2. 압운

운(韻), 혹은 압운이란 한시나 영시에서 많이 볼 수 있는 것으로 소리의 반복이다. 이 운은 각운(脚韻), 두운(頭韻), 요운(腰韻), 자음운(字音韻), 모음

1) 김준오, 『시론』(삼지원, 제4판, 2004), p.135 참조.

2) 김대행, 「韻律論의 問題와 視角」, 『韻律』(문학과지성사, 1990), p.13 참조.

운(母音韻) 등으로 다시 세분된다. 두운은 첫 자음의 반복이고, 자음운은 두운을 포함한 모든 자음의 반복을 가리키며, 모음운은 강음절의 모음이 반복되는 현상이다. 또 요운은 하나 이상의 압운어가 시행 내에 있는 경우를 말하며, 각운은 시행 끝 강음절의 모음과 자음이 반복되는 현상인데, 이 각운이 운의 대표가 된다. 그러나 우리 시의 경우 한시나 영시에서처럼 엄격한 규칙성을 보이고 있는 것은 아니다. 또한 우리 시에서 어떤 운을 발견해냈다고 하더라도 그것이 의식적인 창작으로 만들어진 것은 많지 않다. 비록 부분적이기는 하지만 우리 현대시에서 찾을 수 있는 예들은 다음과 같다.

(1) 두운

밤하늘에 부딪친 번갯불이니
바위에 부서지는 바다를 간다

– 송욱, 「쥬리에트에게」

신이나 삼어줄ㅅ걸 슲은 사연의
올올이 아로색인 육날 메투리.
은장도 푸른날로 이냥 베혀서
부즐없은 이머리털 엮어 드릴ㅅ걸

– 서정주, 「귀촉도」

두운이 운으로 사용된 예들이다. 「쥬리에트에게」는 첫어절의 음운이 모두 파열음 'ㅂ'(밤 · 부 · 번 · 바)으로 이루어져 있다. 이 파열음은 격렬한 상태의 감정과 상승적으로 연결되어 의미의 강화까지 얻고 있다.

「귀촉도」는 더 복잡한 운의 형태를 보여주고 있다. 1행은 첫어절의 음운이 모두 'ㅅ'으로 되어 있고, 2행은 첫어절의 음운이 'ㅇ'과 유성음 'ㅁ'으로, 3행은 'ㅇ' 음과 파열음이 교차되며, 4행은 파열음 'ㅂ'과 'ㄷ'이 'ㅇ' 음을 외부에서 압박하는 구조로 이루어져 있다. 1행과 2행의 'ㅅ' 음과 'ㅇ' 음은 신을 삼아주지 못한 화자의 쓸쓸함을 강화시키는 기능을 한다. 이 슬픔의 감정은 3행의 'ㅅ' 음과 'ㅇ' 음의 교차에서 더욱 강화되며, 4행에서 파열음이 'ㅇ' 음을 둘러싸는 과정에서 안타까움이 고조에 달하는 답답한 심정을 대변하는 마음의 반영으로 나타난다. 이런 마음은 전체적으로 'ㄹ' 음의 되풀이에서 더욱 효과적으로 전달되고 있다. 이를 통해서 우리는 이 시의 초성이 행마다 일정한 규칙에 따라 배치되어 있음을 확인할 수 있었다.

(2) 각운

언니 언니 큰언니
깨묵 같은 큰언니
아직은 난 새 밑천이
바닥 아니 났으니,
언니 언니 큰언니
三更 같은 큰언니

– 서정주, 「재롱調」

먼 훗날 당신이 찾으시면
그 때에 내 말이 잊었노라
당신이 속으로 나무리면
무척 그리다가 잊었노라
그래도 당신이 나무리면
믿기지 않아서 잊었노라

– 김소월, 「먼 후일」

설만들 이대로 가기야 하랴마는
이대로 간단들 못 간다 하랴마는
파란 하늘에서 사라져버리는 구름쪽같이

– 박용철, 「이대로 가랴마는」

「재롱調」는 시행 마지막 음절에서 모음 'ㅣ'가 같은 음을 이루는 구조를 가지고 있다. 아울러 이 시에서 'ㅣ'음은 행말 이외에도 자주 사용됨으로써 전체적으로 민요조의 빠르고 경쾌한 어조와 잘 어울리는 형태를 유지하고 있기도 하다. 「먼 후일」은 '면'과 '라'가 ababab의 교차운으로 작용하면서 특유의 슬픈 정조가 리듬을 얻으면서 강화되고 있다. 이에 비해 「이대로 가랴마는」은 aabb('하랴마는', '같이')의 병렬운의 형식으로, 같은 종류의 운이 두 번식 규칙적으로 반복되면서 무겁고 장중한 분위기를 자아내는 데 효과적으로 기여하고 있다.

(3) 자음운

㉠ 산에는 오는 눈 들에는 녹는 눈
삼수갑산 가는 길은 고개의 길

– 김소월, 「산」

흰옷깃 염여염여 가옵신 님의
다시오진 못하는 巴蜀 三萬里,

– 서정주, 「귀촉도」

㉡ 앞 江물 뒷 江물
흐르는 물은
어서 따라 오라고 따라 가자고

흘러도 연달아 흐릅니다려.

– 김소월, 「가는 길」

㉠의 「산」과 「귀촉도」에서는 받침자음(종성) ‘ㄴ’ 이 각각 10회, 4회씩 반복됨으로써 화자의 마음이 간절해지고 엄숙해지는 효과를 자아내고 있다. ㉡ 「가는 길」에서는 ‘ㄹ’ 음의 연속적인 사용이 두드러진다. 연속되는 ‘ㄹ’ 음은 강물이 흐르듯 임에 대한 그리움이 흘러넘치게 함으로써 강물의 흐름과 화자의 마음상태를 하나로 연결시켜주는 기능을 하고 있다. 즉 의미와 정서는 말의 리듬과 긴밀히 연관되어 나타난다. 이 구절은 시의 내용이 필연적으로 낳은 형식으로 리듬이 존재하고 있음을 보여주고 있다.

이밖에도 의성어와 의태어의 사용을 통한 음성상징(‘삐이 삐이 배 뱃종! 뱃종! 멧새들도 우는데’ 박두진, 「묘지송」), 어구의 반복(‘가시내두, 가시내두, 가시내두, 가시내두/콩밭 속으로만 작구 다라나고’ 서정주, 「입맞춤」) 등도 넓은 의미에서는 압운법에 넣어서 논의될만하다. 이런 예는 엄청나게 많다.

압운은 단순히 같은 음성의 나열만으로 그 기능을 다하지 않는다. 음성의 청각영상이 의미에 밀접한 연관을 가지면서 의미의 효과적인 전달에 기여하는 것이다. 아울러 우리들의 귀가 동일한 음을 지닌 단어를 지각할 때, 다음에 또 유사한 음이나 단어가 나타날 것을 기대하게 되며 실제로 동일하거나 유사한 음이 반복되는 것을 확인했을 때 그 기대가 충족되는 것이다. 이 기대와 충족의 순환과정이 동일음에 대한 주목을 가져오며, 그 주목의 과정에서 강조된 의미를 알아차리게 되는 것이다. 그러나 압운은 대체로 음절의식이 강한 언어에서 사용되어 온 기교이며, 우리말은 많은 경우에 있어서 영시와 한시와는 달리 음절강조가 없는 소리의 반복이기 때문에 진정한 의미의 압운이 성립된다고 볼 수 없다는 주장이 우세하다.

3. 율격

율격(律格)은 고저, 장단, 강약의 규칙적 반복이다. 즉 언어의 음성자극이 일정한 시간의 간격을 두고 되풀이하여 일어나는 현상을 말하는데, 음성적 충격과 울림과 소멸이 동일한 시간적 간격을 두고 한 시행에서 최소한 두 번 이상 되풀이되어 나타날 때 율격이라 부른다. 율격의 이러한 요소를 들어 율격의 특징을 소리, 반복성, 규칙성으로 나누고 있기도 하다. 율격에는 언어의 강음절과 약음절을 반복시켜 만드는 강약률, 장음절과 단음절을 교체하는 방식으로 만드는 장단율, 고음절과 저음절의 규칙적 반복으로 만드는 고저율, 강약, 고저, 장단의 특징이 나타나지 않고 일정한 음절 수의 반복에 의하여 리듬이 만들어지는 음수율 등이 있다. 일반적으로 영시(英詩)가 강약률, 한시(漢詩)가 고저율, 프랑스시가 장단율, 우리 시가 음수율로 되어 있다고 알려져 있다. 따라서 그동안 우리의 음수율은 대체로 2 · 3조, 3 · 3조, 3 · 4조, 3 · 3 · 2조, 3 · 3 · 4조로 분류되어 오면서, 고전시가와 현대시의 운율연구의 지배적 방법이 되어 왔다.[3] 그러나 우리 시가의 한 행을 이루는 음절수는 고정적이 아니라 매우 다양하며 가변적이기 때문에 음수율에 의한 율격연구가 사실상 무의미하다는 이론이 제기되어져 왔다. 음수율은 단순히 음절수에 의한 리듬보다 박자개념에 의한 등장성(等長性)으로 파악하는 것이 더 타당하다는 것이다. 음보율(音步律)이 우리 시가의 율격개념으로 대두된 것은 이 때문이다. 음보율은 시행을 구성하는 음보의 수에 일정한 규칙이 존재한다는 사실에 근거한다. 즉 한 음보를 구성하는 음성적 특징이 무엇인가 하는 문제에 대해서는 논란의 여지가 있으나 적어도 시행을 구성하는 음보들의 배열원리에 있어서는 일반적 규칙들이 존재한다는 것이다.

이런 관점에서 오세영은 우리 고전시가의 기본 음보를 2음보 시행과 3음보 시행으로 잡고, 여기에다 1음보와 중첩 2음보, 중첩 3음보 시행을 첨가하

3) 김준오, 앞의 책, p.137 참조.

고 있다. 또 2음보격체계의 율격은 각 음보의 길이가 일정(예 3 · 4, 4 · 4, 3 · 3, 5 · 5 등)한 데 비하여 3음보격체계는 음보의 길이가 다양하게 변한다고 주장하면서, 각 음보의 음절수가 동일한 경우(예 3 · 3 · 3등)를 등장삼음보격(等長三音步格), 앞의 두 음보의 각 개 길이에 비해 마지막 세 번째가 유독 길 경우(예 4 · 4 · 5, 3 · 3 · 5, 4 · 3 · 5, 3 · 3 · 4 등)를 후장삼음보격(後長三音步格), 앞의 두 음보의 각 개 길이에 비해 마지막 세 번째가 짧을 경우(예 3 · 3 · 2, 4 · 3 · 2 등)를 후단삼음보격(後短三音步格)으로 분류하고 있다.[4] 그러나 위에서 말하는 중첩 2음보는 엄밀한 의미에서 4음보와 구분하기 어려우며, 실제로 시조와 가사에 쓰였던 4음보가 현대시에 활용되면서 2음보와 2음보로 재분할되기도 한 것도 많으므로 음보의 분석에는 4음보를 그대로 유지하는 것이 좋을 것이다.

현대시 중에는 전통 율격을 엄격히 적용시키기 어려운 시들이 많다. 즉 율격은 리듬을 결정하는 데 있어서 기본적인 요인이 되기는 하지만 유일한 조건은 아니다. 따라서 리듬과 율격 사이에는 다음과 같은 차이점이 있음을 우리는 유념해야 한다. 먼저, 율격은 산문과 율문을 가려 주는 변별적 자질이라는 것이다. 둘째, 율격은 언어 체계 안에서 규칙적이고 체계적이어서 불변성을 갖지만 리듬은 형상화되는 언어 현상에 따라 가변성을 갖는다. 그러나 엄밀한 의미에서 어떤 시들이라 할지라도 언어의 음악성을 무시할 수 없다는 측면에서 자세히 살펴보면 상당수가 전통시의 율격원리를 원용해서 창작되고 있다는 사실을 확인할 수 있을 것이다. 따라서 현대시를 전통시의 율격원리에 따라 분석하고자 할 때에는 분행 및 분절, 구두점의 종류 및 유무, 심지어 한글과 한자의 시각적 효과의 차이 등이 리듬과 불가분의 관계를 가지고 있다는 사실을 고려하여야 할 것이다. 여기서는 3음보격과 4음보격의 율격을 갖추었거나, 이 토대 위에서 창작된 현대시를 살펴보기로 한다.

---

4) 오세영,『韓國浪漫主義詩硏究』(일지사, 1980), pp.43~46 참조.

(1) 3음보격의 현대시

㉠ 내 마음 속/우리 님의/고운 눈썹을
즈문 밤의/꿈으로/맑게 씻어서
하늘에다/옴기어/심어 놨더니
동지 섣달/나르는/매서운 새가
그걸 알고/시늉하며/비끼어 가네

– 서정주, 「冬天」

따로 보는/두 개의/눈입니다.
따로 듣는/두 개의/귀입니다.
따로 잡는/두 개의/손입니다.
따로 잡는/두 개의/발입니다.
두 개의 틈으로/의식은 자꾸/매몰되고
박살난 것들이/어둠 속을/떠다닙니다.
한쪽/눈입니다./눈입니다
한쪽/귀입니다./귀입니다
한쪽/손입니다./손입니다
한쪽/발입니다./발입니다
아무도/만날 수 없는/허공입니다.

– 한광구, 「分裂」

율격은 시의 행을 떠나서 존재할 수 없다. 율격은 행을 등가체계로 만들어내는 것이기 때문이다. 예를 들어 시조는 3 · 4조의 4음보의 리듬에 의해 초 · 중 · 종장의 3행이 분할된다. 시적 언어를 비슷하거나 가능한 대로 균등한 힘의 경계를 갖는 음성단위인 시행으로 분할하는 것은 분명히 시적 언어의 변별적 자질에 해당한다.

이런 점에서 ㉠의 시들은 3음보의 율격이 현대시에서 비교적 충실하게 지켜지고 있는 시들이다. 「冬天」은 3음보로 이루어진 작품으로 음보의 자수가 일정하게 정제되어 뛰어난 조형미를 갖추고 있다. 즉 각 행의 첫음보와 끝음보가 모두 4음절과 5음절의 완벽한 횡적인 대칭을 가지고 있고, 또 외재행인 1행과 5행이 4 · 4 · 5자의 같은 율격으로, 내재행인 2, 3, 4행의 4 · 3 · 5자의 율격을 감싸고 있어 종적으로도 완벽한 대칭을 이루고 있는 시이다.

그러나 「分裂」은 이와는 조금 다르다. 1~4행까지의 4 · 3 · 4조와, 7~10행까지의 2 · 4 · 4조가 기본 음수율을 구성하고 있지만, 전체적으로는 3음보로 되어 있다. 이 시에서 특히 주목할 만한 점은 행말의 구두점의 유무이다. 이 구두점과 '분열' 이라는 주제가 긴밀하게 결합되고 있다. 1~4행까지 매행에 놓인 마침표와, 7~10행까지의 행의 중간에 놓인 마침표는 따로 노는 '눈과 눈' , '귀와 귀' , '손과 손' , '발과 발' 의 분리에 대한 함의를 효과적으로 전달하는 역할을 한다. 그리고 7~10행 사이에 행중에는 마침표가 있으나 명백히 문장이 끝났음에도 불구하고 행말에 마침표가 없는 것은 시 전체의 끊어짐을 방지하고자하는 시인의 의도적인 배려이다. 이 시는 특히 4행 뒤에 두 행과, 10행 뒤에 한 행을 넣으면서 앞의 진술을 설명하고 있어 전체적으로는 aba' b' 의 구조를 갖추고 있다. 여기서 b(5~6행)와 b' (11행)는 시의 단조로움을 피하고 전체 문장에 긴장을 주려는 시인의 의도된 배치이지만, 여기서도 매몰된 의식을 드러내는 b보다 모두가 분리되어 있어 만날 수 없다는 인식의 허망을 나타내는 b' 가 훨씬 더 의미의 파장이 큼으로써, 시의 주제를 효과적으로 살리는 방향으로 작용하고 있는 것이다.

㉡ 江나루/건너서/
밀밭 길을

구름에/달 가듯이/
가는 나그네

길은/외줄기/

南道 三百里

술 익는/마을마다/

타는 저녁놀

구름에/달 가듯이/

가는 나그네

– 박목월, 「나그네」

나 보기가/역겨워/

가실 때에는

말없이/고이 보내/드리우리다

– 김소월, 「질달래꽃」

계집애야/계집애야

고향에 살지.

멈둘레/꽃 픠 는

고향에 살지.

질갱이/풀 뜯어

신 삼어 신ㅅ고,

시누 대밭/머리에서

먼 산 바래고,

서러워도 서러워도

고향에 살지.

— 서정주, 「고향에 살자」

㉡의 시들은 7 · 5조를 채용하고 있는 시들이다. 그러나 이 7 · 5조는 우리 시가의 고유리듬이 아니고 일본에서 도입된 리듬이다. 따라서 이들 시는 전통리듬인 3음보(4음보로 분석하는 사람도 있다)의 율격으로 변용이 가능한 것이다. 「나그네」의 7 · 5조는 「閏四月」, 「삼월」, 「갑사댕기」등의 다른 많은 작품과 함께 연의 구성으로 보면 1행은 무겁고 2행이 다소 가벼운 1행 2음보, 2행 1음보로 이루어져 있다. 이를 의미단위를 가진 행으로 만들면 '江나루/건너서/밀밭 길을', '구름에/달 가듯이/가는 나그네' 로 되어 3 · 4(3) · 5조를 가진 3음보가 되는 것이다. 마찬가지로 「진달래꽃」은

나 보기가/역겨워/가실 때에는

말없이/고이 보내/드리우리다

으로 분할되면서 3(4) · 3(4) · 5조의 3음보가 된다. 「고향에 살자」는 3(4) · 3(4) · 5조의 3음보라는 점에서는 위의 시들과 다를 바가 없지만 그 속에서도 많은 변화를 주고 있어 눈길을 끄는 작품이다. 먼저 「고향에 살자」라는 제목과는 달리 세 번 되풀이되는 '고향에 살지' 라는 소박하고 은근한 권고투로 정감있는 어법을 구사하고 있으며, 이외에도 '계집애야', '서러워도' 의 두 번 되풀이가 음률적 효과를 상승적으로 이끌고 있다. 여기에 구두점 사이에 쉼표(3, 4연)를 적절히 배치함으로 산뜻한 분위기를 연출하고 있다.

그러나 현대시에는 음보를 여러 행으로 배열하는 변형적인 방법들이 많이 쓰이면서 말의 의미상의 중요성과 정서의 변화가 리듬을 결정짓는 요인으로 작용하고 있음을 보여주는 시들이 많다. 대표적으로 한하운의 시를 예

로 들어보기로 한다.

나는
나는
죽어서
파랑새 되어

푸른 하늘
푸른 들
날아다니며

푸른 노래
푸른 울음
울어예으리

나는
나는
죽어서
파랑새 되리

— 한하운, 「파랑새」

이 작품은 3음보(기본 음수율은 4·3·5조)의 전통율격으로 구성되어 있다. 그러나 시인은 감정의 효과적인 전달을 위해 3음보를 1행으로 처리하는 것이 아니라 3행과 4행으로 분행시키고 있다. 특히 1연과 4행에서 1음보('나는/나는')를 2행으로 나눈 것은 단순에 말해 버릴 수 없는 어떤 망설임의 심정을 나타내면서 숙연함과 함께 화자의 결심의 비장과 결연함을 보여주고 있으며, 2연의 '푸른 하늘'과 '푸른 들'은 3연의 '푸른 노래', '푸른 울음'과 각각 대응되며 푸른 빛으로 표상되는 자신의 생명이 온 천지에 스며들게 하는 데 효과적인 형식이 되고 있다. 이 시는 전체적으로 1, 4연의 외재연과 2, 3연의 내재연이 대칭을 이루는 구조로 되어 있다. 그러나 이 대칭 구조는 각연이 구두점이 없이 '―어', '며', '리', '리'라는 어미로 끝나면서 서술과 어조가 전체적으로 연결되는 순차구조로 감정의 개방과 확산에 효과적으로 기여하고 있는 것이다. 따라서 한하운의 「파랑새」는 3음보의 기본율격으로써 행을 분할하는 것을 파괴한 '낯설게 하기'의 기법이 사용되었음에도 불구하고 내용은 긴밀히 얽혀 있는 구조를 보이고 있는 것이다. 나병환자로서의 자아인식, 생명의지의 표출을 다루던 한하운의 시세계가 좁은 시야로부터 벗어나 이 땅의 고통받는 모든 이들에게 가슴을 열면서 그들과 함께 고통과 슬픔을 나누고자 하는 의지를 보이고 있다. 아울러 파랑새의 비상을 통해 고통이 사라진 '나'를 염원하는 간절한 마음이 드러나고 있다.

이렇듯 음보율은 폭넓은 변형 가능성을 가지고 있는 것이다. 그래서 많은 논자들은 음보율의 개념으로 내재율의 정체를 밝힐 수 있을 것으로 보고 있다.

(2) 4음보격의 현대시

㉠ 울타릿가/감들은/떫은 물이/들었고
맨드라미/蜀葵는/붉은 물이/들었다만
나는/이 가을날/무슨 물이/들었는고.

안해 박은/뜰 안에/큰 주먹처럼/놓이고
타래 박은/뜰 밖에/작은 주먹처럼/놓였다만
내 주먹은/어디다가/놓았으면/좋을꼬.

– 서정주, 「秋日微吟」

늦은 저녁때/오는 눈발은/말집 호롱불/밑에 붐비다

늦은 저녁때/오는 눈발은/조랑말 발굽/밑에 붐비다

늦은 저녁때/오는 눈발은/여물 써는/소리에 붐비다

늦은 저녁때/오는 눈발은/변두리 빈터만/다니며 붐비다

– 박용래, 「저녁눈」

㉠은 4음보의 리듬을 채용하고 있는 시들이다. 「秋日微吟」은 한 두 음절의 가감은 있지만 전반적으로는 4 · 3 · 4 · 3조로 된 4음보시로 볼 수 있다. 음절의 변화가 적은 만큼 전달하려는 내용이 시 형식 쪽에 갇혀버린 감을 주고 있다. 이에 비해 「저녁눈」은 음수의 변화는 거의 없지만 우리 시에서는 드물게 5 · 5 · 5 · 5조로 되어 있는 4음보 시어다. 얼핏 보아 5음절은 음악성의 전달에는 불리한 것처럼 보인다. 그만큼 호흡이 길다. 이런 요소에도 불구하고 이 시는 말집 호롱불, 조랑말 말굽, 여물 써는 소리, 변두리 빈터 등의 서민들의 삶의 장면 제시와 '붐비다' 라는 부정칭의 시제로 변두리의 사람들의 삶을 따스한 연민의 시선으로 감사는 데 성공하고 있는 것이다.

㉡ 머언 산/青雲寺

낡은/기와집

산은/紫霞山

봄눈/녹으면

느릅나무

속ㅅ잎/피어가는/열두 구비를

靑노루

맑은 눈에

도는

구름

– 박목월, 「靑노루」

제삿날/큰집에 모이는/불빛도/불빛이지만

해질녘/울음이 타는/가을江을/보것네

저것 봐,/저것봐,

네보담도/내보담도

그 기쁜/첫사랑/산골 물소리가/사라지고

그 다음 사랑/끝에 생긴/울음까지/녹아나고

이제는/미칠 일 하나로/바다에/다와 가는,

소리죽은/가을江을/처음/보것네

– 박재삼, 「울음이 타는 가을 江」

4음보의 변형 가능성을 보여주고 있는 시들이다. 4음보는 현대시에서 2음보와 2음보(혹은 1음보와 3음보) 등으로 재분할되기도 한다. 「청노루」는 그 분할을 대표적으로 보여 주고 있는 시다. 즉 전반부 2연까지는 한 행이 2음보로 되어 있고 2행을 합쳐 4음보를 만드는 구조로 되어 있다. 또 3연은 이 4음보가 1음보와 3음보로 재분할되며, 4, 5연은 한 행이 1음보로 되고 2행을 합쳐 2음보를 만들고, 이런 식으로 두 연을 합쳐 4음보를 만드는 특이한 구조를 형성하고 있어 리듬에 대한 시인의 깊은 배려를 읽을 수 있게 한다. 이 시에서 리듬은 대상의 축소와 시선의 확대구도라는 시인의 의도와 관련을 맺고 있다. 즉 각 연은 원경에서 근경으로 전이되면서 대상은 축소되고 시선은 확대되는 방향으로 전개되고 있는데(1연 : 머언 산 → 2연 : 紫霞山 → 3연 : 느릅나무 → 4연 : 청노루의 눈 → 5연 : 눈 속의 구름), 각연 내에서도 대상의 축소가 드러난다(1연 : 머언 산 → 청운사 → 기와집, 2연 : 자하산 →봄눈, 3연 : 느릅나무 →속ㅅ잎, 4연 : 청노루 →눈, 5연 : 눈 →구름). 전체적으로 보면 특별한 변화가 없이 점차 구체화되는 1, 2연의 화면은 2음보와 2음보로 균등하게 분배되고, 3연 2행 '속ㅅ잎 피어가는 열두 구비를' 에 이르면 느릅나무 잎의 세부의 움직임을 포착하기 위해 3음보로 길어진다. 그러나 청노루의 눈과, 눈 속의 구름을 포착하는 4, 5연에는 시선의 탄력적인 확산이 이루어지면서 3연의 행 구성과는 반대의 방향으로 끌고 간다. 그것이 각 행 1음보씩 2행 1연 2음보, 4행 2연 4음보라는 특이한 구조로 나타난 이유이다. 1행을 1음보로 만들어 놓은 4, 5연에서 독자들은 시인이 의도적으로 만들어놓은 풍경에 천천히 그리고 깊숙이 빨려들 수밖에 없게 되어 있다.

「울음이 타는 가을江」은 주조로 되어 있는 1행 4음보의 율격 속에, 4음보가 2음보와 2음보(중첩 2음보)로 분할된 모습을 보여주는 2행이 들어가 있는 변화를 보여주고 있다. 그것은 의미상으로는 '울음이 타는 강' 의 모습을 환정하는 기능으로 작용하고 있는 것이다. 이는 '저것 봐, 저것 봐,' 에 나타나듯, 감탄을 쉼표로 처리하는 어법과, '네보담도 내보담도' 에 나타나듯 '보다도' 의 정감 어린 표현인 '보담도' 에의 시각적인 집중 유도를 통해 효과적으로 구현되고 있다. 무엇보다 4음보의 리듬 효과는 마지막 행의 '소리 죽은 가을江을 처음 보겠네.' 의 '처음' 에서 두드러지게 드러난다. 이는 앞 연 마지막 행의 "해질녘 울음이 타는 가을 江을 보겠네." 에 '처음' 이 첨가된 형태인데, 한 단어의 첨가가 시행 전체의 절묘한 균형을 잡으면서 의미도 크게 강화되는 방향으로 작용하고 있는 것이다. 한자로 된 '江' 이 리듬과 관련을 갖고 있음은 물론이다.

4. 현대시와 리듬의 적용

현대시는 전통 율격으로부터 벗어나는 시들이 많다. W. H 파울러의 말처럼 '파도의 모양과 크기 속도만큼이나 무한히 다양한 흐름'의 리듬을 갖고 있다. 그만큼 현대시는 형태적으로 매우 다양해지고 또 운율에 관한 감각과 이론이 발달하여 단순하게 적용시키기 어려운 경우가 많다. 현대시의 두드러진 특징은 말의 의미상과 중요성이나 정서의 변화가 리듬을 결정하는 중요한 요인이 된다는 것이다. 이는 시인들이 의미단위(단어, 어절, 문장 등), 음성단위(음운, 음절, 호흡), 음보, 어법 등을 일정한 틀에 맞추지 않고 개인의 창조성에 의해 변용시킨 리듬으로 창작을 하고 있는 데서 나타난 현상이다.

> 미루나무 끝 바람들이 그런다
> 이 세상 즐펀한 노름판은 어데 있더냐
> 네가 깜박 취해 깨어나지 못할
> 그런 웃음판은 어데 있더냐
> 미루나무 끝 바람들이 그런다
> 네가 걸어온 길은 삶도 사랑도 자유도
> 고독한 쓸개들뿐이 아니었더냐고
> 미루나무 끝 바람들이 그런다
> 믿음도 맹서도 저 길바닥에 잠시 뉘어놓고
> 이리 와봐 이리 와봐
> 미루나무 끝 바람들이 그런다
> 흰 배때아리를 뒤채는 속잎새들이나 널어놓고
> 낯간지러운 서정시로 흥타령이나 읊으며
> 우리들처럼 어깨춤이나 추며 깨끼춤이나 추며
> 이 강산 좋은 한철을 너는 무심히 지나갈 거냐고
> 미루나무 끝 바람들이 그런다
>
> – 송수권, 「미루나무 끝」

이 시는 '미루나무 끝 바람들이 그런다' 라는 구절을 5회 반복하면서 반복을 통하여 의미를 강화하는 효과를 가지고 있다. 그러나 이 구절 사이의 행들은 첫 번째 구절(1행)과 두 번째 구절(5행) 사이가 3행, 두 번째 구절과 세 번째 구절(8행) 사이, 세 번째 구절과 네 번재 구절(11행) 사이가 각각 2행, 네 번째 구절과 다섯 번째 구절(16행) 사이가 4행이 되는

> 미루나무 끝 바람들이 그런다
> (3행)
> 미루나무 끝 바람들이 그런다
> (2행)
> 미루나무 끝 바람들이 그런다
> (2행)
> 미루나무 끝 바람들이 그런다
> (4행)
> 미루나무 끝 바람들이 그런다

의 형태를 이루면서 단조로움을 피하고 바깥의 3행, 4행이 안의 2행을 감싸는 구조를 만들고 있다. 또 이 구절들 앞에 놓인 행말의 어미도 "더나", "더냐고", "와봐", "거냐고"의 변화를 주면서 시의 생기를 살리고 있는데, 전달하려고 하는 내용은 다를 것이 없다. 그래서 이 시의 반복은 시의 시적 화자의 호흡 조절과 함께 시의 리듬에 기여하는 면으로 작용한다. 이 시는 전체적으로는 자연을 통해 인간의 각성을 촉구하는 내용으로 되어 있는데, 미루나무의 흔들림을 통해 시적 화자인 시인 자신이 이 세상을 즐편한 노름판이나 웃음판으로 보고 낯간지러운 서정시나 읊을 것이 아니라, 민족의 역사와 이웃들의 삶 등 삶의 구체적 세목에 대하여 발언하라는 메시지를 읽어내고 있는 것이다. 결국 이 시의 리듬은 자연 속에 깃들여 있는 인간의 역사를 보아야 한다는, 서정시에 대한 시인의 태도를 말하는 데 효과적으로 기여하고

있다.

고모가 하직했어 수많은 길 걸어다니고
바람에 머리칼 하얗게 휘날려 오며 살다가
손발 기침소리 눈물 다 멈춰 버렸어 엄마
숲속에는 가을 풀꽃들 보랏빛으로 피어서
벌레들과 어울려 울고 있는 땅밑에
야위고 귀멀어 쪼끄매진 몸 꽁꽁 묶여서
당신 핏줄의 시선 모두 앗아가는거야
두 평 방에 사진 한 장 남기고 엄마! 우리
고향에 돌아온 고모 목소리 들었나
반가와도 화난 듯 목청 돋우는

나 혼자 고모 장례식에 갔었어 비오는 날
으스스 비맞으며 장의차는 골목을 빠져나가고
남은 집 능동 길가에 버려지고 엄마
핏줄 한가닥 끊긴 나는 절뚝거리며 왔어
버스 같이 탄 산 사람끼리도 인사 못 나누고
엄마의 새끼의 새끼들 웃음에 안심이 되어
음악 틀어놓고 시를 썼던 거야
남길 것 빨리 남겨 세상에 던져 주고
줄서 있다가 가야하니까 고모처럼 가야하니까

– 이유경, 「고모의 下直」

인용시는 정형시는 아니지만 대체로 4음보의 율격을 가지고 있다. 호흡도 길다. 그러나 이 시에서 리듬을 살린 요인은 어법과 단어의 반복과, 시행이월 즉 행간걸침이다. 구체적으로 이 시의 리듬은 대화체로 쓰여진 시인의 진술 속에 '엄마' 라는 어구를 삽입시키는 것으로 되어 있다. 즉 '고' (4회), '어' (3회), '거야' (2회), '서' (2회), '니까' (2회) 등의 행말어미의 반복으로 이루어진 시행 사이에 대화의 상대인 '엄마' 라는 호칭을 넣음로 말미암아 독특한 리듬감각이 살아난다. 거기에다가 이 정조를 효과적으로 살리기 위해 사용한 것이 1연 8행의 '우리', 2연 1행의 '비오는 날' 이라는 구절이다. 여기서 '우리' 는 의미상 밑의 행에 연결되지만, '비오는 날' 은 양쪽 행에 의미가 다 걸려 있어 시의 탄력과 생기부여에 기여하고 있다. 행간걸침은 러시아 형식주의자들이 내세우는 '낯설게 하기(defamiliarization)' 의 한 형식인 데, 시행의 긴 호흡으로 인한 지루함을 끊어주고 정서를 효과적으로 전달하게 하기 위해 시인이 선택한 리듬의 방식이다. 이 외에도 이 시는 마지막 행에서 두 문장을 반복하면서 의미를 강화시키고 있다. 즉 이 시는 자칫하면 줄글로 떨어지기 쉬운 시행을 단어와 문장, 어법의 반복 등 진술의 반복과 행간걸침을 통해 리듬을 살려 결과적으로 시에 탄력과 긴장을 부여하고 있음을 알 수 있다. 이런 시의 기법은 이야기를 시에서 다룬 7, 80년대의 민중시들에서 흔히 볼 수 있는 방법이다. 특히 행간걸침, 즉 시행이월의 방법은 80년대 이후의 시에서 리듬의 효과적은 활용을 위해 폭넓게 쓰이고 있기도 하다. 80년대말, 특히 90년대 이후에는 행갈이가 더 이상 리듬이나 장면, 또는 의미론적 단위를 기준으로 하는 규칙을 따르지 않고, 단순히 행길이에 있어서의 균형을 유지하기 위해 활용하고 있는 시들도 많이 나타나고 있다.

김수영의 시는 개성적인 리듬으로 시의 의미에 활력과 긴장을 부여한 대표적인 예를 보여주고 있다.

눈은 살아 있다
떨어진 눈은 살아 있다
마당 위에 떨어진 눈은 살아 있다

기침을 하자

젊은 詩人이여 기침을 하자

눈 위에 대고 기침을 하자

눈더러 보라고 마음 놓고 마음 놓고

기침을 하자

눈은 살아 있다

죽음을 잊어버린 靈魂과 肉體를 위하여

눈은 새벽이 지나도록 살아 있다

기침을 하자

젊은 詩人이여 기침을 하자

눈을 바라보며

밤새도록 고인 가슴의 가래라도

마음껏 뱉자

– 김수영, 「눈」

외형상 화자가 청자인 젊은 시인에게 말은 건네는 대화체의 형식을 취하고 있는 이 시는 치밀하게 계산된 나름의 리듬인식에 의해 메시지의 단순성('눈은 살아 있다', '기침을 하자')을 극복하고 있다. '눈은 살아 있다'가 1, 3연에, '기침을 하자'가 2, 4연에 교차되어 되풀이되고, 각 연이 진술의 부연으로 되어 있다는 측면에서 이 시는 전체적으로 abab의 구조를 갖추고 있다. 그러면서 이 시는 각연에서도 그 행의 길이가 점점 길어지는 문장이 연속적인 리듬으로 이루어져 있다는 점에서 횡적인 대칭도 아울러 갖추고 있다. 예를 들어 1연에서 '눈은 살아있다'/'떨어진 눈은 살아 있다'/'마당 위에 떨어진 눈은 살아 있다'라는 세 개의 시행은 뒤로 갈수록 길이와 힘에 있어 강도가 더해지는 점층적 문장의 반복을 이루고 있다. 이런 한 문장이 한

행에 독립되는 이런 형식은 2~4연에서는 한 의미단위를 나타내는 문장이 행을 넘나듦으로써 리듬에 유연성과 힘을 부여하고 있는 것이다. 이렇듯 종횡으로 형성된 대칭구조는 의미를 역동적으로 살려주는 방향으로 기여하고 있다. 녹지 않은 눈에서 화자는 그 눈이 살아 있다는 생명을 느낀다. 눈과 기침은 상징이다. 이 감각적 이미지는 순결성("죽음을 잊어버린 靈魂과 肉體를 위하여/눈은 새벽이 지나도록 살아 있다")과 진실성(기침을 하는 행위는 화자의 내면세계를 거리낌 없이 그대로 표현하고자 하는 진실성)이라는 관념과 어울려 있다. 여기서 우리는 이 시인의 정직성과 정직하게 살아가기 어려운 그의 고통을 효과적인 리듬의 구성을 통하여 훨씬 더 실감있게 이해하게 되는 것이다. 김수영 시의 이러한 리듬구조는 앞에서 살핀 행간걸침과 함께 8, 90년대를 거치면서 많은 시인들에게 영향을 주어 그들이 시에서 활용하고 있는 방법이 되고 있다.

리듬은 거의 모든 시에서 다양한 방법으로 활용되고 있다. 심지어 박두진의 「해」와 같은 산문시에서도

해야/솟아라//해야/솟아라//말갛게/씻은 얼굴//고운 해야/솟아라

와 같이 2음보가 중첩된 율격을 보여주고 있음을 우리는 알 수 있는 것이다. 현대시에서 나타나는 리듬 인식은 또한 기존의 시 형태에 대한 인식을 깨트리면서 자유로운 형식을 보여주고 있기도 한데, 이는 모두 리듬에 대한 나름의 자각과 인식에서 기인한 것이다.

시는 음운, 음절, 단어, 구절 행, 연 등을 비롯하여 통사구조, 단어군, 글자 수 등을 반복하여 운율을 형성한다. 따라서 '반복'은 시의 리듬을 생성하는 근원이며, 음악적 효과를 자아내는 바탕이 된다.[5] 그러나 반복만으로는 현대시의 시적 기능 및 의미, 텍스트성 등의 특질을 다 밝히기는 어렵다는

5) 김현수, 「운율의 교수 · 학습에 관한 연구」, 『문학교육학』 제23호, 한국문학교육학회, 2007.8, p.97.

인식 아래, 그 빈틈을 메울 수 있는 요소로 '병렬'을 시의 운율 분석에 사용하기도 한다.

정끝별은 "동일한 요소가 계속 나열되는 것, 또는 동일한 것의 연속으로서 모든 시가에 공통적으로 나타나는 요소"인 반복은 "운율이나 모든 다른 특질들이 존재할 수 있는 배경"인 반면, 병렬은 "상이한 언어표현을 사용한 의미의 반복이 때로 동질적인 되풀이를 하거나 대립적인 되풀이를 이룰 때 존재"한다고 하면서, 그 특징을 "동일한 요소의 연속이 시적 의미나 구조에 변화와 굴절을 일으키면서 비교 또는 대립적 구조를 형성"하는 것이라 기술한다.[6] 그는 이런 이론적 토대를 바탕으로 반복적 병렬구조, 확산적 병렬구조, 해체적 병렬구조라는 세 가지 구조유형으로 한국 김소월과 박용래, 김수영, 이상, 서정주, 김지하, 김춘수, 이성복, 황지우, 김혜순의 시를 분석하는데 한국시의 리듬 연구를 진전시켰다.

현대시 중에서는 의미를 인지할 수 없을 정도로 모호하고 낯선 작품들이 많다. 하지만 그런 시들일수록 밑바탕에는 시각적이고 청각적인 리듬이 불연속적으로 깔려 있어 시를 더욱 신선하게 하고, 분위기의 정서, 나아가 의미를 응집시키거나 해체하기도 한다. 이 같은 시적 기능은 모두 리듬이 시에 작용한 결과라 할 수 있다.

6) 정끝별, 「현대시의 반복과 병렬의 미학」, 프린트물.

5. 은유

금동철

1. 수사학으로서의 은유

은유(metaphor)는 시를 논하는 자리에서는 빠질 수 없는 중요한 개념중 하나이다. 은유는 언어의 본질적인 영역과 맞닿아 있을 뿐만 아니라, 문학이 지닌 새로운 의미 창조의 능력 중 상당한 부분을 감당하고 있기 때문이다. 그래서 아리스토텔레스가 그의 책에서 은유의 중요성과 본질을 강조한 이래 많은 학자들이 은유의 본질을 밝히기 위해 노력해 왔던 것이 사실이다. 은유의 본질을 이해하고 활용하는 것은 그러므로 시의 본질을 이해하는 중요한 지름길 중 하나가 된다.

은유는 유사성에 기반을 두고 있는 사물이나 개념을 통해 다른 사물이나 개념을 이해하거나 표현하는 수사적 언어 사용 방법이다. 은유는 어원상 전이(transfer)의 개념을 함유하고 있다. 은유의 그리스어 어원 metaphora는 '사이' 혹은 '너머'라는 의미를 지닌 meta와 '가져가다'라는 의미를 지닌 'pherein'의 합성어로, 한 사물의 양상이 다른 하나의 물로 '넘겨 가져가'거나 옮겨져서 두 번째의 사물이 마치 첫 번째 사물처럼 서술되는 것을 가리킨다[1]. 그러므로 이러한 은유는 두 개의 사물 혹은 개념이 함께 존재하며, 그 둘 사이의 관계에 의해 이루어지는 의미의 전이 과정을 적극적으로 활용하는 것이다. 즉 표현하고 싶지만 명확하게 알려지지 않은 사물 혹은 개념을, 이미 잘 알고 있는 사물 혹은 개념을 통해 표현하는 방법이 바로 은유인 것이다. 전자가 원관념이라면 후자는 보조관념이라고 한다[2].

이 때 원관념과 보조관념 사이를 이어주는 요소는 유사성이다. 즉 두 관념 사이의 유사성이 의미를 가능하게 하는 토대가 된다는 말이다. 은유의 가장 기본적인 형태는 "A는 B이다"라고 할 수 있다. 여기에서 원관념(A)과 그것을 잘 표현하고 전달하기 위해 가져온 보조관념(B) 사이에는 유사성이 자리잡고 있으며, 이 유사성이 두 관념을 결합할 수 있게 해 주며, 이를 통해 둘 사이의 일치하지 않는 부분까지도 유추하게 만드는 힘을 얻는다. "사랑은 장미꽃이다"라는 은유를 예로 들어보자. 청자는 화자가 말하는 사랑의 의미를 이해하기 위해 사랑과 장미 사이에 존재하는 일차적인 유사성 즉 아름다움이나 향기, 끌림 등을 떠올리게 된다. 둘 사이의 유사성이 인정될 때, 그 은유의 두 관념 사이에는 등가의 공식 즉 '사랑 = 장미' 라는 공식이 형식적으로 인정된다.

이것은 인접성의 원리를 토대로 하는 환유와는 상당히 다른 부분이다. 환유의 토대가 되는 인접성은, 사용된 두 관념 사이에 어떤 동일성을 전제로 하는 것이 아니라 두 관념이 같이 인접해 있음을 토대로 하여 한 관념이 다른 관념을 대신하는 표현 방법이다. "펜은 칼보다 강하다"예를 생각해 보자. 이때 '펜' 과 '칼' 은 각각 '언론' 과 '물리적 권력' 을 의미한다. 그런데 여기서 '펜' 이나 '칼' 은 각각 '언론' 이나 '물리적 권력' 과 형태적으로나 의미상으로나 유사한 그 무엇이기 때문에 선택된 것이 아니다. 단지 언론인들이 많이 쓰는 것이 펜이며, 물리적 권력이 옛날에는 칼로부터 나왔기 때문에 선택된 것이다. 즉 펜과 칼은 언론이나 권력과 인접해 있는 사물인 것이다. 이렇게 인접해 있는 사물을 통해 다른 관념을 표현해 내는 환유는 은유만큼

---

11) Terence Hawkes, 『은유』, 심명호 역, 서울대학교 출판부, 1986, p.1.

2) I. A. 리챠즈는 이것을 내용(tenor)과 전달수단(vehicle)이라는 말로 설명하기도 한다. I. A. Richards, 『수사학의 철학』, 박우수 역, 고려대학교 출판부, 2001, p.89.

풍성한 의미의 덩어리를 소유하기 어렵다. 펜은 곧 언론이며, 칼은 곧 권력이라는 해석으로 그 의미가 어느 정도 명확해 지는 것이다.

이에 비해 은유는 원관념과 보조관념 사이의 유사성을 토대로 하여 형성되는 과정에서 보다 풍성한 의미의 자장을 만들어낸다. 유사성을 통해 결합되는 은유의 두 관념 사이에는 그 유사성과 함께 차이성 또한 존재하는데, 그것이 해석의 폭을 넓혀줄 뿐만 아니라 새로운 의미의 생성까지도 가능하게 하는 요소가 되기 때문이다. "사랑은 장미꽃이다"라는 말을 다시 생각해보자. 만약 사랑과 장미 사이에 완전한 유사성만 존재한다면, 이 표현은 단순한 동어반복을 넘어서기 어렵다. 더 이상의 의미의 심화가 일어나지 않는 것이다. 이럴 때 필요한 것이 차이성이며, 은유가 유추라는 사고작용을 필요로 하는 이유의 하나이기도 하다. 유추는 두 관념 사이에서 이미 밝혀진 유사성을 근거로 하여 아직 밝혀지지 않은 것들까지 둘 사이에 동일한 요소로 결합될 수 있음을 전제로 하는 사고작용이다. '사랑' 이라는 원관념은 '장미' 라는 보조관념을 가짐으로써, 이제 장미가 갖고 있는 아름다움, 향기, 끌림과 같은 일차적인 유사성뿐만 아니라, 가시나 벌레먹을 수 있고 쉽게 훼손되는 속성들까지 아울러 소유한 것으로 만들어주는 것이다. 이를 통해 사랑은 장미꽃 향기처럼 아름답고 달콤한 단맛만이 아니라 쓴 맛까지도 함께 아우르게 되는 것이다. 그래서 원관념 '사랑' 은 단순히 아름답고 좋고 끌리기만 한 것이 아니라, 가시가 있고 훼손되기 쉬우며 변할 수도 있는 그 무엇으로까지 그 의미가 확장된다.

이처럼 은유에서 사용하는 두 관념 사이에는 반드시 유사성뿐만 아니라 차이 또한 동일하게 존재해야 한다. 둘 사이의 유사성에 기반을 두고 있으면서도, 차이성의 폭을 통해 새로운 의미를 창조해 내는 수사법이 은유인 것이다. 이때 유사성과 차이성의 폭에 의해 은유의 질이 결정되기도 한다. 원관념과 보조관념 사이의 유사성이 커지면 커질수록 그만큼 비유되는 힘이 약해질 수밖에 없고, 반대로 그 차이성의 폭이 크면 클수록 그것을 통해 얻는 비유의 힘이 더욱 커져서 은유를 해석하는 독자의 즐거움은 점점 많아지지만, 그만큼 해석이 어려워지는 단점 또한 존재한다. 차이성의 폭을 통해 그 표현의 새로운 의미를 생성하기도 하지만, 난해함 또한 함께 얻게 되는 것이다. 김춘수의 시 「나의 하나님」은 이러한 은유의 특징을 잘 보여준다.

> 사랑하는 나의 하나님, 당신은
> 늙은 비애(悲哀)다.
> 푸줏간에 걸린 커다란 살점이다.
> 시인(詩人) 릴케가 만난
> 슬라브 여자(女子)의 마음 속에 갈앉은
> 놋쇠 항아리다.
> 손바닥에 못을 박아 죽일 수도 없고 죽지도 않는
> 사랑하는 나의 하나님, 당신은 또
> 대낮에도 옷을 벗는 어리디어린
> 순결(純潔)이다.
> 삼월(三月)에
> 젊은 느릅나무 잎새에서 이는
> 연둣빛 바람이다.
>
> – 김춘수, 「나의 하나님」

이 시에 사용된 은유들은 일상적 관점에서 볼 때 상당한 충격을 주는 구절들이다. '나의 하나님' 이라는 원관념을 설명하기 위해서 시인은 '늙은 비애', '살점', '놋쇠 항아리', '순결', '연두빛 바람' 등의 보조관념을 가져다 놓는다. 그런데 여기에서 나열된 이 보조관념들은 상식적인 차원에서 생각할 때 원관념인 '하나님' 과는 상당한 거리가 있는 이미지들이다. 첫 구절인 "사랑하는 나의 하나님, 당신은 / 늙은 비애(悲哀)다"라는 구절을 보자. 일반적으로 '하나님' 은 전지전능한 신이거나 인간을 지배하는 존재로 보기에, 인간보다 훨씬 뛰어난 존재로 인정받는다. 그런데 시인은 이러한 '하나님'

을 '늙은 비애' 라는 전혀 새로운 관념과 동일하다고 결합시켜 놓아버린다. 전지전능하고 강력한 존재인 '하나님' 과 늙고 초라하고 무기력할 뿐이라서 더 이상 돌아볼 필요조차 상실해버린 듯한 존재인 '늙은 비애' 사이의 연결은, 원관념과 보조관념 사이의 큰 차이성의 폭을 통해, 이 시의 해석을 어렵게 만들기도 하면서도 새로운 의미를 만들어내기도 한다.

은유의 이러한 특징을 고려하여, 필립 휠라이트는 은유를 치환은유(epiphor)와 병치은유(diaphor)라는 두 가지 양상으로 나누어 설명하기도 한다.[3] 치환은유는 은유의 양상 중 유사성에 보다 많이 기대고 있는 수사법으로, 하나의 구체적이며 포착하기 쉬운 이미지로부터 좀 더 모호하고 명확하지 않은 낯선 것을 향해서 이동하는 것을 특징으로 하는 표현법이다. '인생은 꿈이다' 라는 은유는, 인생이라는 비교적 막연하고 명확하지 않은 관념을 설명하기 위해 누구나 경험하고 꾸는 꿈이라는 관념을 가져와 설명하는 치환은유이다. 즉 꿈으로부터 인생으로의 자연스러운 전이가 이 은유 속에 자리잡고 있는 것이다. 여기에는 비교를 통해 밝혀낼 수 있는 유사성이 중요한 토대를 이룬다.

이에 비해 병치은유는 은유의 두 요소 사이의 차이를 극단적으로 활용한 경우이다. 유사성을 발견하기 힘든 두 관념을 함께 병치시킴으로써 새로운 의미를 생성시키는 것이 바로 이 은유인 것이다. 휠라이트는 에즈라 파운드의 「지하철 정류장에서」라는 시를 통해 이러한 병치은유를 설명한다.

> 군중 속에 낀 이 얼굴들의 환영
> 비에 젖은 검은 나뭇가지에 걸린 꽃잎들

이 구절 속에 들어 있는 두 관념 사이의 차이성의 큰 폭을 통해 시인은 새로운 의미를 창조하게 된다는 것이다. 여기서도 분명히 '얼굴' 과 '꽃잎들'

---

3) 필립 휠라이트, 『은유와 실재』, 김태옥 역, 문학과지성사, 1983.

사이를 동일시하는 은유의 구조가 자리잡고 있다. 이 둘 사이를 병치시킴으로써 둘이 같다고 인정하는 논리가 은연중에 깔려 있는 것이다. 이러한 병치를 통해 시인은 두 관념 사이의 커다란 차이성을 적극적으로 활용한다. 그런데 이러한 병치의 구조 속에서는 어느 것이 원관념인지 어느 것이 보조관념인지 명확하게 결정되지 않는다. 그 결과 '얼굴'과 '꽃잎들'이라는 두 관념 사이에는 어느 하나로의 일방적인 의미의 전이가 일어나는 것이 아니라, 둘 사이의 유사성과 차이성이 극단적으로 강조되면서 두 의미 사이의 상호작용이 일어나게 된다. 그 결과 이 구절을 해독하는 해석자의 역할은 더욱 커지고, 이 구절이 지닌 의미의 폭은 더욱 넓어지게 되는 것이다.

병치은유의 해석에서도 그렇듯이, 은유는 원관념과 보조관념 사이의 일방적인 전이로만 설명할 수는 없는 특성을 지닌다. 보조관념이 단순히 원관념을 설명해주는 데 그치는 것이 아니라, 두 관념 사이의 상호작용이 일어나 의미를 더욱 풍성하게 만들기 때문이다. 이러한 상호작용이론의 관점은 은유의 창조성에 좀더 무게를 싣는 관점이다[4] 두 관념이 서로 충돌하는 과정에서 원래는 없었던 새로운 관념들이 창조되는 것이다.

2. 세계관으로서의 은유와 환유

은유를 이와 같은 관점에서 보는 것은 비유를 수사학 즉 말하기의 기술의 하나로 보는 전통적인 관점과 관련이 있다. 전통적인 의미에서 수사학은 웅변술, 즉 말하는 기술이라는 의미로 사용되어 왔다. 전통 수사학의 전범으로 여겨지는 아리스토텔레스의 『수사학』을 살펴보면 이러한 측면이 보다 명확하게 드러난다. 아리스토텔레스는 수사학을 '설득'을 위한 도구를 찾는

4) 김욱동, 『은유와 환유』, 민음사, 2004, p.107.

능력으로 정의한 것이다[5]. 그 이후의 대부분의 수사학 또한 이러한 관점에서 크게 벗어나지 않았다. 설득의 방법으로서의 수사학은 주어진 주제에 맞는 재료를 어디에서 가져와서 어떻게 조립하여 전달하는가 하는 문제에 관심의 초점을 맞추어 온 것이다. 수사학에 대한 이러한 관점은 근대에 이르기까지 그대로 이어져 내려왔다.

최근의 수사학적 논의는 이러한 설득의 방법으로서의 말하기 기술이라는 관점을 넘어 인간 경험의 가장 깊은 차원까지 관통하는 인식론적인 관점에서 수사학을 다룬다. 그것은 언어적 차원에 대한 새로운 이해를 통해 도달한 것으로, 인간이 언어를 사용하여 사유할 수밖에 없고 언어는 또한 수사적일 수밖에 없다면, 수사학은 언어의 본질적 조건임과 동시에 인식론의 한 영역이라고 보는 것이다.

수사학에 대한 이러한 이해의 출발을 보여주는 이는 니체이다. 니체는 진리의 근원을 규명하는 자리에서 그 이전까지 소위 진리라고 생각해 왔던 것들에 대한 근원적인 부정을 시도하는데, 그 과정에서 그는 수사학에 대한 중요한 시사를 던져주게 되었다. 진리를 "한 무리의 은유, 환유, 의인화"[6]라고 말함으로써 인간이 사유하는 진리라는 것 자체가 수사학적 비유의 덩어리일 뿐이라고 밝히고 있는 것이다. 서구 형이상학에서 오래도록 추구해 오던 진리라는 개념 자체가 기원을 상실해버린 '낡은 동전'에 불과할 뿐이라고 니체는 주장한다. 이는 진리에 대해 말하는 담론이 진리 자체를 말해주는 것이 아니라 진리에 대해 비유한 담론들을 모아놓은 덩어리에 불과하다는 것이다.

그런데 여기에서 다시 한 번 생각해 보아야 할 문제는 니체가 말하는 수사학에 대한 새로운 관점이다. 니체는 수사학이 언어의 본질 속에 내포되어 있고, 그것이 진리의 환영을 만들어낸다고 말한다. 인간이 언어적인 사색을

5) Aristoteles, *The Rhetoric of Aristotele*, trans. Sir Richard Claverhouse Jebb, Cambridge University press, 1909, p.147.

6) 프리드리히 니체, 「비도덕적 의미에서의 진리와 거짓에 관하여」, 『비극적 사유의 탄생』, 이진우 역, 문예출판사, 1997, p.200.

통해 파악하는 진리란, 진리 자체가 아니라 진리에 대한 환각을 심어주는 언어적인 환영에 불과하다는 것이다. 니체의 이러한 관점은 언어 기호가 근원으로부터 철저하게 멀어져 있다는 사실을 지적해 주는 것이다. 수사학이 단순한 하나의 도구가 아니라 진리라는 본질적인 영역과 관련된 것으로 받아들인 것이다. 수사학은 이제 인식론과 관련된 문제이며, 인간의 본질적인 특징을 드러내 주는 한 양상으로 파악된 것이다.

오늘날의 수사학적 관점을 이해하기 위해서는 먼저 야콥슨의 수사학에 대한 논의를 언급해야 한다. 일반적으로 현대의 수사학은 줄이기의 수사학이라고 할 수 있다[7]. 말하기의 방법으로서의 전통적인 수사학은 자신의 말을 어떻게 효과적으로 전달할 수 있을까 하는 관점에서 다양한 수사학적 방법들을 찾아 나열하는 일종의 전시장을 방불하게 했다면, 현대의 수사학은 이러한 다양성을 줄여서 가장 근원적인 수사학이 어떤 것들이 있는지를 찾고자 하는 환원의 방향을 택하고 있는 것이다. 이러한 양상을 보여주는 대표적인 사람이 바로 야콥슨이다. 야콥슨은 소쉬르의 언어 이론을 이어받아 수사학을 "은유/환유"[8]라는 두 가지 근원적인 수사학으로 환원시켜 설명하고 있다. 은유는 계열체의 축을 따라 형성된 것으로, 유사성을 바탕으로 형성되는 수사학이다. 환유는 이와는 달리 통합체의 축을 따라 형성되는 것으로, 인접성의 원리에 따라 만들어진다. 야콥슨은 이러한 은유와 환유가 각각 시와 산문의 주도적인 수사학이 된다고 설명한다.

야콥슨의 개념에 따르면 은유는 선택의 축을 따라 형성되는 유사성을 토대로 하여 이루어지는 수사학이다. 은유는 유사성에 의해 이미 알고 있는 것으로 아직 잘 알려지니 않은 것을 설명하고자 하는 수사학이다. 그런데 여기서 주목해야 할 것이 바로 유사성의 개념이다. 이것은 두 사물 사이의 동일성을 전제로 하지 않으면 이루어질 수 없다. 은유는 서로 구별되는 두

7) Gerard Genette, "La rhétorique restreinte", *Fugure III*, Edition du Seuil, 1972, p.22.
8) 로만 야콥슨, 「실어증의 두 유형」, 『문학 속의 언어학』, 신문수 편역, 문학과 지성사, 1989, 참조.

사물 사이의 거리를 건너뛰는 전이의 운동이다. 은유란 다른 범주에 속하는 두 관념인 원관념과 보조관념 사이의 유사성을 바탕으로 한 수사학이므로, 원관념과 보조관념 사이에는 차이를 허용하기는 하지만 그 속에는 동일성이 존재함을 상정하는 수사학인 것이다.

이러한 요소를 언어적 관점으로 해명해 본다면 좀더 의미심장한 결과를 얻을 수 있다. 전통적으로 언어는 기호를 사용하여 화자가 전달하고자 하는 '의미'를 전달하는 것으로 생각된다. 이것은 언어 기호와 의미 사이에 동일성이 존재함을 인정하는 입장이라고 할 수 있다. 언어 기호가 그것이 지시하는 지시대상 혹은 의미나 사물들을 지시할 수 있으며, 이 둘 사이에는 동일성이 전제되어 있어 언어 기호를 통해 의미가 무사히 청자 내지는 독자에게 전달될 수 있다는 생각이 전통적인 언어관이다. 이러한 언어 기호와 지시대상 사이의 동일성은 은유의 동일성과 같은 것이라고 할 수 있다.

그러므로 은유적 관점에서 언어 기호를 바라본다면 하나의 기호는 그 배경이 되는 지시대상과 행복하게 결합하는 것이며, 이는 다시 말해 물질적인 기호가 영원이나 무한함 등의 정신적 관념들을 표현해 낼 수 있다는 생각을 전제하는 것이다.[9] 기호와 지시 대상 사이의 동일성을 인정하는 이러한 세계관에서 언어는 기호의 본질 혹은 기원을 인정하는 자리에 서게 된다. 그것은 언어 기호가 그 너머의 실제 세계와 관계를 맺고 존재함을 인정하는 세계관이며, 이것을 확장할 경우 물질과 정신 사이의 초월적 넘나듦이 가능함을 인정하는 세계관이요, 기호나 사물 너머에 존재하는 본질이나 신을 인정하는 세계관이라고 할 수 있다.

이에 비해 데리다나 폴 드 만과 같은 해체주의자들은 은유에 대한 과도한

---

9) 이런 의미에서 상징은 은유와 구분하기 힘들어진다. 상징을 은유와 구분하는 요소로 내세우는 원관념의 드러나지 않음이나 원관념이 정신적인 요소라고 주장하는 이러한 구분법(김용직, 『현대시 원론』, 학연사, 1988, pp.140~142 참조)을 따른다면, 그것은 또한 은유와 별로 큰 차이가 나지 않는 것임을 알게 되는 것이다. 은유에서 말하는 원관념과 보조관념의 관계가 상징에서도 그대로 유지되기 때문이다. 이렇게 본다면 결국 상징은 은유의 하위범주라고 할 수 있을 것이다.

의미부여를 부정하고 새로운 수사학적인 태도를 확립하고 있다. 데리다는 은유가 의미를 지칭하는 것이 아니라 오히려 의미를 차단시키는 것이라고 말한다[10]. 언어 기호가 진리라는 지시대상과의 관계에서 존재하는 것이 아니라 언어 체계 내의 관계에 의해 유추가 형성되고, 이 유추에 의해 은유가 생성되기 때문에 은유는 진리를 전달할 수 없다는 것이다. 유추는 사물이 본질적으로 지니고 있는 유사성에 의한 것이 아니라 언어 체계가 지니고 있는 매우 긴 연결 고리에 불과하다. 이는 다시 말해 은유조차도 기호 내적인 존재로 인식하는 것을 말한다. 기호와 지시대상 사이의 연결고리는 이제 해체되어 버리고, 모든 기호는 기호 자체의 체계 내에서만 이해되고 해석된다. 은유의 과정에는 이제 하나의 단어로부터 새로운 단어로의 대체와 이동이 일어난다. 이러한 대체와 이동의 순환 고리가 계속될수록 은유는 진리로부터 멀어지고, 점점 더 두꺼운 암시와 추측의 벽이 생기게 되고, 결국에는 수수께끼와 같은 것이 되어버린다.[11]

또한 폴 드 만은 프루스트나 루소 등의 텍스트에 대한 자세히 읽기를 통해 은유의 총체화하는 힘에 대해 새롭게 바라보아야 함을 주장한다. 그는 이들 낭만주의 텍스트에 나타나는 자아와 세계의 합일이라는 관념이 '환상'[12]이라고 주장하는데, 그 이유는 이때 묘사되는 자연이 사실은 당대의 다른 담론들로부터 기원한 알레고리[13]일 뿐이기 때문이라는 것이다. 즉 언어 기호와

10) 자크 데리다, 「백색신화」, 『해체』, 김보현 편역, 문예출판사, 1996, p.211.

11) 김상환, 『해체론 시대의 철학』, 문학과지성사, 1996, p.278.

12) Paul de Man, *Allegories of Reading*, Yale University Press, 1979, p.16.

13) Paul de Man, "The Rhetoric of Temporality", *Blindness & Insight*, Methuen & Co. Ltd., 1971, 참조할 것. 폴 드 만은 여기서 루소의 서간체 소설 『새로운 엘로이즈*La Nouvell Héloise*』에 나타나는 '아름다운 영혼'을 표현하는 풍경으로서 기능하는 쥘리의 정원을 예로 들어 설명하고 있다. 이 정원은 일반적으로 루소나 다른 낭만주의 연구자들에 의해 영혼의 실현태, 또는 정신과 자연의 일체감을 드러내기 위해 창조된 정원이라고 파악된다. 그러나 이 정원의 묘사를 엄밀하게 살펴보면 당대의 토포스들인 중세 문학적 원천 특히 그 중에서도 관능적 정원이라는 전통적 토포스나, 당시에 유행하던 영국 정원의 이미지, 그리고 데포의 소설 『로빈슨 크루소』에 나타나는 노력을 들여서 가꾸는 정원으로서의 섬의 이미지 같은 것들로부터 신중하게 선택하여 묘사하고 있다. 이러한 당대 토포스로부터 도입된 풍경묘사는 표면적으로는 은유적 총체성이라는 환상을 만들어내기는 하지만, 그 이면에는 이처럼 알레고리에 의한 표현임을 알 수 있게 하는 것이다.

실제 세계와는 완전히 분리되어 버려 언어는 더 이상 실제 세계를 지칭하지 못하기 때문에, 그 언어가 만들어내는 자아와 세계의 합일은 실제로 그렇게 일어나는 합일이 아니라 단지 언어적 환상에 불과하다는 것이다.

여기에서 환유가 새롭게 부각된다. 전통적인 은유로는 더 이상 언어 기호가 작동하는 방식을 설명할 수 없게 되었을 때 환유가 부각되는 것이다. 환유는 무엇보다 주체와 대상 사이의 일체화라는 은유적 총체성을 부정한다. 인접성의 원리에 의해 형성되는 환유의 수사학은 우연성과 연속이라는 기호 자체의 속성에 기초함으로써 의미들 사이의 내적 유사성에 의해 총체성을 지향했던 은유와는 전혀 다른 위치에 서게 되는 것이다. 환유는 모든 과정들이 기호들 사이의 체계 내적인 과정으로 결정된다. 기호들은 그 너머에 존재하는 지시대상이나 의미와는 관련을 맺지 못한 채 기호 자체 내에서만 맴돌게 되는 것이다. 기호들은 이제 본질이나 기원을 지칭하지 못하고 단지 다른 기호들과의 인접성에 의해 새로운 기호들을 생산해 낼 수 있을 뿐이다.

이렇게 기호의 관점에서 바라보는 은유와 환유는 이제 단순한 말하기의 기술이 아니라 언어에 대한 본질적인 세계관이라고 할 수 있다. 기호가 그 너머의 지시대상을 지시할 수 있는 가능성에 따라 나누어진 이와 같은 관점은 현대문학을 이해하는 매우 중요한 시사를 제공해 준다. 서정시의 중요한 특징 중의 하나는 내적 세계와 외적 세계를 상호 연관시키는 능력 즉 자아와 세계 사이의 동일시이다[14]. 이때 자아는 세계를 자아화시켜 동일성을 달성함으로써 자아와 세계 사이의 서정적 관계를 만들어 나간다. 이처럼 자아와 세계 사이의 동일성을 전제로 하는 장르인 서정시는 본질적으로 은유적 세계관을 지니게 된다.

14) 에밀 슈타이거는 이것을 "회감한다"고 표현하면서, 그것을 "주체와 객체의 간격 부재에 대한 명칭"이라고 말한다. E. 슈타이거, 『시학의 근본개념』, 이유영 외역, 삼중당, 1978, p.96.

3. 서정시와 은유적 세계관

은유는 동일성의 미학을 통해 주체와 대상 사이의 총체성을 지향하는 수사학일 뿐만 아니라, 기호의 본질 또는 기원을 인정하고 그것을 표현할 수 있다는 관점을 지닌 수사학이다. 이러한 관점에서 본다면 물질적인 기호나 사물은 정신적이고 초월적인 세계까지 표현할 수 있는 것이다. 이는 곧 시에서 사용하는 기호나 이미지가 물질성 너머에 존재하는 본질이나 신적인 세계를 표현할 수 있다는 관점으로 확장될 수 있다. 주체와 대상 사이의 유사성은 은유를 가능하게 하는 힘이다.

은유에서 사용되는 이러한 원관념과 보조관념 사이의 유사성은 언어의 일반 이론으로 확대될 수 있다. 이때 표현하고자 하는 사상이나 의미는 원관념으로, 언어 기호는 보조관념으로 바라볼 수 있는 것이다. 여기에서 서정시가 지닌 언어 기호에 대한 본질적인 입장이 나타난다. 서정시는 이러한 원관념으로서의 사상이나 의미를 보조관념으로서의 언어 기호가 표현할 수 있다는 입장을 견지하는 것이다. 즉 이 둘 사이의 동일성을 인정하고, 이 동일성에 의해 언어기호가 사상이나 의미를 표현할 수 있음을 인정하는 것이다. 언어 기호에 대한 이러한 관점은 본질이나 근원에 대한 의식과 관련된다. 언어 기호가 자신의 근원으로서의 의미나 사상을 표현하고 전달할 수 있다면, 모든 기호의 근원으로서의 정신적인 것 혹은 절대자를 상정하는 사유구조 또한 인정되며, 언어를 통해 그것을 표현하고 탐구할 수 있을 것이다.

슈타이거는 서정시가 '주체와 객체의 간격이 성립하지 않'[15]는 장르라고 주장한다. 이것은 서정시에서 자아와 세계는 거리를 두고 분리되는 것이 아니라 하나의 합일을 이룬다는 것을 말해준다. 자아와 세계가 분리되지 않고

---

15) 에밀 슈타이거, 『시학의 근본개념』, 이유영 외역, 삼중당, 1978, p.82. 슈타이거는 이 책에서 서정시에는 대상과 주체 사이가 분리되지 아니하고 하나로 혼융된다고 주장한다. 이를 그는 '회감'이라는 말로 설명하고 있다.

합일된다는 관점은 서정시가 은유의 수사학을 바탕으로 하고 있음을 전제로 하는 표현이다. 서정시에서 세계의 자아화를 가능하게 하는 주체와 대상 사이의 정서적 동일성은 이와 같은 은유의 수사학을 통해 가능해진다. 서정시적 상황 속에서 자아는 대상을 바라보며 묘사하는 것이 아니라, 대상을 자아화하여 자아와 대상 사이의 거리를 없애고, 그렇게 동일시된 대상을 묘사함으로써 자아의 정서를 표현하게 되는 것이다. 이는 곧 자아와 대상 사이의 거리가 없어지는 상황, 즙 '거리의 서정적 결핍'[16]을 이루는 상황인 것이다. 다시 말해 서정시에서는 주체와 대상이 차별성을 지닌 요소로 존재하는 것이 아니라 유사성을 지닌 요소로 존재하게 되어, 이를 바탕으로 서정적인 동일시가 가능하게 되는 것이다.

儒城에서 鳥致院으로 가는 어느 들판에 우두커니 서 있는 한 그루 늙은 나무를 만났다. 修道僧일까. 默重하게 서있었다.

다음 날은 鳥致院에서 公州로 가는 어느 가난한 마을 어귀에 그들은 떼를 져 몰려 있었다. 멍청하게 몰려 있는 그들은 어설픈 過客일까. 몹시 추워보였다.

公州에서 溫陽으로 迂廻하는 뒷길 어느 산마루에 그들은 멀리 서 있었다. 하늘門을 지키는 把守兵일까. 외로와 보였다.

溫陽에서 서울로 돌아오자, 놀랍게도 그들은 이미 내 안에 뿌리를 펴고 있었다. 默重한 그들의. 沈鬱한 그들의. 아아 고독한 모습. 그 후로 나는 뽑아낼 수 없는 몇 그루의 나무를 기르게 되었다.

– 박목월, 「나무」

16) 김준오, 『시론』, 삼지원, 1997, p.36.

유성에서 조치원, 조치원에서 공주, 공주에서 온양, 온양에서 다시 서울로 올라오는 길목에서 만난 나무는 처음에는 자아의 주변에 존재하는 단순한 사물에 불과하다. 그러나 이러한 만남이 계속되면서 그 위치는 차츰 자아의 내면으로 자리를 옮기게 되고, 자아와 대상으로서의 나무 사이에는 완전한 동일시가 이루어지게 된다. 동일성의 미학을 잘 보여주는 이 시에서 마지막 연은 자아와 대상 사이의 간격이 사라진다는 점에서 매우 의미심장하다. 이 연을 통해 자아는 대상이 되고 대상은 자아가 되는 것이다.

자아와 대상 사이의 거리감은 자아가 대상을 묘사하는 말의 사용에서부터 나타난다. 자아와 대상 사이의 거리가 존재하는 곳에서 자아는 '-일까', '보였다' 등의 추측을 나타내는 어사를 사용하지만, 마지막 연에서 자아는 '고독한 모습.'이라고 단정적으로 서술하는 것을 볼 수 있다. 그만큼 자아와 대상 사이의 거리는 사라져버리고, 자아의 정서와 대상의 정서는 일체화된 것이다. '수도승일까', '과객일까', '파수병일까' 등 추측을 나타내는 어미의 사용은 자아와 나무 사이의 거리감을 나타내는 것이라면, 이 거리를 메꾸기 위해 '묵중해 보였다', '몹시 추워보였다', '외로와 보였다' 등 정서적인 표현을 통해 자아와 대상 사이의 거리를 줄이고자 했지만 여전히 둘 사이는 분리되어 존재한다. 그런데 마지막 연에서 자아와 대상 사이에는 완전한 일체화가 이루어진다. 나무는 이제 자아의 외부에 존재하는 사물이 아니라 자아의 내면 속에 들어와 자아와 완전히 하나된 존재로 뿌리를 내리게 되는 것이다.

이러한 은유의 미학은 정지용의 시에서도 마찬가지로 확인할 수 있다. 30년대 모더니즘을 주도했을 뿐만 아니라 30년대 후반에는 〈문장〉지에서 활동하면서 전통 자연시의 세계를 열어간 정지용의 시와 시론에서 이러한 은유의 미학을 명확하게 확인할 수 있다는 점은 의미심장하다.

> 햇살 피여
>
> 이윽한 후,

머흘 머흘
골을 옮기는 구름.

桔梗 꽃봉오리
흔들려 씻기우고.

차돌부리
촉 촉 竹筍 돋듯.

물 소리에
이가 시리다.

앉음새 갈히여
양지 쪽에 쪼그리고,

서러운 새 되어
흰 밥알을 쫏다.

– 정지용, 「조찬」

정지용의 후기시는 자연 사물을 선명하게 이미지화하는 산수시 혹은 자연시로 불려진다. 이러한 자연 사물의 이미지화는 어떤 의미에서 환유적 구조로 인식되기도 한다. 김춘수의 무의미시론이 추구한 바가 이러한 이미지의 환유적 활용의 한 예가 될 수 있는 것이다. 그런데 정지용의 이와 같은 시에서 발견하는 바는 이러한 환유의 수사학이 아니라, 근원을 지향하는 은유의 수사학임이 분명하다. 김춘수의 무의미시는 자아와 대상 사이의 단절을 의도적으로 지향하여 비동일시를 추구하는 반면, 정지용의 이 시는 동일성의 세계관 속에 존재하는 것이다. 이 시에서 묘사하고 있는 자연 사물들은 그냥 환유적인 인접성을 따라 나열되는 것이 아니라, 자아와 세계를 결합하는 구체적인 이미지로 작용한다. '서러운 새 되어 / 흰 밥알을 쫏' 고 있는 자아의 이미지가 이 시 전체를 지배하면서 자아와 세계가 동일한 하나의 정서로 결합되어 있는 것이다. 자아는 여기서 한 마리의 '새' 가 되어 양지쪽에 쪼그리고 앉아 흰 밥알이나 쪼는 존재가 되어 있다. 그것이 시인에게는 더욱 '서러운' 것으로 다가온다.

여기서 나타나는 동일성의 세계는 자아와 세계 사이의 거리를 없애고 자아와 세계가 서로 교감할 수 있는 경지로 인도하는 역할을 한다. 새는 이 시에서 자연 속에 존재하는 사물이면서 자아와 하나가 되어 있으며, 그 새를 묘사함으로써 시인은 자아의 내면의 정서를 표출할 수 있게 되는 것이다. 이러한 동일성의 세계를 정지용 시인은 자신의 시론에서 보다 분명하게 밝히고 있다.

> 시인은 구극에서 언어문자가 그리 대수롭지 않다. 시는 언어의 구성이기보다 더 정신적인 것의 열렬한 정황 혹은 旺溢한 상태 혹은 황홀한 사기임으로 시인은 항상 정신적인 것에서 정신적인 것을 조준한다. 언어와 宗匠은 정신적인 것까지의 일보 뒤에서 세심할 뿐이다. 표현의 기술적인 것은 차라리 시인의 타고난 재간 혹은 평생 숙련한 腕法의 부지중 소득이다.[17]

시는 궁극에 가서는 '언어문자' 의 문제가 아니라 '정신적인 것' 에 맞춰지게 된다는 그의 시론에는 언어적인 표현이나 기법의 문제를 뛰어넘어 시가 표현해 내고자 하는 정신의 세계, 의미의 세계에 대한 시인의 경사가 나타나 있다. 시인이 말하는 '언어와 宗匠' 혹은 '표현의 기술적인 것' 은 쉽게 말해 시의 언어적 차원에서 나타나는 기법이나 기교라고 할 것이다. 이것은

17) 정지용, 「시의 옹호」, 『정지용 전집 2』, 민음사, 1988, p.243.

특히 이미지즘을 지향한 그의 초기시가 집중적으로 추구했던 것이기도 하다. 그런데 정지용은 이러한 기법의 문제를 타고난 재능이나 부지중의 소득으로 돌려버린다. 그만큼 그의 시론에서 차지하는 비중을 줄여버린 것이다. 그 대신 시인은 '정신적인 것'을 더욱 중요하게 생각한다. 시에서 언어문자에 집착하기보다는 정신적인 것에 집중해야 한다는 정지용의 입장은 언어기법의 새로움을 추구하던 초기와는 상당히 다른 모습이라고 할 수 있다. 여기서 말하는 바를 기호적 관점에서 본다면 정지용의 시선은 언어 기호의 표면적 차원에서 그 이면의 생각과 사상에로 옮겨진 것이라고 할 수 있다. '정신적인 것'이 기표 차원의 문제가 아니라 지시대상, 혹은 관념의 차원의 문제이기 때문이다. 정지용은 시의 언어가 이러한 '정신적인 것'을 담아내야 한다고 주장하고 있는 것이다.

정지용의 시론에는 이처럼 시의 언어가 기호 너머의 대상을 담아내야 한다는 관념이 나타나 있으며, 그 바탕에는 은유의 미학이 자리잡고 있다. 은유가 지닌 동일성의 미학을 그의 시론은 보여주고 있는 것이다. 이런 점에서 볼 때 정지용이 보편적인 진리에 대한 확고한 믿음과, 시가 그것을 표현할 수 있다는 은유에의 믿음을 지니고 있었음[18]을 인정하게 된다.

정지용의 이러한 관점은 현대 서정시의 기반이 무엇인지를 이해하는 데 있어서 매우 중요한 단서를 제공한다. 서정시가 기호 자체의 놀이로 그치는 것이 아니라, 자연과 사물과 같은 현실, 세계 혹은 근원과 밀접하게 결합되어 자연과 사물이 지닌 본질적인 의미를 담아낼 수 있으며, 그래야 한다는 장르 의식이 거기에 존재하는 것이다.

> 태초의 명령을 수행하여
> 보도블럭에도 쓰레기더미에서도
> 부지런히 탄성을 내지르며

18) 최승호, 「정지용 자연시의 은유적 상상력」, 『한국시학연구』 제1집, 1998, p.378.

솟아오르는 저 잡풀들
저 잡풀들 겨드랑이로
스쳐가는 바람
바람같은 힘,
때로 비를 몰아가다가
먼지를 씻겨주는 그 힘,
끝도 없이 먼지 먹고 사는
때 절은 이 도시에서
스스로의 힘만으론
씻을 수 없는 속내 먼지 닦아주는
부드러운 물살같은 그 힘.

– 최서림, 「부드러운 물살같은」

이 시에서 상정된 자아와 '잡풀' 사이의 동일시는 자아와 세계 사이의 동일성에 바탕을 두고 있는 서정시의 본질을 잘 보여주는 요소 중의 하나이다. 이러한 잡풀들이 보여주는 삶의 양태인 끈질긴 생명력은 어느 사이엔가 자아 혹은 인간의 끈질긴 생명으로와 전이된다. 시인은 이러한 잡풀의 끈질긴 생명력을, 창조자에 의해 모든 생명있는 존재에게 부여된 태초의 명령을 수행하는 것으로 묘사한다. 태초의 명령 즉 이 세상을 창조한 창조자의 명령은, 어떠한 환경 속에서도 번성하는 것이라는 인식이 여기에 깔려 있다. 그런데 시인은 그 힘이 창조의 순간에 일회적으로 주어진 채 소멸되어버린 것이 아니라, 지금 이 순간에도 여전히 작동하는 현실적인 힘으로 인식한다. 이 힘은 잡풀들의 겨드랑이 사이로 바람을 불어주며, 비를 몰아다 먼지를 씻겨주는 부드러운 물살 같은 힘이다. 여기에 그의 시가 지닌 역동성이 존재한다. 이 역동성은 생명 내부에 태초에서부터 명확하게 각인된 생명 발현의 명령에 의해 나타나는 것이기도 하며, 그 명령을 현실 공간에서 실현할 수 있도록 부드럽게 도와주는 힘에 의해 나타나는 것이기도 하다.

주목해야 할 것은 이러한 잡초의 생명력이 자아와의 동일성이라는 전제를 통해 묘사된다는 점이다. 자아와 잡풀 사이의 동일성을 전제함으로써 시인은, 잡풀이 지닌 끈질긴 생명력이라는 태초의 힘뿐만 아니라 도시의 먼지에 찌들어버린 자신의 몸을 씻기는 현재의 부드러운 힘까지 자아의 것으로 만든다. 동일성이라는 은유의 미학이 여기에 자리잡는 것이다.

서정시가 이와 같은 동일성에 기반한 은유적 세계관을 지니고 있다는 것은 중요하다. 자아와 세계가 동일성을 형성하면서 하나의 세계로 통합될 때, 자연과 사물들은 인식 대상으로서의 차가운 물질성을 넘어서서, 자아와 대화하며 세계의 근원과 의미, 가치를 드러내는 존재가 된다. 서정시는 이러한 자연이나 사물들의 의미나 가치를 표현함으로써 세계의 본질을 독자들에게 풀어놓는 장르가 되는 것이다. 이러한 의미에서 동일성에 기반하는 은유는 삶의 의미를 찾으려는 것이고, 뜻없음을 극복하려는 노력이 되는 것이다[19]. 은유의 미학을 바탕으로 한 서정시는 그러므로 의미를 상실해 버린 시대에 절대의 의미를 찾으려는 노력의 한 양상이 된다.

19) 양명수, 「은유와 구원」, 『은유와 환유』, 한국기호학회 편, 문학과지성사, 1997, p.35.

6. 환유

이 미 순

1. 서론

시가 다른 문학 장르와 구별되는 점이 있다면 시의 언어가 언어의 일상적 용법을 따르지 않고 있다는 점이다. 시는 극단적으로 말해서 대상이 없어도, 의미가 없어도 존재할 수 있다. 이 점은 시가 산문과 뚜렷이 구별되는 것이다. 김춘수가 '무의미시'를 추구하고 발레리가 '순수시'를 추구한 것도 모두 이와 관련된다.

시인들은 왜 언어를 왜곡되게(?) 사용하는 데 그렇게 많은 노력을 기울이는 것일까? 합리성이 존중되는 우리 시대에는 무엇보다 정확한 말이 요구된다. 그것조차 부족하여 사람들은 간략한 기호와 공식을 추구하기까지 한다. 말의 오해가 낳는 폐해는 또 얼마나 큰 것인가? 조사 하나를 두고 치열하게 싸우는 정치판의 양상을 우리는 목도하기도 한다. 그러나 시인들은 이러한 시대의 흐름을 거스르는 것처럼 보인다. 플라톤이 말한 시인추방론은 오늘날에도 여전히 통용될 듯도 하다. 시인은 왜 혼란스럽고 이해하기 어려운 말들을 나열하는 것일까?

사람들 사이에 섬이 있다

그 섬에 가고 싶다.

– 정현종, 「섬」 전문

이 짧은 시에 대해 많은 사람들은 매력을 느낀다. 우리들은 이 짧은 두 줄을 통해 무수한 느낌을 가지고 상상을 하게 된다. 실제로 사람 사이에 과연 섬이 있을 수 있는가? 당연히 없다. 그런데 여기서 이 시를 해명하는 데 중요한 것은 '섬'이라는 언어일 것이다. 이 시에서 '섬'은 '바다가 둘러싸고 있는 육지'라는 사전적 의미를 벗어나 다른 의미를 아우르고 있다. 우리가 오래도록 이 시를 기억하면서 사람과 사람들의 관계에 대해 새롭게 생각하게 되는 것도 '섬'이라는 시어에 사용된 비유와 깊은 관련이 있다.

이러한 방식으로 시는 우리가 상식적으로 사람들을 대하는 태도에 대해 반성의 계기를 제공한다. 산업화 시대에 흔히 사람들은 서로를 하나의 세계를 지닌 존재로 대하기보다 대상화하기 일쑤이다. 그러나 이 시를 통해 우리는 사람의 영역이 얼마나 큰 것을 느끼며 그가 살아온 세계에 경외감을 가지게 된다. 이렇게 하여 시는 우리에게 상투적인 세계 인식을 벗어나게 한다. 시는 일상적인 삶 속에 파묻혀 있는 세계에 대한 새로운 통찰을 제시한다. 그리고 여기에 긴요하게 작용하는 것이 시의 수사학이다.

시의 언어는 우리의 일상적인 언어 용법만으로 충분히 이해할 수 없다. 우리는 흔히 아름다운 광경을 볼 때, "이루 말로 표현할 수 없다"고 한다. 우리가 살고 있는 세계에서 말로 표현할 수 없는 영역은 말로 표현할 수 있는 영역보다 훨씬 더 넓다. "말로 표현할 수 없는 세계"를 감히 말로 표현하는 자들이 시인이다. 그들은 우리가 일상적인 언어에 갇혀 있는 세계를 부수고 그 너머의 세계를 펼쳐 보이는 자들이다. 그러기에 시인은 신의 경지를 엿보는 자라 할 수 있다. 소위 "낯설게하기"를 통해 일상을 새롭게 제시하는 자들이 시인이다. 그리고 이것을 가능하게 하는 것은 시의 언어들이다.

수사학은 이러한 시의 언어에 대해 치밀하게 분석하는 틀을 제공한다. 그것은 말로 표현할 수 없는 세계를 말로 표현하는 데 아주 긴요하게 작용하는 것이 수사학이기 때문이다. 시에서 수사학은 현실 세계에서 도저히 일어날 수 없는 일, 표현될 수 없는 것을 표현하게 한다.

그런데 현대 사회에 들어서면서 시의 수사학은 은유와 환유를 중심으로 설명되고 있다. 종래 사람들은 시를 항상 은유를 중심으로 읽어왔다. 가령 어떤 시의 기호를 보고 그것의 원래 의미를 유추하는 방식이 대표적인 경우이다. 그러나 현대 사회에 들어서 상당수 시인들은 이러한 방식의 이미지를 제작하지 않는다. 오히려 그들은 시적 기호들 그 자체에 주목하면서 기호가 파생하는 이미지를 전개한다. 환유는 종래 시의 제작 방식과 다른 여러 가지 모습을 보여준다.

2. 수사학과 환유

수사학은 원래 상대방을 설득하기 위한 기술로서, 생각을 좀 더 뚜렷하고 설득력 있게 표현하는 방법을 말한다. 아리스토텔레스는 『수사학』에서 수사학을 '설득'을 위한 도구를 찾는 능력으로 정의하였다. 여기서 수사학은 전적으로 설득의 도구로 받아들여지고 어떻게 하면 상대방을 설득하여 자신의 논리에 공감하게 하는가 하는 기술의 문제로 이해되고 있다. 그는 수사학과 시학의 발화가 분명히 다르다고 주장하였다. 그의 『시학』이 문학에 대한 이론이라면 『수사학』이 웅변술에 대한 설명으로 시종한 것도 이와 관련된다. 근대에 이르기까지 이러한 관점은 지속되었다. 퀸틸리안이나 퐁타니에와 같은 이들에 의해서도 이러한 관점은 유지되었다.[1]

이러한 수사학적 전통이 차츰 허물어지기 시작한 것은 전통적 수사학이 더 이상 설득력을 상실하기 시작하는 근대에 이르러서이다. 계몽주의와 낭만주의의 등장으로 전통 수사학은 쇠퇴하고 객관성을 지향하는 과학적 담

1) 롤랑 바르트, 김성택 역, 「옛날의 수사학」, 김현 편, 수사학, 문학과지성사, 1985, pp.27~35.

론과 창조성을 지향하는 낭만주의적 담론이 자리하였다. 근대 합리주의 시대 역시 과학이나 철학의 우위를 주장하였다. 이에 대해 낭만주의 시대에서는 수사학은 인간 창조행위의 하나로 인식되었다. 특히 은유적인 표현은 문자적 표현으로 이해할 수 없는 것으로 강조되었다. 루소, 칸트, 니체 등이 이 시대의 견해를 대표하였다. 이에 따라 수사학 역시 전통 수사학의 방법을 비판하고 작가의 자유로운 표현의 중요성을 강조하는 방향으로 나아갔다.[2]

이 때 강조된 '은유'는 이후 수사학이 새롭게 부흥한 시기에도 그 위상을 잃지 않았다. 20세기 중엽에 이르러 수사학은 옛 그리스 시대와 로마시대에 이어 제 2의 개화기를 맞이하였다. 그리고 수사학은 중심적인 몇 개의 수사학을 정립하는 방향으로 발전하게 되었다. 이렇게 은유 중심의 수사학에 새로운 해석을 가한 이는 야콥슨이다. 그는 소쉬르의 기호론에서 밝혀진 언어 기호의 두 가지 구성방식을 수사학에 적용하여 수사학의 커다란 두 축을 은유와 환유로 설명하였다. 여기서 나아가 그는 은유와 환유로 인간 정신의 두 흐름을 해명하였다. 이로써 환유는 은유와 함께 큰 비중을 차지하게 되었다.

오늘날에는 여러 가지 이유로 인해 환유에 대한 관심이 증폭하고 있다. 특히 언어의 본질에 대한 탐색에 논의의 초점을 두는 후기구조주의자들은 언어의 가장 큰 특징으로 언어의 수사성에 주목했다. 이들에 의해 수사학 연구는 새로운 경지에 접어들게 된다.[3] 여기서 모든 언어들이 지니고 있는 언어의 수사성은 작가가 말하고자 하는 바를 끊임없이 왜곡시키고 기호들의 놀이로 이끄는 기능을 담당하는 것으로 이해된다. 이들은 텍스트를 구성하는 본질적인 조건은 언어이며, 이 언어는 작가의 의도나 사상을 전달하는 투명한 도구가 아니라 자신이 지닌 수사성에 의해 작가의 의도나 사상을 왜곡시키고 변화시킨다고 하였다. 그리고 이러한 수사성에 대한 인식 속에 시인의 상상력에 의해 대상과의 동일시를 가정하는 은유나 상징의 수사학은

---

2) Idid., pp.64~66,

3) John Bender and David E. Wellberry, "Rhetoricicity: On the Modernist Return of Rhetoric," *The End of Rhetoric*, Stabford University Press, 1990, p.5.

의심받게 되었다.

3. 환유의 수사학적 원리

(1) 인접성의 원리

환유란 한 사물이나 개념을 그것의 속성을 가지고 있거나 그것과 연관되어 있는 다른 사물이나 개념의 이름으로 부르는 수사법이다. 일찍이 『변론술 교본』을 써서 수사학을 굳건한 발판에 올려놓은 로마의 웅변가요 수사학자인 퀸틸리안은 환유를 다섯 가지 종류로 나누었다. 즉 1) 용기로써 내용물, 2) 행위자로써 행위나 물건, 3) 원인으로써 결과, 4) 시간이나 장소로써 그 특성이나 생산품, 그리고 5) 연관된 대상으로써 그 소유자나 사용자 등으로써 환유가 나타난다는 것이다.[4] 이러한 설명방식은 오늘날에도 일정 부분 유효하다.

> 눈은 살아 있다
> 떨어진 눈은 살아 있다
> 마당 위에 떨어진 눈은 살아 있다.
>
> 기침을 하자
> 젊은 詩人이여 기침을 하자
> 눈 위에 대고 기침을 하자
> 눈더러 보라고 마음놓고 마음놓고
> 기침을 하자

4) Pierre Fontanier, *Les Figures du discours*, Fiammarion, 1968, pp.165~169. 박성창, 「수사학의 뜨거운 감자, 제유와 환유」, 『한국프랑스학논집』 36집, 한국프랑스학회, 2001, p.211~215 재인용.

눈은 살아 있다
죽음을 잊어버린 靈魂과 肉體를 위하여
눈은 새벽이 지나도록 살아 있다

기침을 하자
젊은 詩人이여 기침을 하자
눈을 바라보며
밤새도록 고인 가슴의 가래라도
마음껏 뱉자

– 김수영, 「눈」 전문

이 시에서 시적 화자는 젊은 시인에게 기침을 하자고 하고 있다. 이 때 젊은 시인은 어느 한 사람을 지목하는 것이 아니라 불특정한 다수를 의미한다. '젊은 시인'으로 사회에 때 묻지 않는 순수한 정신을 지닌 이들을 표상하고 있기 때문이다. 그리고 기침은 단순한 생리적 현상이 아니다. 그것은 살아 있음을 주장하는 소리, 내면에서 우러나오는 아우성을 의미한다. 또한 "밤새도록 고인 가슴의 가래라도 마음껏 뱉자"라는 말 역시 순결한 존재에의 지향으로 읽힌다. 여기서 '기침'과 '가래' 등은 모두 환유적 표현이라 할 수 있다. 그것은 '기침'과 '가래'가 시인과 관련되는 부분이기 때문이다.

그런데 환유는 인접성의 원리로 설명할 수 있다. 이렇게 환유를 설명한 대표적인 사람은 야콥슨이다. 야콥슨은 여러 가지 수사법 가운데 은유와 환유를 중심으로 수사학을 설명하였다. 그는 모든 비유어를 은유와 환유로 통합하여 설명하였고 이 양자를 상호 대립적 요소로 인식하였다. 이것은 그가 구조주의 이론에 바탕을 둔 데 따른 결과이다. 그는 실어증이 시학에 대해 가지는 의미를 규명하면서 환유에 대해 설명하였는데, 실어증의 어떤 환자는 인접 혼란을 나타내는 언어 요소들을 하나의 정연한 순서로 결합시키지 못하며 또 다른 환자는 유사 혼란을 나타내어 한 요소를 다른 언어 요소로 치환시키지 못한다. 만약 단어 연상 시험에서 누가 '오두막집'을 이야기하면 첫 번째 형태의 환자는 '오두막집', '헛간', '궁전', '우리' 등의 치환어를 댄다. 이에 대해 두 번째 형태의 환자는 '타버린', '초라한 작은 집' 등 '오두막집'과 결합하여 순서를 만들어내는 단어를 댄다. 야콥슨은 이 두 가지 혼란이 각각 은유와 환유에 상응하는 것이라고 보았다. 이에 따라 그는 은유는 유사성의 원리에 따라 생성되는 수사로, 환유는 인접성의 원리에 따라 만들어지는 수사로 정의하였다.[5] 그런데 이러한 인접성의 원리에 따른 언어놀이는 우리들의 일상 생활에서도 흔히 발견할 수 있다.

> 원숭이 엉덩이는 빨갛다. 빨간 것은 사과. 사과는 맛있어. 맛있는 것은 바나나. 바나나는 길다. 긴 것은 기차. 기차는 빠르다. 빠른 것은 비행기. 비행기는 높다. 높은 것은 백두산.

가령 이러한 어린 아이들의 말놀이는 전형적으로 환유를 통해 이루어지고 있다는 것을 알 수 있다. 여기서 원숭이, 사과, 바나나, 기차, 비행기, 백두산 등은 유사성의 원리에 따라 연결되는 것이 아니다. 이들을 연결하는 것은 각각의 사물들이 갖는 속성들인데, 그러한 속성들은 인접한 사물로 연쇄고리를 만들면서 이어진다. 이에 따라 '원숭이'에서 '백두산'으로까지 이어지게 되었다. 상당수 현대 시인들 역시 이러한 방식으로 시를 쓴다.

> 참 우습지, Curtain lecture는 언제나 복숭아 빛깔인데 선생님들은 어두운 로비에서 케라라의 라라라 그렇지 라오스에서는 무엇을 자꾸 포기한다고 한다.
>
> – 조향, 「쥬노의 독백」 부분

5) 로만 야콥슨, 신문수 편역, 「언어의 두 양상과 실어증의 두 유형」, 『문학 속의 언어학』, 문학과지성사, 1989, p. 105.

이 시에서 시적 이미지들은 어떤 논리적인 통일성 없이 이어지고 있다. 여기서 시적 기호들은 앞선 기호와 끊임없는 매개 고리를 형성하면서 다음 이미지를 산출한다. "참 우습지"의 어절은 그 어조가 다정하다. 어조의 다정함, 즉 "참 우습지"의 한 속성은 "Curtain lecture", "복숭아 빛깔"로의 연결을 가능하게 한다. "Curtain lecture"는 베갯밑공사, 즉 아내가 잠자리에서 남편에게 하는 말을 의미하는데, lecture라는 영어 단어에서 "선생님"이 연상된다. 또한 "선생님"은 교단에 서거니와 교단은 연주무대를 환기하고 연주무대는 인접관계에 있는 일종의 연주 음향 "케라라의 라라라"를 환기한다. "라라라"의 "라오스"로의 연결은 의미상의 인접성 때문이 아니라 기표상의 인접성 때문이다. "라라라"는 앞선 기호와 "라오스"의 매개고리가 되어 "그렇지 라오스에서는 무엇을 자꾸 포기한다고 한다"를 산출한다. 이와 같이 이 시에서는 각 이미지의 어떤 속성이 다음 이미지와 겹치면서 이미지를 산출하는데 각 이미지들은 모두 인접성의 원리에 따라 결합되고 있다.[6]

이러한 시들을 통해 우리는 더 이상 은유 중심, 혹은 상징 중심으로 시를 읽어서는 안 된다는 것을 알 수 있다. 물론 어떤 시들은 그 시어가 상징하고 있는 시의 의미를 깊이 생각하고, 시의 전체적인 통일성을 고려하여 읽어야 한다. 그러나 어떤 시들은 오히려 시적 기호 자체에, 그것의 미끄러짐에 주목하여 읽어야 한다. 특히 오늘날의 현대시는 이러한 경향이 더욱 두드러진다.

(2) 환유와 물질성

환유는 '물질성'의 측면에서 논의되기도 한다. 슈라이퍼는 『수사학과 죽음』에서 환유를 독특하게 설명하였다. 그는 담론의 물질적 토대에 관심을 가지면서 기호의 물질성이라는 측면에서 환유를 정의한다. 그가 말하는 물

6) 이미순, 『한국현대문학비평과 수사학』, 월인, 2000, p.243.

질성이란 현대 자본주의 사회에서 부각된 물신화, 소외 현상 등을 의미할 뿐만 아니라 언어 기호의 물질적인 기표까지도 포함한다. 여기서 물질적인 기표는 언어의 부분으로서, 그것이 기호를 지배할 때 기호들은 본질적이고 상징적인 의미를 상실한다.[7] 슈라이퍼에 의하면 환유는 바로 이러한 물질성을 적극 구현한 수사법에 해당한다.

한국 현대시에서 '물질성'이 부각되는 시를 다수 찾아볼 수 있다. 이것은 서구 문학, 가령 카프카의 소설에서 전화기, 이오네스크의 희곡에서 의자 등이 주인공보다 더 큰 의미를 지니게 되는 맥락과 동일선상에 있다. 다음 시 역시 이러한 예를 보여준다.

> 햄버거 빵 2
> 버터 1½ 큰술
> 쇠고기 150g
> 양파 1½
> 달걀 2
> 빵가루 2컵
> 소금 2 작은 술
> 후춧가루 ¼작은 술
> 상추 4잎
> 오이1
> 마요네즈소스 약간
> 브라운소스 ¼컵
> – 장정일, 「햄버거에 대한 명상– 가정 요리서로 쓸 수 있게 만들어진 시」 부분

이 시가 시를 구성하는 방법은 종래 일반적인 서정시의 원리와 사뭇 다르

7) Ronald Schleifer, *Rhetoric and Death*, University of Illinois Press, 1990, p.6.

다. 이 시의 제목에서 보이듯 시인은 '햄버거에 대한 명상'이다. 그렇다면 햄버거에 대한 통일성을 갖추고 하나의 전체적인 이미지가 제시되는 것이 일반적이다. 그런데 여기서는 햄버거를 이루는 여러 재료들이 모두 인접성의 원리에 따라 환유의 방식으로 이어지고 있다.

이 시에서는 햄버거를 구성하는 물질들이 하나하나 나열되어 있을 뿐이다. 여기서 햄버거에 대한 추억이라든가 햄버거에 대한 시적 화자의 느낌, 또한 햄버거에 대한 이미지, 햄버거와 관련한 문명 비판 등은 찾아보기 어렵다. 햄버거의 재료를 이루고 있는 물질들만 나열되어 있다. 이와 같이 여기서는 시적 화자의 정신성, 혹은 대상의 의미를 고려하지 않은 채 사물과 사물의 나열만으로 시를 이루어 나가고 있다. 그 결과 이 시는 종래 서정시와 사뭇 다른 모습을 보여주고 있다.

사실 전통적인 의미의 서정시는 흔히 낭만주의 시, 특히 은유와 상징의 원리에 따라 구성된 시를 기준으로 설명되어 왔다. 폴 드 만은 은유와 상징을 낭만주의의 이데올로기를 지향하는 수사법으로 설명한 바 있다. 그에 따르면 낭만주의자들은 자아와 대상과의 합일을 지향하였는데 이것을 가능하게 한 것은 시인의 천재성이다. 그리고 시인의 천재성은 상상력으로 나타나는데, 이것은 시에서 은유와 상징의 이미지로 구현된다는 것이다.[8] 은유 지향의 시가 자아와 세계의 동일성이라는 서정시의 이상을 잘 구현할 수 있는 것도 이러한 이유에서이다.

그러나 환유는 더 이상 인간의 정신 세계가 아니라 물질 세계를 드러내고, 또 그 물질 세계를 더 이상 인간의 관점에서 바라본 것이 아니라 그 자체로 드러내는 경향을 지닌다. 이러한 물질성은 사물과 사물의 관계뿐만 아니라 기표와 기표의 관계를 통해서도 나타날 수 있다. 다음의 시는 이를 잘 보여주고 있다.

---

8) Paul de Man, "The Rhetoric of Temporality," *Blindness & Insight*, Methuen & Co. Ltd., 1983, p.27.

眞露도매센터 빌딩을 몇번 돌았다
불빛 환한 지하에서 두꺼비처럼 두리번거리며
예술의 전당 쪽 계단을 오른다
나는 잠시 머뭇거린다
眞路는 어느 쪽일까. 길눈이 어두워
進路를 찾지 못해 돌아나온다. 오후 7시.
저녁 어스럼이 내 빈속에 꽉 들어찬다
(…중략…)
나는 예술의 전당 무궁화꽃에 기대어
한 사람의 진로에 대해 생각해 보았다.
먼길은 멀어서 하루가 짧고
담벽 너머 보는 지붕들이 뾰족하다.
아무도 아무것도 돌이킬 수 없어
길 같은 길 어디 있냐고 투덜대는 사람들이
자꾸만 길이 비좁다며 바람처럼 빠져 나간다
모든 것은 항상 끝나는 곳에서 시작된다. 진로여
나는 너에게 줄 미래도 없는데
내 의지는 소의 눈처럼 꿈벅거린다
누가 나를 시험하려 세상을 문제로 내놓은 걸까
어딘가 길 잃은 사람 있을 듯
굽 낮은 내 구두는 아직 귀가하지 못하였다
여기서 眞路 너무 아득해 빌딩 숲 헤쳐 닿을 길 없고
이 길 한켠에서 생각나는 것은 사람마다
가지 않은 길 하나씩 품고 있는 한줌 기대와 기대 속에 묻힌 한 그루 추억의 푸른 나무.
기대는 자주 우릴 설레게 한다
설레임 속에서 새벽이 뜬눈으로 돌아온다.

비로소 진로란
우리들 생이 그렇듯
비뚤비뚤하거나 비틀비틀한 것이라고
중얼거린다.

– 천양희, 「진로를 찾아서」 부분

이 시는 도심에서 길을 찾고 헤매는 과정을 통해 삶에 대한 중요한 통찰을 보여주는 시이다. 그런데 여기서는 '진로' 라는 시적 기호가 여러 가지 의미로 쓰이며 또 '眞露도매센터' 가 '眞路', '進路' 등으로 미끄러져 가는 과정, 즉 환유에 의해 구성되고 있는 것을 보여준다.

이 시에서 시적 화자인 '나' 는 眞露도매센터로 가는 길, '眞路' 을 찾지 못해 두리번거리고 있다. 이 과정에서 내가 가야하는 進路', 즉 미래에 대해 생각해본다. 진로도매 센터 빌딩 앞에서 길을 잃고 어리둥절해진 '나' 는 지금 자신이 삶의 진로를 찾지 못하고 있는 것이다. 이와 같이 진로도매 센터 빌딩에서 연상된 '진로' 는 몇 가지 의미를 띠게 된다. 우선 '眞露도매센터 빌딩' 의 진로, 그리고 바른 길의 의미를 가진 진로, 자신이 나아가야 할 길이라는 의미의 진로가 그것이다.[주]

그런데 '진로' 라는 기표가 다양한 의미를 파생시키는 것도 기호의 물질성에 주목한 것으로 환유적 글쓰기에 따른 결과이다. 이 점은 시를 읽을 때 은유적인 방식에서만 의존해서는 결코 이해될 수 없다는 것을 잘 보여준다. 이것은 시인이 더 이상 언어의 의미에만 초점을 두지 않고 기호의 물질성에 주목한 결과이다.

주) 이에 대한 자세한 분석은 천양희, 「고통 감싸기의 긴 여정–천양희론」, 『애지』, 2001. 가을호, pp.151~154 참조.

(3) 현대사회와 환유

환유는 서정시에 대한 태도, 세계관의 차이에 따른 언어 운용방식으로도 설명되고 있다. 일찍이 야콥슨은 언어 형성의 가장 근본적인 요소로 이 두 가지 수사학을 주장하였다. 야콥슨은 모든 비유를 은유와 환유라는 두 가지의 근본 축으로 환원시키고 그것을 시와 산문, 낭만주의와 리얼리즘의 주도적인 수사로서 설명하였다. 야콥슨에 의하면 우리의 정상적인 언어 행위도 이같이 어느 한 극단으로 향하는 경향이 있으며 문학의 스타일도 은유적인 것이나 환유적인 것의 어느 한쪽으로 편향되어 표현된다. 낭만주의로부터 리얼리즘을 거쳐 상징주의로의 역사적 발전과정도 따지고 보면 은유에서 환유로, 환유에서 다시 은유로의 스타일 변화로 이해될 수 있다는 것이다. 이후 데이빗 로지도 이러한 이론을 현대문학에 적용하였다.[9] 그런데 폴 드만이나 슈라이퍼는 현대 문학에 작용하고 있는 환유에 더욱 주목하였다. 특히 슈라이퍼는 자본주의가 성숙한 시대인 모더니즘 시대의 담론을 결정짓는 수사학으로 환유를 내세웠다. 그것은 현대 산업 문명이 끊임없이 인간을 소외시켜왔고 대상의 물화가 진행되어왔다면, 이러한 현상을 가장 두드러지게 표현하는 장치가 환유라고 보았기 때문이다.[10] 다음 시는 환유를 통해 현대 사회에서의 인간 소외 현상을 잘 드러내고 있다.

> 저녁 상가喪家에 구두들이 모인다
>
> 아무리 단정히 벗어놓아도
>
> 문상을 하고 나면 흐트러져 있는 신발들
>
> 젠장, 구두가 구두를

---

9) 레이먼 셀던은 모더니즘과 상징주의는 근본적으로 은유적이며 반모더니즘은 사실적이며 환유적이라고 하였다. 레이먼 셀던, 현대문학이론 연구회 역, 『현대문학이론』, 문학과지성사, 1987, p.101.

10) Ronald Schleifer, op. cit., p.9.

짓밟는 게 삶이다

밟히지 않는 건 망자亡者의 신발뿐이다

정리가 되지 않는 상가喪家의 구두들이여

저건 네 구두고

저건 네 슬리퍼야

돼지고기 삶은 마당 가에

어울리지 않는 화환 몇 개 세워놓고

봉투 받아라 봉투,

화투짝처럼 배를 까뒤집는 구두들

밤 깊어 헐렁한 구두 하나 아무렇게나 꿰 신고

담장 가에 가서 오줌을 누면, 보인다

북천北天에 새로 생긴 신발자리 별 몇 개

– 유홍준, 「喪家에 모인 구두들」 전문

이 시는 현대 사회에서의 물신화와 소외 현상을 상가에 모인 구두를 빌어 잘 드러내고 있다. 이 시는 상가의 물신화된 풍경을 비판한 김광규의 시를 떠올리게 하기도 하는데, 여기서 '구두'는 사물로 물신화된 사람들을 비판하는 환유로 표현되고 있다. "구두가 구두를 짓밟는 게 삶이다"는 단언이나 "화투짝처럼 배를 까뒤집는 구두들"는 단어는 경쟁의 원리에 말려든, 소신 없이 살아가는 현대인들을 연상하게 한다.

이러한 물신화는 "북천北天에 새로 생긴 신발자리 별 몇 개"에서 더욱 두드러진다. 여기서는 망자에 대한 애도라든가 망자의 영혼에 대한 상념이 없다. 망자 역시 "신발자리 별 몇 개"라는 사물로 그 흔적을 남길 뿐이다. 이 시에서 '죽음'을 애도하는 상가를 환기하는 것은 오직 '구두', '흐트러진 신발들', '슬리퍼', '돼지고기', '화한', '봉투', '화투짝', '신발자리' 등 사물들 뿐이다. 죽음에 대한 물신화는 사실 현대문학의 중요한 주제이거니와 그것이 이 시에서는 환유로 표현되고 있다.

한국 현대시에서 현대 사회의 물신화를 비판하면서 그것을 환유로 표현하는 것은 빈번히 발견된다. 다음 시는 '우울'이라는 시적 정조를 환유로 표현하고 있어 주목된다.

안경은 맥주와 마른 안주를 시키고 목재 의자에 앉아 있다 우울증은 카운터에서 돈의 기상도를 관측한다 바람에 흔들려 보고 싶은 음지식물의 잎새 끝이 고사한다 우울증은 전화를 받으며 손님들에게 과장된 인사를 투자한다 우울증은 전표 개수를 확인하며 둘레둘레 홀 안을 살핀다 안경이 신문을 치켜든다 우울증과 눈이 마주친다 안경의 맥주컵에 거품이 넘는다 안경 거의 습관적인 동작으로 맥주잔을 들어 재떨이 위에 댄다

석유난로 위에서 보리차가 끓고 있다 우울증은 실내장식으로 매단 종을 치고 싶은 충동을 느낀다 종, 친다 우울증의 기억 속에서 여선생님이 상반신만 유리창으로 내밀고, 먼지가 뽀얗다 스피커에서 출발하여 종을 때리고 지나가는 소리의 부스러기처럼. 아메리카 여가수의 노랫소리를 타고 우울증의 귀 속으로 들어와 부글거리는 알아들을 수 없는 융합음들. 우울증은 쟁반에게 시켜 전표 없이 커피를 한 잔 든다

화장을 짙게 한 가죽치마가 안경 앞을 지난다. 일순 안경이 벌떡 일어난다 맥주잔이 쓰러진다 안경 허겁지겁 지갑에서 만원짜리를 꺼내 가죽치마에게 준다 가죽치마 당황한다 사이, 안경 우울증을 지나 출입문으로 빠져 나간다 손님, 잔돈, 가죽치마 뛰따르다 만다 가죽치마 만원짜리를 우울증에게 준다 (…이하 하략–)

– 함민복, 「우울氏의 一日 · 3」 부분

이 시는 '우울'을 주제로 한 함민복의 〈우울氏의 一日〉의 연작 중 하나이다. 이 시에서는 시적 기호들이 환유적 구성 원리에 따라 연결되고 있다. 현대 도시의 무료한 일상을 드러내는 기호들은 '우울증'이라는 인물이 바라보는 풍경에 따라 이어진다. 그러한 기호들은 그 자체로 아무런 정서의 개입

없이 객관적으로 나열되고 있다.

여기서 '안경', '우울증', '쟁반', '가죽치마' 등은 사물의 일부로써 그 사물과 관계가 깊은 다른 어떤 것을 나타내는 환유이다. 이러한 환유들은 물론 대상들의 물질성을 드러내고 있다. '우울증'이 바라보기에 '안경', '쟁반', '가죽치마' 등은 더 이상 어떤 인격성을 지니지 않은 사물로 보일 따름이다. '안경'이나 '쟁반', '가죽치마' 등은 '우울증'에게는 손님으로부터 받은 '전표', '만원짜리'와 마찬가지로 '돈의 기상도'의 일부를 이루는 풍경에 불과하다. '우울증' 역시 인격성을 지니지 않는 것은 마찬가지인데, 그 또한 '우울증'이라는 질병으로 대상화되어 있을 뿐이다. '우울증'은 어떤 대상과도 교감을 갖지 않는다. 그에게는 손님에게 하는 인사조차 투자일 뿐이다.

'우울'을 주제로 한 이 시가 환유를 중요한 시적 구성 원리로 삼은 것은 유의할 만한 대목이다. 우울은 상실의 정서에 바탕을 둔 것으로서, 근대적 삶의 기저를 이루는 정조이다. 그것은 근대적인 삶 속에서 자연과 더 이상 동화될 수 없고 대상에 대한 일체감을 가질 수 없을 때 발생한다.[11] 그런데 이 시에서 우울은 자아와 세계가 결코 합일 될 수 없다는 현대적 절망감을 표현한 수사학인 환유를 통해 잘 표현되고 있다.

4. 결론

시에 대한 관념은 역사적으로 다양하게 변해왔다. 이에 따라 시를 형상화하는 방식이나 시에 대한 평가 역시 변해왔다. 오늘날 우리 주변에도 많은 시인들이 새로운 시를 실험하고 있다. 이것은 시인이 살고 있는 사회 역사적 환경이 바뀐 데서 비롯한다고 할 수 있다. 오늘날 환유가 새롭게 시의 수

11) 김홍중, 「멜랑콜리와 모더니티」, 『한국사회학』 제 40집, 3호, 2006, p.4.

사학으로 주목받고 있는 것도 이러한 사회 변화와 무관하지 않다.

환유가 무엇인가에 대한 해명은 물론 오랜 역사를 통해 이루어져왔다. 그러나 과거에는 환유는 시의 수사학으로 항상 은유에 비해 부족한 것, 부적절한 것으로 폄하되어 왔다. 환유에 대한 새로운 평가가 가능해진 것은 야콥슨에 이르러서였다. 이것은 고전 수사학에서의 환유에 대한 새로운 정의를 수반한 것이기도 하다.

이러한 시도 속에서 환유는 대체로 인접성의 원리에 의거한 수사학, 물질성을 구현하는 수사학으로 정리할 수 있다. 즉 환유는 은유가 유사성의 원리를 지향하고 정신성을 추구하는 것과 대조된다. 현대 수사학자들이 환유를 새롭게 해석함으로써 이제 은유 이상으로 중요한 수사학으로 부각되었다. 이 과정에서 환유는 단순히 기법 문제를 넘어 세계관을 선택하는 것과 관련이 있는 것으로 논의되었다. 한국의 현대시 가운데도 환유의 형상화 원리를 이해하여야만 제대로 읽을 수 있는 시가 상당하다. 따라서 우리는 우리 주변에 있는 상당수 시들을 환유적 방식으로 접근하는 태도를 가져야 하겠다.

7. 제유

박 현 수

1. 수사성의 시대와 제유의 위상

제유(synecdoche)는 은유와 환유 사이의 "경계지대에 있는 비유",[1] 즉 경계의 수사학으로서 그 동안 크게 주목받지 못하였다. 특히 은유와 환유의 이분법이 득세하면서 제유는 자체의 특수성을 상실하고 이분법의 어느 한 쪽에 편입되어 버렸다. 그러나 제유는 은유와 환유가 포괄하지 못하는 중요한 속성을 지니고 있는데 그것이 지닌 의미가 현대에 들어 더욱 중요해지면서 제유는 다시 주목 받는 비유 중의 하나가 되었다.

현대 수사학이나 시학에서 수사성(rhetoricality)[2]의 수사학이 등장하면서 제유의 위상도 높아졌다. 수사성이란 수사학의 어떤 개념(주로 비유)에 개념적 독자성을 부여하여 여러 방면에 전방위적으로 활용하는 방식을 의미한다. 수사성으로서의 수사학은 인간의 실존적 조건 혹은 일종의 인식틀(패러다임)로서 기능한다.

1) 폴드만에 따르면 제유는 경계지점에 있는 비유로서, 은유와 환유 사이에 애매한 지대를 만들어 내는 그런 공간적 특성으로 인해 전체화에 의한 종합의 환상을 만들어낸다. Paul de Man, "Reading", *Allegories of Reading*, Yale University Press, 1979, p.63의 각주 8번 참조.

2) John Bender and David E. Wellbery, 'Rhetoricality: On the Modernist Return of Rhetoric', *The Ends of Rhetoric*, Stanford University Press, 1990, p.25.

수사성으로서의 수사학이 활성화되면서 수십 개에 달하는 수사학적 개념은 6분법, 4분법, 2분법 등으로 축소되었다. 6분법은 블룸이 주장하는 것이며[3], 4분법은 케네스 버크가[4], 3분법은 니체,[5] 2분법은 야콥슨이 주장하는 것이다. 현재 4분법(은유/환유/제유/반어)이 어느 정도 유통되고 있다. 하지만 현재의 대세는 2분법이라 할 수 있다. 야콥슨에 의해 전방위적으로 확산된 2분법(은유/환유)은 라캉에 의해 더욱 보편화되었다.

제유는 4분법의 수사학이 성립되면서 중요한 비유의 하나로 취급되었는데, 그 전통은 오래 되었다. 제유를 주요 비유의 하나로 만든 최초의 수사학자는 16세기의 라무스(Ramus)이다. 그는 퀸틸리안(Quintilian)의 12개의 비유에서 9개를 제거하고 반어를 첨가하여 네 개의 주요 비유를 설정하였다. 이때부터 제유는 여러 비유법을 대표하는 4대 비유의 하나로 자리를 잡는다.

4분법은 이후 탈론(Talon)과 보씨우스(Vossius), 비코(Vico)에 의해 계승되었다. 특히 비코에 와서는 문채(figure)의 분류학이라는 고전 수사학적 방법론을 탈피하여 수사성의 성격이 강화된다. 비코는 의식이 추상적 사고에 도달하기 위해 거쳐야 할 단계를 나타내는 데 네 가지 비유를 사용하고 있다. 그는 역사의 3단계와 네 개의 비유를 대응시키는데, 신의 시대는 은유, 영웅의 시대는 환유와 제유, 인간의 시대는 반어와 연관된다.[6]

현대에 들어 케네스 버크(Kenneth Burke)는 은유, 환유, 제유, 반어를

---

3) 헤롤드 블룸은 『시적 영향에 대한 불안』에서 수정비율의 각 단계에 아이러니, 제유, 환유, 과장, 은유, 메타렙시스(metalepsis)를 할당하고 있다. 그의 이 분류법은 사실상 버크의 4분법에 과장법과 메타렙시스를 덧붙인 것이다. Harold Bloom, 윤호병 역, 『시적 영향에 대한 불안』, 고려원, 1991, 제11장 참조.

4) 케네스 버크는 반어, 환유, 은유, 제유를 가장 중요한 비유법으로 든다. Kenneth Burke, 「네 가지 비유법」, 주네트 외, 『현대 서술 이론의 흐름』, 솔, 1997 참조.

5) 단젤리오는 니체가 3분법을 주장하였다고 본다. Frank J. D'Angelo, "Prolegomena to a Rhetoric of Trope", *Rhetoric Review*, vol. 6, No. 1, Autumn, 1987, p.32.

6) G. Vico, 이원두 옮김, 『새로운 학문』, 동문선, 1997, pp.164-168; 이종흡, 「18세기 유럽 지성사에서 전근대적 "에피스테메"의 궤적 – G. Vico의 경우」, 『경남사학』, 4권, 경남사학회, 1987, pp.101~111 참조.

관점(perspective), 환원(reduction), 재현(representation), 변증법(dialectic)이라는 용어로 대체하고 있다.[7] 이때 제유는 전체와 부분의 필연성을 바탕으로 각자 서로를 재현하는 관계이기 때문에 '재현'과 관련된다(민주주의의 대의제를 예로 들고 있다). 헤이든 화이트(Hayden White)는 버크의 관점을 역사학에 적극적으로 도입하였다. 그의 논의에서 제유는 장르상으로 희극, 논증 형식상으로 유기체론, 그리고 이데올로기적으로 보수주의와 연계된다.[8] 한스 켈너(Hans Kellner)는 4분법을 적극 지지하며 그 구조주의적 근거를 밝히는 논의로 주목을 받은 바 있다. 그에 따르면 제유는 통사론적이며, 이해의 문채이며 상징으로 확장될 수 있는 비유로서, '경험의 유추'(Analogies of experience)에 기반을 둔 '부분-전체 통합적'인 비유이다.[9]

2분법으로 축소될 경우 제유는 갑자기 설 자리를 잃게 된다. 2분법을 전면적으로 확산시킨 사람은 로만 야콥슨(Roman Jakobson)인데, 그는 실어증의 양상을 검토하여 유사성 장애와 인접성 장애라는 두 가지 범주를 설정하였다. 여기에서 유사성의 원리와 인접성의 원리가 생겨나는데, 그는 이를 수사학적인 개념인 은유와 환유에 각각 대응시켰다.[10] 야콥슨의 체계에서 제유는 은유, 환유의 축 어딘가에 종속되는 것으로 처리될 수밖에 없는데, 그는 제유를 환유의 일종으로 처리하였다. 그에게 있어서 제유는 인접성의

7) Kenneth Burke, 「네 가지 비유법」, 주네트 외, 『현대 서술 이론의 흐름』, 솔, 1997,

8) Hayden White, 천형균 옮김, 『19세기 유럽의 역사적 상상력-메타 역사』, 문학과지성사, 1991, 서론 참조.

9) 마틴은 버크, 화이트, 켈너의 논의를 다음과 같이 간단하게 정리하고 있다. Wallace Martin, "Floating an Issue of Tropes", Diacritics, Vol. 12, No. 1, Spring, 1982, p.78.

비유	버크	화이트	켈너
은유	관점	유사성/차이성(재현)	전체-전체 통합적
환유	환원(물질적인 것에 대하여 반물질적인)	부분/전체(환원)	전체-부분 분산적
제유	재현	전체의 부분/질(통합적)	부분-전체 통합적
반어	변증법적(모든 개념을 사용하는)	확언의 거부	전체-전체 분산적

10) Roman Jakobson, 신문수 편역, 『문학 속의 언어학』, 문학과지성사, 1989, p.111.

특정한 국면, 즉 부분과 전체의 관계를 지칭하는 하위개념일 뿐이다. 물론 2분법을 따르면서도 제유를 은유의 일종으로 처리하는 경우도 있다.[11] 어떤 경우든 2분법에서 제유는 은유 혹은 환유의 일종으로 처리되면서 그 자체의 독자성을 잃어버리고 만다.

2. 제유의 특성

(1) 환유와 제유의 차이

제유에 대한 개념적 혼란은 극심한 편이다. 그 혼란의 핵심에는 제유가 환유와 여러 가지 면에서 유사한 부분을 지니고 있다는 점에 있다. 이를 가장 잘 보여주는 것이 다음 예문일 것이다.

> 따라서 우리는 사전적인 의미에서 제유를 다음과 같은 관계로 정의하기로 한다. 부분과 전체의 관계, 전체와 부분의 관계, 포함하는 것과 포함되는 것의 관계, 지시된 대상과 기호의 관계, 만들어진 물건과 재료의 관계(이것은 환유에 근접하는 바), 원인과 결과의 관계, 결과와 원인의 관계, 유(類)와 종(種)의 관계, 종과 유의 관계 등이 제유이다.[12]

케네스 버크의 이 목록은 전통적으로 사용되어온 것으로서, 제유와 환유의 개념적 혼란이 그대로 반영되어 있다. 그러나 이 목록 중 부분과 전체,

11) 프로이트는 환유적 전치와 제유적 응축으로 나누고 있어, 제유를 은유에 포함시킨다. 제유를 은유와 같은 차원에서 다루는 논의는 폴드만, 슐라이퍼의 논의에서 찾을 수 있다. Paul de Man, *Allegories of Reading*, Yale University Press, 1979, p.63; Ronald Schleifer, *Rhetoric and Death*, Illinois University Press, 1990, p.5.

12) Kenneth Burke, 앞의 글, p.158.

유와 종을 언급하는 관계 이외에는 대부분 현대 수사학에서 환유와 관련하여 다루는 특성들이다.

이제 제유의 특성을 분명하게 하기 위해서 환유와 제유의 관계를 정확하게 규정해보자. 학자에 따라 환유와 제유는 유사한 개념으로 취급되기도 하고[13] 전혀 이질적인 개념으로 다루어지기도 한다.[14] 그리고 앞에서 본 것처럼 제유가 은유의 일종으로 취급되는 경우도 있다. 그러나 이 개념들은 서로에게 포괄되지 않는 독립적인 자질을 지니고 있으므로 각각 다른 개념으로 다루는 것이 현명할 것으로 보인다. 환유와 제유를 유사한 개념으로 다룬 야콥슨이 후일 그 차이를 강조하는 방향으로 나아간 것도 이와 관련이 있다.[15]

환유와 제유의 구별이 혼란스러운 것은 그동안 '부분-전체' 라는 기준이 두 개념에 모두 적용되어 왔기 때문이다. 사실 부분과 전체라는 말은 혼란스럽다. 이는 인접관계('빨간 모자를 쓴 사람' 대신에 '빨간 모자')를 나타내는 데에도 쓰일 수 있고,[16] 상하 범주의 관계('일꾼' 대신에 '손', '식량' 대신 '빵')에도 쓰일 수 있기 때문이다. 궁극적으로 제유는 범주 개념을 바탕으로 한다는 점에서 환유와 차이가 난다. 문제는 '부분과 전체' 가 범주의 관점(제유)에 속하느냐가 문제다. 이 때문에 퐁타니에는 '수레' 대신에 '(마차의) 말' 을 사용하는 표현 방식을 제유나 환유 중 어느 것으로 보아야 할 것인지 자신을 가질 수 없었다.

13) 환유와 제유의 유사성에 주목하는 이는 야콥슨, 앙리, 라코프와 존슨, 깁스 등이다. 이들은 제유를 환유의 일종으로 본다. 김기수, 「환유와 제유」, 『영어영문학 연구』, 48권 3호, 2006. 9, p.2 참조.

14) 환유와 제유를 이질적으로 보는 이는 뮤 그룹, 브레딘, K. 세토 등이다. 김기수, 위의 글, p.2 참조.

15) 야콥슨은 죽기 얼마 전에 가진 인터뷰에서 환유(외적 양상)와 제유(내적 양상)의 구분을 강조한 바 있다. 박성창, 「수사학의 뜨거운 감자, 제유와 환유」, 『한국프랑스학논집』, 36집, 한국프랑스학회, 2001, p.211.

16) 인접관계에서 부분과 전체의 관계는 '부분과 나머지의 관계' 로 표현하기도 한다. 즉 '교회' 를 가리키기 위해 '제단' 을 사용할 경우 제단이 "교회에 연결되어 있느냐(부분과 나머지의 관계, 그러므로 환유) 아니면 교회라는 개념의 일부분(부분과 전체의 관계, 그러므로 제유)으로 간주하느냐에 따라 환유 또는 제유로 인식될 것이다." 박성창, 위의 글, p.217.

수레 대신에 마차의 말을 사용하는 경우: 이는 실제로 〈전체의 제유〉는 아닌 듯하다. 왜냐하면 말들은 마차에 매어져 있더라도, 결코 마차의 일부분을 이루고 있지 않기 때문이다. 마차는 말들과는 독립적이고 떨어진 상태에서 그 자체로 존재하기 때문이다.[17]

퐁타니에의 설명은 환유와 제유의 구분이 얼마나 미묘하고 또한 궁색한 것인가 하는 점을 잘 보여준다. 그의 설명과 달리 '말(마차)이 여관 앞에 멈추었다' 는 문장에서 말과 마차의 관계는 일반적으로 전체와 부분의 관계로 판단된다. '마차' 라는 사전적 정의가 "말이 끄는 수레"인 사실을 감안할 때, 마차에서 말과 수레가 하나의 전체를 형성하고 있다는 사실은 부인하기 어렵다.

'배' 대신에 '돛' 을 사용하는 것('50개의 돛')은 제유의 하나로 인정하면서, '마차' 대신 '말' 을 사용하는 것은 왜 문제가 될까. 수사학의 전문가로서 퐁타니에가 '돛' 과 달리 '말' 을 전체와 부분의 관계로 인정하지 않은 것은 나름대로 일관된 기준에 의한 것이다. 즉 마차가 무기물로 된 마차 부분과 유기물인 말이 결합된 형태이기 때문이다. 제유가 유기적 전체성을 염두에 둔 개념이라 할 때 마차는 특이한 경우임에는 틀림이 없다.

이 때문에 '전체-부분' 의 개념적 중의성을 문제 삼는 논의가 등장한다. 세토(K. Seto)는 전통수사학에서 '전체-부분' 과 '유-종' 을 구분하지 않아서 혼란이 생겼음을 지적하고, 제유의 '전체-부분' 은 분류(taxonomy), 즉 큰 범주와 작은 범주의 관계를, 환유의 그것은 실체와 그것의 부분이 지니는 관계를 가리킨다고 주장하였다. 그래서 그는 제유를 "범주관계 전이(C-related transfer)", 환유를 "실체관계 전이(E-related transfer)"라 부른다.[18] 세토의 기준으로 볼 때 말과 마차의 관계는 '실체관계 전이' 즉 환유에

17) P. Fontanier, *Figures de Discours*, p.169; 박성창, 위의 글, p.215.

18) K. Seto, "Distinguishing Metonymy from Synecdoche", pp.91~93; 김기수, 앞의 글, p.12.

속한다.

범주의 관점에서 제유와 환유를 구별한 세토의 입장은 그 동안의 혼란을 일소하는 데 도움이 된다. 그러나 그의 단순명쾌한 논의는 전체-부분 관계에 개입되어 있는 범주적 사유를 무시하고 있다는 점에서 한계를 지닌다. 전체-부분의 관계를 실체와 그 구성요소의 문제로 간단하게 처리할 수 없는 경우가 많다. 범주가 실체로부터 추상화의 단계를 거쳐 구성된다는 사실을 염두에 둘 때, 실체와 범주는 긴밀한 연관을 지니고 있기 때문이다.

야콥슨이 제시한 예를 살펴보자. 그는 자신의 기존 주장을 재고하는 대담에서 "시나 영화에서 목동의 손을 보여주는 것은 그의 오두막집이나 그가 지키고 있는 양떼들을 보여주는 것과 결코 같은 것이 아니"[19]라고 하였다. 그는 환유와 제유를 외적 양상, 내적 양상으로 설명하며, '손=목동'을 제유의 경우로 보고 있다. 목동을 '손'으로 표현한 것은 마차를 '말'로 표현한 것과 차이가 난다. 퐁타니에가 주목한 것도 이 점일 것이다. 이 두 표현에는 어떤 차이가 있을까. 세토의 입장에서 본다면 '말'이나 '손'은 둘 다 환유의 실체관계에 속함에 틀림없을 것이다.

그러나 '손=목동'의 관계는 실체관계가 아니다. 왜냐하면 여기에는 범주적 사고가 개입되어 있기 때문이다. 비유 기표(tropical signifier) '손'이 비유 기의(tropical signified) '목동'[20]에 도달하는 데에는 세 단계가 필요하다. 먼저 '손'은 '신체'와 결부되어야 한다. 손은 신체의 일부이기 때문이다. 그리고 그 다음에 이 신체가 사람과 동일시되는 단계가 필요하다. 마지막으로 이 사람은 어떤 특정한 사람(목동)과 다시 결부되어야 한다. '손-신체-사람-목동'은 구체화와 추상화가 연속적으로 발생하는 복합적인 사고

19) 박성창, 앞의 글, p.211.

20) 비유 기의와 비유 기표는 기존의 원관념과 보조관념에 해당하는 용어이다. 이를 부르는 적절한 명칭이 없으며 학자마다 달리 부르고 있다. 본의(tenor)와 매체(vehicle)(I. A. 리차스); 일차적 주제와 이차적 주제(막스 블랙); 시작어휘(Initial word)와 결과어휘(Resultion word)(뮤 그룹) 등이 있다. 비유 기의와 비유 기표는 '비유되는 것'과 '비유하는 것'의 의역이다. '돛'으로 '배'를 나타낼 경우 '돛'은 비유 기표, '배'는 비유 기의가 된다.

과정을 보여준다. 무엇보다 분명한 것은 두 번째 단계('신체-사람')에 일종의 범주 작용이 개입되어 있다는 것이다. 신체에서 사람으로 넘어올 때 이 '사람' 은 실체라기보다는 범주의 성격이 강하다. 구체적인 특정 존재를 가리키는 어휘가 아니라 지극히 추상적인 개념으로 사용되고 있기 때문이다. 이 추상화 과정이 개입되어 있기 때문에 '손=목동' 은 '범주관계 전이', 즉 제유라 할 수 있다.

따라서 「떡장수와 호랑이」 설화에서 손으로 엄마를 확인하는 대목은 전형적인 제유적 상황이라 할 수 있다. 설화 속에서 남매가 문틈의 비유 기표(손)를 보고 비유 기의(호랑이)를 판단하는 장면이 나온다. 이 부분은 제유의 서사화가 아닐 수 없다. 남매는 손이 어머니를 지시할 수 있다고 믿으며 동시에 다른 손이 다른 존재를 지시할 수 있다고 믿는다.[21] 이때 '손-어머니' 는 그 속에 '손-신체-사람-어머니' 라는 과정을 압축적으로 담고 있으므로 기본적으로 제유라 할 수 있다.

그렇다면 1단계 '손-신체' 의 단계는 어떨까. 여기에도 범주화 작용이 개입되어 있을까. 세토는 이것을 환유로 본다. 범주화 작용이 일어나지 않는 전체-부분의 관계라는 것이다. 손이 신체의 일부라는 사실은 틀림이 없다. 그러나 대부분의 부분-전체는 구체적인 부분의 합으로서의 전체를 염두에 둔 것이 아니라, 전체를 나타내기 위한 특징적인 부분의 강조라는 점에서 이때의 전체는 일종의 추상적인 상태에 놓인다. 어떤 전체-부분의 관계에서도 각 부분의 합으로서의 전체가 고려되지 않는다. 전체는 이미 완성된 상태로, 즉 일종의 범주로서 존재하는 것이다. 비코가 '머리' 로 '인간' 을 나타내는 제유를 설명할 때 "〈인간〉이라는 말도 추상적인 것이므로 철학적 분류에 따르면 신체와 그 전부분, 정신과 그 능력의 전부, 기력과 행위 전부를

---

21) 이탄 시인이 이것을 정확하게 지적하고 있다. "부분으로 전체를 나타내는 비유를 제유라고 한다. 여기서 제유의 한 모습을 보게 된다. 손이 어머니를 대신하고 있는 것이다." 이탄, 「진짜 호랑이와 손」, 『해양한국』, 한국해사문제연구소, 1986, 10, p.45.

포괄하는 것"[22]이라 설명한 것도 같은 맥락이라 할 수 있다. 따라서 1단계에도 범주화 작용이 개입되어 있다고 할 수 있다. 그렇다면 모든 부분-전체의 관계는 (인접적인 속성을 제외하고) 제유로 보는 것이 타당하다고 할 수 있다. 세토가 이를 실체관계로 본 것은 개념화 작용을 간과하면서 실체와 범주의 개념을 혼동하였기 때문이다. 이런 관점에서 볼 때 '돛'(배)의 경우도 '범주관계 전이' 즉 제유에 속한다.

(2) 제유의 두 가지 양상

전체와 부분의 문제를 범주의 관점으로 처리하면 제유는 크게 세 가지 양상으로 정리될 수 있는데, 부분과 전체의 관계('일꾼' 대신 '손'), 유와 종의 관계('무기' 대신 '칼'), 개인과 단체('로마 군대' 대신 '로마인')의 관계가 그것이다. 물론 고전 수사학에서는 이 외에도 '대상' 대신에 '재료'를 나타내는 것('칼' 대신 '강철'), '소유자' 대신 '추상적 자질'을 사용한 것('자존심 강한 사람'을 '자존심'으로 부르는 경우) 등이 포함되었으나 현재는 라우스베르그(Lausberg)와 뮤 그룹(Group Mu) 등 현대 수사학자들에 의해 범주적 관계를 나타내는 것으로 제한되고 있다.[23] 본고에서는 제유의 특성을 범주적 관점이 투사된 것으로 제한하여 ①부분과 전체의 관계, ②유와 종의 관계 두 가지로 나누어 설명하고자 한다.

① 부분과 전체의 관계

부분과 전체의 관계는 제유의 가장 대표적인 특성이면서 동시에 환유와

---

22) G. Vico, 이원두 옮김, 『새로운 학문』, 동문선, 1997, p.166. 또 "뾰족한 끝"(검)을 설명할 때도 "〈검〉이라는 말이 추상적이이서 자루, 날 밑, 날, 뾰족한 끝을 모두 포함하기 때문"이라 한다. 비코는 부분과 전체의 관계에서 전체는 실체라기보다는 범주로 보고 있다.

23) Preminger. A.(edit.), *The New Princeton Encyclopedia of Poetry and Poetics*, Princeton University Press, 1993, p.1261.

혼동되는 속성이기도 하였다. 앞에서 다루었듯이 그것을 범주의 관점에서 해결하면 이 양상은 제유의 중요한 특성 중의 하나가 된다.

제유는 일종의 프랙탈 구조를 지닌다. 제유에서 부분은 전체에 종속된 것이 아니라 스스로 하나의 독립된 전체이다. 부분(하위범주)은 본질적으로 전체(상위범주)와 동일한 구조를 지니는 것이다. 두 범주 간의 교환이 가능한 것도 이 때문이다. 부분에는 전체가 온전한 상태로 응축되어 있기 때문에 부분의 합인 전체는 부분의 확대이면서 동시에 부분의 반복이 된다. 이 점이 제유가 지닌 유기적 전체성이다. 이 때문에 "라이프니츠의 단자론은 제유의 훌륭한 본보기"[24]라는 설명도 가능하다. 시인 프로스트가 제유를 상징과 동일시한 것도 제유의 이런 성격 때문일 것이다.[25] 부분이 스스로의 가치를 온전히 지닌 채, 부분의 범주를 넘어서서 상위 범주로 나아간다는 점에서 여기에도 여전히 범주의 감각이 개입되어 있다.

다음 시는 이와 같은 제유의 세계를 가장 명료하게 보여주는 작품이라 할 수 있다.

> 나뭇잎 하나가
>
> 아무 기척도 없이 어깨에
> 툭 내려앉는다
>
> 내 몸에 우주가 손을 얹었다
>
> 너무 가볍다
>
> – 이성선, 「미시령 노을」 전문

---

24) Kenneth Burke, 앞의 글, p.159.

25) George F. Bagby, JR., "Frost's Synecdochism", *American Literature*, Vol. 58, No. 3, Oct., 1986, p.382.

이 시에는 제유의 두 가지 양상, 즉 부분과 전체의 관계('몸' 대신에 '어깨')와 유와 종의 관계('우주' 대신 '나뭇잎')가 동시에 나타나고 있다. 여기에서는 '부분과 전체의 관계'에 주목하여 전자만 살펴보기로 한다. 시인은 나뭇잎 하나가 자신의 '어깨'에 내려앉는 것을 두고 "내 몸에 우주가 손을 얹었다"고 말한다. 시인 스스로 부분으로서의 '어깨'가 전체로서의 '몸'의 의미를 지닌다고 밝히고 있다. 즉 비유 기표 '어깨'는 비유 기의 '몸'을 대신하고 있는 것이다. 이 '어깨'는 단절된 부분이지만 동시에 그것 자체로 하나의 전체(몸)로서 나타난다는 점에서 유기론적 사유와 연계될 수 있다. 이때 부분은 부분이되 동시에 전체가 된다.

'어깨-몸' 처럼 부분과 전체의 관계가 분명하게 인식되는 경우도 있지만 다음과 같이 잘 드러나지 않는 경우도 있다.

> 내 손에 호미를 쥐어 다오.
> 살진 젖가슴과 같은 부드러운 이 흙을
> 발목이 시도록 밟어도 보고 좋은 땀조차 흘리고 싶다.
>
> 강가에 나온 아해와 같이
> 짬도 모르고 끝도 없이 닫는 내 혼아
> 무엇을 찾느냐 어디로 가느냐 웃어웁다 답을 하려무나.
>
> 나는 온몸에 풋내를 띠고
> 푸른 웃음 푸른 설움이 어우러진 사이로
> 다리를 절며 하루를 걷는다 아마도 봄 신령이 지폈나보다.
>
> 그러나 지금은 --- 들을 빼앗겨 봄조차 빼앗기겠네.
>
> – 이상화, 「빼앗긴 들에도 봄은 오는가」 부분

이 시에서 비유 기표 '들'의 비유 기의는 무엇일까? '나라' 혹은 '조국'이라고 대답하는 경우가 많다. 물론 그렇다고 할 수 있지만 그것은 몇 가지 수사학적 추론 과정이 개입된 것이다. 그 과정은 '들-국토-조국'으로 정리할 수 있다. 이때 '들'에서 '국토'로 나아가는 과정은 부분으로 전체를 나타내는 제유적 과정이다. 그러나 '국토'가 '조국'으로 가는 과정은 환유적 과정이다. '국토'라는 개념에 부가된 인접적인 요소 때문에, '국토'라는 구체적인 개념으로부터 '조국' 혹은 '나라'라는 추상적인 개념이 도출된 것이다.

'국토'는 '나라의 땅'이라는 구체적인 개념이다. 여기에는 이 시에 나오는 '들'뿐 아니라 산, 강, 바다, 하늘, 농토, 삼림 등이 포괄된다. 이런 것들을 합한 것이 '국토'라는 구체적 개념이다. 당연히 범주적 개념이 포괄된 구체적 개념이므로, '들-국토' 역시 '어깨-몸'처럼 부분과 전체의 관계를 보여주는 제유의 예라 할 수 있다. 이 '들' 역시 부분이면서 동시에 전체로 나타내고 있다.

그러나 부분과 전체의 문제는 이들 시에서처럼 대부분 시 속에서 집중적으로 드러나지 않는다. 그래서 독자들은 이것을 비유로 쉽게 인식하지 못한다. 시인 스스로도 '몸' 대신 '어깨'를 사용하거나, '국토' 대신 '들'을 사용하는 것이 비유의 일종이라 인식하지 않은 듯 일상적인 표현처럼 자연스럽게 사용한다. 이는 제유가 환유와 마찬가지로 일상에서 일종의 사전적 의미의 확장처럼 사용되기 때문일 것이다.

부분-전체의 관계는 시에 있어서 일부의 보조적 표현으로 사용된다는 점에서 유기론적 사유를 읽어낼 수는 있지만 그것과 본격적인 관계를 지닌다고 하기는 어렵다. 그보다는 다음에서 다룰 유와 종의 관계가 유기론적 사유와 본질적인 친연성을 보여주는 예가 된다고 할 수 있다. 이성선의 시에서 시인이 주목하고 있는 것이 '어깨-몸'(부분-전체)이 아니라 '나뭇잎-우주'(종-유)의 관계인 것도 이 때문일 것이다.

② 유와 종의 관계

유와 종의 관계는 제유의 가장 중요한 특성인 범주의 감각을 가장 잘 보여주는 양상이다. 이것은 제유의 가장 가치 있는 특성으로 유기론적이고 순환론적 사유와 연계되어 있다는 점에서 주목을 요한다.

유와 종의 관계에서 중요한 것은 '빵이 없는 자유' 처럼 하나(비유 기의 '식량')는 다른 하나(비유 기표 '빵')를 포괄하는 상위범주가 되어야 한다. 즉 상위범주에 속하는 대상은 하위범주를 포괄하는 추상적인 개념이어야 하는 것이다. 유와 종의 관계에는 비유 기표와 비유 기의의 관계에 있어서 종에서 유로, 유에서 종으로 이동하는 두 가지 방식이 있다. 먼저 종에서 유로 이동하는 방식을 살펴보자.

> 나는 꿈꾸었노라, 동무들과 내가 가지런히
> 벌 가의 하루 일을 다 마치고
> 석양에 마을로 돌아오는 꿈을,
> 즐거이, 꿈 가운데.
>
> 그러나 집 잃은 내 몸이여,
> 바라건대는 우리에게 우리의 보습 대일 땅이 있었더면!
> 이처럼 떠돌으랴, 아침에 저물 손에
> 새라 새로운 탄식을 얻으면서.
>
> – 김소월, 「바라건대는 우리에게 우리의 보습 대일 땅이 있었다면」 부분

이 시에서 제유가 사용되고 있는 곳은 "바라건대는 우리에게 우리의 보습 대일 땅이 있었더면!" 이라는 구절의 '보습' 이다. 보습은 '땅을 갈아 흙덩이를 일으키는 데 쓰는 농기구' 이다. 이 시에서 보습은 단순히 보습 그것만을 의미하는 것이 아니라 농기구라는 일반적인 의미로 사용되고 있다. 즉 보습이 농기구를 대표하고 있는 것이다. 이 구절이 농사지을 땅이 없다는 의미

를 나타내는 것도 이 때문이다.[26] 그래서 보습 대신에 농기구라는 동일한 범주에 속하는 쟁기나 호미 등으로 바꾸어도 의미상의 큰 차이가 생기지 않는다. 이 구절은 하위범주('보습')로서 상위범주('농기구')를 나타내는 경우, 즉 종에서 유로 이동하는 방식이다.

종에서 유로 이동하는 방식은 특히 유기론적 관점 및 순환론적 관점과 밀접하게 관련되어 있다. 다음 시가 이를 잘 보여준다.

산은
날으는 새를
조롱에 가두질 않네

새들은
마을에 내려왔다 산으로
올라가네

나도 앞으론
산으로 갈 일밖에
남지 않았네

산에서
잠시 날아온
산새이니.

— 김선영, 「산은 새를 조롱에 가두지 않네」 전문

26) 여기에도 '보습대일 땅-농기구 사용할 땅-농사지을 땅-생존의 땅-국토-조국' 등 몇 단계의 수사학적 추론 과정이 개입되어 있다.

이 시에서 '산'이나 '새'는 대상으로서의 '산'과 '새'만을 가리키는 것이 아니다. 비유 기표 '산'은 많은 생물을 품고 있는 '우주'를, '새'는 그 속에 살고 있는 '생물'을 비유 기의로 취하고 있다. 이때 '산'은 단순한 우주가 아니라 생명의 근원으로서 우주라는 사실이 중요하다. 그곳은 생명을 자유롭게 풀어놓으며 나중에 스스로 거두어가는 거대한 율법의 본향이다. 화자가 스스로를 "산에서/잠시 날아온/산새"라고 생각하고 또 그곳으로 돌아갈 것을 예상하고 있는 것도 이 때문이다. 앞에서 다룬 이성선의 시에서 '나뭇잎'이 '우주'의 하위개념으로 다루어진 것에도 이런 인식이 들어있다.

유와 종의 관계로 제유를 사용하는 경우 그 이면에는 이처럼 우주의 질서를 존중하고 수용하는 겸허함이 내재되어 있다. 이러한 인식을 갖지 못한 시인의 경우 제유의 사용이 극히 제한적일 수밖에 없을 것이다. 생명에 대한 존중, 생명에 대한 순환론적 관점이 없이는 유기론적 특성을 잘 드러내는 제유가 제대로 사용되기 힘들 것이다.

다음은 유에서 종으로 이동하는 방식이다.

흙이 되기 위하여
흙으로 빚어진 그릇
언제인가 접시는
깨진다.

생애의 영광을 잔치하는
순간에
바싹 깨지는 그릇
인간은 한 번
죽는다.

– 오세영, 「모순의 흙」 부분

이 시에 등장하는 '그릇'은 문맥상 '접시'를 의미한다. 이때 '그릇'은 '음식이나 물건을 담는 기구의 총칭'이라는 개념이 아니라 하위범주인 '접시'를 대신하여 사용된 것이다. 시적 문맥을 살펴보면 시인이 그릇이라는 어휘를 사용할 때 그는 막연한 그릇이 아니라 그릇 중의 특정한 형태인 어떤 접시를 구체적으로 염두에 두고 있음을 알 수 있다. 전체가 전체로 존재하면서 동시에 부분이 되는 순간이다. 여기에서도 역시 유기론적 사유, 즉 순환론적 인생관("흙이 되기 위하여/흙으로 빚어진 그릇")이 드러나는 것은 제유의 특성상 당연하다고 하겠다.

3. 제유의 새로운 가능성과 한계

(1) 근대 위기의 유기론적 대안

앞에서 약간 언급하였지만 현대에 들어 제유가 중요한 수사학의 하나로 주목받은 것은 제유의 유기론적 요소 혹은 생태주의적 요소 때문이다. 제유의 이런 특성을 가장 먼저 제시한 사람은 아마도 헤이든 화이트일 것이다. 그는 4대 비유를 언급하면서 제유를 논증 형식의 차원에서 유기체론과 연계시키고 있다. 그러나 그의 논의는 암시의 차원에 그치고 있다.

우리나라에서 제유의 새로운 가능성에 주목한 이는 구모룡이라 할 수 있다. 그는 은유와 환유의 이분법을 비판하며 각 개념의 한계를 지적한다. 먼저 은유는 자아중심주의, 동일성과 밀접한 관련을 지니면서 다른 대상을 자기화하고 강제적으로 연계시키는 폭력을 드러낸다는 점에서 한계를 지닌다. 이에 비하여 환유는 기계론과 연관된 사유형태로서, 전체를 단순히 부분과 부분의 기계적 결합으로 치환시킴으로써 외재적인 관계에만 관심을 갖는다는 점에서 한계를 지닌다. 제유는 이런 이분법의 문제를 해결하는 하

나의 대안이다.[27]

제유는 탈근대의 사유형태이다. 이는 오래된 전통인 유기론적 사유에 연원하면서 근대의 이분법적 세계 인식을 해체한다. 제유는 대상과 전체를 내적 연관성에서 인식하는 사유 형태이다. 따라서 생태학적 사유가 곧 제유이다. 이것은 낱낱의 생명을 소중하게 생각할 뿐만 아니라 이들이 함께 공생하는 전체성도 중시한다.[28]

부분과 전체를 내적 연관성의 관점에서 인식하는 제유는 근대의 위기를 근원적으로 치유할 수 있는 유기론적 대안으로서 주목된다. 생태주의적 관점과 맞물리면서 이런 시각은 더욱 확산되고 있다.[29]

(2) 내재적 초월의 수사학

제유가 지닌 또다른 가능성은 이것이 '내재적 초월'을 드러내는 데 적합한 수사학이라는 데 있다. 은유와 환유와 비교해볼 때 이 점이 잘 드러난다. 은유는 비유 기표와 비유 기의가 속한 범주가 이질적이라는 점에서 범주와 범주 간의 수평적 이동에 바탕을 두고 있는 초월의 수사학이다. 전혀 다른 범주를 넘나들면서 인간 사유의 한계를 극복하여 새로운 차원을 보여준다. 초월이 중시되면서 현실에 대한 관심이 부족하다는 한계를 지닌다. 이에 비해 환유는 범주 내의 수평적 이동에 기반을 두는 내재적 수사학이다. 여기에서 비유 기표와 비유 기의는 하나의 상위 범주 내의 대등한 요소로 구성된다. 현실원리에 철저하게 얽매어 있어 새로운 가능성을 제시하는 데 한계

27) 구모룡, 『제유의 시학』, 좋은날, 2001, pp.39~43.
28) 구모룡, 위의 책, pp.43~44.
29) 최승호, 「박용래론: 근원의식과 제유의 수사학」, 『우리말글』 20집, 우리말글학회, 2000. 12.

를 지닌다.

이와 달리 제유는 범주 간의 수직적 이동을 바탕으로 하는 내재적 초월의 수사학이다. 이때 비유 기표와 비유 기의는 범주의 크기, 즉 상위범주와 하위범주의 관계를 형성하고 있다. 하위범주는 구체적 일상 세계의 재현이며 상위범주는 그것을 넘어서는 더 큰 세계의 표상이다. 제유는 이 두 세계를 연계시키며 현실을 더 높은 차원의 세계로 승화시킨다. 이때 현실 세계가 그 자체로 보존되면서 동시에 더 높은 차원으로 고양된다는 점이 중요하다.[30]

앞에서 보인 이성선의 시를 예로 들 수 있다. 이성선의 시에서 어깨에 내려앉는 "나뭇잎"은 우주의 부분이지만 동시에 우주 그 자체이다. 우주 그 자체라 해도 부분으로서의 나뭇잎이 그 자체의 속성을 잃어버리는 것은 아니다. 시인의 어깨에 내려앉은 것은 현실세계에서 흔히 볼 수 있는 나뭇잎에는 틀림없기 때문이다. 그러나 시적 화자에게 이것은 동시에 상위범주로서 우주와 동일한 것이다. 현실계의 나뭇잎은 동시에 현실계의 한계를 넘어서서 상위범주로 초월하는 것이다. 이 시는 하위범주를 끌어안은 채 상위범주로 초월하는 존재의 상태를 구체적으로 보여준다는 점에서 '내재적 초월의 수사학'으로서 제유의 특성을 잘 드러내는 작품이라 할 수 있다.

(3) 제유의 한계

제유의 여러 가능성에도 불구하고 제유의 한계는 여전히 존재한다. 먼저 제유가 지닌 논리성이다. 제유는 범주와 범주의 관계 속에서 형성된다. 제

30) 필자는 4분법적 수사학의 한계를 지적하고 그 대안으로 3분법적 수사학을 제시한 바 있다. 각각의 특성을 표로 정리하면 다음과 같다. 박현수, 「수사학의 3분법적 범주; 은유, 환유, 제유」(발표예정) 참조.

비유	원리	범주 특성	주요 특성	명칭
은유	상상원리	범주 간의 수평적 이동	초월성	초월의 수사학
환유	현실원리	범주 내의 수평적 이동	인접성	내재의 수사학
제유	범주원리	범주 간의 수직적 이동	논리성	내재적 초월의 수사학

유에서 비유 기표와 비유 기의는 범주의 다양한 관계에 기인한다. 즉 "전체와 부분의 관계, 일(一)과 다(多)의 관계, 유와 종의 관계, 특수와 보편의 관계, 개인과 종족의 관계"[31] 등은 모두 범주적 감각에 의한 관계이다. 이 다양한 관계는 상위범주와 하위범주의 관계라는 점에서 질서정연하며 논리적이다. 그래서 질서와 계층구조의 감각, 즉 범주의 포괄 관계가 제유를 규정하는 중요한 속성이 되는데, 슐라이퍼는 이를 "제유적 층위(a synecdochical hierarchy)"[32]라는 개념으로 나타낸 바 있다. 이 논리성은 제유의 특성이지만 동시에 이성중심주의의 함정으로부터 자유로울 수 없다는 점에서 문제가 된다. 또한 이런 논리성 때문에 제유는 환유와 마찬가지로 창조적인 국면이 약하다는 평가를 받는다. 시에서 제유의 예(특히 '부분-전체'의 양상)를 찾기 힘든 것도 이 때문일 것이다.

다음으로 배타성 혹은 타자의 억압이 문제가 될 수 있다. 제유는 전체성을 강조하면서 사실상 부분의 가치를 평가절하할 수 있다. 부분과 전체가 동일시될 때 자신의 속성을 상실할 위험이 있는 것은 부분이기 때문이다. 이때 타자를 배제하는 배타성이 개입될 수 있다. "제유는 경험으로부터 타자를 제거한다: 그것이 전체성과 동일성(the same)을 조건짓는 것"[33]이라는 지적이 이를 겨냥하고 있다. 즉 전체성은 타자의 억압을 통해 형성되는 것이다. 제유를 다룰 때 이 사실을 염두에 두어야 제유가 또다른 지배논리로 등장할 수 있는 위험을 경계할 수 있을 것이다.

---

31) 오세영, 「은유, 환유, 제유」, 『문학과 그 이해』, 국학자료원, 2003, p.521.
32) Ronald Schleifer, 앞의 책, p.122. 제유를 '조직화하는 원리'(p.43)라고 표현한 것도 이와 관련된다.
33) Ronald Schleifer, 위의 책, p.143.

8. 패러디

고현철

1. 패러디의 체계와 논리

(1) 패러디의 개념과 어원

패러디는 의식적인 모방의 한 형식으로, 과거의 특정한 문학 작품이나 장르 등을 출발점으로 하여 그것의 각색을 현재적 문맥에 삽입시키는 문학적 전략이다.[1] 패러디(parody)는 그 어원인 희랍어 'parodia'라는 단어에 이미 양면가치성이 존재한다. 여기서, 'parodia'는 'para'와 'odia'(부〈賦〉)가 결합되어 이루어진 용어이다. 그런데, 'para'는 '곁에'(beside) 또는 '가까이'(close to)라는 친밀감과 '반대하는'(counter) 또는 '반하는'(against)의 적대감이라는 의미로 동시에 해석될 수 있는 것이다. 패러디의 양면가치성, 곧 모방되는 선행 텍스트와의 명백한 일체감과 비평적 거리라는 두 의미는 어원 그 자체에 이미 내포되어 있다. 이때의 비평적 거리가 패러디 시인의 창조성과 당대를 향한 의도를 뚜렷이 부각시켜 준다. 패러디에서 선행

1) Margaret Rose, 문흥술 역, 「패로디/메타픽션」, 『심상』, 1991.11~1993.3., 연재분 1회, p.163.
Patricia Waugh, 김상구 역, 『메타픽션』, 열음사, 1989, p.96.

텍스트에 대한 거리를 지닌 모방은 그의 모방 모델로부터의 의존과 독립이라는 패러디 시인의 양면가치적 관계를 반영한다.[2)]

(2) 패러디와 상호텍스트성

패러디는 본질적으로 메타언어적이라고 할 수 있다. 그리고 패러디된 텍스트(선행 텍스트)와 패러디한 텍스트(패러디 작품) 사이에 상호텍스트의 관계를 내포하게 된다. '상호텍스트성'은 크리스테바가 처음 사용한 용어인데, 그 개념은 한 발화 즉, 문학작품이나 장르 등이 그 이전 또는 동시대의 다른 발화와 맺고 있는 관계를 의미한다.

그런데, 모든 패러디는 상호텍스트성을 지니지만, 상호텍스트성이 이루어진다고 해서 모두 패러디가 되는 것은 아니다.[3)] 그리고, 허천은 '상호텍스트성' 이란 용어는, 패러디와는 달리 비판성이 결여된 개념이라고 지적하고 있다.[4)] 즉, 패러디가 되면 당연히 상호텍스트의 관계가 되는데, 이 개념은 그 관계만을 나타내는 가치중립적인 용어가 되는 것이다. 바흐친은 이를 텍스트상의 대화의 형식이라고 부르고 있다.[5)]

(3) 패러디의 의사소통

패러디는 최소한 두 개의 의사소통 모델을 내포하고 있다. 패러디 시인과 패러디된 텍스트, 그리고 패러디 작품과 독자간이라는 두 가지가 그것이다. 이를 간략히 정리하면 다음과 같다.[6)]

2) Margaret Rose, 문흥술 역, 앞의 책, 연재분 3회, pp.148~151 참고 정리.
3) Michele Hannoosh, *Parody and Decadence*, Ohio State Univ. Press, 1989, p.14.
4) Linda Hutcheon, 「The Politics of Postmodern Parody」, edited by Heinrich F. Plett · Walter De Gruyter, *Intertextuality*, 1991, pp.225~234.
5) Linda Hutcheon, 김상구 · 윤여복 역, 『패러디 이론』, 문예출판사, 1992, p.39.

첫째는 패러디 시인과 패러디된 텍스트와의 의사소통이다. 패러디된 텍스트는 패러디 시인에 의해 해독되는데, 패러디 시인은 독자와 저자의 이중 역할, 곧 패러디된 텍스트의 해독자이면서 동시에 새로운 약호자인 것이다. 이는 패러디가 가진, 비평과 창조의 두 기능이 된다.

둘째는 패러디 작품과 독자와의 의사소통이다. 독자는 이미 익숙한 패러디된 텍스트뿐만 아니라 패러디 시인이 생산한 작품에도 주목하게 된다. 새롭게 변형된 형식하에 제공되는 패러디된 텍스트를 봄으로써 놀라게 되며, 또한 패러디 시인의 작품에서 일어난 변화에 놀라게 된다. 패러디 작품의 수용 주체인 독자는 패러디된 텍스트와 패러디 작품을 비교하는 위치에서 해독해야 하는 것이다.

(4) 패러디의 형식

패러디 시인과 패러디 작품은 시적 소통의 수평축을 이루고 있다. 이 수평축에서 패러디 시인의 반대편에 패러디 작품의 수용 주체인 독자를 상정할 수 있다. 그리고 패러디에서 패러디된 텍스트는 패러디 작품의 선행 텍스트이므로 구도상 패러디 작품의 위에 설정된다. 그러면 패러디된 텍스트인 선행 텍스트와 패러디한 텍스트인 패러디 작품은 상호텍스트 관계의 수직축을 이루게 되는 것이다. 패러디 시인은 독자와 저자의 이중 역할을 하게 되는데, 이는 곧 패러디된 텍스트에 대한 비평을 통해서 패러디 시인이 자신의 작품을 창조 · 생산하는 것을 말한다.

그런데, 패러디하여 자신의 작품을 생산한 패러디 시인은 이데올로기적 주제를 바로 자신의 작품에 연결시켜 드러내는 것이 아니라, 선행 텍스트를 패러디하여 패러디 작품을 생산함으로써 이데올로기적 주제를 드러내는 것

---

6) Margaret Rose, 문흥술 역, 앞의 책, 연재분 1회, p.165 ; 2회, pp.169~173 ; 5회, p.193 ; 6회, p.161.
Patricia Waugh, 김상구 역, 앞의 책, 1989, p.204.
Ronald Paulson, 김옥수 역, 『풍자문학론』, 지평, 1992, p.17.

이다.

패러디 시인은 선행 텍스트에 대해 독자로서 비평의 역할을 하고, 그가 선택한 이데올로기적 주제에 맞추어 이 선행 텍스트를 창조적으로 수용함으로써 저자의 입장에서 패러디 작품을 생산한다. 패러디는 그 시대의 이념성과 연결되는 것이다. 그러면, 선행 텍스트와 패러디 작품 사이에는 패러디 관계의 구체적인 모습을 띠는 패러디형식을 갖추게 된다.[7] 여기서, 선행 텍스트와 패러디 작품 사이의 패러디형식을 유형화하면 다음과 같이 정리할 수 있다.

첫째, 패러디 작품이 선행 텍스트의 이데올로기적 지향을 그대로 수용하는 형식이 있을 수 있다. 이때, 패러디 작품과 선행 텍스트는 상동관계에 있게 된다. 이 패러디형식은 상동형식이 된다.

둘째, 패러디 작품이 선행 텍스트의 이데올로기적 지향을 변용시키는 형식이 있을 수 있다. 여기서의 변용 개념에는 반대 개념이 내포되어 있지 않다. 이때, 패러디 작품과 선행 텍스트는 변용관계에 있게 된다. 이 패러디형식은 변용형식이 된다.

셋째, 패러디 작품이 선행 텍스트의 이데올로기적 지향을 비판하여 상반되는 이데올로기적 지향을 내세우는 형식이 있을 수 있다. 이때, 패러디 작품과 선행 텍스트는 반대관계에 있게 된다. 이 패러디형식은 반대형식이 된다.

그런데, 패러디의 세 가지 형식 중에서 상동형식보다 변용형식과 반대형식이 더 큰 가치를 띠게 되는데, 이는 패러디가 지닌 비평적 거리의 의미와 상통한다. 비평적 거리가 패러디 시인의 창조성과 당대를 향한 의도를 더욱 뚜렷이 부각시켜 주는 것이다.

7) Linda Hutcheon, 김상구·윤여복 역, 앞의 책, p.9. 권택영, 「패러디, 패스티쉬, 그리고 독창성」, 『현대시사상』 제13호, 고려원, 1992.겨울, p.188.

(5) 패러디의 범주

일반적으로 패러디의 범주에는 장르에 대한 패러디, 한 시대나 조류에 대한 패러디, 특정 예술가에 대한 패러디, 개별 작품에 대한 패러디, 예술가의 전체 작품의 특징적 양식에 대한 패러디 등이 포함된다.[8] 여기서, 특별히 주목하고자 하는 것은 텍스트로 명명할 수 있는 개별 작품과 특정 장르에 대한 패러디이다. 그런데 개별 작품에 대한 패러디이든 특정 장르에 대한 패러디이든, 패러디는 과거 텍스트와 현재 텍스트와의 통시적인 통합뿐만 아니라 공시적으로 여러 이질적 텍스트들의 혼합이라는 텍스트혼합현상을 드러낸다. 다시 말하면, 패러디된 텍스트인 선행 텍스트는 타예술장르, 대중문화 심지어 정치적 담론, 광고, 신문기사 등 비문학적 담론에까지 확장이 될 수 있는 것이다.[9]

2. 패러디와 용사(用事)의 관계[10]

동양의 문학이론에서 사용된 용사(用事)라는 개념은 패러디와 깊은 관련을 맺고 있는 것으로 여겨진다. 용사와 패러디는 기존의 텍스트를 인용하는 인유의 한 방식인 점에서는 같다. 패러디를 모방적 인유의 대표적인 형태로 보거나,[11] 용사를 기성의 언어화된 텍스트에서 특정한 관념이나 사적을 참

8) Linda Hutcheon, 김상구 · 윤여복 역, 앞의 책, p.33, p.191.

9) Michele Hannoosh, op. cit., p.13. '패스티쉬'(pastiche)는 제이미슨(F. Jameson)이 '향수영화'를 비롯한 포스트모더니즘 문화를 비판적으로 고찰하기 위해 부각시킨 부정적인 용어이다. F. Jameson, 임상훈 역, 「포스트모더니즘과 소비사회」, 김욱동 편저, 『포스트모더니즘의 이해』, 문학과지성사, 1990, pp.241~264 참고. 이 용어의 번역도 '혼성모방'이라기보다는 비판적 거리가 없다는 의미가 내포된 '중성모방'이 적절한 것이다. 이에 따라 여기서는 '패스티쉬'는 다루지 않기로 한다.

10) 이에 대한 자세한 고찰은 고현철, 「用事詩學과 패러디시학의 비교 연구」, 『현대문학이론연구』 제12집, 현대문학이론학회, 1999, pp.203~226 참고 바람.

11) 김준오, 『시론』(제4판), 삼지원, 1997, pp. 232~235.

조 · 인용하는 인유의 방식으로 보는 것은[12] 이를 뒷받침한다. 전고(典故)의 원용인 '용사'를 가리켜 옛 것을 빌어서 현실을 설명하는 기법이라 일컫는[13] 것도 바로 패러디와 관련되는 사항이 된다.

또한 패러디와 용사는 잘 알려진 규범적인 정전의 작품을 패러디나 용사의 대상으로 삼으며, 패러디뿐만 아니라 용사도 원전을 원용한 기법이라는 점에서 상호텍스트적이다.[14] 그럴 뿐만 아니라 용사는 전고(典故)를 통한 상황 · 의미 · 내용 · 언어의 원용인데, 궁극적으로는 신의(新意)의 모색에 있다. 이는 패러디가 지향하는 창작자의 의도 및 비판적 거리와 상통하는 것이다.[15] 상호텍스트성은 텍스트의 조건과 저자의 창조적 기능에도 작용하지만, 독자의 텍스트 지각능력과 해독능력에 관심을 초점화한다.[16] 다시 말하면, 용사시학과 패러디시학은 다 같이 작시법뿐만 아니라 독시법까지 내포하고 있다. 패러디시학은 시인뿐만 아니라 독자들도 백과사전적이어야 하고 많은 학식과 교양을 갖추어야 한다는 정예주의가 요청된다.[17] 이는 용사시학에서도 그대로 적용된다.

'패러디의 형식'에서 설정한 상동형식, 반대형식 그리고 변용형식은 용사이론에서의 직용법(直用法)과 반의법(反意法)그리고 번안법(飜案法)과 밀접한 관련을 가진다. 패러디에서 상동형식보다는 반대형식과 변용형식이 두드러지는데, 이는 과거에 대한 비판을 중시하는 탈중심과 대화주의의 문학관 때문이다. 이에 비해 용사에서는 대개의 경우 패러디 작품과 패러디 대상과의 관계는 직용이다. 이는 용사가 근본적으로 상고주의(尙古主義)와

12) 강명관, 「고전시학과 패러디」, 김준오 편, 『한국 현대시와 패러디』, 현대미학사, 1996, p.295. 김준오, 「문학사와 패러디시학」, 김준오 편, 앞의 책, p.32에서 용사를 인용과 인유의 문학적 장치로 보고 있다.

13) 劉勰, 최신호 역주, 『文心雕龍』, 현암사, 1975, p.154.

14) 김준오, 「문학사와 패러디 시학」, 김준오 편, 앞의 책, pp.29~32.

15) 장홍재, 『고려시대 시화비평 연구』, 아세아문화사, 1987, pp.155-181. 권택영, 앞의 논문 참고.

16) Derek N. C. Wood, 「Creative Indirection in Intertextual Space」, edited by Heinrich F. Plett · Walter de Gruyter, op. cit., pp.193~194.

17) Linda Hutcheon, 김상구 · 윤여복 역, 앞의 책, p.157 참고.

재도지기(載道之器)의 문학관에 입각해 있으며, 이때 모방 인용되는 원전이 따르고자 하는 규범에 해당하기 때문이다. 그리고 드물긴 하지만 용사에서 원래 텍스트의 의미를 반대로 해석하는 것이 반용법인데, 기성의 텍스트를 패러디하되 패러디 작품이 선행 텍스트에 대해서 주제상 혹은 어조상 반대의 관계에 놓이는 것을 반용법으로 확장해서 정의할 수 있다. 이 경우 선행 텍스트와 패러디 작품 사이에는 세계관에 있어서 대척적인 관계가 성립하게 된다.[18] 이와 같이, 직용법과 반의법의 경우는 상동형식과 반대형식의 논리가 거의 같다. 그리고 번안법은 작품의 특정 부분의 비유관계를 전도시키는 수사적 방법으로 직용법과 반용법의 중간에 위치하는 것인데,[19] 이 경우는 변용형식과 차이가 있다. 따라서 번안법은 패러디의 논리에 따라 굴절시켜야 하는 것이다.

3. 패러디의 유형

(1) 개별 작품의 패러디

1) 문학 내적 개별 작품의 패러디

당신은 – 날 – 금요일에 구해 주셨지요

식인종들로부터 –

그래서 주인님은 나의 이름을 프라이데이라고 붙이셨지요

…(중략)…

그 날이 나의 이름이고 출생이고

영광이었어요

18) 강명관, 앞의 논문, 앞의 책, pp.302~305.

19) 위의 논문, 위의 책, p.307.

이제 나는 프라이데이에요
맨발에는 가죽 신발이 덮이었고
순진무구한 눈동자에는 벌레 같은 문자들이
기어들어 왔어요
내 이름은 프라이데이
그날이 나의 이름이고 출생이고 종언이고
저주였어요

그 날부터 나는 애도 중입니다

– 김승희, 「사랑 8 – 프라이데이가 로빈슨 크루소를 만난 날」 부분[20]

위에 인용한 시는 다니엘 디포의 소설 「로빈슨 크루소」를 패러디하고 있는 텍스트이다. 이 경우 패러디된 텍스트인 선행 텍스트는 소설 「로빈슨 크루소」이며 패러디한 텍스트인 패러디 작품은 시 「사랑 8 – 프라이데이가 로빈슨 크루소를 만난 날」이다. 따라서, 위에 인용한 텍스트는 현대시와 소설 「로빈슨 크루소」 그리고 「로빈슨 크루소」에 대한 비평이 결합되어 있는 형식이며 메타성이 내재되어 있는 것이 된다. 다니엘 디포의 「로빈슨 크루소」는 여러 탈식민주의 작가들에 의해 주목받아 재해석되어 씌어져 온 텍스트에 해당한다.[21]

위에 인용한 시는, 제3세계 원주민이 어떻게 정체성을 잃어왔는가를 「로빈슨 크루소」에 등장하는 원주민이며 크루소의 하인인 프라이데이의 목소리를 빌어 들려주고 있는 텍스트이다. 그래서 이 텍스트의 제목이 「프라이

20) 김승희, 『빗자루를 타고 달리는 웃음』, 민음사, 2000.
21) 대표적으로 2003년 노벨문학상 수상 작가인 John M. Coetzee가 1986년에 발표한 『Foe』를 들 수 있는데, 이는 몇년전에 한국에서 처음으로 번역되어 소개된 바 있다. John M. Coetzee, 조규형 역, 『포』, 책세상, 2003.

데이가 로빈슨 크루소를 만난 날」로 되어 있다. 프라이데이라는 이름 자체가 크루소가 그를 구해준 날이 금요일이라서 붙여진 이름임을, 프라이데이의 입을 빌어 표명되고 있다. 식인종으로부터 구출된 날을 이름으로 쓰고 있는 프라이데이에게 있어, 그의 이름은 크루소의 시각에 따라 "영광"스럽게 부여받은 것이 된다. 그런데 이름은 존재의 정체성을 상징하는데, 이것이 서구인의 명명에 의하여 붙여지고 있다는 것 자체가 근원에서부터 식민성에 길들여져 있다는 것을 의미한다. 그래서 이를 깨닫지 못했을 때에는 영광이었지만, 이를 깨닫게 되었을 때는 "저주"가 되는 것이다. 여기서, 피식민 상태의 본질을 깨달아서 저주하는 것이 바로 탈식민주의 전략과 연관된다. 이때 영광을 저주로 되돌려 놓는 것은 탈식민주의적 반담론이 된다. 그런데, 그 방법은 다름 아닌 전유를 통하여 이루어지고 있다. 왜냐하면, 프라이데이는 크루소가 가르쳐준 언어를 이용하여 저주를 하기 때문이다.

인용한 시에 드러나 있는 가죽신발을 신는다는 것과 문자를 배운다는 것은, 식민화의 가장 기저에 해당하는 서구 문물의 수용을 통하여 이루어진 물질적인 식민화와 서구 언어에 의한 교육을 통하여 이루어진 정신적인 식민화를 의미한다. 이를 깨닫게 되면서, 이 텍스트의 화자인 프라이데이는 앞과는 달리 "벌레 같은 문자"라는 말을 쓰고 있으며 나아가 자신을 "애도"하고 있다. 여기서 프라이데이가 피식민 상태의 본질을 깨달아서 크루소가 가르쳐준 언어를 이용하여 행하는 애도도 역시 전유의 방법을 통해 이루어지고 있는 탈식민주의적 반담론인 것이다.

이와 같이 하여, 이 텍스트에서 화자는 이중적인 태도를 보여 주고 있는 것으로 파악된다. 앞 부분의 화자의 태도가 제국의 지배 이데올로기와 그에 따른 담론 및 언어를 그대로 수용하여 자신의 정체성을 잃은 것이라면, 뒷부분의 화자의 태도는 제국의 지배 이데올로기에 의해 자신의 정체성을 잃은 점을 깨달으면서 이를 전유의 방법을 통해 제국의 중심 언어를 이용하여 제국의 지배 이데올로기의 속성을 폭로하는 탈식민주의적 반담론을 드러내고 있는 것이다. 이것은 자신의 주체적인 입장에서 행해지는, 제국의 지배

이데올로기에 대한 전복적 사고가 내재되어야 가능한 일이 된다.

2) 문학 외적 개별 작품의 패러디

권력의 꼭대기에 앉아 계신 우리 자본님
가진자의 힘을 악랄하게 하옵시매
지상에서 자본이 힘 있는 것같이
개인의 삶에서도 막강해지이다
나날에 필요한 먹이사슬을 주옵시매
나보다 힘없는 자가 내 먹이사슬이 되고
내가 나보다 힘있는 자의 먹이사슬이 된 것 같이
보다 강한 나라의 축재를 북돋우사
다만 정의와 평화에서 멀어지게 하소서
지배와 권력과 행복의 근본이 영원히 자본의 식민통치에 있사옵니다(상향-)

– 고정희, 「새 시대 주기도문」 전문[22]

위에 인용한 시는 제목에서부터 「마태복음」 제6장의 「주기도문」을 패러디하고 있다는 사실을 보여주고 있는 텍스트에 해당한다. 제국주의가 식민지를 확장할 때에 겉으로 종교를 앞세우고 속으로 군사력을 통해서 지리적 확장을 꾀하여 온 것은 제국주의 침략사에서 공통적으로 보여준 사항이다. 타문화를 야만시하는 제국주의는 원주민의 종교를 미신이나 우상숭배로 간주하여 의식의 보편화를 위해 개종을 하도록 하여 식민통치의 편의성을 도모하였던 것이다. 위에 인용한 시 텍스트에서 패러디된 텍스트인 선행 텍스트 「주기도문」은 서구 제국의 지배 이데올로기와 연관되는 담론이며 이를 되받아쓰고 있는 패러디한 텍스트인 패러디 작품 「새 시대 주기도문」은 이에 저항하는 피지배 주체의 담론이 되고 있음을 알 수 있다. 여기서 「주기도

22) 고정희, 『모든 사라지는 것들은 뒤에 여백을 남긴다』, 창작과비평사, 1992.

문」과 「새 시대 주기도문」은 반대형식의 패러디가 형성되는 것이다. 되받아쓰기와 연관된 반대형식의 패러디를 통하여 이 시는 "강한 나라" "자본의 식민통치"의 악한 속성을 마음껏 풍자하여 그 우상의 허물을 낱낱이 폭로하고 있다. 또한 이 시 끝에서는 제문 형식("상향-")을 패러디함으로써 "자본"의 죽음을 미리 조상함으로써 되받아쓰기의 의도를 극대화시키고 있다.

(2) 특정 장르의 패러디

1) 문학 내적 특정 장르의 패러디[23]

선행 텍스트인 판소리(이 경우, 판소리의 문학적 사설을 의미한다)를 패러디하고 있는 패러디 작품 판소리시 가운데 가장 널리 알려져 있는 김지하의 판소리시 「오적(五賊)」의 경우를 예로 들어 다음과 같이 서사단락 구분해 살펴보면, 김지하가 판소리시에서 '외화 - 내화 - 외화'의 구조를 채용한 의도를 뚜렷이 알 수 있다.

외화 ; 1) 위험을 무릅쓰고 이상한 도둑 이야기 하나 쓰겠다.

내화 ; 2) 옛날 서울 장안 어느 곳에 잘먹고 잘사는 타락한 다섯 도적 즉 재벌, 국회의원, 고급공무원, 장성, 장차관이 모여 살았다.

3) 오적들이 도둑시합을 질탕하게 벌인다.

4) 어명이 떨어져서 나라 망신시키는 오적을 잡아들이라고 하여 포도대장 나서는데, 좀도둑 꾀수가 잡혀 무자비하게 고문을 당한다.

5) 포도대장이 꾀수를 회유하여 오적이 있는 곳을 알아 오적을 잡으러 간다.

6) 휘황찬란한 오적들의 잔치에 포도대장 기죽는다.

23) 이에 대한 자세한 고찰은 고현철, 『현대시의 패러디와 장르 이론』, 태학사, 1997, pp.42~155 참고 바람.

7) 포도대장, 오적들의 호위병 역할하고, 별죄없는 꾀수만 잡아 감옥에 보낸다.

8) 포도대장과 오적들, 어느날 갑자기 벼락맞아 죽는다.

외화 ; 9) 오적 이야기가 인구에 회자하여 거지시인의 싯귀에 올라 전한다.

우선, 「오적(五賊)」의 본래 이야기 '내화'를 진행시키기 전이나 다 진행하고 난 뒤에 서술되고 있는 외화의 표현방식을 살펴보기로 한다. 판소리시 작품인 「오적」의 앞부분 외화에 나오는 "詩를 쓰되 좀스럽게 쓰지 말고 똑 이렇게 쓰랏다"는 구절은 판소리사설의 첫부분의 표현방식을 그대로 따르고 있다. 이 구절은 특히, 세창서관판 「흥보젼」의 맨앞부분에 보이는 "북을 치되 잡스러이 치지 말고 똑 이렇게 치랏다"의 명백한 패러디인 것이다. 그리고 「오적(五賊)」의 뒷부분 외화에 나오는 "이런 행적이 백대에 민멸치 아니하고 人口에 회자하여 / 날같은 거지시인의 싯귀에까지 올라 길이 길이 전해오겄다"도 마찬가지로 판소리사설의 뒷부분의 표현방식을 따르고 있다. 이 구절도 역시, 세창서관판 「흥보젼」의 맨뒷부분에 보이는 "그 일홈이 백셰에 민멸치 아니할뿐더러 광대의 가사의까지 올나 그 사적이 백대의 전해오더라"의 분명한 패러디이다. 그렇다고 「흥보젼」 작품을 패러디한 것은 아니고, 판소리의 형식적 관습을 패러디한 장르 패러디인 것이다.

김지하 판소리시에 나타난, 외화의 내화에 대한 역할은 내화를 이야기해야만 하는 당위성과 내화의 전래성 그리고 진리의 제시 및 확인을 통한 내화의 진실성을 보증하고, 이를 통해 이데올로기적 지향을 뚜렷이 드러내기 위한 것으로 파악된다. 나아가 이 구조는 풍자적 거리를 형성하는 것이기도 하다. 다시 말하면, 특권지배계층에 대한 풍자가 펼쳐지고 있는 내화 즉 풍자적 허구와 독자 및 작가 사이에 일정한 거리를 지키기 위한 것이다. 풍자적 거리는 사건의 시간을 '옛날'에 두고 있는 데에서 증진된다.

이 거리에다가 풍자 대상이 우화적이고 비유적인 형상화의 방법으로 그려짐으로써 풍자의 거리는 잘 유지되는 셈이다. 구연되는 판소리가 사실적인 형상화 방법을 취하는 것과는 달리, 인쇄되어 읽히기 위한 판소리시는 우화적이고 비유적인 형상화의 방법을 활용하고 있는 것이다. 구체적인 예를 들면, 판소리시 「오적(五賊)」에서 풍자대상인 오적은 우의적인 기법을 활용하여 짐승으로 비유 · 형상화되어 있는데, 재벌 · 국회의원 · 고급공무원 · 장성 · 장차관 등이 짐승을 지칭하는, 같거나 유사한 한자음을 통해 그 속성이 폭로되고 있다. 즉, 제(狾) · 회(獪) · 의(狋) · 원(猿, 獂) · 성(猩) 등으로 짐승을 지칭하는 언어유희를 통해 당시 특권지배계층의 비리를 마음껏 풍자하고 있는 것이다. 그리고 위의 서사단락 구분에서, 판소리시의 시적 사건이 판소리와는 달리 부분적 독립성이 없는 집약적 구성으로 되어 있음을 알 수 있다.

2) 문학 외적 특정 장르의 패러디[24]

1990년대에는 현대시의 패러디가 문학장르에서 타예술장르나 대중문화장르에 대한 패러디로 그 범위를 넓히고 있다. 대중문화장르에 대한 패러디는 예술의 상품화와 관련되어 있다. 그런데, 예술의 상품화와 상품의 예술화는 상품미학에서 서로 만난다. 그리고 상품미학은 다름 아닌 광고에서 극대화된다. 광고시는 광고문안이나 광고의 정황 등을 패러디하는 경우이다.

> 한 쌍의 남녀(얼굴은
> 대한민국 사람이다)가
> 沙漠을 걸어가고 있다
>
> 한 쌍의 남녀(카우보이
> 스타일의 모자를 쓴 남자는

24) 이에 대한 자세한 고찰은 고현철, 앞의 책, pp.156~173 참고 바람.

곧장 앞을 보고 - 역시
남자다, 요염한 자태의 여자는
카메라 정면을 보고 - 역시
여자다)가 沙漠을 걸어가고 있다

이렇게만 씌여 있다
동일레나운의 광고
IT'S MY LIFE - Simple Life

(심플하다!)

Simple Life, 오, 이 상징의
넓은 沙漠이여
사막에는 생의 마팍에 집어던질
돌멩이 하나 없으니-

- 오규원, 「그것은 나의 삶」 전문[25)]

위에 인용한 작품은 TV에 나오는 〈동일레나운의 광고〉의 광고문안과 영상을 그대로 언어로 담아내고 있다. 그래서 이 광고시는 활자매체문화인 현대시와 영상매체문화인 TV광고 사이의 매체를 넘어선 장르 혼합이 되는 것이다. 한마디로 광고시는, 영상과 언어의 결합이 된다. 그런데, 이 시작품의 제목인 「그것은 나의 삶」은 바로 이 광고문안의 일부인 'IT'S MY LIFE'를 그대로 가져온 것이다. 작품에서 "한 쌍의" "대한민국" "남녀"가 "카우보이 모자"를 쓰고 "사막을 걸어가고" 있는 영상언어는 후기산업사회의 다국적 기업의 광고 모습을 잘 보여준다. 이는 광고문안이 'IT'S MY LIFE -

25) 오규원, 『가끔은 주목받는 생(生)이고 싶다』, 문학과지성사, 1987.

Simple Life' 라는 데서 극대화된다.

그런데, 광고의 언어는 실물을 제시하기보다는 실물에 대한 동일시의 욕망을 부추기는 기표에 불과하다. 즉, 광고의 언어는 기표와 기의간의 불일치를 통해서 상품을 팔기 위한 전략적인 속임수를 행하고 있는 것이다. 광고는 무엇을 어떻게 소비할 것인지에 대해 소비자의 의식을 프로그래밍한다. 생산자는 소비자가 실제생활에서 필요한 물건을 생산하는 것이 아니라 그들의 욕망을 자극하는 물건들을 생산한다. 결국 소비자의 의식은 생산자에 의해 조직이 되도록 유도되고, 바로 광고를 통해 소비자는 욕망을 자극받게 되는 것이다. 그래서 광고는 소비자에게 타인의 이미지를 자기화하는 욕망을 불러일으킨다. 이는 자기가 주체가 되어 갖는 욕망이 아니므로 허위 욕망이 된다. 그래서 이 욕망은 상상의 욕망일 뿐이다. 광고는 상품에 현실뿐만 아니라 상상이라는 존재도 부여한다.[26)]

그런데, 광고시에서 패러디되는 장르인 광고에 대한 패러디 시인의 태도는 상당히 호의적이다. 패러디 시인인 오규원은, 일련의 광고시를 발표하면서 「인용적 묘사와 대상」이란 시작노트를 함께 보이고 있다. 여기서 "예술적 대상이라는 관념에 관한 반성", "상품과 상품적 메시지가 순수한 시적 대상"이라는 말을 하고 있는데, 시라는 관습 자체에 대한 파괴를 위해 상품 광고를 과감하게 패러디하고자 의도했음을 알 수 있다. 여기서 현실에서의 습득물인 광고문안이 바로 시적 대상이 된다는, 패러디 시인 오규원의 반미학적 태도를 읽을 수 있다. 그런데, 그는 패러디되는 장르인 광고에 대해서는 비판을 하고 있지 않다.[27)] 여기서도, 패러디하는 장르인 현대시보다 패러디되는 장르인 광고가 더욱 부각되고 있는 것으로 여겨진다.

그러나, 오규원의 광고시를 잘 살펴보면, 수용된 광고문안에 대해서는 비판의식이 전혀 나타나지 않는다고 말할 수는 없을 것 같다. 광고문안의 일

26) Heri Lefebvere, 박정자 역, 『현대세계의 일상성』, 세계, 1990, pp.154~159.
27) 오규원, 「인용적 묘사와 대상」, 『문예중앙』, 중앙일보사, 1987 · 여름 참고.

부인 "Simple Life"를 두고 "생의 마팍에 집어던질 / 돌멩이 하나" 없는 "넓은 沙漠"에 비유하고 있음을 보아 알 수 있다. 이는 깨우침이 없는 자동화된 일상적 삶의 공간을 의미한다.

그래서, 광고시에서는 타자화된 욕망을 비판하면서도 끊임없이 이를 쫓아가는 현대인의 이중적인 삶의 모습을 보이고 있는 것으로 파악된다. 이를 흔히 '인사이드 아웃사이더' (inside-outsider)라고 일컫기도 한다. '인사이드 아웃사이더' 적 태도는 바로 포스트모더니즘과 연관되는 대중문화장르에 대한 패러디에서 부각되는 특징인 것이다.[28]

4. 메타시[29]

메타시는 해체주의를 바탕으로 하고 있다. 메타시의 경우, 한 편의 시를 창작함과 동시에 그 시의 창작과정이나 시 혹은 시인에 대해 진술 내지 비평을 하는 경우가 많은데, 이 때 창작과 비평의 차이는 없어지고(이는 패러디가 지닌 창작과 비평의 이중적 기능과 바로 통한다) 해체의 정신에 의한 형식상의 긴장을 가진다.[30] 이는 예술(허구)와 현실(실재)의 경계를 무너뜨리는 것과도 연관된다. 텍스트의 내부와 외부의 경계 없애기와 통하는 것이다. 그리고 메타시가 지닌 시와 비평이라는 장르 혼합 자체가 단일한 중심이 없는 탈중심적이고 다원적인 글쓰기에 해당한다.

또한, 메타시의 기반이 되고 있는 해체주의는, 이성 중심 · 거대 담론에 대한 반동으로 불확실성과 불확정성을 인식소로 지닌 세계관을 바탕으로 한 것으로, 메타시 자체가 텍스트의 불확정성과 비완전성을 드러내는 것을

28) 김성곤, 「모더니즘과 포스트모더니즘」, 김욱동 편저, 앞의 책, p.410.

29) 이에 대한 자세한 고찰은 고현철, 「메타시에 대한 몇 가지 문제」, 『시와사상』 제14호, 소문당, 1997 · 가을, pp.82~99 참고 바람.

30) Patricia Waugh, 김상구 역, 앞의 책, pp.20~21.

의미하게 된다.[31]

메타시는 인식론적 회의를 통하여 새로운 인식의 지평을 보여주는 유형에 해당한다. 1990년대에 와서, 해체주의와 연관되어 메타시는 여러 시인들에 의해 씌어지고 있다.

> 내 앞에 안락의자가 있다 나는 이 안락의자의 시를 쓰고 있다 네 개의 다리 위에 두 개의 팔걸이와 하나의 등받이 사이에 한 삶의 몸이 안락할 공간이 있다 그 공간은 작지만 아늑하다 …… 아니다 나는 인간적인 편견에서 벗어나 다시 쓴다 네 개의 다리 위에 두 개의 팔걸이와 하나의 등받이 사이에 새끼 돼지 두 마리가 배를 깔고 누울 아니 까마귀 두 쌍이 울타리를 치고 능히 살림을 차릴 공간이 있다 팔걸이와 등받이는 바람을 막아주리라 아늑한 이 작은 우주에도 …… 나는 아니다 아니다라며 낭만적인 관점을 버린다 안락의자 하나가 형광등 불빛에 폭 싸여 있다 시각을 바꾸자 안락의자가 형광등 불빛을 가득 안고 있다 너무 많이 안고 있어 팔걸이로 등받이로 기어오르다가 다리를 타고 내리는 놈들도 있다.
>
> – 오규원, 「안락의자와 시」 부분[32]

이 시는 안락의자를 대상으로 시 쓰고 있다는 사실을 시로 쓰고 있는 메타시이다. 시 쓰고 있는 과정이 그대로 시가 되고 있는 경우에 해당한다. 그런데, 이 메타시에서 안락의자를 대상으로 쓴 시는 여러 편 등장하고 있다. 아니, 차례대로 수정되고 있다. 안락의자를 대상으로 시를 쓴다고 할 때, 관점에 따라 인식 내용이 달라진다는 사실을 시 쓰는 과정을 통해 그대로 보여주고 있는 것이다.

인간적인 관점에서 볼 때 안락의자는 안락할 공간이 된다. 그런데, 인간적인 관점은 시 구절 그대로 인간적인 편견일지도 모른다. 그래서 시적 화

31) 기획 좌담 「메타시, 새로운 시대의 시쓰기」, 『현대시사상』 제27호, 1995 · 여름, p.100.
32) 오규원, 『길, 골목, 호텔, 그리고 강물소리』, 문학과지성사, 1995.

자는 시를 다시 쓴다. 이렇게 다시 쓴 시는 「안락의자와 시」라는 메타시에서 계속된다. 인간적인 편견을 버릴 때, 안락의자는 "까마귀 두 쌍이 울타리를 치고 능히 살림을 차릴 공간"이 될 수도 있다. 시적 화자는 이러한 낭만적인 관점에 머무르지 않고 사물 현상을 그대로 드러내는 현상적 관점을 보이기도 한다. 그러는 동안 시는 계속 진행된다.

이 메타시는 관점에 따라 사물이 얼마나 달리 보일 수 있는지를 극명하게 보여주고 있는 시이다. 또한 그러는 동안에 시가 얼마나 달라질 수 있는가를 보여주고 있는 메타시이다. 그래서 메타시 「안락의자와 시」는, 텍스트란 원래 불확정적이라는 해체주의적 시관이 그대로 반영되어 있는 메타시에 해당하는 것이다.

> 그는 시를 쓴다 그는 그가 무엇을 하는지 모른다 그는
> 강의를 한다 그는 강의를 한다고 생각한다 그는 잡지를
> 편집한다 잡지가 그를 편집할 때도 있다 그는 술을
> …(중략)…
> 피운다 그는 커튼을 연다 그는 창 밖의 겨울 운동장을
> 바라본다 그는 이렇게 산다 그는 그가 무엇을 하는지
> 모른다 한트케는 지옥이라고 했지만 그는 시를 쓴다
> 시 쓰기는 살아가는 한 가지 방법이다
>
> – 이승훈, 「그는 그가 무엇을 하는지 모른다」 부분[33]

앞에 인용한 오규원의 메타시 「안락의자와 시」가 텍스트의 불확정성을 보여주는 메타시라면, 바로 위에 인용한 이승훈의 「그는 그가 무엇을 하는지 모른다」는 주체의 불확정성을 보여주는 메타시에 해당한다. 해체주의에

31) 기획 좌담 「메타시, 새로운 시대의 시쓰기」, 『현대시사상』 제27호, 1995 · 여름, p.100.
32) 오규원, 『길, 골목, 호텔, 그리고 강물소리』, 문학과지성사, 1995.
33) 이승훈, 『밝은 방』, 고려원, 1995.

따르면, 인간은 통일된 자아가 아니라 미결정적인 주체로 인식된다. 이는 중심 주체가 없다는 말도 된다. 그래서 시를 쓸 때에는 시 쓰는 주체가 형성되고, 강의를 할 때에는 강의를 하는 주체가, 잡지를 편집할 때에는 그에 맞는 주체가 형성된다. 그럴 뿐만 아니라 어떤 일이 그 사람의 주체를 형성시키기도 한다.

이와 같이, 이 시는 우리에게 주체에 대한 회의와 새로운 인식을 간명하게 전해주고 있다. 이 메타시에 활용되고 있는 행간걸림은 전통적인 시가 지닌 시행의 안정성을 깨뜨리는 형식의 불안정성을 통해 해체주의적 정신을 표현하는 데에 적절한 것으로 여겨진다.

그런데, 이 시는 3인칭 '그'로 객관화된 시인에 대한 시 쓰기 즉, 시인론 시로서 메타시에 해당한다. 그래서 이 시는 앞뒤로 "그는 시를 쓴다"로 되어 있을 뿐만 아니라 "시 쓰기는 살아가는 한 가지 방법이다"라는 언명이 나오는 것이다. 사실, 오늘날 시인은 별다른 존재가 아닌 것이 되고 있다. 낭만주의 시대에 이루어진 시인관은 오늘날에는 전혀 기대할 수 없는 지경에 이른 것으로 여겨진다. 상인이 장사를 하며 살아가듯이 시인은 시를 써 살아갈 뿐이다. 시인에게 있어 시 쓰기는 시 구절 그대로 살아가는 한 가지 방법일 뿐이다.

그래서 이 시는 나서서 전통적인 시인관(아직까지 남아 있다면)을 해체하고 있는 것이다. 이와 같이, 메타시는 해체주의를 적극 원용하여 기존의 틀에 대한 회의와 해체를 수행함으로써 메타시의 새로운 지평을 열어가고 있다.

9. 아이러니와 역설

김 경 복

Ⅰ. 아이러니

1. 아이러니의 개념

아이러니(irony)는 변장의 뜻을 가진 고대 그리스어 에이런(eiron), 혹은 에이로네이아(eironeia)에서 유래한다. 어원상 그리스어 에이로네이아는 감춤, 위장, 은폐의 뜻을 지닌다. 에이런은 고대 그리스의 희극의 두 주인공 중 한 명으로서 알라존(alazon)과의 관계를 통해 아이러니의 기원에 대해 접근할 수 있다. 겉보기에 에이런은 항상 약자이고 낙오자처럼 보이지만 꾀가 많은 그는 관객의 예상을 깨고 힘센 허풍장이 알라존에게 승리하게 된다. 여기서 아이러니는 겉보기로는 대단치 않아 보이지만 실상은 겉보기와 달리 승리를 거두는 에이런의 모습과 관련된다. 즉 아이러니는 표면과 이면의 차이점과 대조라는 의미를 본질적으로 갖게 되는 것이다.(이러한 에이런의 기능을 실제적으로 보여준 철학자는 소크라테스다. 그래서 소크라테스의 대화술을 두고 '소크라테스의 아이러니' 라고 부른다.)

이러한 개념은 『웹스터 사전』의 정의를 보아도 알 수 있다. 사전에 따르면 아이러니는 "1)반대자를 당황하게 하거나 자극하기 위하여 거짓으로 꾸민 무지 즉 가장 2) (a)단어의 문자적 의미와는 반대되는 의도된 함축을 말하는 방법을 사용한 익살, 비웃음, 가벼운 빈정거림 (b) 문학적 스타일이나 형식으로서의 이러한 표현의 양식 3)이미 있었거나 예상되었던 것이 뒤엎어진 사태나 사건, 즉 무엇에 반대되는 결과와 마치 합당한 결과를 비웃는 것 같은 것"으로 표기되어 있다. 아이러니의 특징과 형식을 아울러 말하고 있다.

브룩스와 웨렌은 아이러니의 본질을 다음과 같이 설명하고 있다.

> 아이러니칼한 진술이란 표면적으로 나타난 의미와 어긋나는 의미를 말한다. 또한 아이러니칼한 사건이나 상황은 기대한 것과 실현된 것, 또는 그 기대와 실제, 행위와 보상 사이에의 모순, 충돌이 생기는 사건이며 상황이다. 진술의 아이러니건 사건의 아이러니건 양자 모두 속에는 대립의 요소가 개입된다.[1]

상반성과 모순의 속성으로 아이러니를 설명하고 있다. 이로 볼 때 아이러니는 에이론의 언동처럼 표면의 뜻과 속의 뜻이 상반되는 사물의 인식이나 표현방법을 의미한다. 따라서 아이러니 시에는 두 개의 시점이 존재함을 알고 이를 찾아내야 한다. 에이런의 시점과 알리존의 시점이 그것이다. 원칙적으로 알라존은 표면에 나타나고, 에이런은 뒤에 숨어 있다. 표면에 나타난 퍼소나, 즉 알라존(또는 말해진 것)은 시인이 전적으로 공감하지 않는 사상과 시점을 가진 목소리를 말한다. 그것은 시인이 실제로 지니고 있지 않는 태도를 가장한 것이다. 다시 말하면 표면에 나타난 퍼소나의 시점을 가면으로 하여 이면은 숨은 퍼소나(이것은 시인의 시점과 동일시된다)가 현실을 비판하는 것이 아이러니다.[2]

결국 이러한 어원적 의미와 정의를 두고 볼 때 아이러니는 세계와 그 세계 내의 존재인 인간 자체가 객관과 주관, 육체와 정신, 현실과 이상, 감성

1) C. Brooks & R. P. Warren, *Understanding Poetry*, New York, 1976, p.115.
2) 김준오, 『시론』(제4판), 삼지원, 1997, p.308.

과 이성, 절대성과 상대성 등 상호 모순된 관계 속에 놓여져 있음을 인식하고, 이와 같은 사실을 극복하기 위해서 역시 모순적인 방법을 쓰는 것을 의미한다. 따라서 상반성의 균형, 혹은 포괄의 속성을 지닌 아이러니는 세계의 양극화 현상을 시적 형상화에 의해 통일 조화시킴으로써 현실의 모순에 대한 효과적인 대응 방식으로서의 의미를 갖는다.

(2) 아이러니의 정신과 원리

아이러니는 유사성이 관습적으로 지속되고 있는 상황들 속에서 그 유사성의 부정으로부터 출발한다. 유사성의 부정은 자아와 세계의 차이성에 대한 관심의 집중이다. 차이성을 발견하는 아이러니 정신은 분석적 정신이며, 분석적 정신은 지적 사고의 본질이다.[3] 아이러니 정신은 실제의 세계를 분석하고 비판하는 산문정신이며, 원래가 서사적 비전이다. 토마스만도 "객관성이란 아이러니이며 서사시 예술의 정신은 아이러니의 정신이다."[4]라고 밝히고 있다.

아이러니 연구자 뮤크는 이러한 아이러니의 본질적 요소를 다섯 가지로 들고 있다. 곧 1)'순진' 또는 '자신에 찬 무지'의 요소. 이것은 체함 또는 가장(simulation)과 아닌 체함(dissimulation), 즉 아닌 것을 그런 척하는 것과 그런 것을 아닌 척하는 것에서 나타나는 효과를 가리킨다. 2)현실과 외관의 대조, 이는 아이러니스트가 한 가지를 말하는 것같이 보이면서 실제로는 아주 다른 것을 말하는 것을 가리킨다. 이때 아이러니의 희생자는 사물은 보이는 그대로라고 확신하는 반면 기실은 그것들이 전연 다르다는 것을 모르고 있는 것이다. 즉 아이러니스트는 외관을 내보이면서 현실을 모르고 있는 체하는 한편 희생자는 외관에 속아서 현실을 모르는 것이 된다. 3)희극적

3) 김준오, 앞의 책, p.306.
4) D. C. Muecke(문상득 역), 『아이러니』, 서울대 출판부, 1982, p.79에서 재인용.

인 요소, 이것은 아이러닉한 대조가 아이러닉하기 위해서는 우리들에게 고통을 자아내면서 동시에 희극적인 감각을 자아내도록 해야 하는 것을 말한다. 4) 거리의 요소, 이것은 대상에 대한 객관적 시선을 갖는 것을 말한다. 따라서 이러한 객관적 시선은 대상의 무지나 부조리함을 비판적으로 보는 것으로 나아간다. 5)미적 요소, 이는 아이러니 형식에서 아이러니도 효과가 있는 것이 되려면 잘 '모양을 갖추어야' 하는 것을 가리킨다.[5] 이러한 요소들은 아이러니의 특징이자 원리로 작용하는 것들이다.

여기서 우리는 아이러니가 현실을 객관적으로 보려는 자세이자 세계의 모순을 비판하고 극복하고자 하는 정신임을 알 수 있다. 뮤크는 아이러니의 더욱 낯익은 형태는 '현실'이 '외관'을 분명히 수정하는 것[6]이라고 밝히고 있다. 그런데 이러한 수정, 즉 비판은 아이러니의 특성 중 하나인 희극적 요소, 웃음의 형식에서 발생한다. 앙리 베르그송은 웃음은 안으로 대상에 대한 비판정신이 들어있다고 말한다. 그는 "무엇보다도 먼저 웃음은 교정이다. 창피를 주기 위하여 만들어진 웃음은 그 대상인 사람에게 고통스러운 느낌을 주어야만 한다. 사회는 웃음으로써 사람이 자신에 대해 취했던 자유에 대해 복수를 하는 것이다."[7]라고 하고 있다. 베르그송은 웃음을 만드는 원인을 생명적인 것에 덧붙여진 기계적인 것으로 보고 이에 대응하는 웃음의 의미를 이러한 기계적인 것에 대한 일종의 사회적 징벌로 파악하는 것이다. 베르그송이 보는 웃음의 사회학적 의미가 전형적인 아이러니의 정신이자 원리인 셈이다.

이러한 아이러니 정신과 원리는 다음 시에 잘 나타난다.

1947년 봄

심야(深夜)

---

5) D. C. Muecke, 앞의 책, pp.46~75.

6) D. C. Muecke, 앞의 책, p.55.

7) 앙리 베르그송(김진성 옮김), 『웃음 -희극의 의미에 관한 시론』, 종로서적, 1983, p.120.

황해도 해주 바다
이남과 이북의 경계선 용당포

사공은 조심조심 노를 저어가고 있었다.
울음을 터뜨린 한 영아(嬰兒)를 삼킨 곳
스무 몇 해나 지나서도 누구나 그 수심(水深)을 모른다

– 김종삼, 「민간인」 전문

이 작품은 생명에 대한 인간 본성의 문제를 다루고 있는데, 한 무고한 아이의 죽음을 통해 전쟁에 대한 비판은 물론 인간의 근본적 모순으로서 이기적 모습을 드러내 준다. 군사분계선을 넘어 남하하던 그 배에 탔던 대다수 사람들을 살리기 위해 할 수 없이 어린 젖먹이인 '영아'를 죽여야만 했던 것을 이 시는 냉정하게 그리고 있다. 정보의 상당한 부분을 생략하고 있는 것도 객관적 거리를 유지하기 위한 표현 장치다. 이 시는 여러 층위에서 아이러니의 특징을 구현하고 있다. 살기 위해 출발한 것이 예기치 않은 상황에 의해 죽음을 맞게 되고, 무엇보다 사람을 살리기 위해 사람을 죽이는 모순이 발생하고 있음을 이 시는 보여주고 있다. 그리고 이 죽음에 대한 죄의 문제에서도 아이러니가 발생한다. 죄를 가리고자 하면 울음을 터뜨린 그 아이의 잘못도 아니며, 어쩔 수 없이 자기 자식을 물에 집어넣어야만 했던 그 부모의 잘못도 아니다. 그리고 그 당시 그 광경을 보고도 침묵할 수밖에 없는 다른 동승자들의 잘못도 아니다. 죄는 있으되 죄를 물을 수 없는, 혹은 죄값을 치러야 할 사람은 존재하지 않는 상황에서 모든 사람이 죄인일 수밖에 없는 이중삼중의 아이러니 상황이 발생하고 있다. 그 점에서 이 시는 상황의 아이러니로서 대상에 대한 거리를 두고 전쟁의 비인간적 상황을 비판하고 있는 데서 나아가 인간의 근원적인 모순을 다루고 있다는 점에서 전형적인 아이러니 시다. 특히 현실에 대해 냉정히 거리를 두고 세계의 모순을 있는 그대로 드러내고 있다는 점에서 아이러니 정신을 잘 살리고 있다. 그 점

하나의 양식으로서의 아이러니는 하위모방 양식에서 생기게 되며, 아이러니는 인생을 있는 그대로 정확히 포착한다[8]고 말할 수 있다.

이러한 아이러니는 1차적으로는 진술과 표현효과를 증대시키기 위한 수사적 의미를 갖지만 2차적으로는 인생과 세계에 대한 형이상학적 물음이라는 인식론적 의미를 갖는다. 아이러니는 인생과 그것을 둘러싼 세계가 지니고 있는 비밀을 드러내기 위한 인식방법인 것이다. 크루저는 아이러니를 재능있는 시인이 강렬하게 느끼는 세계와 상황에 대한 강렬한 인식을 효과적으로 파악하기 위한 도구로 해석한다.[9] 조르쥬 팔랑뜨 또한 "아이러니의 형이상학적 원리는 … 우리 본성 내부의 모순에 그리고 우주와 신의 내부의 모순에도 또한 존재한다. 아이러닉한 태도는 사물에는 어떤 근본적인 모순, 다시 말해서, 우리들의 이성의 견지에서 근본적이고 바로 잡을 수 없는 부조리가 있음을 뜻하는 것이다."[10]라고 밝히고 있다.

이러한 인식론적 방법으로서 아이러니는 미학적 의미로 곧잘 해석된다. I. A. 리처즈에 따르면 아이러니란 반대의 충동, 곧 상호보족적인 충동을 시 속으로 끌어들이는 것을 뜻하는 것인데, 이러한 상반되는 충동, 그것이 해결되는 곳에서 최고의 시경험이 생긴다[11]고 한다. 상반되는 충동의 균형은 가장 가치있는 심미적 반응이라고 리처즈는 생각하는 것이다. C.B. 윌러도 아이러니의 특징을 "아이러니는 표현된 내용과 내포된 의도 사이의 상반성과 대조성의 상호작용에 토대를 둔다. 즉 변증법적 논리가 적용된다."고 하면서 "아이러니는 두 상반된 요소를 동시에 고찰할 때 의미가 선명해지기 때문에 두 요소의 개별적 파악이 아니라 총체적 파악, 즉 입체경(stereoscope)적 안목이 필요하다."고 밝히고 있다.[12] 모두 종합과 균형의 속성을 통해 아

---

8) 노스럽 프라이(임철규 옮김), 『비평의 해부』, 한길사, 2007, p.110.

9) J. K. Kreuzer, *Elements of Poetry*, New York, 1952, p.143.

10) D. C. Muecke, 앞의 책, p.107에서 재인용.

11) I. A. 리처즈(김영수 역), 『문예비평의 원리』, 현암사, 1977, p.336.

12) C. B. Weeler, *The Design of Poetry*, New York, 1966, pp.94~96.

이러니의 미학적 특징을 말하는 것이자 원리를 밝히는 것에 해당한다.

그러므로 아이러니의 목적은 인생의 복잡성 및 가치의 상대성에 대한 인식을 바탕으로 하여 우회적인 표현법을 써서 일정한 대상에 관한 풍부한 의미를 발견하는 것에 있다고 볼 수 있다.

(3) 아이러니의 유형

일반적으로 아이러니는 언어적 아이러니와 구조적 아이러니로 크게 구분할 수 있다. 언어적 아이러니는 아이러니스트가 언어적 표현을 통해 아이러니의 상태를 만드는 것을 가리키며, 구조적 아이러니는 어떤 일의 상태나 사건이 아이러니칼하게 보여지는 것을 말한다. 에이브럼즈에 따르면 구조적 아이러니(structural irony)는 작품에서 작자가 가끔 한 번씩 언어적 아이러니를 사용하는 것이 아니라, 의미의 이중성을 지속하는 구조적 특성을 도입하는 것이다.[13] 따라서 구조적 아이러니는 다시 상황의 아이러니를 비롯하여 낭만적 아이러니, 우주적 아이러니, 소크라테스 아이러니 등의 특성을 가진 것으로 분류된다.

시에 쓰일 수 있는 것을 중심으로 아이러니 양상을 살펴보면 다음과 같다.

① 언어적 아이러니

언어적 아이러니는 표현된 것과 의미된 것 사이의 상충에서 오는 시적 긴장에서 발생하는 아이러니를 말한다. 이면에 숨은 뜻과 대조되는 발언이 언어적 아이러니다. 때문에 의미론적 규범의 이탈이라는 아이러니의 효과를 위해 우회, 병치, 기지, 축소법, 야유 등의 여러 기법이 동원되는데, 이러한 기법은 특히 반의적인 진술을 통해 어떤 태도나 가치를 드러내기 때문에 대체로 비판적인 의미를 함축한다. 즉 말해진 것과 의도된 것 사이에 대립이

---

13) M. H. Abrams(최상규 역), 『문학용어사전』, 대방출판사, 1987, p.142.

나 대조의 구조를 통해 비판적 정신을 활성화한다. 이러한 측면은 언어적 아이러니가 그 발생학적 특질상 풍자와 관련됨을 보여준다. 언어적 아이러니의 특성을 잘 보이는 다음 시를 보면 그것을 알 수 있다.

> 교회당의 차임벨 소리 우렁차게 울리면
> 나는 일어나 창문을 열고
> 상쾌하게 심호흡한다
> 새벽의 대기 속에 풍겨오는
> 배기 가스의 향긋한 납 냄새
> 건강은 어차피 하나님의 섭리인 것을
> 수은처럼 하얀 콩나물에 밥 말아 먹고
> 만원 버스에 실려 직장으로 가며
> 나는 언제나 오늘만을 사랑한다
> 오늘은 주택은행에 월부금 내는 날
>
> – 김광규, 「오늘」 부분

이 시의 화자는 매우 씩씩하고 발랄한 표정을 짓고 있다. 그가 "배기 가스의 향긋한 납 냄새"라든지, "나는 언제나 오늘만을 사랑한다"라고 말할 때는 행복한 도시인의 모습을 취한다. 그러나 이 시의 특성은 그러한 표면적 화자가 알라존의 시점이라는 것을 아는 데에 있다. 실제 도시에서의 삶이 그렇게 향긋하지도 행복하지도 않다는 것을 전달하기 위해 이 시는 존재한다. 이면에 숨은 에이런은 도시의 일상적 삶에 매몰된 채 무자각적으로 살아가는 알라존으로서 현대인을 거리를 두고 비판하고 있다. 진정한 삶의 추구를 망각한 채 물질적이고, 본능적 차원의 생활을 영위하는 일상적 소시민의 삶을 풍자하는 이 시는 언어적 아이러니의 대표적 형식이라 할 수 있다.

이러한 비판적 시선은 우리 시사에서는 독재 정치에 대한 풍자의 목소리로 많이 나타난다. 다음 시가 그러한 특성을 잘 보여준다.

아, 우리의 세상은

정말로 평안해

밀주 한 잔 할 정도로

비디오 볼 정도로

아, 우리의 세상은

품바 소리에 눈 뜨고

자율화에 눈 감고

정말로 우리는 평안해

귓속말로 삐치고

역학(易學)풀이로 낯 가리고

아, 우리는 평안해

굿바이 조지 오웰

신세계 교향곡 튕기다

내일은 낚시질 꿈꾸고

산등성이 위의 새매 쫓고

아아, 우리는 정말로

평안해 잠자듯이.

– 홍희표, 「역학(易學)풀이」 전문

언어적 아이러니는 화자가 외면상으로 명백히 단정하는 것하고, 은연중에 의도하고 있는 의미하고가 다른 진술을 말한다. 그러한 아이러니적인 진술은 어떤 태도나 평가를 명백히 표현하지만 그것과는 매우 다른 태도나 평가를 함축하고 있는 것을 포함한다[14] 할 때 위 시는 전형적인 언어적 아이러니 양상을 보여준다. 이 시는 80년대 초 5공화국이 들어선 상태를 배경으로

14) M. H. Abrams, 앞의 책, p.141.

쓰여진 시다. 폭압적인 군부 독재 아래에서 의식있는 시민들이 할 수 있는 자유란 "밀주 한 잔 할 정도", 혹은 "비디오 볼 정도로" 허용되어 있다. 따라서 "아, 우리의 세상은/정말로 평안해", "아, 우리는 평안해", "아아, 우리는 정말로/평안해 잠자듯이"라고 반복적이고도 심화된 양상으로 말하고 있는 이 진술은 평안치 못한 현실을 반대로 드러내는 언술이다. 그러한 것은 당시 군부 독재 권력들이 기만적인 담론으로 내세우는 '자율화'의 논리나, 역학(易學)풀이로 낯가리게 하는, 즉 구체적 현실로부터 도피하게 하는 당시 현실의 허구를 역으로 풍자하는 것에 해당한다. 특히 독재 체제를 다룬 『1984년』의 작가 조지 오웰을 등장시키고 있음을 두고 볼 때 당시 억압받고 감시당하던 대다수 지식인들의 내면심리를 역설적으로 표현한 것이다. 그 점에서 언어적 아이러니는 반대로 표현하여 일정 부분 대상을 비꼬거나 빈정대는 속성을 지님으로써 풍자의 기능을 수행한다고 볼 수 있다.

② 상황적 아이러니

한 작품에서 상충, 대조되는 요소들의 종합과 조화의 상태가 구조적 아이러니라 할 때 구조적 아이러니의 다른 이름으로써 상황의 아이러니는 어떤 사태나 사건의 상태가 아이러닉하게 보이는 데서 발생한다. 즉 표현된 언어 그 자체보다는 그 언어가 지시하는 모든 대상, 이를테면 인물의 행동이나 사건이 안고 있는 부조화, 인간 조건에 숙명적으로 깃들여 있는 부조리, 세계 자체의 본질적 모순 등에서 인식되는 아이러니를 말한다. 다음 시가 그것을 잘 보여준다.

겨누는 것은
분명히 적(敵)이라는데
적이 아니라
그것은 나다

포탄(砲彈)은
터져 날라 갔는데
적의 심장을 뚫었다는데

죽은 놈도
자빠진 놈도
그것은 나다.

― 안장현, 「전쟁」 전문

이 시는 참으로 아이러니칼한 상황을 보여주는 시다. 언어의 진술과는 전혀 다른 상황이 펼쳐짐을 이 시는 보여주는데, 문제는 그러한 부조화, 부조리가 인간의 본질적 숙명이라는 점을 되새겨 주고 있다는 점에서 고차원적 아이러니 시로 볼 수 있다. 이 시는 50년대 한국 전쟁을 비판하는 의미로서 쓰여졌지만 인간이 갖는 폭력성은 결국 자신을 해치는 것으로 되돌아오고 만다는 인간과 세계 자체의 본질적 모순을 인식하게 만든다. 따라서 상황의 아이러니는 인간의 근본적인 모순을 인식케 하고 이를 드러내는 우주적 아이러니 속성을 일정 부분 띠고 있다.

이러한 상황의 아이러니 중에서 대표적인 것이 극적 아이러니다. A. 프레밍거는 『시학사전』에서 극적 아이러니에 대해 "① 관객들이 주인공보다 더 많이 알고 있어야 한다. ② 인물이 적절하거나 현명하게 대처해야 할 것에 반대로 대처한다. ③ 인물과 상황이 아이러닉한 효과를 위해 비교되거나 대조되어야 한다. ④ 인물이 행하는 행위와 극이 보여주는 것 사이에 뚜렷한 대조가 존재한다."[15]고 밝히고 있다. 이러한 극적 아이러니의 대표적인 경우가 '외디푸스 왕의 이야기'로 주로 극이나 서사 양식에

15) Alex Preminger, *Princeton Encyclopedia of Poetry and Poetics*, Princeton University Press, 1974. p.407.

나타나지만 시에서도 나타날 수가 있다. 다음 시가 그러한 한 양상을 보여준다.

역시 위대할 수 있었던 것은 군수, 역시 위대할 수 있었던 것은 도
장관이 아니면 도 참여관, 역시 위대할 수 있었던 것은
봄 비가 내리던 윤 사월 어느날,
그 공으로 표창이 되어 훈 삼등이 하사되고 중추원 참의를 거쳐어
마 어마하게도 각하가 되었을 때의 감격과 같은 것.
역시 위대할 수 있었던 것은
과거, 큰 기침을 하면서
호령 지령할 수 있었던 어제.

(중략)

인제 쭈굴 쭈굴한 곰보딱지 영감이 다 되었어도
각하는 각하가 아닌가 말이다.
이 땅에서 목숨한 위인치고 혁명 투사 앤드 우국 지사 앤드 애국자
아닌 사람이 없었고, 이 땅에서
발 붙이고 엉뎅이 붙인 친구치고 도적놈 앤드 사기꾼 아닌 이웃
이 없었고, 이 땅에서 이 땅에서
마시고 노래하고 돌아가면서
춤 춘 광대 치고 꼭두각시 아닌 출신 없고 없었는데
이 놈들 이 고얀놈들 발가락만도 못한 놈들 따지고 보면 이 위인도
인생의 항로에서 명예라는 티끌을 주책없이 과부 궁뎅이 다루듯이
생각할 때마다 빠고다 공원에서
대열에서 끼어 만세를 불러볼 것을
두만강이나 압록강을 넘어나 보다가
서대문 호텔에서 두어 서너 달쯤 묵어볼 것을
후회 막심해 보는 이 늙은이지마는

그래도 지난 날에는 빗돌이 세워졌던 이 간구 각하 올시다마는

– 전영경, 「조국상실자 2」 부분

이 시에서는 "훈 삼등이 하사되고 중추원 참의를 거쳐 각하가 된" 화자가 "인제 쭈굴 쭈굴한 곰보딱지 영감이 되었어도 각하는 각하"라며 자신의 기득권을 정당화하는 말에 의해 아이러니가 발생한다. 특히 희극적 웃음을 유발하면서 친일위정자인 화자가 지사적 인물을 비웃는 태도에서 풍자효과는 더욱 두드러진다. 시인은 속물 근성을 가진 화자를 표면에 내세워 비판적 의도를 위장하는 한편, 그들의 부정적 행위와 반민중성을 스스로 폭로하게 함으로써 풍자 대상을 공격하고 아울러 그러한 인물이 속한 집단까지도 모욕한다.[16] 반역사성을 지닌 부도덕한 정치인을 공격하는 정치 풍자인 셈인데, 인물의 자기고백을 통해 그러한 웃음과 풍자의 효과가 발생하고 있다는 점에서 아이러니 양상을 보여준다.

특히 이 시는 시적 화자가 의식적으로 아니라고 부정하는 사실이나 심리적인 상황들이 어떤 계기로 자기도 모르는 사이에 무의식적으로 폭로되는 경우의 아이러니, 즉 자기폭로의 아이러니에 해당한다. 자기폭로의 아이러니는 참다운 사태를 희생자가 그러리라고 생각하고 있는 것과는 아주 다르다는 것을 천연스럽게 모르고 있는 극적 아이러니와, 일어나는 사건이 자신만만하게 예기했던 것의 정반대를 나타내는 사건의 아이러니 이 두 가지와 다 관계가 있다[17]는 듀크의 말을 염두에 둘 때 극적 아이러니의 한 양상으로 볼 수 있다. 이 시의 경우로 본다면 독자가 시적 화자보다 더 많은 것을 알고 있는 점, 등장 인물로서 시적 화자가 매우 어리석은 상황 판단을 내리고 있는 점, 쭈굴 쭈굴한 현 상황과 거기에 대조되는 어설픈 권위주의 의식의 우스꽝스러움이 발생하고 있는 점, 인물이 원하는 호칭과 예우와는 달리 비판

16) 이순욱, 『한국 현대시와 웃음 시학』, 청동거울, 2004, p.57.
17) D. C. Muecke, 앞의 책, p.98.

만 받고 말게 되리라는 기대와 결과의 불일치가 생기는 점 등은 이 시가 극적 아이러니 요소를 구비하고 있음을 보여준다.

③ 낭만적 아이러니

낭만적 아이러니는 현실과 이상, 유한과 무한, 자연과 감성 등 이원론적 대립의식에서 발생한다. 독일 낭만주의 철학에서 활발히 논의된 개념으로 문화적 속물주의에 대한 예술적 반항으로서 일어난 낭만적 아이러니는 이 대립적 존재를 지양해서 고차원적인 종합을 추구한다. 이 아이러니는 낭만주의 시에서 볼 수 있듯이 시인이 하나의 아름다운 환상을 창조하다가 갑자기 어조나 태도 등에서 급격한 반대감정으로 바꾸면서 하나의 환멸을 제시하는, 일종의 이율배반적 아이러니라고 볼 수 있다. 다음 시가 그러한 양상을 보여준다.

> 옆집, 젊은 사내가 죽었다.
> 교통 사고란다.
> 뜨락 등나무 가지마다
> 초롱 등불을 켜든 아침
> 장의차가 오고, 사람들이 모여들고
> 나도 그 틈에 끼여들었다.
> 이윽고 친지와 유족들의 흐느낌 속에
> 검은 리본에 묶인 그 사내는
> 천천히 걸어나와 차에 오른다.
> 환하게 웃으며 차에 오른다.
> 이승에서 가장 좋은 날
> 그 모습으로
> 저승까지 차를 타고 떠나는

그 사내의 웃음.

– 윤석산, 「웃음」 전문

이 시에는 몇 개의 아이러니가 설정되어 있다. 우선 교통사고로 죽은 사내가 마지막 저승길까지 차에 실려 간다는 점이 아이러닉하다. 이 아이러니는 문명에 의해 살해당하면서도 그에서 벗어나지 못하는 현대인들의 삶을 비판하기 위한 것이라고 볼 수 있다. 둘째로 가장 행복한 순간에 찍은 사진이 가장 비극적인 순간에 쓰이고 있는 점이다. 이것은 사람의 행과 불행이 공존하고 있다는 인식을 가져다준다. 셋째 사자(死者)의 표정과 유족들의 표정을 대조함으로서 아이러니가 발생한다. 죽은 자는 웃고 있고 산 자는 울고 있다. 이 대조를 통해 우리는 삶에 있어서의 역전의 느낌을 발견할 수 있는 것이다.[18] 이러한 아이러니 양상들은 낭만적 속성을 어느 정도씩 지니고 있다. 그것은 이 시에서 가장 행복했던 날의 웃음이 가장 불행한 날의 표정이 되고 있는 점에 나타나는데, 즉 인생에 대한 낭만적 환상이 사실은 쓰라린 비애와 다름없다는 인식을 보여주기 때문이다. 편리함이 불편함이요, 행복이 불행이요, 웃음이 울음이라는 이율배반적 인식을 납득시키고 있다는 점에서 이 시는 낭만적 아이러니의 속성을 잘 표출하고 있는 것이다.

④ 우주적 아이러니

뮤크는 우주적(일반적) 아이러니의 기초는 인간이, 이 우주의 기원과 목적, 죽음의 확실성, 모든 생명의 궁극적인 소멸, 미래를 헤아릴 수 없는 것, 이성과 정서와 본능, 자유의지와 결정론, 객관적인 것과 주관적인 것, 사회와 개인, 절대적인 것과 상대적인 것, 인문적인 것과 과학적인 것 등의 충돌 등의 문제를 생각할 때에 직면하는, 분명히 근본적이고 해결할 수 없는, 모순 속에 존재하는 것[19]이라고 하고 있다. 프리드리히 슐레겔도 아이러니란

18) 윤석산, 『현대시학』, 새미, 1996, p.321.
19) D. C. Muecke, 앞의 책, p.108.

"현세는 본질적으로 역설적인 것이며, 따라서 상반되는 감정을 지닌(ambivalent) 태도만이 그 모순적인 전체를 이해할 수 있다는 사실을 인식하는 것"[20]이라고 말할 때 이는 아이러니 기법이 하나의 세계관이자 세계를 인식하는 방법임을 명확히 보여주는 것에 해당한다. 그 점에서 이 우주적 아이러니에 오면 아이러닉한 관찰자도 다른 인간종족과 더불어 아이러니의 희생자이기도 하다는 점, 일반 독자들 또한 이 범주에서 벗어날 수 없다는 점에서 보편적 특성을 지니면서 오히려 특수한 종류의 아이러니가 된다.

때문에 우주적 아이러니는 키에르케고르가 말한 실존적 아이러니의 개념과도 상통하고 일명 운명적 아이러니로 불려지는 용어와도 상통한다. 또한 일정 부분 낭만적 아이러니와 상황적 아이러니와 그 속성이 공유되는 부분도 발생한다. 그 점에서 우주적 아이러니는 인간과 이 세계에 대한 철학적 사색을 품은 모순적 인식을 폭넓게 부르고 있다고 할 수 있다.

우주적 아이러니의 속성을 보여주는 시편을 찾아보면 다음과 같다.

향단아 그넷줄을 밀어라.
머언 바다로
배를 내어밀 듯이
향단아.

이 다수굿이 흔들리는 수양버들나무와
베겟모에 뇌이듯한 풀꽃데미로부터,
자잘한 나비새끼 꾀꼬리들로부터,
아주 내어밀 듯이, 향단아.

산호(珊瑚)도 섬도 없는 저 하늘로

20) D. C. Muecke, 앞의 책, p.37에서 재인용.

나를 밀어 올려다오

채색한 구름같이 나를 밀어 올려다오

이 울렁이는 가슴을 밀어 올려다오.

서(西)으로 가는 달같이는

나는 아무래도 갈 수가 없다.

바람이 파도를 밀어 올리듯이

그렇게 나를 밀어 올려다오

향단아.

– 서정주, 「추천사(鞦韆詞) –춘향의 말 1」 전문

시적 화자로 등장한 춘향이의 어조가 대립되고 있다는 점에서 우선 우리는 이 시에서 아이러니 맛을 느낄 수 있다. 아이러니는 어조의 하강에도 나타난다. 어조의 이런 '하강'이 아이러니의 공식이다.[21] 이 시에서 춘향은 현실적 고통에서 벗어나길 소망하는 차원에서는 그 어조가 매우 들뜨고 희망적이다. 그러나 그가 현실에서 벗어날 수 없다는 자각을 하는 순간, 즉 4연은 어조가 급속도로 바뀌어 탄식으로 드러난다. 그런데 이 시는 거기에서 그치는 것이 아니라 다시 좌절과 절망 속에서 또 탈출을 꿈꾸는 모습으로 인간 존재성을 마지막 연에서 보여준다. 그것은 동경과 좌절의 변증법적 통합을 거친 뒤에도 인간 존재의 본질은 끊임없이 이상 세계를 갈구한다는 새로운 차원의 깨달음을 암시하는 것이다. 춘향의 내적 괴로움과 운명의 굴레를 벗어나려는 수단으로 그네가 사용되고 있지만 그 그넷줄이 나무에 매달려 있음으로 인해 춘향은 하늘에 도달할 수 없다는 한탄을 갖게 된다. 이것은 인간에게 놓여진 운명적 한계를 인식하면서 가지는 아이러닉한 탄식이

21) 김준오, 앞의 책, p.310.

다. 따라서 이 시는 현실과 이상, 동경과 좌절이라는 인간의 근본적 모순으로서 우주적 아이러니 양상을 보여주면서 환상과 체념의 낭만적 아이러니 속성도 보여준다.

2. 역설

(1) 역설의 개념

역설은 자기모순이거나 자기모순처럼 보이는 한 짝의 관념들, 언어들, 이미지들, 태도들을 시인이 제시할 때 발생한다. 때문에 역설은 표현상으로는 모순되거나 불합리한 것 같지만 내면적으로는 어떤 진실을 드러내는 방법, 즉 외적 모순을 통하여 내적 진리를 깨닫게 하는 표현방법이다. A. 프레밍거도 『시학사전』에서 역설을 "진실이 아닌 것처럼 보이지만 면밀히 살피면 타당성이 입증되는 진술방법"이라고 규정하고 있고,[22] M. H. 에이브럼즈도 "외면상으로는 모순되고 불합리한 것 같지만, 사리에 합당한 의미를 가지고 있음이 밝혀지는 진술"[23]로 정의하고 있음이 이를 뒷받침한다.

어원적으로 역설(paradox)은 그리스어인 paradoxa에서 왔는데, 이때 para는 너머, 초월, 어긋남 등의 뜻을 지니며 doxa는 의견이란 뜻을 지닌다. 따라서 역설은 어원적으로 볼 때 일반적 견해나 기대에 어긋나는 것, 일반적 논리를 초월하는 것이란 뜻을 본질적으로 지닌다. 즉 역설은 모순을 표면상으로 드러내고 그 양면 가치를 대조시킴으로써 모순의 초월과 극복을 시도하는 방법인 것이다. 세계와 인간의 삶에 감춰진 양면성을 함께 대조시키고 다시 그것을 극복함으로써 어떤 진실을 획득하고자 하는 것이다.

22) Alex Preminger, 앞의 책. p.598.
23) M. H. Abrams, 앞의 책, p.199.

브룩스도 역설을 표면적으로 모순되는 것 같지만 진실의 요소를 내포하는 진술이라고 정의하고 표면적인 진술과 그 바닥에 깔린 참뜻 사이의 대조가 이루어지기 때문에 역설은 아이러니와 밀착되어 있다고 말하고 있다.[24)]

그 점에서 아이러니와 역설은 서로 상반되고 모순된 양면성을 함께 지니고 있다는 점, 표면적인 뜻과 이면적인 뜻이 서로 다르다는 점에서 공통성을 갖고 있다. 그러나 역설과 아이러니는 엄밀한 의미에서 차이가 있다. 아이러니는 표현 자체에는 모순이 없으나 역설은 표현 자체에 모순이 존재한다. 아이러니는 표현된 것의 의미가 실제 지시하는 내용과의 차이에서 모순이 발생하는 것이지 진술 자체에서 모순이 발생하는 것은 아니다. 이에 비해 역설은 표현 진술 자체에서 모순이 발생하고 그러한 모순의 발생에서 새로운 뜻을 생성하고 암시한다. 또한 아이러니와 역설의 차이점은 아이러니는 표면과 이면의 대조를 통해 비판의 의미를 갖지만 역설은 어떤 대상을 비판하는 뜻을 갖지는 않는다. 뮤크는 이를 두고 "아이러니의 더욱 낯익은 형태는 '현실' 이 '외관' 을 분명히 수정하는 것이지만, 역설은 두 가지의 진리를 병치시켜서 하나의 진리로써 하나의 거짓을 바로잡는 것은 아니다."라고 분명히 밝히고 있다.[25)]

역설의 의미를 시적 특성이라고 규명한 사람은 C. 브룩스다. 그는 시의 언어를 '역설의 언어' 라 보고 "역설이 시에 적합하고 불가피한 언어라는 의미는 남아있다. 과학자의 진리는 역설의 흔적이 모조리 제거된 언어를 요구하지만, 시인이 말하는 진리는 분명히 역설을 통해서만 접근될 수 있다."[26)] 고 밝히고 있다. 이는 역설이 신비평에서 강조하는 복합성과 모호성 등의 시적 가치 개념을 내포하고 있는 것이자, 상상력 자체가 역설적[27)]이라는 측면에서 시의 본질적 특성이라는 의미를 담고 있다.

24) C. Brooks & R. P. Warren, 앞의 책, p.115.
25) D. C. Muecke, 앞의 책, p.55.
26) C. Brooks(이경수 역), 『잘 빚어진 항아리』, 홍성사, 1983, p.7.

(2) 역설의 유형

역설은 일반적인 통념에 충격을 주는 새로운 인식방법이다. 이를 P. 휠라이트는 역설을 경이감과 흥미를 일으키고 새로운 투시를 제시하는 현대시의 기본방법이라고 정의하였다. 그러면서 휠라이트는 역설을 크게 표층적 역설과 심층적 역설로 나누고 심층적 역설을 다시 존재론적 역설과 시적 역설로 나누었다. 표층적 역설은 시행 상에 나타나는 역설로서 논리적 해명이 가능한 것이고, 심층적 역설은 표현상의 모순된 의미가 일상적 논리로 충분히 설명될 수 없는 역설을 가리킨다. 다시 말해 심층적 역설은 어떤 초월적 진리를 나타내거나 이미지간의 상호작용을 통하여 의미가 암시되는 경우다.[28]

이를 각각 살펴보면 다음과 같다.

① 표층적 역설

표층적 역설은 시의 구조가 아니라 시행 상에 나타나는 모순된 표현을 가리킨다. 흔히 모순형용(oxymoron)이라고 알려진 모순어법이 이에 해당한다. 수식하는 말과 수식받는 말 사이의 의미론적 모순이 생겨 어떤 시적 긴장이 유발되는 것이다. 이 역설은 관습적으로 당연한 것처럼 통용되는 사물이나 관념들의 관계를 재조명하여 독자들에게 일종의 경이감과 낯선 충격을 던져주기 위한 것이다.

---

27) 브룩스는 코올리지의 상상력의 개념, 즉 "그것은 서로 반대되거나 모순되는 성격의 균형 혹은 융합 속에서 모습을 드러내는 것이다. 즉 이질적인 것과 동질적인 것, 구체적인 것과 일반적인 것, 이미지와 관념, 전형적인 것과 개체, 오랫동안 익숙해온 대상과 신선한 감각, 평상적 질서와 평상적 정서 이상의 것 따위들의 균형 융합"에 대해 "이것은 대단히 명징한 진실이면서도 일련의 역설이다"라고 밝히고 있다. 그 점에서 브룩스는 시적 언어의 본질적 특성이 역설이라는 관점을 취하고 있다. C. Brooks, 앞의 책, p.25.

28) Philip Wheelwright, *The Burning Fountain*, Indiana Univ. Press, 1968, pp.96~100.

분분한 낙화……

결별이 이룩하는 축복에 싸여

지금은 가야 할 때,

– 이형기, 「낙화」 부분

이 시에서 "결별이 이룩하는 축복"은 모순형용에 해당한다. 일반적으로 결별이 축복일 수 없기 때문이다. 그렇지만 이 시의 내용적 전개를 두고 볼 때, 꽃이 떨어지는 것(곧 결별)은 열매를 맺기 위해서는 반드시 거쳐야 할 단계의 의미를 지닌다. 그렇다면 결별은 보다 더 큰 완성을 위한 준비의 의미를 지니기 때문에 축복일 수가 있다. 그 점에서 시의 비유적 차원에서 말하고 있는 사랑의 이별도 보다 더 큰 '성숙'을 위해 가져야 할 조건이 된다면 그것도 축복일 수 있다는 게 시인의 생각이다. 이러한 모순형용에 의한 역설은 "찬란한 슬픔"(김영랑, 「모란이 피기까지는」), "외로운 황홀한 심사"(정지용, 「유리창 1」) 등에 잘 나타나고 있다.

② 존재론적 역설

존재론적 역설은 인간 존재에 관한 초월적 진리를 내포하는 역설이다. 브룩스는 종교의 언어가 일상적 세계를 초월하는 성격이 있는 것처럼 역설의 언어도 일상세계의 차원에서 벗어나 초월적 의미의 세계로 진입하려는 성격이 있다고 보고 있다. 기독교의 "생명을 구하고자 하는 이는 그것을 잃을 것이요", "끝난다는 것은 시작한다는 것이다"의 내용이 바로 시적 역설과 통한다는 것이다.[29] 이는 역설이 일반적 통념을 벗어나 철학적 사색을 그 본질로 하고 있음을 보여주는 하나의 사례다. 불교의 '색즉시공(色卽是空) 공즉시색(空卽是色)' 등의 표현이나 노자의 '도를 도라 하면 도가 아니다(道可道 非常道)' 등의 표현이 바로 존재론적 역설에 해당한다. 때문에 만해 한용

29) C. Brooks, 앞의 책, p.24.

운의 「님의 침묵」에서 "아아 님은 갔지마는 나는 님을 보내지 아니하였습니다"라는 역설은 불교의 고차원적 진리, 즉 '회자정리(會者定離) 거자필반(去者必返)'의 진리를 담고 있다는 점에서 존재론적 역설의 전형이라 할 수 있다.

현대시에 와서 이러한 존재론적 역설을 잘 표현한 작품은 다음과 같다.

결국은 한 알의
모래가 된다.

파멸이, 저 존재의 중심에서
깨어진 접시가
이루는 완성.

결국은 한 알의
결정(結晶)이 된다.

깨어지고 깨어져서
이겨내는 외로움,
그는 시방
바닷가에 서 있다.

들려오는 건
허무의 바람 소리와
애증(愛憎)의 기슭에서 부서지는 파도 소리.

가장 밝은 지상에서 딩구는
결국은 한 알의

모래가 된다.

해조음(海潮音)이 된다.

– 오세영, 「모래」 전문

위 시의 경이로움은 인간 존재를 '접시'에 비유한 것에 있다기보다 접시가 깨어져야 완성된다는, 다시 말해 '파멸이 완성'이라는 놀라운 역설을 보여주는 데에 있다. 즉 접시는 부서짐으로서 그 본질인 흙이 되거나 모래가 되는데, 여기서 모래는 "한 알의 결정(結晶)"이라는 의미를 두고 볼 때 무가치한 대상이 아니라 놀라운 자립성과 완결성을 지닌 가치 있는 존재라 할 수 있다. 그 점에서 이 시는 일상적 통념을 완전히 벗어난다. 즉 파괴가 보다 높은 차원의 완성을 의미하게 되는 것이다. 이는 우리의 일상적 논리로 설명할 수 없는 사항으로서 존재론적 역설의 전형적 양상이다. 특히 이 시는 파괴와 생성의 변증법적 작용과 통합에 의해 보다 더 높은 존재의 가치가 있음을 암시해주고 있고, 죽음이 또 다른 삶의 창조임을 깨닫게 해주고 있는 것이다. 인간 존재의 한계성과 모순성을 더 높은 차원에서 수용하게 되었음을 말해주는 이 시는 역설적 인식과 역설적 표현을 통해 존재의 문제에 대한 깊은 천착을 하고 있다고 볼 수 있다.

③ 시적 역설

시적 역설은 표층적 역설처럼 논리적 설명이 가능한 것도 아니며, 존재론적 역설처럼 초월적 진리를 담고 있는 것도 아닌 것을 말한다. 표층적 역설이 시행에 나타나는 부분적 역설이라 하면 이것은 시의 구조 전체에 나타나는 역설이다. 시적 역설은 진술 자체가 앞뒤 모순되는 것이 아니라 진술과 이것이 가리키는 상황 사이에 명백한 모순이 나타나는 경우다. 물론 이 모순은 모순으로 끝나는 것이 아니라 진리를 함축하고 있다. 이런 점에서 역설이 아이러니와 혼동된다. 휠라이트는 이에 대해 표층적 역설과 존재론적 역설의 중간에 위치한 언어 구조적 역설로서, 어느 정도의 진리를 내포하고 있으면서도 동시에 논리적으로 모순된 언어진술이라고 설명하고 있다.[30)]

다음 시가 그것을 잘 보여준다.

> 나는 땅을 샀다
> 경기도 산골, 공원 묘지의 한 귀퉁이
> 어머니를 위해 5평,
> 성묘할 우리를 위해 공터로 4평,
> 말하자면 어머니의 묘를 위해
> 나는 9평의 땅을 샀다
> 백운대가 보이고 멀리 이름모를 봉우리가 나란히 보이는,
> 그래서 사람들은 좋은 곳이라고들 했다
> 나는 땅을 샀다 암, 나는 땅을 샀지, 사구 말았구!
> 그러나, 그 땅은 누구의 것이냐
> 관 위에 후드득 흙이 부어지고 가난과 병으로 시달린 목숨 위에
> 흙이 부어지고
> 우리들은 하산했다
> 그날 나는 분명히 계약하고, 돈을 내고 땅을 샀다
> 그러나 나는 평생 마음에
> 아픈 땅 9평을 갖게 된 것을
>
> – 이탄, 「알려지지 않는 허전」 전문

이 시는 일차적으로 일상적 통념을 벗어난다는 점에서 역설적이다. "나는 땅을 샀다"라는 진술이 일상적 차원에서는 소유를 늘이는 측면에서 기쁨의 대상이 되지만 이 시는 어머니의 죽음, 즉 무덤과 관련된 감정을 환기한다

30) Philip Wheelwright, 앞의 책, pp.98~100.

는 점에서 슬픔의 대상이 된다. 이 역설은 모순형용에 의한 것도 존재론적 성격의 것도 아닌 점에서 시적 역설이다. "나는 땅을 샀다"라는 진술이 앞뒤 모순되어 나타나는 것이 아니라 진술과 그것이 가리키는 상황 사이에 명백한 모순, 즉 감정적 괴리가 나타남으로 인해 역설을 유발하고 있는 것이다. 이 점은 아이러닉한 상황이라고도 볼 수 있다. 표면과 이면의 뜻이 다르기 때문이다. 그리고 "그 땅은 누구의 것이냐"의 표현도 아이러닉하다고 할 수 있다. 어머니가 잠들어 있는 무덤이라는 점에서 어머니의 땅이라고 볼 수 있지만, 현실적 소유주가 '나'로 되어 있다는 점에서 나의 땅이라고 볼 수 있다. 이렇게 이중의 분열되고 상반된 의미를 형성할 때 이는 아이러니의 성질을 띠면서 모순된 인식으로서 시적 역설을 이루는 계기가 된다.

제2부

1. 시와 자연

김종태

1. 근대의 전개와 자연의 의미

농경사회와 그 이후 사회에 대한 구분은 자연에 대한 인식의 변화에서 비롯되었다. 인류는 계몽주의적 합리성을 기반으로 하여 자연을 대상화하고 자연을 지배하면서 점점 더 속도를 내어 문명을 발전시켜 왔다. 원형적 자연 속에 깃든 신화적 의미망이 희석되면서 근대는 태동했다. 그렇다고 지금 우리 삶의 토대에서 자연과 신화의 질서가 완전히 사라진 것은 아니다. 다만 근대에서 현대, 다시 현대에서 후기현대로 이어지는 이 시대에 과거 '스스로 그러하게' 존재했던 자연은 인공 자연으로 변해가고 있는 것이 사실이다.

그러나 오늘날의 자연이 인공 자연의 모습을 지니게 된 이유 역시 인간의 자연 친화적 정서에서 비롯되었다. 인류는 신의 솜씨로 만들어놓은 도시 공간에 더 많은 나무를 심고 연못과 공원을 만들면서 잃어버린 자연을 회복시키고 싶었다. 그러나 도시의 자연은 인간을 위해서 조형된 인간중심적인 자연일 뿐이다. 이 상황은 자연을 지향해야 할 시인들에게 심리적 갈등 요인으로 작용할 수 있다. 자연 중심적인 세계와 인간 중심적인 세계, 그 사이에서의 갈등은 최근 시인들만의 고민은 아니다. 예컨대 1930년대 대표 시인인 정지용은 유년 시절 고향에서 때 묻지 않은 자연의 세계를 체험하였고, 성장하여 동경과 서울에서 인공적인 세계를 체험하였다. 이 두 세계가 가진 장단점을 잘 알고 있던 시인은 마침내 자연(산수)의 세계로의 진입을 모색하였다.

일제 강점기 시인들 역시 그렇거니와, 오늘날 시인들이 추구하는 자연지향적 시정신은 꼭 전근대적 세계로 회귀하려는 단순한 욕망만을 형상화하지 않는다. 오늘날 시인들 대다수에게 자연의 세계는 근원적 세계로서의 노스텔지어를 자극한다. 그들은 자연 공간을 원형적 고향으로 형상하고 있을 뿐만 아니라, 나아가 영원히 그리워할 수밖에 없는 이상적인 공간 즉 하나의 초월적 근원으로 형상화하기도 한다. 최근의 자연서정시가 자연에서 체험한 미적인 순간을 자아중심적인 차원에서 형상화하는 것은 이런 이유에서이다. 이 계통의 시인들은 이것이 서정시의 본질이라고 믿는다.

서정시는 동일성의 원리를 바탕으로 한다. 서정시가 추구하는 동일성의 대상은 문명적 세계에 있기보다는 자연의 세계에 더 가까이 있다. 자연의 세계에 대한 동일성의 욕망은 '인간 삶의 이중적인 구조' (볼노프)-자연에서 와서 자연으로 돌아가는 인간의 삶의 구조-에 대한 인식에서 출발한다. 서정시에 나타나는 반문명적인 세계관은 이 같은 맥락과 이어진다. 근대 문명의 급속한 발전은 자연 훼손을 통하여 삶의 위험성을 증대시켜 사회를 불안하게 만들었다. 순수한 자연 공간이 축소될수록 자연 세계에 대한 시인의 지향성이 증대될 수 있는 이유가 여기에 있다.

2. 향수의 대상으로서의 자연-오탁번, 최서림, 문태준, 김선태

인간에게는 두 가지 향수가 있다. 홈식크니스와 노스텔지어가 그것인데, 전자는 육체적 고향에 대한 그리움이며 후자는 정신적 고향에 대한 그리움이다. 이 두 그리움의 대상은 간혹 겹쳐지기도 한다. 시인들이 추구하는 그리움이 일반적으로 자연친화적 언어와 함께 하는 것은 유년의 시기에 고향에서 겪은 자연 체험이 성인이 된 이후에도 삶에 지속적인 영향력을 행사하고 있기 때문이다. 김소월의 「엄마와 누나야」, 정지용의 「향수」, 백석의 「고야」, 서정주의 「외할머니의 뒤안 툇마루」 등의 시는 자연 속에 깃든 고향에 대한 그리움을 형상화하고 있는 대표적인 예이다. 한국 현대시의 한 전통으로 자리 매김되고 있는 이러한 양상은 오늘날의 시인들의 작품들 속에서도 그대로 나타나는데 이를 오탁번, 최서림, 문태준, 김선태 등의 작품에서 확인할 수 있다.

아침 천등산은 구름으로 허리를 숨기고
아주 요염한 여인처럼 성감대를 감추고
잘 다듬은 쪽진 머리만 보인 채
오랜만에 고향을 찾아온 방탕한 나를
은밀한 침실로 유혹하듯 손짓해 불렀다
야뇨증이 심해서 바짓가랑이는 젖고
기계충이 새하얀 머리는 똥누면서도
가려웠다 어디에도 내가 숨어서
말라붙은 코딱지를 빨아먹을 수 있는 곳
평화로운 장소는 없었다
허허로운 벌판을 쏘나녔다
저 멀리 물러가 있는 천등산이
나를 따라서 한 살 두 살 나이를 먹고
이제는 꼭 내 나이만한 슬픔이 되어
똥누면서도 가렵기만 했던 그리움 못 버린 채
아침 구름 불러모아 보고 싶은 것 가리우고
손짓해 불러도 갈 수 없는 곳으로
요염하게 유혹하는지 나는 잘 모르겠다

스무 살 서른 살의 위험한 고개를 지나와
나를 유혹하는 천등산의 아침 구름은
하늘로 날아오르면서 눈물짓는다
산발치 조그만 고향마을 언덕에서
살찐 메뚜기 게으르게 뛰어오르고
늦가을 매미 이승을 하직하며 운다

– 오탁번, 「고향」 전문(『생각나지 않는 꿈』)

오랜만에 고향에 찾아온 시인을 맞이하는 것은 고향 사람들이 아니라 고향 사람들이 지닌 삶의 터전이었던 천등산이었다. 시인은 타향살이를 하면서 천등산이라는 매개체를 통하여 고향을 그리워했을 터이다. 이는 시인의 고향이 지닌 여러 장소나 사물 중에서 가장 중요한 것이 천등산이었다고 시인 스스로 생각해왔기 때문이다. 천등산은 자연물임에도 불구하고 시인에게 인간적 형상을 지닌 이미지로 다가선다. 이는 "아주 요염한 여인처럼 성감대를 감추고/잘 다듬은 쪽진 머리만 보인 채/오랜만에 고향을 찾아온 방탕한 나를/은밀한 침실로 유혹하듯 손짓해 불렀다"라는 구절에 잘 나타난다. 시인은 천등산에게서 자신의 아니마를 발견하면서 천등산과의 동일화를 추구한다. 그래서 시인은 천등산에 대해서 "나를 따라서 한 살 두 살 나이를 먹고/이제는 꼭 내 나이만한 슬픔"을 지녔다고 말하게 된다. 이 시처럼 고향에 소재하는 산이 향수의 대상이 되고 있는 것은 여타의 시인들의 시에서도 볼 수 있는 일반적인 현상이다.

지금도 감나무 이파리에는
햇살기름 흘러내리고 있겠지

검게 쭈그러진 얼굴마다 그래도
햇살기름 반질반질 빛나고 있겠지

나일론보다 질긴 사투리에 아직은
햇살기름 철철 흘러넘치고 있겠지

한나절이면 갈 수 있는
하지만 가지 않는
그곳에는

이름붙일 수 없는
단단한 그 무엇들,
허공중에 죄다 녹아 사라지고
텅 비어 있는

가도 가도
영영 안으로 들어갈 수가 없는
그곳에는 지금

감나무 이파리에
내 영혼 흔들어 깨우는
그 햇살 오래오래 반짝이겠지

– 최서림, 「그곳에는」 전문(『현대시학』 2006년 4월호)

이 시는 "그곳"으로 상정된 곳에 대한 그리움을 형상화하고 있다. 그곳은 다름 아닌 고향의 자연이다. 그곳에는 "감나무 이파리"가 있고, "검게 쭈그러진 얼굴"이 있고, "나일론보다 질긴 사투리"가 있다. 향토적 자연과 소박한 인간과 구수한 방언이 어우러져 있는 "그곳"은 시인이 되돌아가고 싶은 자연친화적 세계이다. 그러나 그곳은 차를 타고 한나절이면 갈 수 있음에도 불구하고 쉽게 들어갈 수 없는 공간이다. "그곳"과 "이곳" 사이에 있는 거리는 물리적인 것이 아니라 존재론적인 것이기 때문이다. 그러므로 시인은 가도 가도 그곳에 영원히 들어갈 수 없다고 말한다. 이는 고향은 그대로이지만 시인 자신이 혹은 시인 자신을 둘러싸고 있는 상황이 너무 많이 바뀌었기 때문이다. 햇살이 깨우는 "내 영혼"과 그곳을 생각하는 자의식 사이에 놓인 실존적 거리는 멀기만 하지만 그렇기 때문에 오히려 자연친화적 세계에 대한 지향은 더 애절하게 다가온다.

> 얻어온 개가 울타리 아래 땅그늘을 파댔다
> 짐승이 집에 맞지 않는다 싶어 낮에 다른 집에 주었다
> 볕에 널어두었던 고추를 걷고 양철로 덮었는데
> 밤이 되니 이슬이 졌다 방충방으로는 여치와 풀벌레가
> 딱 붙어서 문설주처럼 꿈적대지 않는다
> 가을이 오는가, 삽짝까지 심어둔 옥수숫대엔 그림자가 깊다
> 갈색으로 말라가는 옥수수 수염을 타고 들어간 바람이
> 이빨을 꼭 깨물고 빠져나온다
> 가을이 오는가, 감나무는 감을 달고 이파리 까칠하다
> 나무에게도 제 몸 빚어 자식을 낳는 일 그런 성싶다
> 지게가 집 쪽으로 받쳐 있으면 집을 떠메고 간다기에
> 달 점점 차가워지는 밤 지게를 산 쪽으로 받친다
> 이름은 모르나 귀익은 산새소리 알은체 별처럼 시끄럽다
>
> – 문태준, 「처서」 전문(『수런거리는 뒤란』)

문태준 시에 나타난 언어는 거의 모두가 향수의 언어이며 자연친화적 언어이다. 그는 농촌에서 유년 시절을 보냈던 추체험을 통하여 시를 쓰고 있다. 그의 시 소재는 대부분 자연 공간과 관계된다. 삼십대 후반이라는 비교적 젊은 나이의 시인이 들려주는 자연친화적 서정시는 많은 독자층을 형성

했다. 아직도 이러한 세계가 가진 대중적인 흡입력이 크다는 사실이 충분히 입증되었다. 땅그늘을 파는 개, 양철로 덮은 고추, 방충망에 붙어 있는 곤충들, 삽짝까지 심어둔 옥수수 등은 자연친화적 세계를 이루고 있는 갖가지 사물이며 언어이다. 문태준의 시는 이러한 사물들에 대한 형상화에서 한발 더 나아감으로써 독창적인 미학적 구조를 이루어냈다. 이 사실은 "옥수수 수염을 타고 들어간 바람이/이빨을 꼭 깨물고 빠져나온다"라든지, "나무에게도 제 몸 빗어 자식을 낳는 일 그런 성싶다"라든지, "지게가 집 쪽으로 받쳐 있으면 집을 떠메고 간다기에/달 점점 차가워지는 밤 지게를 산 쪽으로 받친다" 등에 나타난 섬세한 서정적 인식에서 입증된다.

가을걷이 끝난 들판 실타래 풀리듯
흰 연기 떠다니는 진도 저물녘이어라
강둑을 따라 억새꽃 날리는 강둑을 따라
일 마치고 돌아들 가는 진도 늙은 아낙들
막걸리 몇 순배 불콰한 얼굴로 흥에 겨워
주거니 받거니 노래 한 가락씩 뽑아올리는데
고나아-헤, 시김새 치렁치렁한 노래는
참, 오지게는 구성진 남도 육자배기
저것 봐, 가는 듯 마는 듯 진도 아낙들
무장무장 흥에 겨워 한없이 휘늘어져선
어깨춤 절로 들썩이는 진도 저물녘이어라
고나아-헤 고나아-헤, 그 가락 따라 어디론가
강물처럼 흐르고 싶은 진도 저물녘이어라

– 김선태, 「진도 저물녘-육자배기조 1」 전문(『동백숲에 길을 묻다』)

최서림과 문태준의 고향이 경상북도인데 비해 김선태의 고향은 전라남도이다. 이 시의 시간적 · 공간적 배경 역시 전라남도의 남쪽 시골 섬인 진도의 저물녘이다. "가을걷이 끝난 들판", "억새꽃 날리는 강둑", "막걸리 몇 순배" 등의 자연친화적 사물들은 작업을 마치고 귀가하는 농부들의 넉넉한 마음속에 깃들어 남도 저물녘의 아름다운 풍경을 이루어낸다. 여기에 민요 한 구절이 빠질 수가 없다. 남도의 늙은 아낙들이 주고받는 '육자배기'는 진도의 가을 풍경 속에 깃든 흥취와 풍류를 극대화한다. 시인이 이 시를 통하여 궁극적으로 말하는 것은 자연친화적 세계에 대한 향수이다. 시인 스스로 여기에 직접 가담할 수는 없을지라도 이 세계는 엄연히 존재하고 있으므로 그리움의 언어가 지향하는 자연친화적 세계는 현재형의 의미를 지니게 된다. 시인은 자연친화적 시언어를 통하여 지나간 세계를 기억하고 재생함으로써 이 세계가 지닌 의미를 지속시키는 역할을 한다. 하지만 이 세계는 오늘날 중심이 아니라 주변이다. 역설적이게도, 이 세계가 주변으로 밀려날수록 이 세계는 더욱 온전히 복원되고 전승될 필요가 있다. 자연친화적 세계를 지향하는 서정시와 그것을 떠받치고 있는 시언어가 중요한 것은 이와 같은 의미에서이다.

3. 생산의 현장으로서의 자연-이상국, 고재종, 최창균, 이덕규

자연은 농업이라는 일차 산업이 행해지는 근간이다. 인간이 추구하는 의식주의 기본 재료가 만들어지는 곳이 바로 이곳이다. 생산의 현장으로서의 자연에 대한 인식은 시언어의 현장감을 제고시킨다. 이러한 시언어는 구체성을 지향하게 되므로, 농업이나 축산업에 직접 종사하는 시인들은 생산의 현장성을 지향하는 시언어를 추구하는 경향이 강하다. 자연 공간에서 실질적인 삶을 영위해 나가는 농민들이 쓴 시들의 대부분은 자연을 생산의 현장으로 인식한다. 그만큼 삶의 핍진성이 밑받침되었기 때문이다. 이상국 · 고재종 · 최창균 · 이덕규의 시 역시 이러한 맥락에서 이해해 볼 수 있다.

무는 제 몸이 집이다

안방이고 변소다

저들이 울타리나 문패도 없이

흙 속에 실오라기 같은 뿌리를 내리고

조금씩 조금씩 생을 늘리는 동안

그래도 뭔가 믿는 데가 있었을 것이다

그렇게 자신을 완성해 가다가

어느 날 농부의 손에 뽑혀나갈 때

저들은 순순히 따라 나갔을까, 아니면

흙을 붙잡고 안간힘을 썼을까

무밭을 지나다가

군데군데 솎여 나간 자리를 보면

아직 그들의 체온이 남아 있는 것 같아

손을 넣어보고 싶다

– 이상국, 「무밭에서」 전문(『어느 농사꾼의 별에서』)

시인이 지금 바라보고 있는 무밭은 무가 제 살을 찌우면서 뿌리를 내리고 있는 생산의 공간이다. "제 몸이 집"이고 "안방이고 변소"인 무들이 무밭의 주인인 셈이다. 이 무밭을 지탱해 준 힘은 다름 아닌 싱싱한 무들이 지닌 자연의 생명력이었다. 무는 다시 대승적인 삶의 마무리를 위하여 무밭을 떠나 인간에게로 간다. 시인은 무가 앉아 있었던 무밭의 움푹 패인 자리를 보면서 허전함을 느낀다. 이러한 서정적 시의식은 순박한 농민의 마음에서 비롯되었다.

아버지는 죽어서도 쟁기질 하리

죽어서도 살점 같은 땅을 갈아 모를 내리

아버지는 죽어서도 물 걱정 하리
죽어서도 가물에 타는 벼 한 포기에 애타하리

아버지는 죽어서도 낫질을 하리
죽어서도 나락깍지 무게에 오져 하리

아버지는 죽어서도 밥을 지으리
죽어서도 피 묻은 쌀밥 고봉 먹으리

그러나 아버지는 죽지 않으리
죽어서도 가난과 걱정과 눈물의 일생
땅과 노동과 쌀밥으로 살아 있으리

– 고재종, 「땅의 아들」 전문(『사람의 등불』)

자연 공간에서 남성과 여성은 서로 일정 정도 구분되는 노동을 수행하게 된다. 육체의 힘이 많이 필요한 부분의 노동은 대체로 남성들이 담당하며, 그에 비해 여성들은 육체적 힘보다는 섬세한 손길이 필요한 일을 도맡아 하게 된다. 그런데 이 시에 나오는 아버지의 일은 쟁기질, 물대기, 낫질하기, 밥하기 등 자연 공간에서 일어날 수 있는 거의 모든 노동에 이어지고 있다. 이 시 속의 아버지는 남녀의 역할 구분 없이 모든 일을 하고 있는 전인적 농사꾼이다. 그는 땅과 관련된 일이라면 언제든지 무엇이든 할 준비가 되어 있는 아버지이다. 그래서 시인이 이 아버지를 두고 "땅의 아들"이라고 명명하는 것은 자연스러운 일이다. 아버지뿐만 아니라 시인 자신도 "땅의 아들"이기는 마찬가지라는 인식이 이 시에 배어 있다. 땅에서의 노동은 아버지와 아들의 삶이 지닌 동질성이다. "땅의 아들"들이 추구한 "땅", "벼 한 포기", "쌀밥" 등의 명사들은 자연 공간의 의미를 발현시키는 가장 중요한 어휘라고 해도 과언이 아니다. 이 시를 쓴 고재종의 작품들은 자연친화적 서정시의 전범을 이루고 있다.

쓰러진 소를 일으키며 나는 되뇌인다
어둠속 더욱 시커먼 어둠으로 누워 있는 네가
나의 슬픔이구나 사방을 둘러보아도
생의 비탈처럼 쓰러져 있는 네가
또한 나의 아픈 사랑이구나
지금 너는 내 자식, 내 아버지, 내 삶의 전부처럼
이 세상에 단 하나밖에 없는 너를 말하고 있구나 그렇구나
부러지지 않고 찢어지지 않는 어둠속에서
니가 붉은 소금으로 타고 있구나
시뻘겋게 삶의 밑불로 지펴지고 있구나
절망의 거품 물고 발버둥치는 네가
생의 바닥까지 갔다 되돌아오는 비명처럼 우는 때
나는 혼신의 힘으로 너를 도와 일으킨다
그렇게 너도 나를 도와 부끄러운 내 삶을 일으켜 세우는구나
이제 세상을 꼿꼿하게 살아는 보자고

– 최창균, 「쓰러진 소를 일으키며」 전문(『백년 자작나무숲에 살자』)

최창균은 경기도 파주에서 축산업에 종사하고 있는 시인이다. 고재종과 마찬가지로 그의 시에는 체험에서 우러나는 구체성의 미학이 있다. 최창균 시에 나타난 '소'는 이미지이기를 넘어서서 하나의 상징으로 나아가고 있다. 그에게 '소'는 자식이며 아버지이며 그 자신의 삶이다. 이 시의 화자는 정보 사회에 있는 게 아니라 농경 사회를 살고 있다. 농경 시대에 소는 가족의 일부였다. 그만큼 소는 노동의 시간이나 일상의 시간 모두에 밀접하게 연결되어 있는 가축이었다. 이 시에서 시인은 질병으로 인하여 쓰러져 있는 소를 통하여 삶의 질곡 속에서 힘겨워하고 있는 자신을 만나게 된다. 그러

므로 "절망의 거품 물고 발버둥치는" 너는 다름 아닌 시인 자신이다. 결국 시인은 아픈 소를 일으켜 세우는 과정 속에서 소가 부끄러운 자신의 삶을 일으켜 세우는 경이로운 체험을 한다. 소와 시인의 동일성은 두 존재가 힘을 합쳐서 "이제 세상을 꼿꼿하게 살아는 보자고"라는 구절에 이르러 더욱 온전한 것으로 발전한다. 소는 시인에게 자연의 가르침을 준다. 그러므로 소에 대한 애착 또한 자연친화의 정서와 통한다. 자연친화적 서정성은 자연친화적 세계와의 동일성을 추구한다. 최창균 시에 나타나는 소와 자아의 동일성에 대한 갈망은 이덕규 시에서는 삽과 자아의 동일성에 대한 갈망으로 변이된다.

그대 마른 가슴을
힘껏 찍어,
엷은 실핏줄들이 뒤엉킨
따뜻한 속살 속에
한 톨의 씨앗을 묻고
다독거려주는 일

더러는
그 속에 박힌,
울혈덩어리 하나 캐내기 위해
그대와 함께
온몸이 저리도록 울어도 보는 일

– 이덕규, 「삽」 전문(『다국적 구름공장 안을 엿보다』)

이덕규는 경기도 화성에서 농업에 종사하고 있는 시인이다. 그의 시에는 농부 시인으로서의 삶에서 우러나오는 직관과 성찰이 있으며, 또한 이것과 관계되는 삶의 애환이 있다. 이 시의 소재인 '삽'은 농업과 불가분의 관계에 있는 기구이다. 농부는 삽으로 땅을 파서 그 속에 씨앗을 심어 그것이 자란 풀과 나무에서 곡식을 얻는다. 그러므로 '삽'은 농부인 시인이 땅이라는 자연의 현장에 나아가서 그것과 합일할 수 있는 매개체이다. 2연에서 시인이 "그대와 함께/온몸이 저리도록 울어도 보는 일"이라는 구절을 통하여 삽과의 동일성을 지향하게 되는 것은 이러한 삶의 현장성에서 비롯된다. 농부에게 씨앗을 심고 그것을 싹트게 하고 다시 그것을 기르는 작업은 삶의 모순과 갈등으로부터 벗어나 동일성의 세계에 이르는 과정이다. 이 시는 이러한 시적 인식을 간명하게 보여준다. 이덕규 역시 이상국 · 고재종 · 최창균과 마찬가지로 체험 문학이 지향하는 진정성의 세계를 잘 보여주고 있다.

4. 모성적 근원으로서의 자연-유안진, 김선우, 김수영, 정이랑

자연 공간은 표면적으로 보면 남성성이 지배하는 세계이다. 한국사회를 오랫동안 지배해온 가부장제 역시 농촌이라는 자연 공간의 세계 질서에 기초한다. 밭을 일구고 가축을 기르는 데에는 남성의 힘만큼 중요한 것이 없었다. 그러므로 육체적 힘이 우선적으로 중요했던 농경사회에서 여성은 남성이 담당하고 남은 주변의 일들에 관여한다. 거친 자연 공간은 남성에게 권위와 권력을 부여한 데 비해, 여성에게는 인내를 통한 정한을 심어주었다. 그러나 여성성이 전혀 존재하지 않는 자연 공간을 상상할 수 있을까? 여성성의 섬세함은 자연친화적 세계를 안으로 떠받치는 숨겨진 힘이었다. 사실상 이는 남성성의 강인함보다 더 지속적인 영향력을 발휘할 수 있었다. 자연친화적 여성성을 대표하는 존재는 어머니이다. 자연 공간 속에는 가정의 살림살이를 꾸려나간 모성적 삶이 지닌 지혜와 애환이 깊이 숨겨져 있다. 농경과 자연의 세계를 모성적 근원으로 인식할 수 있는 이유가 여기에 있다.

생수를 마실 때마다 어머니의 물이 생각난다

어머니의 물은 H20가 아니었지, 우물 속 용신(龍神)에게 예의를 지키느라, 안마당 우물에서도 한밤중 두레박질은 금하였고, 땅을 판다고 우물일 수 없으니, 마실 만한 사람이 사는 곳에서만 우물이 생기는 법이니, 먼저 물 마실 자격을 갖추라셨고

때로는 우물가를 정돈하고 발길을 삼가, 고요의 한나절을 바치기도 했으니, 행여 용신이 떠나가서, 물이 마르거나 물맛이 변할까 염려하였고, 신새벽 첫 두레박 물은 하늘의 몫이라고 장독대에 올리셨지

'물쓰듯 한다'는 말도 있지만, "생전에 쓴 물은 저승 가서 다 마시게 된다"시며 물인심이란 필요한 때 필요한 만큼이라고 노래하듯 이르시며

우물가엔 구기자나 향나무를 심어야, 그윽한 물맛으로 우물과 사람이 함께 편안하다면서, 쓰고 난 물로 토란을 키우셨지

"부모 잃고는 살아도, 물 잃으면 못 산다"면서, 못물 도랑물 냇물조차 섬기며, 물보다 낮춰 사신 어머니의 그 물도 이젠 다만 H_2O가 되고 말았네.

– 유안진, 「어머니의 물」 전문(『다보탑을 줍다』)

물과 불은 자연의 여러 물질들 중에서도 가장 원형적인 성질을 지닌다. 시인은 어린 시절 어머니와 함께했던 물에 얽힌 여러 가지 추억을 통하여 물이라는 자연의 소중함을 일깨어 준다. 그러한 추억을 평생 동안 소중하게 간직해 온 시인이기에 "생수를 마실 때마다 어머니의 물이 생각난다"고 말하게 된 것이다. 시인의 어머니는 평생 동안 여러 가지 말씀을 통하여 물의 소중함을 가르쳤다. 그러한 어머니의 물 안에는 세상을 온전하게 살아갈 때 필요한 삶의 지혜나 진실이 숨어 있다. 그러므로 어머니가 섬긴 어머니의 물은 "못물 도랑물 냇물조차 섬기며, 물보다 낮춰 사신 어머니"의 지고지순

한 삶의 원리를 상징적으로 내포하고 있다. 시인의 어머니는 물이라는 자연의 원형 상징 속에 모성적 근원이 있다는 점을 이미 잘 알고 있었던 것이다.

토담 아래 비석치기 할라치면
악아, 놀던 돌은 제자리에 두거라
남새밭 매던 할머니
원추리꽃 노랗게 고왔더랬습니다

뜨건 개숫물 함부로 버리면
땅속 미물들이 죽는단다
뒤안길 돌던 하얀 가르마
햇귀 곱게 남실거렸구요

악아, 개미집 허물면 수리님이 운단다
매지구름 한소쿠리 는개 한자락에도
듬산 새끼노루 곱아드는 발
싸리꽃이 하얗게 지곤 했더랬습니다

토담, 사라진 기억의 덧창에
고가도로 삐뚜루 걸리는 저녁
마음 들일 데 없는 할머니 흰 버선발
찬비에 저만치 정처없습니다

– 김선우, 「할머니의 뜰」 전문(『내 혀가 입 속에 갇혀 있길 거부한다면』)

이 시에는 할머니와 함께 한 유년의 기억이 있다. 원형공동체적 세계에서 남성성이 대체로 큰 틀로서의 제도와 규범에 대한 사회화를 담당하는 데 비해, 여성성은 일상적인 것, 정서적인 것, 감성적인 것에 대한 교육을 담당한다. 이 시에 등장하는 할머니의 가르침은 섬세하고 일상적이다. 할머니는 "놀던 돌은 제자리에 두거라"라고 가르치고, "뜨건 개숫물 함부로 버리면/ 땅속 미물들이 죽는단다"라고 가르치고, "개미집 허물면 수리님이 운단다" 라고 가르친다. 시인은 과거에 할머니로부터 들었던 가르침을 정확하게 기억한다. 이 가르침은 모성적이고 여성적인 세계 질서와 이어진다. 오랜 세월 원형공동체 속에서 살면서 자연친화적 삶의 원리를 자연친화적 언어를 통하여 간직하고 있는 할머니는 그 스스로 자연친화적 세계의 중심이 되고 있다. 시인은 우리가 꼭 보존하고 간직해야 할 이 세계가 "고가도로"가 환유하는 문명적 현실에 의해서 훼손됨을 보여줌으로써 이 세계의 가치를 애잔하게 성찰한다.

햇살이 따가운 허물어진 토담
굽은 어깨로 밭을 안고 있는 집
잘 갈아진 찰진 흙의 몸내
가만히 귀기울이면
나직이 호밋소리 들리고
꿈틀대는 밭이랑의 할머니 곁

흙더민가 했더니
가만히 고개 드는 흙빛 강아지

— 김수영, 「밭을 안고 있는 집」 전문(『오랜 밤 이야기』)

김수영의 시에도 할머니가 등장한다. 이 시에 나타난 할머니 이미지는 얼핏 보면 작품의 주변에 있는 듯 보이지만, 자세히 들여다보면 이는 작품의 중심으로 향하고 있다. 오랫동안 터전을 지키면서 낡아가고 있는 시골집은 대부분 앞뒤로 논과 밭을 거느리고 있다. 그 집에 관한 이야기는 자연스럽게 평생 농사일을 하면서 늙어온 "밭이랑의 할머니"의 이야기로 이어진다.

할머니 역시 "잘 갈아진 찰진 흙의 몸내"를 지니고 있다. 토담, 집, 밭이랑으로 이어지는 자연친화적 이미지는 호미질을 하고 있는 할머니의 모습에 이르러 정점을 형성한다. 모성성과 여성성을 동시에 지니면서도 나아가 그것을 초월하기도 하는 할머니의 존재는 농경적 세계를 지탱하는 가장 지속적이고 본래적인 존재로서 문맥 속에 드러난다. 이와 비슷한 상상력은 "반듯한 길도 구불구불 에돌아가는 황소 앞세우고/할머니 간다"(「길 1」)라는 구절에서도 은연중에 보이고 있다.

황소 울음소리 노을을 몰고 가는 저녁길
굴뚝마다 바람의 사닥다리 오르며 재잘대는
연기 산꼭대기 첫별을 끌어올린다
끝이 보이지 않는 바다
뿌리 뻗은 한 잎 섬처럼 나는
깨꽃 속에 박혀 있었다 부르튼 어머니
손등 같은 이파리들 이랑마다 출렁출렁
어둠은 숲속 소나무가지에 숨어들고 달빛도
종소리처럼 흔들리는 꽃송아리에 머리를 눕힐 때
누가 매달아 놓고 돌아간 것일까
뚝뚝 달빛 끊으며 퍼붓는 산짐승의 울음 끝에도
꽃은 피어서 환한데
호미같이 등 굽은 어머니는 보이지 않는다
손뼉 치며 바라보던 마을 언덕 위에는
서로의 어깨 기대어 부푸는 쑥부쟁이만 나를 붙잡고
한낮 슬레이트 지붕에서 미끄러지는 햇볕을 보다가
감춘 속눈썹까지 타버린 해바라기로
서서 울었다
사라진 시간의 껍질 속으로 저며드는 물소리

듣고나 있는 것일까
알고 있다는 듯 쓰르라미가 운다
샐비어 꽃잎처럼 화려하지 않는 깨꽃 속에서

– 정이랑, 「깨꽃 속에」 전문(『떡갈나무 잎들이 길을 흔들고』)

최근 첫 시집을 낸 바 있는 정이랑의 시는 김선우나 김수영의 시보다 훨씬 더 자연친화적인 상상력을 발휘하고 있다. 그러한 특징으로 말미암아 그의 시는 다소간 구태의연한 느낌을 지녔다는 평가도 받고 있지만, 최근의 여성시인 중에서 정이랑만큼 구체적인 언어로 농촌 이야기를 하고 있는 시인도 드물다. 정이랑의 시가 지닌 자연친화적인 상상력은 모성적 이미지와 깊은 관련을 맺고 있는데, 이런 경향의 시들로 「배추밭을 걷는다」, 「발래터에서」, 「감 깎기」 등을 예로 들 수 있다. 이 시에서 시인이 거처하고 있는 깨꽃 밭은 "부르튼 어머니"의 공간이며, "부르튼 어머니 손등 같은 이파리"들이 출렁이는 공간이다. 시인이 깨꽃 속에서 가장 중요하게 인식하는 것은 "호미같이 등 굽은 어머니"라는 구절에서 알 수 있듯 어머니의 고달픈 삶이다. 시인은 어머니의 삶이 자신의 삶으로 유전되고 있음을 잘 알고 있다. 어머니를 볼 수 없는 깨꽃 속에서 산짐승의 울음과 쓰르라미의 울음을 들으면서 어머니를 떠올리는 것은 이 때문이다. 정이랑은 자연친화적 세계를 모성적 근원으로 인식하는 여러 시편들을 통하여 자연친화적 삶과 함께 한, 질곡에 찬 모성성의 가치와 의미를 애틋하게 형상화하는 데 성공하고 있다.

5. 현대시에 나타난 자연의 향방

정보가 자본을 움직이고 있는 지식정보사회가 도래한 이후 자연과 문명의 경계가 모호해지고 있음에도 불고하고 이 두 공간 사이에 놓인 시인의 갈망과 갈등은 지속되고 있다. 그만큼 시인들은 아직도 자연과 문명의 경계선에서 머뭇거리고 있는 셈이다. 많은 시인들이 유년 체험을 바탕으로 하여 자연 세계에 대한 깊은 애정을 간직하고 있는 것은 서정시의 언어가 지닌 본질이 근대적 문명성보다는 전근대적인 자연성에 더 가까이 있기 때문이다. 이것은 세계와의 동일성을 향한 갈망을 보여주는 전통서정시의 소재가 자연의 세계에 밀접히 이어지고 있는 맥락과도 통한다.

급속한 산업화 시기 이전에 고향을 체험한 시인들에게 자연을 소재로 한 시언어는 가장 원형적이고 본질적인 창작 재료였다. 그들은 실제 고향에서 살아가든 고향을 떠나서 도시에서 살아가든 간에 고향의 체험과 고향의 언어를 작품으로 발전시켜왔다. 전통서정계열의 시인들에게 자연은 특히나 값진 창작의 원천이 되었던 것이다. 그러나 최근 한국문단의 새 세대로 등장하여 활달히 작품을 발표하고 있는 1970년 이후 출생한 젊은 시인들의 작품 중에는 자연의 언어가 존재하지 않는 경우가 많아 보인다. 그래서인지 그들은 최첨단 문명과 다양한 문화콘텐츠 이미지에 기댄 자유로운 상상력의 활용을 통해 모더니즘 운동에 동참하고 있다.

농촌, 자연, 고향과 이어진 자연친화적 서정성과 시언어는 일반인들에서 조금씩 더 잊힐 가능성도 있지만, 그럴수록 시인은 그 잃어버린 세계 혹은 축소되고 있는 세계에 대한 미련과 향수를 더욱 강하게 지닐 것이다. 아무리 우리가 최첨단의 문명성 속에서 살아가더라도 자연친화적 시언어가 소멸될 수는 없다. 그 세계가 어떤 식으로든 지속적으로 존재하는 한 그러한 체험을 한 시인들 또한 수의 많고 적음을 떠나 계속 문단에 등장할 것이다. 1930년대 활동한 백석, 정지용, 김영랑 등의 자연친화적 시언어는 해방 이후 신경림, 김지하, 김용택 등으로 이어졌고 이들은 다시 1980년대 이후의 전통서정계열의 소장 시인들에게 많은 영향을 주었다. 그러나 최근 발표되고 있는 자연친화적 서정시가 과거 시인들의 형상화 방법을 답습하여 어떤 개성도 지니지 못하는 경향이 있는 것은 유감스러운 일이다.

2. 시와 생태주의

홍 용 희

1. 서론

1990년대 이래 생태시는 우리 시사의 중심 주류로 등장한다. 1990년대 이후 본격적인 탈냉전시대에 들어서면서 생태시가 활발하게 창작되기 시작한 것은 그동안 이념적 대결의 국면 속에 가려져 있던 근대문명의 폐단에 대한 근본적인 성찰의 의미를 지닌다. 사회주의와 자본주의는 지배적인 생산관계와 사회구조의 지향성에서 서로 상반되는 양상을 보이지만, 이성 중심주의, 기계주의적 환원주의, 진보에 대한 절대적 신뢰를 핵심으로 하는 근대패러다임의 산물이란 점에서 공통점을 지닌다. 그래서 자본주의와 공산주의가 첨예한 이념적 대결을 전개하던 시기에도 그 저변에서는 제각기 자연파괴, 생태계 파괴, 생명가치 상실, 인간정체성 상실 등이 지속적으로 확산되고 있었던 것이다.

물론, 1990년대 이래 본격적으로 출현한 생태시편들이 모두 이와 같이 근대적 세계관에 대한 비판적 인식에서 출발한 것은 아니다. 그러나 자연파괴, 대기오염, 수질오염, 생태계 파괴 등에 대한 고발과 비탄의 정서는 궁극적으로 자연을 지배하고 정복하고 인공화 하는 것을 인류 진보의 대장정이라고 인식한 근대적 세계관에 대한 부정에 닿아 있다고 할 것이다.

근대기계주의적 패러다임은 16 · 7세기 이래 갈릴레이, 데카르트, 베이컨, 뉴턴 등에 의해 다양한 분야에 걸쳐 세계 인식의 기본틀로 정착된다. 자연 현상을 물질적 객체로 파악하는 기계적 환원주의는 진보 신화와 결부되면서 인간의 자연에 대한 지배, 착취, 조종, 정복을 쉽게 승인하고 명령하였다. 오늘날의 심각한 생태계 파괴 현상은 이와 같이 인간과 자연을 이원론적인 대립관계로 접근하는 근대 기계적 환원주의에서 이미 예고된 것으로 보인다. 또한 근대의 이성중심주의는 도구적 이성으로 전락되면서 인간을 위한다는 명목으로 인간을 관리, 지배, 통제하는 억압기제로 작용하고 있다. 따라서 우리에게는 근대기계주의적 패러다임의 상극과 죽임의 질서로부터 상생과 살림의 질서를 구현하는 절실한 문명사적 과제가 요구되는 것이다.

1990년대 이래 우리 시단에서 다채롭게 전개된 생태시학 역시 기본적으로 이와 같은 인식을 바탕으로 근대적 세계관의 인간과 자연, 인간과 인간 관계에 대한 비판적인 성찰을 제기한다. 생태론자들은 공통적으로 인간과 자연의 관계를 일원론적인 연속성 속에서 파악하는 유기적인 세계관을 전제로 인간에 대한 재규정을 비롯하여, 정치, 사회, 문화, 윤리 등의 규범에 대한 다양한 논의를 전개한다.

특히 여기에서 가장 중요한 인식의 대상은 인간 존재성의 위상과 역할에 관한 문제이다. 현실적으로 지구상에서 가장 고등한 생명체인 인간의 존재성에 대한 올바른 인식이 결여된 생태시학은 생산적인 대안을 창출하기 어렵다. 인간은 분명 산업문명을 신장시키면서 자연을 지배하고 정복하며 전지구적 생태계 파괴를 주도해 온 당사자이다. 그래서 많은 생태주의 시편들은 인간의 주체중심주의에 대한 비판에 집중해 왔다. 그러나 전지구적 생태계 위기를 복원할 수 있는 당사자 역시 인간이라는 점도 강조되어야 할 것이다. 따라서 인간의 우월적인 주체중심주의도 비판되어야 하지만 다른 생물체와의 수평적 관계성만을 강조하는 지나친 폄하도 경계해야 할 것이다. 인간의 우주생명체로서의 본성에 대한 올바른 인식을 바탕으로 인간의 주변 생명, 자연, 사물에 대한 외경, 친교, 사랑, 연민, 호혜의 이타적 속성을 적극 부각시키고 추동해 나가야 할 것이다. 다시 말해, 근대기계주의적 세계관에서의 인간 중심주의와 변별되는 전지구적 생태계 복원의 책임 주체로서의 새로운 공공적 인간관, 즉 네오휴머니즘[1]을 부각시켜 나가야 할 것이다. 지금까지 생태시론은 다양하게 개진되었으나 정작 인간의 존재론적 특성과 이에 입각한 생태적 위기의 극복에 대한 논의는 매우 미약한 것이 사실이다. 이글은 이러한 문제의식에서 출발하여 서구의 대표적인 생태시론에 해당하는 심층생태학과 사회생태학 그리고 1990년대 이래 본격화된 우리나라의 생태시론에 대한 성찰적 점검과 그 비판적 대안의 가능성으로 동학사상의 네오휴머니즘적 세계관을 집중적으로 고찰해 보기로 한다.

2. 본론

(1) 생태학이론과 생태시론의 비판적 성찰

생태학이란 용어는 1869년 독일의 생물학자 에른스트 헤켈에 의해 제창되었으나 대중 속으로 확산되기 시작한 시기는 이로부터 100 여년이 지난 1960 · 70 년대에 와서부터이다.[2] 이 시기에 접어들면서 세계는 환경오염,

---

1) 네오휴머니즘의 개념은 P. R. 사카르가 서구의 인간 중심적 휴머니즘의 문제점을 극복하기 위하여 제시한 철학 개념이다. 네오휴머니즘은 인간과 동식물 그리고 무기물을 포함하는 우주의 모든 존재들을 하나의 연결된 전체로 바라본다. 사카르에 의하면 인간은 몸- 마음-얼(身體-精神-靈)로 이루어져 있으며 인간이 영적 극치에 이를 때 우주의 모든 존재들을 하나의 연결된 총체성으로 보는 것을 네오휴머니즘이라 하였다. (Shirii P. R. Sarkar, The liberation of Intellect -Neo Humanism(Tiljala, calcutta:Ananda Marga Pracaraka Samgha, 1987), 1~7쪽 (오문한, 『사람이 하늘이다』, 솔, 1996, 18쪽 재인용)

2) 헤켈은 생태학을 '유기체와 주위 환경 과의 관계를 연구하는 총괄적 학문으로 정의하였다. 김준호 외, 『현대생태학』,(교문사,1993) p.15.

인구증가, 기아와 질병, 자원 낭비 등의 문제에 부딪히게 되었으며, 그로 인해 근대 산업화의 폐해, 인간과 자연의 관계성에 대한 관심이 증폭된다.[3] 생물권에 갑자기 닥쳐온 위기적 상황에 대한 생태학적 대응은 비교적 다채롭게 전개[4]되었으나 여기에서는 생태학의 가장 대표적인 중심축을 이루는 심층생태론과 사회생태론 그리고 우리나라에서 1990년대 이래 본격적으로 나타난 생태시론에 대해 네오휴머니즘의 가능성에 초점을 두고 성찰적으로 고찰해보기로 한다. 네오휴머니즘이란 앞에서 지적한 바대로 근대적 세계관의 기저를 이루는 인간중심주의와 대별되는 개념으로서 인간과 자연의 영성한 존재성을 자각적으로 인식하고 이를 바탕으로 생명공동체의 재건을 위해 노력하는 인간형으로서 여기에서는 동학사상에 입각하여 논점을 제기하고자 한다.

① 심층생태론의 성찰적 이해

심층생태학이라는 명칭과 논의는 노르웨이의 철학자 아느 네스(Arne Naess)의 논문 「피상적인 생태운동과 장기적인 심층 생태운동」(1972)에서 비롯되었다. 아느 네스는 이 논문에서 이 무렵의 환경 운동을 〈피상적 생태학〉[5]과 〈심층 생태학〉의 두 갈래로 나누었다. 여기에서 아느 네스가 "지금

---

3) 지구의 환경문제가 공식적으로 세계의 관심사로 떠오른 것은 1972년 스톡홀름에서 열린 '유엔 인간 환경회의'(스톡홀름선언)에서 이다.

4) 생태학의 주요 유파들은 크게 심층 생태학, 사회 생태학, 에코 페미니즘, 생태사회주의, 생태마르크스주의 등으로 구분된다. 그러나 학자들에 따라서는 에코 페미니즘, 생태 사회주의, 생태 마르크스주의를 사회생태론에 포함시키기도 한다.
박준건, 「생태적 세계관, 생명의 철학」『인문학과 생태학』, 백의, 2001 참조.

5) 여기에서 피상적 생태학이란 1960년대 국지적이고 미시적인 범주에서 환경문제가 대두되었을 때 관료, 법률가, 그리고 자연과학자/기술자 등에 의해 선호된 견해이다. 드볼이나 북친에 의해 개량주의로 지칭되기도 했던 피상적 생태론은 16,7세기 근대기계주의적 세계관의 '지배적인 자연관'에 대한 진지한 비판의 전제가 없이 환경문제에 접근하는 면모를 보였다. 이를테면, 이들은 정치적인 측면의 경우 대기오염, 수질오염, 야생자연의 파괴의 완화와 경감에 대해 산업화된 국가의 관례적 정치과정이란 범주 내에서 추진을 시도하는 수준이었으며, 철학적인 측면의 경우 18,19세기 계몽주의의 진보 신화의 범위에서 벗어나지 못하였다.
문순홍,『생태위기와 녹색의 대안』,나라사랑, 1993 p.54. 참조.

은 영향력이 작지만 심층적인 운동"이라고 했던 심층 생태학을 제기한 배경에는 환경문제의 치유가 자연에 대한 보다 근본적이고 영적인 접근을 필요로 한다는 인식에서 비롯된다.

심층 생태론의 전개는 이성적 계몽주의의 독재를 전복시키고 인간의 의식을 자연 속에 재주체화하고 신비론적인 인식 양식으로 회귀시킴으로써 인간의 자연에 대한 이원론적인 대립관계를 극복하려 한다. 이러한 반계몽의 입장은 아느 네스, 드볼, 세션 등의 생물 중심주의, 카프라의 이원화된 기계론적 세계관의 거부와 시스템론적인 사고 등에서 극명하게 드러난다. 이들은 자신의 논리의 지적 기원을 인간과 자연의 유기적 연관성을 표나게 드러내는 원시적 전통이나 이른바 '소수의 전통'[6]들에서 자주 찾는 면모를 보인다.

주요 심층 생태학자들로는 아느 네스(Arne Naess), 빌 드볼(Bill Devall), 죠지 세션(George Sessions), 프리쵸프 카프라(Fritjof Capra), 아메리(Amery), 시나이더(Snyder) 등을 들 수 있다. 여기에서는 이 중에서 심층 생태학의 대표적인 이론으로 운위되는 드볼과 세션, 카프라를 중심으로 논의를 전개하기로 한다.

드볼과 세션은 생태위기의 근본 원인이 인간과 자연을 이원론적으로 인식하는 근대기계주적 세계관에서 비롯된다고 파악한다. 자연 현상을 객체적 대상으로 파악하는 근대적 세계관에서 과학의 목표는 이제 더 이상 고대와 중세에서처럼 자연 질서를 이해하고, 자연과 조화로운 생활을 영위할 지혜의 터득을 위한 것이 아니라, 자연을 지배, 정복, 통제하는 반생태학적인

6) 소수의 전통이란 '소규모 공동체에서의 인격의 성장을 지향하고, 특정 장소의 생태적 통합성을 보호하면서 동시에 생태의식을 배양하는 길을 선택하고자 하는 사고를 의미한다. 이러한 사고의 예이며, 심층생태론자들에게 지적인 영감을 부여하는 전통으로는 기독교적 프란체스코 정신, 하이데거 철학, 레오폴드의 생대윤리, 도교, 불교, 수렵 종족의 종교, 미국의 인디안 문화, 미국의 초월주의(쏘로우, 에머슨), 유럽의 낭만주의(괴테, 루소, 브레이크, 워즈워드, 셸리), 1960년대의 반문화 운동 등이 중심을 이룬다.
Devall and Session, Deep Ecology(Salt Lake City,1985) 참조

방향으로 치닫게 되었다는 것이다. 따라서 생태 위기 해결의 핵심으로 자연과 인간이 하나의 생물권을 구성하는 동등자라는 생태적 자각을 강조한다. 또한 여기에서 더 나아가 이들은 인간은 물론 지구상의 모든 생물과 공간이 유기적 전체의 일부분이라고 인식하며 실체를 대상화하는 기계론적 세계관을 뛰어넘어 전일적인 영적 통합을 시도한다.[7] 이러한 영적 요소에 의지하는 심층 생태학의 지적 전통은 불교와 노장사상 등의 제반 동양사상, 기독교 신비주의자들의 영성, 아메리카 인디언들의 전통 속에 내재되어 있는 우주관과 철학 등과 친연성을 지닌다.

이와 같은 심층생태학의 성격과 지향성을 명징하게 보여주는 실례로, 다음의 드볼과 세션이 정리한 심층 생태학의 기본 원리를 들 수 있다.

1) 지구상에 거주하는 인간과 인간 이외의 생명체들은 건강하고 풍성한 내재적 가치를 가지고 있으며, 이 가치는 인간의 목적을 위한 유용성과는 독립된 것이다.
2) 생물 형태의 풍부함과 다양함은 그 자체로서 가치를 지니며, 지구상의 인간 및 비인간의 생명의 번영에 이바지한다.
3) 생존을 위한 최소한의 필요를 위한 충족 이외에 생물권의 풍부함과 다양함을 감소시킬 권리는 누구도 가지고 있지 않다.
4) 인간생활과 문화의 풍요는 인간 이외의 생명체들의 풍부함에서 가능하다. 따라서 실질적인 인구의 감소가 요구된다.
5) 오늘날 인간의 외부 세계(인간 이외의 생명 세계)에 대한 간섭은 지나쳐서 현상황을 급속도로 악화시키고 있다.
6) 따라서 현재의 모든 정책은 변화되어야 한다.
7) 보다 높은 삶의 단계에 집착하기보다는 본질적 가치의 상황에 따른 생물 평등성으로의 사고 전환이 필요하다.

7) 위 책, p.61.

8) 이러한 일곱 가지 문제를 자각한 사람들은 필요한 변화를 실행하기 위해 노력해야 한다.

이와 같이 드볼과 세션은 에코토피아의 도달을 위해 생물중심설에 입각한 생태의식의 자각과 구체적인 실천을 강조하고 있다. 이들의 에코토피아의 실현을 위한 방법은 외적인 의식 변혁 운동(생태 저항)과 함께 다른 종의 생물과 직접 친구가 되는 삶을 위한 공동체 건설로 나타나기도 한다.

한편 프리초프 카프라는 데카르트와 뉴턴의 근대 기계론적 세계관[8]에서 전체론적, 시스템론적 세계관으로의 전환을 강조한다. 그에 따르면 오늘날 핵무기의 위협, 대기오염, 각종 폐기물 및 화학물질 오염, 제 3세계의 빈곤, 에너지 고갈 등의 현재 문제들이 현문명의 쇠퇴를 알리는 위기적 징후군이라고 진단한다. 그리고 이러한 위기적 현상의 근본적인 원인은 양(陽)적 질서의 편향에 따른 음양(陰陽)의 부조화에서 기인한다고 파악한다.[9] 여기에서 양적 질서란 남성적인 강요, 공격, 경쟁, 분석, 합리에 해당하고 음적 질서란 여성적인 수렴, 반응, 협동, 직관, 종합에 해당한다. 카프라는 전자의 위계서열적인 양(陽)적 문화의 편향을 뉴턴 -데카르트의 주체중심적인 이원론적인 세계관과 기계주의적 환원주의에서 찾는다.

그렇다면, 이러한 문제들을 극복할 수 있는 새로운 대안의 패러다임은 무엇인가? 카프라는 여기에 대해 20세기 초에 등장한 새로운 물리학(아원자

---

8) 카프라는 데카르트의 저 유명한 '나는 생각한다 고로 존재한다'는 언명에 대해 다음과 같이 언급한다. "서양인들로 하여금 자신의 존재를 전체적 유기체로서가 아니라 그의 마음과 동일시하게 이끌었던 것이다. 이러한 데카르트적인 분할의 결과로 대부분의 사람들은 그들 자신을 육체 속에 내재하는 고립된 자아로서 인식하게 되었다."
프리조프 카프라, 이성범 · 김용정 역『현대물리학과 동양사상』, 1979, p.33.

9) 위책, p.30~35 참조.

10) 이 세계관에서 원자는 견고한 물질로 가득 채워진 고체 덩어리 입자가 아니라 미세한 입자들로 구성된 광대한 공간으로 나타났고, 아원자도 고체적 실체가 아닌 입자와 파동의 양면성을 지닌 추상적 실재로 판명되었다. 이런 실재에 대한 설명 방식은 기존의 인과론적 설명패턴을 상호 관계의 역동적인 확률패턴으로 대체하였고, 질문 자체도 어떤 것 그 자체에 대한 물음으로부터 다른 것과의 관계에 대한 물음으로 바뀌었다는 논리를 도출시킨다. 프리초프 카프라, 위책, p.79~83 참조.

물리학 혹은 양자역학)이 보여주는 우주와 세계 그리고 이에 근거한 시스템론적 세계관을 제시한다.[10]

시스템론적 세계관[11]은 세계를 통합된 전체, 즉 작은 단위들로 환원될 수 없는 부분들 간의 상호작용과 상호 의존에 의해 생성된 역동적인 전체로 인식한다. 따라서 여기에서 개체 생명은 독자적인 실체로서의 위상 보다 주변 환경과의 상호 관계성에 따른 조직패턴으로서 더욱 중요한 의미를 지닌다. 그의 이러한 입장은 인간과 자연의 관계에서도 동일하게 적용된다. 그래서 그는 "모든 생물을 본질적인 가치로 인정하고, 인간을 생명이라는 직물 속에 포함되어 있는 한 가닥의 씨줄이나 날줄에 불과한 무엇"[12]으로 규정한다.

이상의 논의를 통해 볼 때, 심층생태론의 핵심 내용은 일단 반인간중심주의에 바탕한 생물중심주의와 우주의 실재를 역동적인 관계성 속에서 파악하는 시스템론적 사고로 요약된다. 이러한 논의는 인간과 자연을 일원론적인 연속성 속에서 파악하는 전일적인 세계관의 제기라는 점에서 중요한 의미를 지닌다.

그러나 심층생태론의 주장은 인간의 존재성에 대한 규정에서 현실성을 확보하지 못하는 치명적인 한계를 노정한다. 먼저, 사회생태론을 주창한 머레이 북친이 제기한 바처럼 심층생태론은 자본주의의 환경 파괴적 요소를 비롯한 사회, 문화적 문제를 외면한 채, 인간과 자연의 관계성에[13]만 관심을 갖는 경향이 있다. 즉 인간 존재의 자연물과의 변별점에 대한 인식이 간과되고 있는 것이다. 특히, 생물 중심설에 입각하여 인간을 자연생물 종의 하나로만 강조하고 자연율에 대한 타성적인 순응을 미덕으로 강조하는 논법

11) 카프라의 시스템론적 세계관에 대한 육성을 직접 들어보면 다음과 같다.
"시스템이론에서 드러나는 세계상은 아주 많은 관계로 이루어지지만 결코 낱낱으로 떼어 놓을 수는 없는 하나의 옴살스런 전체이다. 예를 들면, 미세한 박테리아로부터 다양한 형태의 식물이나 동물 그리고 인간에 이르기까지 생물체 각각의 개체마다 모두 하나의 통일된 전체를 꾸려 가는 시스템이다. 김재희, 『신과학 산책』(카프라편, 「지구를 살리는 선택」), 김영사, 1994, p.32.

12) 프리초프 카프라, 김용정,김동광 역, 『생명의 그물』, 범양사, 1996, p.34.

13) Bookchin, Murray, 문순홍 역, 『사회 생태론의 철학』, 솔, 1997, p.138.

은 가장 고등한 진화의 집적물로서의 인간의 주체적이고 창조적이고 공공적인 특성을 간과하는 한계를 지닌다.

또한 인간은 자연적 존재이면서 동시에 이와는 다른 인위적인 문화적 존재이다. 따라서 자연에 토대를 두면서도 문화적 현상을 고려하는 자연적이며 문화적인 공공성의 주체로서의 인간 존재성에 대한 탐구가 요구된다. 이와 같은 균형 잡힌 이중적 시각이 견지되지 못한다면 심층 생태론의 영적, 신비적인 통찰은 문명적 현실에 대한 도피주의의 성향을 드러내기 쉽다.

② 사회 생태론의 성찰적 이해

머레이 북친에 의해 주창되고 이론적인 체계화가 이루어진 사회생태학은 생태문제의 초점을 자연에 관한 질문으로부터 시작하여 사회에 관한 질문으로 진전시킨다. 그는 역사적으로 자연으로부터 사회가 어떻게 등장하며, 인간이 더불어 사는 정당한 사회 구성원리가 자연에서의 동식물간 공생으로부터 어떻게 도출되고, 인간사회의 윤리가 자의적인 것이 아니라면 자연의 그 무엇에 정당한 토대를 가져야 하는가 등의 문제를 제기하면서 철학, 윤리학, 사회학, 정치학 등으로 논의 영역을 확장하고 있다.

그렇다면, 자연으로부터 윤리의 토대를, 나아가서는 자연공동체로부터 사회공동체의 구성원리를 이끌어낼 수 있는 방법은 무엇인가? 이에 대해 북친은 자연은 영성적인 신성체도 아니며 절대불변의 법칙도 아닌 진화과정 그 자체로 파악한다. 그가 자연의 진화과정 속에서 찾아낸 것은 다산성/다양성 증대로의 경향, 생물종들의 상보성, 생활형태를 분화시키는 끊임없는 능력, 그리고 보다 다양화된 진화로의 길 등이었다.[14] 그는 자연은 시간 속에서 자유로이 진화하고 공간 속에서 상호 의존하는 공생의 삶을 유지한다고 파악한다. 그리하여 우리는 이러한 자연의 존재성에서 사회윤리의 근거를 찾아야 한다고 주장한다.

14) Murray, Bookchin, 『The Ecology of Freedom』,(California,1982), p.76.

<table>
<tr><td rowspan="7">지배의 만연화</td><td>인간의 대 자연지배</td><td></td><td>자연파괴</td><td>→</td><td>생태운동</td><td rowspan="7">자유의 구현</td></tr>
<tr><td></td><td></td><td></td><td></td><td></td></tr>
<tr><td>인간의 대 인간지배</td><td rowspan="2"></td><td rowspan="2">국가에 의한
인간파괴</td><td rowspan="2">→</td><td rowspan="2">민주화 및
반관료주의운동</td></tr>
<tr><td>남성의 대 남성지배</td></tr>
<tr><td></td><td></td><td></td><td></td><td></td></tr>
<tr><td>남성의 대 여성지배</td><td></td><td>여성파괴</td><td>→</td><td>여성운동</td></tr>
</table>

〈표〉 1. 북친이 제기한 지배문제와 사회운동

한편, 그는 오늘날 생태계 파괴 문제의 원인에 대해 (신)멜더스주의자들처럼 인구성장에 있다거나, 환경주의자들처럼 기술에 있다고 생각하지 않는다. 그는 생태문제의 근본이 인간 상호간의, 그리고 인간의 자연에 대한 지배에 있으므로 이의 극복 방안으로 생태운동은 사회운동으로 전이되어야 한다고 주장한다. 결론적으로 말해서, 심층 생태학이 환경 파괴 문제의 원인을 주로 인간중심주의에서 찾는다면 사회 생태학은 인간에 대한 인간의 지배에서 찾는다. 그에 따르면, 인간의 인간 지배는 남성이 여성을 지배하고 남성이 같은 남성을 지배하기 시작하면서 일반화된 것이고, 궁극적으로는 자연에 대한 인간의 지배로 확산되었다는 것이다.

또한 그는 인간과 인간, 인간과 자연관계에 대해 통시적으로 개관하고 있다. 그 내용을 순차적으로 살펴보면, 먼저, 고대사회에서 인간과 인간

사회 / 인간, 자연	인간 / 인간 관계	인간 / 자연 관계
고대 유기적 공동체 사회	평등하지 않는 것들 간의 평등조화, 진정한 자유구현	조화, 애니미즘적
계급사회	평등한 것들 간의 불평등 인간이 객체화됨.	자연의 객체화, 인간과 분리된 인간 외부에 있는 실체 인간지배(노동)의 대상
자본주의 사회	불평등 심화, 인간의 상품화, 적대관계, 경쟁	지배를 넘어선 착취의 대상

〈표〉 2. 북친이 제기한 인간과 인간, 인간과 자연 관계

관계는 대립보다는 상호 협동에 입각한 평등 관계였으며, 이 점은 인간과 자연 관계에도 그대로 적용되어 조화와 순응의 관계를 이루고 있었다고 지적한다. 그러나 초기 공동체가 위계적인 계급사회로 해체되자, 인간 사회와 자연의 관계 역시 분리되었다는 것이다. 점차 사유형태, 사회적 계급, 국가내 위계질서, 등이 공고화되면서 자연 역시 대상화되고, 객체화되어 종속적인 지배의 대상이 되었다는 것이다. 특히 과도한 경쟁, 불평등의 심화, 인간의 상품화의 조장이 극심화 되고 있는 현대사회에 오면서 자연은 지배의 차원을 넘어서서 착취와 파괴의 대상으로 전락되었다고 본다.

이러한 인식을 전제로 북친은 생태위기의 해결을 위해서는 "자본주의 위계질서만이 아니라 인류역사 속의 모든 위계질서들 – 정치제도, 경제제도, 생활양식, 우리의 의식 등 – 의 내습이 제거될 때, 죽음을 향하던 사회는 삶을 지향하는 사회 즉 '자유와 참여의 원리에 의해 새로이 구성된', '생태공동체' 로 재건될 수 있다고 주장한다.

이상의 검토를 통해 볼 때, 사회생태론은 인간의 규정에 대해 심층생태학이 생물종의 하나로 파악한 것과는 달리, 자연(제 1의 자연)과 연관성은 지니지만 문화(제 2의 자연)의 산물이라고 파악하고 있음을 알 수 있다. 그리하여 자연스럽게 환경 파괴 현상을 인간 사회문화의 문제와 연관지어 논의할 수 있는 지평을 열어 놓는다.

그러나 인간의 존재성을 자연과의 관계성 속에서 파악하고 있으나 자연과 분리된 문화적 생존자임을 강조함으로써 기술 과학을 적극적으로 옹위하는 인간 중심주의로 귀결되는 측면을 드러내는 것도 사실이다. 지구 전체의 순환 원리와 생태계가 우리의 일상적 삶과 생활 속에 내면화되어 있다는 전일적 인식이 깊이 제고될 때 우리 사회의 문화적, 제도적 문제로 지구생태계문제가 부각될 수 있을 것이다. 또한 인간의 자연에 대한 관계 개선의 문제를 인간 사회의 위계서열적 구조의 극복에 지나치게 치중하기 보다는 인간 존재에 대한 재발견과 더불어 인간의 동식물과 무기물의 존재가치를 구현하고 실현하는 이타적 속성을 적극 추동시켜나가는 것이 바람직할 것이다.

③ 한국의 주요 생태시론의 성찰적 이해

우리나라에서 환경운동이 활발하게 전개되기 시작한 것은 환경운동 단체와 시민단체들이 급증하기 시작한 1987년경부터이다. 환경운동의 이념적 지향성으로서 생태 담론이 초반기에는 개인, 지역, 혹은 부문 운동의 수준으로 나타났으나 「한살림 선언문」(1989)[15]을 계기로 이론적 배경 및 실천의 차원에서 선명하게 정립되는 계기를 맞는다. 선언문의 주요 내용은 산업문명이 초래시키는 위기는 핵 위협과 공포, 자연 환경의 파괴, 자원 고갈과 인구 폭발, 경제의 구조적 모순과 악순환, 중앙집권화된 거대 기술 관료 체제에 의한 통제와 지배, 낡은 기계론적 세계관의 위기 등 다양한 모습으로 나타나는 위기인 바, 이것은 물질적 · 제도적인 위기일 뿐만 아니라, 지적 · 윤리적 · 정신적 위기이며, 전 인류와 지구상 전 생명의 파멸로 귀결될 수도 있는 위기라고 지적한다.

이에 대한 대안으로 선언문은 생명에 대한 새로운 각성만이 역사를 새로운 지평으로 인도할 수 있음을 강조한다. 생명은 '자라는 것' 이고, 부분의 유기적 '전체' 이고, '유연한' 질서이고, '자율적' 으로 진화하는 것이고, '개방된' 체계이고, 순환적인 '되먹임고리' 에 따라 활동하는 것이라고 설명한다. 다시 말해, 생명은 우주적인 관계의 그물 속에서 상호 작용하는 것임을 강조하는 것이다.

1990년대 이래 문단 현장에서 활발하게 전개된 생태시론 역시 기본적으로 이와 같이 근대산업문명에 대한 비판과 함께 인간과 자연의 전일적 관계성을 강조한다. 심층생태학과 친연성을 지니는 이러한 특성은 우리의 전통

15) 이 선언문은 한살림 운동의 이념과 실천 방향을 확립하기 위하여 가진 공부 모임과 토론회의에서 합의된 내용을 장일순, 박재일, 최혜성, 김지하가 정리한 것으로 알려져 있다.

문화의 원형질을 이루는 노장적 · 불교적 세계관, 풍수사상, 풍류도, 성리학적 이념 등이 모두 인간과 자연의 관계를 일원론적인 연속성 속에서 파악하고 자연의 순환원리에 대한 조화와 순응을 미덕으로 강조하는 점과 깊이 연관될 것이다.

1990년대 논의된 주요 생태시론은 생태시의 발생 배경을 비롯하여 생태시의 유형 분류, 생태시의 실현 방향 등의 내용에 걸쳐 폭넓게 제기되었다. 이 중에서 특히 생태시학의 인식론과 지향성에 관한 문제의식을 제기한 논의에 집중하면[16], 김종철, 이남호, 정효구, 홍용희, 김욱동, 도정일 등의 논의가 주목된다. 김종철, 이남호, 정효구, 홍용희 등의 논의는 기본적으로 심층생태학과 친연성을 지니는 바, 인간 중심주의를 비판하고 생명공동체를 강조하는 면모를 보인다. 김종철의 「시의 마음과 생명 공동체」[17]는 "자연의 일부"로서의 인간의 위상을 강조하고 이점이 곧 시적 노력의 근본을 이루는 감수성과 상통한다고 지적한다. 권력과 지배의 욕망을 내재한 근대적 세계관을 부정하고 생명공동체의 일원으로서의 인간존재에 대한 인식을 환기시키고자 하는 것이다. 김욱동은 『문학 생태학을 위하여』에서 생태비평을 포스트모더니즘의 조류와 연관지어 살펴보면서 생태비평은 포스트모더니즘처럼 근대기획의 도구적 이성을 날카롭게 비판하면서도 이성을 견지하는데 반해, 포스트모더니즘은 이성 자체를 전면 부정한다고 지적하고 있다. 그리고 포스트모더니즘이 텍스트성이나 관계만을 집중적으로 다루는 데 비해 생태비평은 자연에 깊은 관심을 기울인다고 지적한다. 생태문학의 탈근대적 대안 문명적 성격을 적절하게 규명하고 있으나 지나치게 서구문학론에 기대어 생태문학의 특성을 조망하는 편향성을 보인다.

---

16) 1990년대 이래 본격화된 생태시론은 김종철, 구중서, 최동호, 정호웅, 이경호, 남송우, 송희복, 이승원, 도정일, 박희병, 우한용, 이희중, 이은봉, 신덕룡 등을 비롯한 많은 논자들이 참여하여 생태시의 발생, 명칭, 유형, 창작 방향 등에 걸쳐 다양한 논의를 펼친다. 그러나 여기에서는 생태시학의 철학적, 미학적 인식론을 집중적으로 다룬 글에 주목하기로 한다.

17) 김종철, 「시의 마음과 생명 공동체」,《녹색평론》(1991,11,12)

정효구의 「우주공동체와 문학」은 '우주 속의 겸손한 일원이 되어야 할 인간'을 강조하는 심층생태론의 선언을 전면에 내세운다. 그에 따르면, 자연과 우주의 파괴가 인간의 가공할만한 인위의 문명세계에 있음을 전제하고 인간과 자연은 물론이고 신까지도 각각 우주적인 공동체의 한 구성원으로 파악하고 동반자 관계를 이루어내야 한다고 역설한다. 그러나 그는 인간과 자연의 수평적 관계는 중요시하면서도 인간과 자연의 전일적인 순환성, 연속성에 대한 인식은 결여되어 있다. 그래서 「도시에서 쓴 자연시의 의미와 한계」에서는 "자연적 자아로서의 인간 확립의 문제를 자아해체의 문제와 연결시켜 이해"하고 있다. 이것은 자아 해체가 아니라 개별적이면서 동시에 우주적 보편성을 지니는 이중적 속성이 인간을 비롯한 모든 개체 생명의 특성이라는 인식의 결여에서 비롯된 것으로 보인다. 이남호의 『녹색을 위한 문학』[18] 역시 인간과 자연의 수평적 관계성을 강조하는 심층생태학적 인식을 바탕으로 근대 산업문명을 비판하는 시각을 견지한다. 특히 그는 구체적인 작품론을 통해 '녹색문학'의 현황과 가능성을 진단하고 있다. 이를테면, 그는 김소월의 「산유화」에서 우주적 연인과 유대감을, 김원일의 「도요새에 관한 명상」에서 정치윤리, 환경윤리, 개인윤리의 연속성을, 조세희의 「난장이가 쏘아올린 작은공」에서 사회부패, 환경파괴, 인간성 황폐가 동일한 배경에서 연원한다는 점을 제기하고 생명가치 회복을 강조한다는 점을 주목하고 있다. 홍용희는 인간과 자연을 우주적 연속성 속에서 전일적으로 파악하는 동시에 생명의 특성으로 개별성, 영성, 특수성, 순환성, 관계성을 동시에 고려하고 있다. 즉, 모든 생명체는 생명의 그물망의 한 구성원이면서 동시에 전일적인 연속성을 지닌다는 것이다. 이러한 인식은 장회익의 '온생명론'에 입각하여 유기적 총체의 독자적인 단위로서 온생명과 그 상호 의존적인 연속성 속에서 개체생명을 이해하는 인식론이다.

이상의 논자들은 공통적으로 심층생태학과 친연성을 지니는 바, 생태계

---

18) 이남호, 『녹색을 위한 문학』, 민음사, 1998.

파괴의 원인을 인간 중심주의와 근대 산업문명에서 찾고 우주공동체적 세계의 재건을 역설하는 데 집중하고 있다. 그러나 좀 더 구체적이고 심도 깊게 인간과 인간, 인간과 자연의 바람직한 관계성에 대한 철학적 인식과 인간 존재의 특성에 대한 재규명 그리고 이를 바탕으로 생명공동체의 복원을 위한 구체적인 방안에 대한 탐색으로 나아가지는 못하고 있다.

(2) 동학사상의 생태적 세계관과 네오휴머니즘의 가능성

앞에서 지적한 바대로 대표적인 생태학이론인 심층생태학과 사회생태학의 핵심적인 변별점은 인간 존재에 대한 인식의 문제에 있다. 심층생태학이 생명공동체의 시각에서 인간과 자연의 수평적 관계성에 초점을 둔다면 사회생태학은 인간이 자연적 존재인 것은 사실이지만 자연과는 분리된 독특한 문화적(제 2자연, 제3자연) 생존자임을 강조한다. 전자가 생물 중심설에 입각해 있다면 후자는 기본적으로 인간중심주의에서 크게 벗어나지 않고 있다. 이제 앞으로 추구해야할 생태학이론의 관건은 자연과의 연속성을 지니면서 동시에 문화적 존재자로서의 인간에 대한 개념 규정이 요구된다. 그리고 이를 바탕으로, 인간과 인간, 인간과 지구상의 다른 존재들과의 관계에서 인간 행동을 지배하는 원리로서 보살핌에 기초한 사회원리[19]를 탐색하는 것이 요구된다.

이러한 문제적 상황에서 동학의 네오휴머니즘적 가능성은 중요한 의미를 지닌다. 주지하듯, 수운 최재우 선생이 1860년 4월 5일 하늘로부터 계시를 받고 창시한 동학의 인간관의 종지는 '하늘님을 모신다' 는 시천주(侍天主)[20]

---

19) Hwa yol jung, the crisis of political-A phenomenological perspective in the conduct of political Inquiry(pittsburgh : Duquesne University press, 1979), p.55.

20) 동학의 경전인 『동경대전』에 나오는 본주문은 '侍天主造化定 永世不忘萬事知' 이다. 수운 최재우가 『동경대전』, 「논학문」에 붙인 본주문 해설에서 侍者에 대해 '內有神靈 外有氣化 一世之人 各知不二' 라고 하고 있다.

이다. 동학의 시천주에 대해 『동경대전』, 「논학문」의 해석은 '내유신령 외유기화 일세지인 각지불이'(內有神靈 外有氣化 一世之人 各知不二)가 핵심을 이룬다. 여기에서 신령은 내적 본성이고 기화는 다른 존재들과의 외적인 본래의 관계이며 불이는 운동이며 실천을 가리킨다. 그래서 이를 원문에 충실하여 해석하면, 안으로는 신령이 있고, 밖으로는 그 기운이 넘쳐흘러야 하며, 그것이 생활 속에 옮김 없이 존재해야 한다. 이를 의역해서 상술하면, 내 자신이 우주적 영성을 모시고 있으며, 이점은 바깥의 모든 사물에게도 공통적으로 적용된다. 그래서 우주 생명의 질서는 신령한 존재들의 활동, 순환, 활성의 장에 해당한다. 따라서 이러한 생명의 질서에 지속적으로 동참하면서 자아실현을 이루어 나가야 한다는 것이다.

이를 좀 더 심도 깊게 이해하기 위해 순차적으로 나누어서 상술하면, 먼저 '내유신령'(內有神靈)이란 마음의 중심에 신령이 있다는 것을 가리킨다. 신령이란 영성으로서 우주 삼라만상의 순환적 관계와 연결된 주체이며 동시에 우주 삼라만상의 순환적 관계를 바라보는 주체이다. 따라서 신령을 모셨다는 것은 우주적 본성과의 합일이며 자기 자신과의 합일이고 모든 존재들의 가장 깊은 내면을 연결하는 공공적 통일성을 이루었음을 가리킨다. 신령과 합일하면 인위(人爲)가 아니라 중심에 따르는 무위(無爲)가 된다. 이때 무위란 하지 않아도 저절로 된다는 뜻이 아니라 우주의 순환원리에 따라 사회 운동을 전개한다는 것이다. 그래서 동학운동은 우주의 중심이 하는 일에 해당하는 '무위이화'(無爲理化)이다. 동학의 인간관이 개인주의로 떨어지지 않고 우주적 공공성을 갖는 것도 이러한 배경을 바탕으로 하기 때문이다.

다음으로 '외유기화'(外有氣化)란 내유신령의 본성이 행하는 공공적 활동이다. 기화(氣化)에서 화(化)는 공간적 형상 변화를 의미한다. 따라서 기화란 동일한 지기(至氣)가 공간적으로 다른 형상을 취하는 운동과 활동을 의미한다. 기화의 사회적 관계성 또는 조화로운 공공성에 대한 설명으로 이돈화의 다음과 같은 논지가 주목된다.

개체가 된 후에는 나 혼자 살지 못하고 사람과 사람 사이와, 사람과 모든 자연과 서로 어울려서 살게 되는 고로 사람은 반드시 나 밖의 모든 것과 氣化를 잘 하여야 한다는 것이니, 한 사람의 마음이 산란한 것도 기화가 끊어진 증거요, 한 가정이 어지러운 것도 氣化가 끊어진 데서 생긴다고 할 수 있으므로 氣化는 천지자연의 묘법인 동시에 인간사회를 유지하는 중화의 대도이자, 도 닦는 사람이 무엇보다 이 기화의 법을 통하여 쓴다는 것이다.[21]

기화는 사람이나 사물을 공경으로 대하는 태도와 관련된다. 공경으로 대해야 하는 까닭은 외부의 사물과 자신은 동일한 기의 산물이라는 공공적 통일성을 바탕으로 하기 때문이다. 그러므로 기화의 관점에서 보면 '나'는 나이면서 동시에 '우주'이다. 그래서 나의 몸은 전체 속에서 열린 개체로서의 의미를 갖는다. 자신과 외부 세계가 연속성과 순환성을 지니는 유기적인 생명공동체라는 것은 외부 세계의 사물 역시 공경의 대상이라는 경물사상에 이르게 된다.

어찌 반드시 사람만이 홀로 하늘님을 모셨다 이르리오. 천지만물이 다 하늘님을 모시지 않은 것이 없느니라. 저 새소리도 또한 侍天主의 소리니라.[22]

사람은 사람을 恭敬함으로써 道德의 極致가 되지 못하고, 나아가 물을 공경함에 이르기까지 이르러야 德에 合一 될 수 있나니라[23]

해월 최시형의 새소리마저 시천주의 소리로 들리는 것은 '기화'(氣化)의 이치로 설명된다. 현상적으로는 서로 다른 독립적 개체들이지만 심층적 내부에는 하나의 '至氣'에서 확산된 생명의 그물망의 내재적 연속성을 지니고 있다. 기화에 대해 최시형은 동질적 기화와 이질적 기화로 나누어 각각 인

21) 李惇化, 『水運心法講義』, 천도교중앙총부, 1972, p.38.
22) 『천도교경전』, pp.293~294.
23) 『천도교창건사』, 제 2편, p.78.

오동포(人吾同胞)와 물오동포(物吾同胞)라는 개념으로 설명한다. 동질적 기화가 인간사회의 발전을 도모하는 것이라면 이질적 기화는 동식물과 자연사물들과의 연대적 발전을 도모하는 것이다.

이렇게 보면, 내유신령이 내적 하늘님인 인간 본성의 실현이라면 외유기화는 외적 하늘님의 구현인 공공성의 실현이다. 특히 외적 하느님의 구현으로서 경물이란 만물의 본성을 제대로 알아 그 본성을 최대한 발휘할 수 있도록 하는 것이다.[24]

마지막으로 '일세지인 각지불이'(一世之人 各知不移)는 세상의 모든 사람들이 각각 서로 본성에서 옮겨 살 수 없음을 깨우쳐서 안다는 뜻이다. 이것은 또한 하늘님의 본성을 옮기지 않으려는 인간의 노력을 의미하기도 한다. 그래서 각지불이는 내유신령과 외유기화의 진리를 구체적인 현실에서 실천하는 것이다. 동학에서 역사의 진보는 내면적으로는 우주적 본성을 회복하는 것이며 외면적으로는 우주적 공공성으로 확장하는 것이다. 그래서 '불이'는 인간과 자연의 본성을 가로막고, 분열시키고, 헤치는 대상과 맞서는 저항성을 가리키기도 한다.

이상에서 볼 수 있는 바와 같이 동학사상은 경천-경인-경물, 즉 신-인간-자연의 협동적 일치, 또는 보편적 공공성을 강조한다. 특히 시천주(侍天主)를 해명하는 자리에서 '내유신령'을 앞에 적시하는 것은 인간이 우주생명 중에서도 가장 신령한 자각적 우주생명으로서 '외유기화'를 인식하고 실천하며 더 나아가 '각지불이'를 위해 노력하는 우주적 공공성의 주체라는 점과 연관되는 것으로 파악된다. 이렇게 보면, 동학사상에서 보여주는 생태적 인식은 인간뿐만이 아니라 모든 삼라만상이 내재적 연속성을 지닌다는 유기적 세계관과 더불어 인간은 물론 자연, 사물 모두 제각기의 신령한 존재성이 왜곡, 억압, 관리, 조종되지 않아야 한다는 언명을 선명하게 제시하고 있는 것이다. 이것은 또한 시천주의 당사자인 인간의 우주적 공공성의

24) 오문환, 『사람이 하늘이다』, 솔, 1996, p.79.

실현 주체로서의 당위성을 강조하는 것이기도 하다.

이를 다시, 우리의 생활언어로 쉽게 표현하면, 동학사상은 공경의 '모심'과 그 사회적 실현을 통한 '생활의 성화'로 요약된다. 우주적 신령이 자신은 물론 바깥의 모든 대상들에 내재한다는 것은, 모든 사물이 신령한 존재로서 '모심'의 대상이라는 것을 가리키며, 이들의 관계성에 동참하고 이로부터 이탈하지 말아야 한다는 것은 '모심'의 공공적 사회화에 해당하는 '생활의 성화'를 이루어내어야 한다는 것을 가리킨다.

이렇게 보면, 동학의 휴머니즘은 대상의 정복과 지배를 통한 인공화를 미덕으로 내세우는 인간 중심주의의 차원을 넘어서서 인간은 물론 사물까지도 경이로운 생명의 대상으로 보는 경물사상의 실현을 통해 모든 사물의 고유한 영성이 발현되는 생활세계를 구현하는 네오휴머니즘에 해당된다. 동학의 네오휴머니즘에 이르면 심층생태학과 사회생태학에서 각각 결여된 부분으로 지적된 인간의 다른 자연물과 변별되는 고등한 문화적, 사회적 삶의 특성에 대한 인식과 함께 인간의 문화적, 사회적 존재성과 자연적 존재를 연속성 속에서 포괄적으로 인식할 수 있게 된다. '외유기화'에는 우주의 모든 사물들도 제각기 '시천주'의 주체이며 상호 연속성과 순환성을 지닌 공공적 통일성의 주체라고 인식하기 때문이다. 그래서 인간의 사물에 대한 활용은 그 본성을 제대로 알고 이를 최대한 발휘할 수 있는 방향으로 쓰는 것을 의미한다. 물(物)을 공경한다는 것은 물을 숭배하는 것이 아니라 물의 영성(하늘성)을 실현시키는 방향으로 물을 활용한다는 것이다.

한편, 동학의 세계관을 생태학과 좀 더 직접적으로 연관 지어 논의하면, 사물이나 흙, 공기, 바람, 티끌 까지도 영성이 있다고 생각하고, 또한 이러한 것들이 나의 마음과 소통되어야 한다고 생각하는 것은 생태계 파괴, 환경오염 자체를 방지하는 생명의 생활철학이 될 수 있다. 또한 삼라만상이 하늘을 모신 존재라는 점을 자각한 네오휴머니즘적 인간은 우주만물을 타성적인 억압으로부터 해방시키고 보살피는 개입과 조정의 주체자로 자리매김 된다.

3. 결론
– 네오휴머니즘의 시적 추구

전지구적 생태계 파괴의 현실에 대한 비판적 성찰은 궁극적으로 생태계 복원과 생명가치구현을 위한 방법 찾기로 귀결되어야 할 것이다. 이를 위해서는 인간에 대한 재발견과 이를 통한 인간의 위상과 역할에 대한 올바른 규정이 가장 중요한 관건이 된다. 이 글은 이러한 문제의식 속에서 대표적인 생태론에 해당하는 심층생태학과 사회생태학, 그리고 1990년 이래 본격화된 우리나라의 생태시론을 비판적으로 검토하고 그 대안으로서 동학사상의 생태적 세계관과 네오휴머니즘적 인식을 검토해 보았다. 동학사상에 의하면 심층생태학과 사회생태학이 각각 결여한 문화적 존재로서의 인간과 자연적 존재로서의 인간을 동시적으로 포괄하면서 아울러 경천-경인-경물의 사상을 담보하는 네오휴머니즘을 구현할 수 있다. 인간과 자연을 모두 하늘을 모시는 영성한 존재자로서 내적 순환성과 관계성을 지닌 유기적 총체로 인식하면서(內有神靈 外有氣化) 동시에 생명공동체의 재건을 위한 윤리적 책임과 소명의식을 지닌(各知不移) 새로운 인간형 즉, 네오휴머니즘을 설정하면 생태계 파괴의 현실로부터의 구체적인 신생의 방법론을 구현할 수 있게 된다.

이렇게 보면, 이미 우리 시사의 주류를 이루어 온 지 20여년에 이르러 가는 생태시편들이 자연파괴, 수질오염, 대기오염 등에 대한 비탄, 고발의 소재주의적인 차원을 넘어서서 인간과 인간, 인간과 자연, 인간과 우주의 본질적인 관계에 대한 인식을 바탕으로 생명공동체의 위기를 초극할 수 있는 가능성에 집중해야 할 것으로 보인다. 그리고 이를 위해서는 특히, 인간에 대한 재발견과 더불어 우주적 공공성, 생태적 공공성, 사회적 공공성을 실천할 수 있는 네오휴머니즘의 인간상을 창조적으로 노래하는 데 관심을 기울여야 할 것이다. 다음 시편은 이러한 문면에서 주목을 환기한다.

하늘이여

보잘 것 없는 이 몸이 올 한해도 열심히 살았습니다

흙에서 태어나 흙으로 돌아갈 이 목숨

제 한 몸을 부지런히 써서 이 지상의 식구들

백 서른 명을 먹여 살릴 쌀을 거두었습니다

푸른 벼와 보리와 우리밀을 길러

수천명이 마실 수 있는 맑은 산소를 생산했고

논농사로 귀한 생명의 물을 지하수로 저장시켰습니다

비바람에 휩쓸려 내려가 저 강과 바다를 메웠을

수십트럭분의 토양 유실을 막아냈고

물질경이 벗풀 새뱅이 미꾸라지 새들까지

서로를 먹여 살리며 한 가족을 이루었습니다

어느 작가나 예술가도 그릴 수 없는 아름다운 들 그림과

노래와 풍광을 당신의 붓이 되어 보여주었으며

어느 학자나 종교인도 가르칠 수 없는 대자연의 진리와

더불어 사는 공동체 삶을 제 농사를 통해 살아냈습니다

박물관이나 도서관으로도 보존할 수 없는 문화전통과

소중한 민족의 혼을 고스란히 지켜냈습니다

제 작은 몸을 통해 이 많은 선업(善業)을 이루게 하셨으니

하늘이여 고맙습니다

만물은 서로 핏줄처럼 맺어져 있고

땅 위에 닥친 일은 그 땅의 아이들에게도 닥칠 것이니

이 땅에 짓는 사랑은 곧 인간에 짓는 사랑의

바탕 뿌리임을 굳게 믿습니다

새봄에도 건강한 몸으로 더 많은 사랑의 노동을 지어가게 하소서

좋은 일을 행복한 마음으로 서로 사이좋게 해 나가게 하소서

– 박노해, 「세기말 성자의 기도」 부분

제목에 드러난 "세기말 성자"란 시적 화자 자신을 가리킨다. "제 작은 몸을 통해 이 많은 선업(善業)을 이루게 하셨으니"라고 진술하듯, 시적 화자의 "작은 몸"은 "하늘"의 의지에 따라 움직이기 때문이다. 다시 말해, 시적 화자는 하늘을 모신 영성스런 존재자이다. 그는 "하늘"의 뜻에 따라 "서로 핏줄처럼 맺어져 있"는 삼라만상이 "대자연의 진리"와 "더불어 사는 공동체 삶"을 구가할 수 있도록 노력한다. 그리하여 "쌀을 거두"어 "지상의 식구들"을 먹여 살리고 동시에 "맑은 산소를 생산"하고 "물을 지하수로 저장시"킨다. 그리하여 사람은 물론 "물질경이 벗풀 새뱅이 미꾸라지 새들까지/서로를 먹여 살리며 한 가족을 이루"게 되었다. 시적 화자의 삶은 앞에서 살펴본 동학의 '侍天主' 사상에 입각한 '내유신령 외유기화 일세지인 각지불이(內有神靈 外有氣化 一世之人 各知不移)', 즉 안으로 하늘을 모시고 밖으로 인간을 포함한 동식물과 무기물의 존재가치를 실현하는 네오휴머니즘의 생활철학을 스스로 실현하고 있다. 따라서 그는 성자의 삶을 살고 있는 것이다. 우주적 공공성의 실현 주체로서의 인간 존재를 노래하는 우리 시사에서 매우 이색적인 시편이다.

1990년대 이래 많은 생태주의 시편들이 발표되었으나 대체로 인간의 탐욕과 자연파괴 현상에 대한 소재주의 차원의 고발, 자연에 대한 경이, 예찬, 그리움, 농경적 상상력에 대한 회억 등의 변주에 그치는 양상을 보인다. 이러한 시편들은 생태계 위기의 심각성에 대한 문제의식을 충격적으로 제기할 수는 있으나 구체적이고 실질적인 극복의 방안을 제시할 수는 없다. 앞으로 인간 존재에 대한 재규정과 이를 바탕으로 생명공동체의 구현을 노래하는 박노해의 「세기말 성자의 기도」와 같은 네오휴머니즘의 시적 추구가 적극적으로 모색되어야 할 것이다. 이러한 문면에서 우리나라의 전통적인 민족민중사상인 동학사상은 구체적이고 실질적인 생태적 세계관의 정립에 매우 중요한 시사점을 제시해 준다고 할 것이다.

참고문헌

『동경대전』

『천도교경전』

『천도교창건사』

김재희, 『신과학 산책』(카프라편, 「지구를 살리는 선택」), 김영사, 1994

김종철, 「시의 마음과 생명 공동체」, 녹색평론(1991,11,12)

김준호 외, 『현대생태학』, 교문사, 1993

문순홍, 『생태위기와 녹색의 대안』, 나라사랑, 1993

박준건, 「생태적 세계관, 생명의 철학」 『인문학과 생태학』, 백의, 2001

박노해, 『사람이 희망이다』, 해냄, 1997

오문환, 『사람이 하늘이다』, 솔, 1996

이남호, 『녹색을 위한 문학』, 민음사, 1998

李惇化, 『水運心法講義』, 천도교중앙총부, 1972

프리조프 카프라, 이성범 · 김용정 역 『현대물리학과 동양사상』, 1979

프리초프 카프라, 김용정,김동광 역, 『생명의 그물』, 범양사, 1996

Bookchin, Murray, 문순홍 역, 『사회 생태론의 철학』, 솔, 1997

Devall and Session, Deep Ecology(Salt Lake City, 1985)

Murray, Bookchin, 『The Ecology of Freedom』,(California, 1982)

Hwa yol jung, the crisis of political-A phenomenological perspective in the conduct of political

Inquiry(pittsburgh : Duquesne University press, 1979)

3. 시와 몸

이 재 복

1. 몸의 언어와 몸시

시와 몸의 관계는 긴밀하다. 이 관계는 곧 언어와 몸의 관계로 수렴된다. 언어와 몸의 관계는 어떻게 몸이 언어화되느냐 하는 문제를 의미한다. 이때 가장 이상적인 존재 양태는 '몸의 언어' 인 것이다. 언어 속에 이미 몸이 자리하고 있다는 것이다. 이것은 말이 근본적으로 몸의 떨림에서 비롯된다는 언어발생론과 맥을 같이 한다. 몸은 낱말을 발음하지 않으면 안 되도록 되어 있다는 것이다. 그것은 마치 몸이 색을 볼 수밖에 없고, 소리를 들을 수밖에 없는 것과 거의 같은 수준이다.[1]

몸은 언어의 발화 현상 그 자체이지, 어떤 모방의 수단이 아니다. 이런 점에서 몸은 이데아적이고 관념적인 세계를 표상하지 않는다. 오히려 몸은 이런 세계에 저항한다고 할 수 있다. 몸으로 말하기나 몸으로 글쓰기 등 몸의 언어를 드러내는 시들이 기존 체계나 구조에 대한 저항의 의미를 띠는 이유가 바로 여기에 있다. 몸의 언어가 목적으로 하는 것은 언어를 통한 형식적 소통이 아니라 몸의 구조를 가진 사유 활동이다. 몸의 구조는 의식뿐만 아

1) 조광제, 『몸의 세계, 세계의 몸』, 이학사, 2004, p.253.

니라 무의식까지 포함한다.[2] 이러한 맥락에서 보면 몸의 언어는 우리가 흔히 알고 있는 언어나 의식을 넘어 언어 이전이나 무의식까지 포괄하는 의미 영역을 지닌다. 이것은 우리가 몸을 실마리로 하여 우주 혹은 인간 우주의 구조를 드러낼 수 있다는 것을 말해준다.[3]

이처럼 몸의 언어는 개념화를 넘어 우주적인 실존의 복잡성을 띠기 때문에 시와 몸의 문제는 단선적으로 해명될 수 있는 성질의 것이 아니다. 이 복잡성을 해결하기 위해서는 먼저 몸의 언어란 무엇인가에 대한 해명이 있어야 한다. 퐁티(Maurice Merleau-Ponty)의 경우 그것은 '발화 현상'에 해당하며, 니체(Friedrich Nietzsche) 경우 그것은 '몸의 구조를 가진 사유 활동'에 해당한다. 발화 현상에 몸이 존재한다는 것이고, 그 몸을 통해 세계를 이해해야 한다는 논리가 퐁티의 경우라면 인간 세계와 우주에는 이성을 넘어선 '몸성'이 존재하며 그 몸성의 구조, 다시 말하면 몸의 구조를 통해 세계를 이해해야 한다는 논리가 니체의 경우이다. '현상'과 '구조'는 서로 대립적인 개념이지만 이때의 구조는 관념과 형식을 넘어선 의미 영역을 지니고 있기 때문에 현상을 배제하지 않고 포괄한다고 할 수 있다.

이런 점에서 볼 때, 몸의 언어는 '몸', '몸성', '몸의 구조'를 지니고 있어야 한다. 이 요소를 모두 충족시키면 그것은 이상적인 몸의 언어가 되는 것이다. 이상적인 몸의 언어는 곧 '몸시'의 토대가 된다. 하지만 이러한 요건을 충족시키는 시를 찾아내어 그것을 몸시라고 규정하는 것은 쉬운 일이 아니다. 일단 몸에 대한 개념 규정이 너무 포괄적이기 때문이다. 어떻게 보면 모든 시는 다 몸을 통해 창작과 감상 행위가 이루어지기 때문에 몸시일 수 있다. 몸시의 딜레마가 여기에 있다면 우리는 배제와 선택 혹은 차이의 전략에 입각해서 몸시를 규정할 수밖에 없다.

---

2) 김정현, 『니체의 몸철학』, 지성의 샘, 1995, pp.198~199.

3) 김정현, 위의 책, p.172.

첫째, 몸시는 몸의 존재성을 미적으로 드러낸 시이다.

둘째, 몸시는 몸에 대한 자의식과 반성적인 인식을 통해 어떤 깨달음을 보여주는 시이다.

셋째, 몸시는 몸의 감각과 지각을 통해 세계를 재구성하는 시이다.

넷째, 몸시는 몸을 통한 무의식적인 충동을 표출하는 시이다.

다섯째, 몸시는 몸을 통한 우주와의 소통을 지향하는 시이다.

여섯째, 몸시는 몸을 수단으로 하거나 그 자체가 목적이 되는 노동의 세계를 노래하고 있는 시이다.

일곱째, 몸시는 몸의 확장과 몸의 개조 욕망의 차원에서 인류와 문명의 의미를 새롭게 규정하고 있는 시이다.

일곱 항목은 한 편의 시에서 서로 겹칠 수 있다. 가령 여성의 몸이 가지는 수유, 임신, 낙태 등의 특성을 몸의 언어로 재구성하는 페미니스트의 시의 경우에는 첫째, 둘째, 넷째 등의 항목이 겹칠 수 있고, 기술의 발달로 점점 복제화 · 사이보그화 되어 가는 인간의 몸의 특성을 드러내는 시의 경우에는 둘째, 넷째, 여섯째 등의 항목이 겹칠 수 있다.

그러나 이러한 규정은 지나치게 몸을 주제론적 혹은 의미론적 차원에서 해석한 감이 없지 않다. 몸, 몸성, 몸의 구조 등을 고려한다면 형식론적인 차원의 해석이 필요하다고 할 수 있다. 이런 식의 딜레마는 생태시의 경우도 마찬가지이다. 흔히 생태시를 우리는 생태와 관련된 주제나 의미를 다룬 시로 국한시켜 논의를 해왔을 뿐, 시의 생태성이나 언어의 생태성에 대해서는 이렇다할만한 논의를 해온 것이 없는 것이 사실이다. 논의의 영역을 여기까지 확장하면 그것은 시 전반에 대한 논의로 확장될 수밖에 없다. 이것 역시 문제가 있다. 이렇게 되면 생태시에서 역사적인 개념이 탈각되고, 생태시가 출현하게 된 시대정신이 제대로 드러나지 않을 수 있다.

몸시 역시 생태시처럼 시대적인 개념이다. 몸에 대한 관심의 증대는 단순한 호기심 차원을 넘어 여기에는 역사적인 당위성이 존재한다고 할 수 있다. 몸시의 출현은 근대 이후 이성과 정신의 비만함으로 인해 야기된 인류 문명의 불안 의식과 맥을 같이 한다. 이성과 정신이 배제하고 추방해버린 몸이 귀환함으로써 인류문명의 은폐된 야만성이 드러나고, 그 몸을 통해 인류의 과거를 반성하고 미래를 전망하려는 새로운 상상력이 출현하게 된 것이다. 몸에 대한 관심이 시에서 뿐만 아니라 문화 · 예술 전반으로 확산된 것도 이러한 맥락에서 이해할 수 있을 것이다. 몸시 출현의 시대적인 당위성은 '몸시란 그 장르적인 개념이 본래부터 존재하는 것이 아니라 시대적인 상황 속에서 새롭게 생성된 것' 이라는 사실을 말해준다. 따라서 몸시는 그 개념이 고정된 것이 아니라 언제든지 바뀔 수 있는 것이다.

2. 몸의 존재성을 미학적으로 드러낸 시

몸시는 몸의 존재성으로부터 출발한다. 다양한 차원에서 몸의 존재성을 바라보고 그것을 미적으로 형상화하는 것이 목적이다. 몸은 물리적이고 생리적인 차원으로만 접근할 수 없는 정신적이고 영적인 존재이다. 이것은 몸이 내적인 신령스러움과 외적인 복잡성을 지닌 존재라는 것을 의미한다.[4] 이 몸의 복잡성은 곧 존재의 복잡성을 의미하며, 이것은 인간과 세계에 대한 깊이 있는 성찰이 몸을 통해 이루어질 수 있다는 것을 말해준다. 몸만큼 존재의 진정성을 담보하는 대상은 없다. 여기에는 지금까지 인류와 우주가 밟아온 눈에 보이는 세계뿐만 아니라 눈에 보이지 않는 세계까지도 축적되어 있다.

몸은 존재의 견고함을 드러내며, 이러한 몸의 존재성에 대한 탐색은 미학적인 풍요로움으로 이어질 수밖에 없다. 이런 점에서 몸의 존재성에 대한 깊이 있는 성찰을 통해 잉태된 시는 아름다울 수밖에 없다. 하지만 여기에

4) 테아르 드 샤르댕, 양명수 옮김, 『인간현상』, 한길사, 1997 참조.

서 우리가 간과하지 말아야 할 것은 시인과 몸의 거리이다. 몸은 감각 – 인지 – 이해 – 판단이라는 사유의 단계나 깊은 반성을 통해 의식의 환원을 거쳐 드러난 것이기 때문에 그 거리가 너무 가까워도 또 너무 멀어도 안 된다. 존재의 차원에서 보면 몸은 어떤 개념에 의해 그 의미가 결정되어 있는 것이 아니라 일정한 사유와 의식의 환원을 거친 도구들(언어)에 의해서 그 의미가 무한히 자유롭게 구성되는 것이다. 이렇게 될 때 몸은 도구들, 즉 언어에 의해 상처받지 않고 고스란히 그 모습을 드러내게 되는 것이다.

?누가 내게 가르쳐주었니
?이렇게 재빠르게 남의 몸에 낙인 찍는 법을
?벙어리처럼 손가락으로 말하는 법을
?네 손가락 하나하나가 바늘이 되는 법을
?왜 네가 새긴 무늬들은 내 심장 박동마저 방해하니
?도대체 너는 어디에서 배웠니
?무늬에서 뿌리가 자라게 하는 법을
?뿌리 끝마다 자잘한 닻을 내리는 법을
?너 나한테 이거 하나만 가르쳐줄래
?손가락 끝에서 어떻게 보이지도 않는 잉크가 나오는 거니
?숱한 그림자를 태워 만든 그 검은 잉크가 어떻게 나오니
?너는 어째서 내 몸에 보초를 세우니
?무늬 새겨진 몸은 왜 밖으로 나갈 수 없니
?너는 왜 나를 자꾸 상처로 가두니
?내 몸 속의 얇디얇은 실크 숄이 이 상처를 덮고 싶어서
?파르르 파르르 떠는 거, 너 아니
?레퀴엠보다 무거운 문신
?젖은 외투보다 무거운 문신
?그물보다 질긴 문신

?내가 그물 속의 노예처럼 울부짖는 소리 그렇게도 듣기 좋니
?그런데 어째서 아직도 이 문신은 깊어지기만 하니
?내 몸은 또 왜 이다지도 깊은 거니

– 김혜순, 「文身」 전문

「文身」은 다른 작가의 작품에서 쉽게 발견할 수 없는 몸의 존재성에 대한 진지한 탐구를 읽어낼 수 있다. 이 진지한 탐구는 곧 '몸화(化)'에 대한 탐구이다. 몸화란 범박하게 말하면 몸 밖의 세계를 몸 안으로 끌어들여 하나의 새로운 존재를 구성하는 것을 의미한다. 이 몸화는 몸의 존재성을 드러내는 가장 기본적인 속성이면서 동시에 가장 중요한 속성이기도 하다. 이 점을 간파하고 그녀는 이 몸화의 과정을 포착해내기 위해 호기심 가득한 시선으로 탐색을 행한다. 그녀의 몸화에 대한 호기심은 단순한 호기심이 아니라 신비로움과 경이로움이 포함된 호기심이다. 이것에 대한 구체적인 예시가 바로 시행이 시작될 때마다 찍어놓은 22개의 물음표(?)이다. 시행의 끝이 아니라 맨 앞에 그것도 문장의 속성에 관계없이 찍어놓은 이 물음표는 일종의 '시적 허용'으로 몸화에 대한 호기심을 배가시키는 효과를 준다. 물음표가 먼저 오고 뒤이어 문장이 온다는 것은 여러 가지 의미로 해석할 수 있다. 첫째는 몸화의 과정이 말이나 언어에 앞서 느낌(?)으로 먼저 체험된다는 해석이며, 둘째는 몸화의 과정이 말이나 언어로는 쉽사리 표현할 수 없기 때문에 한 번의 휴지(?)를 거친 다음 에야 비로소 해석될 수 있다는 것이고, 셋째는 몸화의 과정이 너무 신비하고 경이롭기 때문에 말이나 언어로 표현하는 것을 잠시 잊었다(?)는 해석이 그것이다.

이러한 해석들은 몸이 말이나 언어와는 세계를 드러내는데 있어서 일정한 차이가 있다는 것을 의미한다. 몸은 말이나 언어에 비해 세계를 보다 더 직접적으로 드러낼 수 있다. 몸은 자아와 세계 사이에서 오관을 모두 열어놓고 있기 때문에 추상화되고 개념화된 말이나 언어보다는 보다 구체적이고 살아있는 세계를 함축하고 있는 존재라고 할 수 있다. 이 때문에 몸 혹은

몸화의 과정은 존재의 견고함 속에 있게 되는 것이다. 이 견고함 속에서 이루어지는 몸화의 과정은 '손가락으로 말하는 법과 손가락 하나하나가 바늘이 되는 법' 을 터득한 누군가(너)에 의해 '재빠르게 찍혀진' 문신을 통해 표현된다. 여기에서 내 몸에 문신을 찍은 누군가(너)는 나 아닌 타자 곧 세계이며, 문신은 자아와 세계가 몸을 통해 만나 남긴 흔적이라고 볼 수 있다.

자아와 세계의 몸을 통한 만남은 운명적인 것이기 때문에 이 흔적은 지워질 수 없는 것이다. 지워지기는 고사하고 이 흔적에서는' 뿌리가 자라고' , 그 뿌리는 내 몸속에' 자잘한 닻을 내려 내 심장 박동을 방해하고, 내 몸에 보초를 세워 나를 자꾸 상처로 가두기' 까지 한다. 나는 이 흔적이 만든 상처의 감옥에서 벗어나려고 몸을 '파르르 파르르' 떨어보기도 하고 '노예처럼 울부짖기' 도 하지만 그럴수록 상처는 점점 깊어질 뿐이다. 상처가 깊어진다는 것은 자아와 세계 사이의 상실과 보충을 통해 이 둘 사이의 운명적 만남이 강화된다는 것을 의미한다. 따라서 몸을 통한 자아와 세계 사이의 만남에서 비롯되는 상처는 깊으면 깊을수록 보다 더 진정한 가치를 가지게 되는 것이다.

몸이 곧 상처라는 인식은 어떻게 보면 몸이 가지는 고통스러운 실존의 모습이다. 그녀는 이러한 몸이 가지는 존재성에 대해 "몸은 몸에게 다가가고 싶은 속성 때문에 스스로가 가진 존엄성 때문에 너무나 상처받기 쉽다. 상처는 우리에게 쉼 없이 고통을 제거하라고 명령한다. 우리의 몸은 우리로 하여금 상상할 수 없던 것까지 느끼고, 가지라고 명령한다. 열린 입, 생식기, 가슴, 코 등등이 몸을 계속 과정 속에 살도록 눈뜨자마자 몸을 독려하고, 밖으로 밀어낸다. 그러나 몸은 원하는 것을 모두 갖지 못한다. 몸의 수많은 구멍들이 그 불가능한 것 때문에 하루 종일 울부짖는다. 구멍의 비명은 몸의 안팎에 새겨 진다"[5]고 말한 바 있다.

몸 혹은 몸화의 과정은 어떤 경우에도 상처 없이는 성립될 수 없기 때문에 이것에 대한 인식은 몸에 대한 소재적이거나 국부적인 논의를 넘어 본질

5) 김혜순, 「불교, 여성, 시의 몸」, 『현대시학』 1998년 10월호.

적인 논의로 나아가는데 일정한 계기를 제공해 줄 수 있을 것이다. 만일 몸화의 과정에서 드러나는 이 상처에 대해 누군가 존재론적인 접근을 시도한다면 몸에 대한 새로운 의미들이 드러날 것이다. 「文身」에서 보여주고 있는 이와 같은 진지한 탐구가 많아질수록 몸은 그 존재성을 견고하게 드러낼 수 있다.

3. 계몽과 깨달음으로서의 몸시

몸의 존재는 계몽과 밀접하게 연결되어 있다. '신독(身獨)'이 잘 말해주듯이 몸을 잘 다스리는 것이 도덕이나 윤리의 중요한 덕목이다. 왜 정신이 아니라 몸인가? 이 물음 속에서 정신만을 통한 계몽은 불안정하며 한계가 있다는 의미가 내재해 있다. 몸 안에 정신이 있는 것이다. 따라서 진정한 계몽은 정신이 아닌 몸을 통해 이루어지는 것이다.

정진규의 『몸詩』는 '시적 주체가 몸을 통해 깨달음을 얻어가는 과정'에 대한 사유에 다름 아니다. 그의 시의 이러한 '몸을 통한 깨달음'은 '가시적이거나 비가시적인 모든 대상이나 사물은 건강한 몸을 기반으로 하는 사유 속에서 그 빈곤함을 면할 수 있다'는 명제로 요약할 수 있을 것이다. 왜 몸적인 것이 기반이 될 때 세계는 풍요로울 수 있는 것일까? 이 의문에 대한 답은 김상환 교수가 『몸詩』를 평하면서 적절히 지적해 낸 것처럼 그것은 몸이 '이 세계에 어떤 과도한 함량을 분만하는 기관'[6]이기 때문이다.

이처럼 과도한 분만의 속성을 지닌 몸은 세계에 대한 해석 가능성의 폭을 확장하고 심화하는데 하나의 토대로 작용하고 있는 것이다. 몸이 존재론적인 토대로 작용할 때 그동안 그 분만의 과도함으로 인해 객관적이고 과학적인 사유에서 배제되어온 주관적인 성질들, 이를테면 느낌, 감각, 감성 등이

6) 김상환, 「육체와 현대성」, 『현대시학』 1994년 10월호, pp.308~309.

새롭게 그 존재성을 획득하게 되는 것이다. 이 주관적인 성질들은 모두 개념화되기 이전의 정서의 영역에서 성립되는 것들이다. 이것은 다시 말하면 몸이 개념화되기 전에 이미 존재한다는 것을 의미한다. 개념화란 어쩔 수 없이 언어에 의해 성립되는 것이라면, 그렇다면 몸은 언제나 언어보다 앞서 존재하게 되는 것이다. 이 때문에 흔히 몸과 언어를 분리해서 생각하는 사람들이 있다.

그러나 몸과 언어는 분리시켜 생각할 수 없는 성질의 것이다. 몸 속에 이미 언어가 가능한 형태로 존재하고 있으며, 이렇게 현상된 언어 속에는 몸이 또한 존재하고 있는 것이다. 이 사실을 통해 하나의 진정한 세계를 만날 수 있다는 것은 얼마나 큰 깨달음인가? 정진규 시인은 이 깨달음을 '몸으로 깨우치는 전폭의 매질' 이라고까지 표현하고 있다. 그가 보여주는 '몸을 통한 깨달음' 은 '반성과 성찰' 의 의미를 지닌다. 몸은 인간이라면 누구나 가지고 있는 것이며, 몸을 가지고 있는 존재라면 '몸을 통한 깨달음' 역시 가능한 것이다. 이 가능성을 이대흠 시인의 「몸 안의 사랑」은 잘 보여주고 있다.

> 전라도에 온 지 사흘이 지났는데
> 똥이 잘 나오지 않는다
> 똥이 안 나오는 것은 내가 아직
> 전라도를 소화하지 못했기 때문
> 몸 안의 사랑을 찾지 못하고
> 끓고만 있기 때문
>
> – 이대흠, 「몸 안의 사랑」 전문

이 시의 기본적인 발상은 '똥' 과 '소화' 라는 말이 강렬하게 환기하고 있듯이 인간의 몸이 가지는 생물학적이고 생리학적인 속성에서 비롯된다. 인간이 혹은 인간의 몸이 본질적으로 생물이고 자연이라는 점을 고려한다면 이 발상은 이미 어떤 보편성과 함께 타당성을 획득하고 있다고 할 수 있다.

이 때문에 이 시는 몸을 통한 시적 사유의 명증성을 유지하고 있는 것이다.

그러나 이 시는 이렇게 인간이라면 누구나 분비할 수밖에 없는 생리적인 현상에 의해 만들어지는 '똥'과 그것의 작용양태인 '소화'라는 인간의 몸이 가지는 생물적이고 자연적인 사유에만 머물러 있지 않다. 이 시는 생물학적이고 생리학적인 몸을 형이상학적인 차원으로 끌어올리고 있다. 이것은 시적 주체의 몸이 소화하려고 하는 대상이 '전라도'라는 사실을 통해서 알 수 있다. '소화'라는 말과 '전라도'라는 말이 폭력적으로 결합되면서 이 시에 표상된 몸은 생물학적이고 생리학적인 몸에서 형이상학적인 몸으로 거듭나는 것이다. 몸의 이러한 존재 양태는 하나의 몸이 또 다른 몸을 분만하는, 다시 말하면 '몸이 몸을 하는 것'으로 볼 수 있다.

이렇게 몸이 몸을 하면 이 시에 표상된 '똥'의 의미 역시 변할 수밖에 없다. 몸이 몸을 하기 전의 '똥'의 의미는 우리가 흔히 생각하듯이 생물학적이고 생리학적인 차원에서 현상하는 실질적인 악취를 발산하는 분비물로 해석되지만 이것이 몸을 하면 '똥'의 의미는 형이상학적인 차원에서의 세계에 대한 체험의 결과로 얻어진 어떤 '결정체'로 새롭게 해석되는 것이다. 이 과정에서 연상되는 '똥'의 양태는 크게 세 가지이다. 첫째는 '전라도에 온 지 사흘이 지났는데/똥이 잘 나오지 않는다'는 말에서 연상되는 생물학적이고 생리학적인 '똥'이고, 둘째는 '전라도를 소화하지 못했기 때문에 똥이 나오지 않는다'는 말에서 연상되는 형이상학적인 '똥'이며, 셋째는 '몸 안의 사랑의 찾지 못했기 때문에 똥이 나오지 않는다'는 말에서 연상되는 역시 형이상학적인 '똥'이 그것이다. 이 각각의 양태를 통해 알 수 있는 것은 첫째에서 둘째, 셋째로 갈수록 '똥'의 의미가 생물학적이고 생리학적인 차원에서 형이상학적인 차원으로 그 속성이 변한다는 사실이다. 이 변화는 '똥'에 대한 해석이 그만큼 다양화된다는 것을 말하는 것이다.

몸이 몸을 함으로써 이렇게 '똥'의 해석 층위가 두터워진다는 것은 곧 몸이 또 몸을 한다는 것을 의미한다. 이 시에서의 이러한 분만 행위는 '몸을 통한 깨달음'에 깊이를 더해준다. '전라도를 소화할 때, 몸 안의 사랑을 찾았을 때, 혹은 세계를 몸화할 때 비로소 똥이 잘 나온다'는 이 시의 깨달음이 결코 몸 가볍지 않고 타성에 젖은 소리로 들리지 않는 것은 모두 그 원인이 여기에 있다고 할 수 있다. 몸의 소리는 가볍지도 거짓되지도 않을 뿐만 아니라 나약하거나 고립적이지도 않은 순정한 소리이다. 이 몸의 소리를 쫓아 깨달음을 얻는다는 것은 '몸'과 '나'와 '세계'가 한 몸이 되는 충만한 삶의 경지를 의미하는 것이다. 그러나 이 경지는 '몸으로 깨우치는 전폭의 매질'을 통해서만이 도달할 수 있는 그런 어려운 경지이다.

4. 무의식적인 충동의 표출과 몸시

몸은 문명에 의해 배제되고 추방당한 존재이다. 이것이 바로 '천박한 몸(abject body)'의 개념이다. 이 몸은 상징계에 의해 선택되고 길들여진 '고귀하고 적절한 몸'이 아니라 그것이 배제하고 추방해버린 몸이다. 이 '천박한 몸'은 비록 상징계에 의해 추방되고 억압된 상태로 존재하지만 끊임없이 그 상징계의 완전함과 안정성을 위협하고 해체하려고 하는 반동적인 존재이다.

이 '천박한 몸'의 개념은 『문명과 타부』에서 문명의 성립을 위해서는 외디푸스의 전단계, 다시 말하면 에고가 아버지의 법을 수용하는데 장애가 되는 어머니의 몸(천박한 몸)을 배제해야 한다는 프로이트의 논리를 시작으로 바흐찐, 라깡을 거쳐 크리스테바의 압젝션(abjection) 이론으로 이어지면서 하나의 거대한 몸의 기획을 성립시킨다. 특히 크리스테바의 압젝션 이론은 상징계 및 남성의 역할이 차지하는 중요성 때문에 억압당하고 배제되었던 어머니의 몸(천박한 몸)을 기호계적 코라의 차원에서 다시 해석해냄으로써 '기호계의 상징계로의 투사' 혹은 '상징계의 기호계화'라는 새로운 혁명을 도모하고 있다.[7]

7) 켈리 올리버, 박재열 옮김, 『크리스테바 읽기』, 시와반시사, 1997, pp.79~112.

이 가죽 트렁크

이렇게 질겨빠진, 이렇게 팅팅 불은, 이렇게 무거운

지퍼를 열면
몸뚱어리 전체가 아가리가 되어 벌어지는

수취거부로 반송되어져 온

토막난 추억이 비닐에 싸인 채 쑤셔박혀 있는, 이렇게

코를 찌르는, 이렇게
엽기적인

– 김언희, 「트렁크」 전문

이 시에서 '천박한 몸'을 통한 '상징계의 기호계화'라는 이러한 일련의 혁명은 압젝션의 최고 형태인 시체라는 질료를 통해 그것이 수행되고 있다. 이 시체는 수취거부로 반송되어져 온 것이다. 그렇다면 이 시체를 수취거부하고 반송한 존재는 누구이며, 또 그 이유는 무엇인가. 이 시의 문맥만 가지고는 이러한 의문에 충분히 답할 수 없을 뿐만 아니라 설령 맥락의 독법에 따라 그것을 풀려고 해도 쉽사리 그 답에 접근할 수 없을 것이다. 하지만 '천박한 몸'의 개념을 이해하면 의외로 이 의문은 쉽게 풀린다.

'천박한 몸'의 개념 하에서 보면 시체를 수취거부하고 반송한 존재는 상징계의 아버지의 법이 된다. 아버지의 법 하에서 볼 때 사회화된 에고를 정립하고 사회 안에서 삶을 유지하기 위해서는 그 법에 의해 선택되고 길들여진 '적절한 몸'만이 존재성을 획득할 수 있는 것이다. 이러한 아버지의 법에 의해 선택되고 길들여지는 것을 거부하고 오이디푸스 이전 단계인 어머니의 몸속으로 돌아가려고 하는 그런 욕망을 가진 '천박한 몸'은 상징계에서 수취거부 되고 반송될 수밖에 없는 것이다. 더욱이 그 천박함의 정도가 심해 에고의 성적 · 심리적인 정체성의 정립은 물론 사회적인 삶의 양식을 철저하게 파괴하고 있는 시체와 같은 몸은 그 혐오의 감정 및 배제와 추방의 정도가 더 심하다고 할 수 있다.

다른 몸에 비해 시체는 천박함의 정도가 심하기 때문에 '몸뚱어리 전체가 아가리가 되어 벌어지고', '코를 찌르는' 악취와 '엽기적'인 공포감을 불러일으킬 수 있는 것이다. 이러한 '천박한 몸'의 극치인 시체의 반복적인 출몰은 상징계의 기호계화를 목적으로 한다. 하지만 지금까지의 이야기는 '천박한 몸'에 대한 일반론적인 차원에서 그것을 다루었을 뿐 구체적으로 상징계의 기호계화가 어떻게 실천되고 있는 지에 대해서 말한 것은 아니다. '천박한 몸'의 개념을 통한 상징계의 기호계화란 텍스트의 실천을 문제 삼아야 한다. 크리스테바 식으로 이야기하면 그것은 상징계적인 언어로 쓰여 진 피노 텍스트(phenotext)가 아닌 기호계적인 언어로 쓰여 진 지노 텍스트(gynotext)를 문제 삼아야 한다는 것을 의미한다.

한다
한시간이고
두시간이고한다
물을먹어가며한다
하품을해가며꾸벅꾸벅
졸아가며한다
한다깜빡
굴러떨어질뻔하면서그는
그가왜하는지
모른다무엇

과,하고있는지도

부르르진저를치면서그가

한다

– 김언희, 「한다」 부분

이 시가 보여주는 언어의 양태는 지시적인 대상을 상실한 기표의 무한한 흐름이다. 이 '한다' 라는 기표의 흐름은 어떤 의미나 가치가 최종적인 목적이 아니다. 이 '한다' 의 목적은 목적 없는 목적, 다시 말하면 순수한 생산성이 최종적인 목적이다. 이 사실은 '한다' 가 자기증식적이고 무한수열적인 조합을 할 수 있는 가능태로 존재한다는 것을 의미한다. 이것으로 보면 '한다' 는 유동적이고 모순적이며 통일성이 없고 분리가능하며, 그것이 무엇이라고 명명되는 순간 고정적인 성격을 갖는 그 무엇이 되고 말기 때문에 이름조차 붙일 수 없는 기호계의 코라(Chora)적인 언술에 다름 아닌 것이다. 이것은 본질이 무엇인가와 같은 인식론적인 회의가 아니라 과연 그것들이 존재하는가에 대한 의문에서 비롯되는 존재론적인 회의라고 할 수 있다.

이처럼 존재론적인 회의를 드러낸다는 것은 곧 사유의 주체인 에고의 소멸을 의미하는 것이다. 「한다」에 표상된 언어를 통해 드러나는 이러한 에고의 소멸은 곧바로 욕망의 문제로도 이어진다. 그것은 언어, 에고(주체), 욕망이 서로 분리되어 있는 것이 아니라 통합되어 있기 때문이다. 언어가 해체되고, 에고가 소멸된다는 것은 곧 욕망이 극대화 된다는 것을 의미한다. 욕망의 극대화란 그 욕망이 환유처럼 미끄러져 내린다는 것이며, 그것이 죽음을 향해 달려간다는 것이다. 욕망의 극점이 죽음이라는 점을 상기한다면 이 시들이 결국에는 죽음충동을 노래한 것이라는 결론에 다다를 것이다.[8]

'천박한 몸' 을 불러들여 자신만의 독특한 세계를 보여주고 있는 김언희의 시는 '지금 여기' 에서 어떤 의미를 가질까. 지금까지 살펴본 것들을 토대

8) 들뢰즈 · 가타리, 최명관 옮김, 『앙띠 오이디푸스』, 민음사, 1994, pp.15~34.

로 대강 그 의미를 찾는다면 그것은, 우리의 사유 주체가 완전한 존재가 아니라 이미 오인의 구조를 가지고 있는 불완전한 존재라는 사실을 들추어 낸 점이라든가, 우리의 문명이나 문화의 순금 부분으로 믿어왔던 상징계적인 언어가 기실은 인간을 억압하고 존재 일반을 제대로 드러내지 못하고 있다는 사실을 들추어낸 점, 또는 기계처럼 끊임없이 작동하면서 상징계적인 질서를 전복하고 흡착해버리는 욕망의 속성을 적나라하게 밝혀낸 점 등이 될 수 있을 것이다.

5. 우주와의 동기감응(同氣感應)과 몸시

몸은 이성을 넘어 영성과 감성의 존재이다. 이러한 영성과 감성으로서의 몸이 보여주는 가장 아름다운 현현은 우주와의 감응이다. 몸과 우주가 감응한다는 것은 '氣'가 '同'하기 때문이다. 즉 몸과 우주의 감응은 '同氣感應'인 것이다. 氣는 동양적 감성의 에너지이다. 이 氣로 인해 우주는 가변적이고 친화력이 풍부하며 흘러 넘쳐 끊임없이 요동하면서 만물 만사를 생성 생기시키게 되는 것이다. 氣의 이와 같은 속성을 몸에 적용하면 몸은 일종의 氣의 집이며, 우주적 氣가 끊임없이 모였다가 흩어지는 과정에서 나타나는 일시적인 통합체에 불과한 것이 된다. 몸과 우주는 바로 이 氣의 흐름에 의해 감응할 수 있게 되는 것이다.

이처럼 몸이 우주적 氣가 흐르는 존재의 집이 될 수 있는 것은 몸이 틈을 가지고 있기 때문에 가능한 것이다. 몸의 모든 틈(구멍)들이 우주와 同氣感應을 한다는 사실은 우주라는 대상을 실감의 차원으로 존재하게 한다. 우주는 우리의 의식으로부터 어디 멀리 있는 존재가 아니라 바로 '지금 여기'에 살아 있는 존재로 거듭 난다. 우주가 우리와 가깝다는 것은 물리적인 거리가 아니라 심적인 거리의 차원에서 그렇다는 것이다.

인간의 몸과 우주와의 同氣感應에서 비롯되는 이 새로운 우주관의 시작을 상징적으로 보여주는 시가 바로 「啐啄」이다.

저녁 몸속에
새파란 별이 뜬다
회음부에 뜬다
가슴 복판에 배꼽에
뇌 속에서도 뜬다

내가 타죽은
나무가 내 속에 자란다
나는 죽어서
나무 위에
조각달로 뜬다

사랑이여
탄생의 미묘한 때를
알려다오

껍질 깨고 나가리
박차고 나가
우주가 되리
부활하리.

– 김지하, 「啐啄」 전문

이 시는 새로운 우주관의 도래를 노래하고 있는 시이다. 그러나 아직 이 새로운 우주관은 그 실체를 드러낸 것은 아니다. 이 시는 새로운 우주관의 실체가 드러나기 전까지의 과정을 노래하고 있는 그런 시이다. 이것은 啐啄

(줄탁)이라는 이 시의 제목을 통해서도 알 수 있는 것이다. 啐啄은 닭이 알을 깔 때에 알속의 병아리가 껍질을 깨뜨리고 나오기 위하여 껍질 안에서 쪼는 것(啐)과 어미 닭이 밖에서 쪼아 깨뜨리는 것(啄)이 합쳐진 말이다. 따라서 啐啄은 두 가지가 동시에 행해져야 한다는 것을 의미하는 것으로 어떤 일의 시작이 무르익은 상태를 비유한 말이다.

啐啄이 드러내는 의미처럼 새로운 우주관의 도래도 어떤 탄생의 무르익은 시기가 있다는 것이다. 이런 맥락에서 1연은 새로운 우주관의 탄생을 위한 토대의 어떤 정점을 노래하고 있는 것으로 볼 수 있다. 그 정점이란 한 마디로 '몸속에 별이 뜬' 상태를 말하는 것이다. '몸속에 별이 뜬다'는 것은 몸과 우주와의 심적인 거리가 무화된 것으로 이것은 달리 말하면 몸과 우주와의 同氣感應이 정점에 달한 상태라고 할 수 있다. 이 상태에서는 내 몸이 곧 우주가 되고, 우주가 곧 내 몸이 되는 것이다.

내 몸이 대우주이기 때문에 나라는 존재 자체가 완전히 소멸하는 그런 죽음이란 있을 수 없다. 나는 비록 죽지만 그 죽음은 단지 氣의 해체에 불과한 것으로 아직도 수렴력을 가진 분해된 유기물질 안팎에 神氣가 살아서 귀신 생명 활동을 하는 것이다. '몸속에 별이 뜬다'는 것은 이처럼 우주에 대한 새로운 해석을 담지하고 있는 것이 사실이다. 하지만 이 말은 그 안에 우주에 대한 또 다른 해석도 담고 있다. 그것은 별이 몸속에 뜨는 과정에서 드러난다. 이 시에서 보면 별은 처음에 '회음부'에서 떠서 '가슴 복판', '배꼽'을 거쳐 '뇌' 쪽에서 뜨게 된다. 이 사실은 새롭게 탄생될 우주관은 '뇌' 중심의 하강적 수직주의가 아니라 그것을 뒤집고 해체한 '회음부' 중심의 우주관이라는 것을 의미한다. '회음부' 중심이라는 것은 새로운 우주관이 하반신 곧 자궁, 성기, 똥구멍, 불알이 중심이 된다는 것이며, 이것은 필연적으로 섹스와 육체적인 감각을 동반하게 된다는 것을 말한다.[9]

새로운 우주관의 탄생을 위한 토대는 이렇게 성립되었지만 그것이 하나

9) 김지하, 『생명과 자치』, 솔, 1996, pp.281~282.

의 모습으로 현현되기 위해서는 다른 무엇이 더 필요한 것이다. 그것이 바로 3연에서 말하고 있는 '사랑'이다. 이 '사랑'이란 '啐啄'에서처럼 아기 병아리가 껍질을 깨고 나올 때 밖에서 그것을 도와주는 어미 닭과의 이심전심의 감응 같은 것을 말하는 것이다. 아기 병아리와 어미 닭과의 관계에서 볼 수 있는 이 '사랑'이 의미하는 것은 새로운 탄생에는 우주 전체의 감응의 기운이 맞아야만 한다는 사실이다. 이 감응의 기운이 신묘성(神妙性)을 획득하는 순간 비로소 껍질을 깨고 나와 우주와 한 몸이 되어 새로운 탄생을 현현할 수 있게 되는 것이다.

인간과 우주 혹은 인간의 몸과 우주의 同氣感應은 우주적 휴머니즘으로 불러도 무방하다. 이 새로운 우주적 휴머니즘은 서양의 휴머니즘과는 질적으로 다른 것이다. 이 휴머니즘은 우주와 인간의 마음 사이의 벽을 만들어 그 감응 자체가 불가능한 서구의 것과는 달리 인간의 마음, 즉 영적이고 감성적인 인간의 몸과 우주의 변화를 아우르는 그런 무궁한 감응을 전제로 하고 있는 것이다. 이것은 분명 인간과 우주에 대한 새로운 사유 체계임과 동시에 기존의 문명이나 문화에 일정한 반성과 비판, 그리고 대안을 제시할 수 있는 체계임에 틀림없다.

6. 노동의 수단 혹은 목적으로서의 몸시

몸은 생산성과 효율성을 높이기 위한 수단으로 존재한다. 근대로 올수록 인간의 몸은 육체적인 노동의 비중이 작아지고 정신적인 비중이 커졌다. 여기에 결정적인 요인으로 작용한 것이 테크놀로지의 발달이다. 인간의 육체적인 노동을 대신할 새로운 도구가 출현하면서 몸에서 땀이 제거대고 그 대신 서늘한 사이보그의 이미지가 대두한 것이다.

그러나 테크놀로지의 발달로 비록 정신적인 노동의 비중이 커졌지만 여전히 육체를 통한 노동이 사라진 것이 아니다. 노동이 좀 더 계급화 되었다고 하는 편이 맞을 것이다. 노동의 계급화는 깊은 소외를 낳고, 그것은 그만큼 몸이 자본의 논리에 종속되었다는 것을 의미한다. 노동이 신성한 것이라는 논리는 몸에 따른 계급화의 정도가 점점 커져가는 후기자본주의 사회에서는 공허한 것이 될 수 있다. 노동으로서의 몸은 신성함 대신 실존의 강박에 시달리게 되면서 도덕과 윤리 차원의 타락의 길을 걸을 수도 있는 것이다.

> 내 속눈썹에 고인 햇살이 톱날처럼 번뜩였습니다.
> 이 지게 도둑놈! 그러나 다 부서져가는 지게처럼 그는 늙어 있었습니다.
> 연체동물처럼 흐느적이며 지게를 빼앗긴 그는 뒤돌아섰습니다.
> 관절 마디 마디 무너져 내리는 모습으로 자꾸만 되돌아보며 또 뒤돌아보며……
> 바라보는 내 눈가엔 햇살의 톱날이 더욱 잘게 부서지고 있었습니다.
> 그러나 어느새 나는 뛰어가 그 무너져 내리는 몸짓에 지게를 입혀 주고
> 있었습니다.
>
> 그것은 내가 져야 할 최후의 짐이었기 때문이었을까요?
>
> – 김신용, 「더 작은 告白錄」 부분

이 시를 지배하고 있는 것은 '노인'에 대한 '나'의 시선이다. '나'는 '노인'에 대해 '도둑놈'이라고 분개하지만 결국 그에게 "지게를 입혀 주고" 만다. 그리고 그것이 자신이 "져야 할 최후의 짐 때문"이라고 말한다. 여기에는 자신도 그 노인처럼 될 수밖에 없다는 인식이 깔려 있다. '나' 역시 '노인'처럼 "무너져 내리는 몸짓"을 보여줄 수밖에 없는 존재이기 때문이다. '나'와 '노인'은 모두 몸 하나로 생계를 유지하는 지게꾼인 것이다. 이들에게 몸은 피와 땀의 의미 차원에서 거의 확장되지 않는다. 이들에게 몸의 확장을 가능하게 하는 도구가 있다면 그것은 '지게'이다.

지게는 사이버네틱스를 가능하게 하는 다양한 질료들과 비교해서 그 기

능이 단순하다. 지게는 테크놀로지에 의해 매개된 간접적인 에너지와는 다르다. 그것은 사이버네틱스가 아닌 순수하고 직접적인 몸의 에너지에 의해 기능하고 작동하는 엑추얼한 수단이다. 지게를 통해 발휘되는 에너지는 엑추얼한 몸의 에너지에 가깝다고 할 수 있다. 지게는 몸의 생산성을 높여주지만 그것은 어디까지나 몸의 에너지의 범주 안에서이다. 지게의 생산성과 효율성은 트럭이나 크레인 등과 비교해 보면 그것이 얼마나 몸적인가를 잘 알 수 있다.[10] 이러한 차이는 필연적으로 소외로 이어질 수밖에 없다.

내 품속의 정형 손은
싸늘히 식어 푸르뎅뎅하고
우리는 손을 소주에 씻어 들고
양지바른 공장 담벼락 밑에 묻는다
노동자의 피땀 위에서
번영의 조국을 향락하는 누런 착취의 손들을
일 안하고 놀고먹는 하얀 손들을
묻는다
프레스로 싹뚝싹뚝 짓짤라
원한의 눈물로 묻는다
일하는 손들이
기쁨의 손짓으로 살아날 때까지
묻고 또 묻는다

– 박노해, 「손 무덤」 부분

노동자의 훼손된 몸을 통해 노동 현실을 고발하고 있는 대표적인 시이다. 이 시에서 시인이 시 쓰기의 대상으로 삼은 것은 기계 사이에 끼여 팔딱거

10) 이재복, 「몸과 시의 리얼리티」, 『작가와 비평』, 2006년 하반기, p.158.

리는 정형의 손이다. 아마도 프레스에 의해 잘려져 나간 정형의 이 손은 시인의 의식에 강렬한 충격으로 다가와 각인 되었을 것이다. 자신의 몸에서 또 다른 몸의 일부가 잘려져 나간다는 이 사지절단의 체험은 인간이 체험하는 가장 공포스러운 것 중의 하나이다. 이런 점에서 정형의 절단된 손은 시인의 시적 질료가 되기에 부족함이 없다고 할 수 있다.

그러나 문제는 정형의 절단된 손이라는 이 시적 질료를 시인이 자신의 상상과 표현으로 되살려 놓고 있지 못하다는 점이다. 그것은 시인의 의식이 정형의 잘려나간 손이 아니라 '노동자의 피땀 위에서/번영의 조국을 향락하는 누런 착취의 손들'에 과도하게 쏠려 있기 때문이다. 프레스에 잘려 나간 정형의 손을 보고 '누런 착취의 손들'이 떠오른다는 발상은 어떻게 보면 지극히 자연스러운 것으로 볼 수 있지만 다른 한편으로 보면 그것은 그의 상상력이 유연하지 못하고 기계적이라는 사실을 말해 준다.

가해자와 피해자, 지배자와 피지배자, 가진 자와 못 가진 자라는 선명한 이분법적인 의미 구조란 사회 의식이 팽배한 시대에 흔히 볼 수 있는 것으로 여기에서 늘 문제가 되는 것은 경직성과 단순성이다. 이 이분법적인 의미 구조가 경직성과 단순성의 차원에 머물게 되면 그것은 틀림없이 무엇 무엇을 위한 한풀이 혹은 무엇 무엇을 위한 도구 정도로 그치고 마는 것이 사실이다. 「손 무덤」 역시 이러한 혐의로부터 자유롭지 못하다.

「손 무덤」을 읽고 난 후 느껴지는 것은 노동의 현장에서 체험하는 생생한 삶의 숨결이 아니라 그것이 제거된 상태에서의 가진 자들에 대한 생경한 한풀이이다. 가진 자에 대한 분노와 저항 의식은 가지지 못한 자 또는 피지배자의 위치에 있는 노동자라면 누구나 가지고 있는 보편적인 심리이다. 하지만 그들에 대한 분노와 저항이 항상 이념이나 이데올로기로 무장되어 있는 것은 아니다. 노동자란 그의 표현대로 하면 '가슴 미어지는 비애와 분노, 철저한 증오, 통곡, 참혹한 고통'(「사랑」, p.111)을 피투성이의 몸부림으로 살아내는 자들이다. 따라서 이러한 피투성이의 몸을 배제한 채 이념이나 이데올로기만을 들추어낸다는 것은 마치 살과 피가 없는 앙상한 뼈만 있는 몸을 몸이라고 하는 것과 별반 다르지 않다.[11] 『노동의 새벽』에서 그가 시적 대상으로 삼고 있는 노동자의 몸이 바로 이 형국이다. 이 때문에 그의 시는 노동자의 훼손된 몸을 자신의 이념이나 이데올로기를 실현하기 위한 도구로 이용하고 있다는 혐의를 받게 되는 것이다.

7. 몸의 개조 욕망과 미래적 전망으로서의 몸시

몸의 존재성과 관련하여 우리는 지금 동상이몽에 빠져 있다. 한쪽에서는 기에 또 다른 한쪽에서는 비트에 그 가치의 절대성을 부여하고 있다. 기 중심의 에코토피아와 비트 중심의 디지털토피아의 동상이몽은 그것이 쉽게 화합할 수 없는 성질의 것(자연/인공)이지만 화합해야만 하는 당위성을 가진다는 점에서 어떤 딜레마를 제공한다고 할 수 있다.[12]

에코적인 세계의 강조는 구체적인 힘의 실체를 간과한 채 자칫하면 이상적인 차원으로 빠질 위험성이 있다. 에코토피아가 의미를 가지기 위해서는 반에코적인 문명과의 소통이 전제되어야 한다. 지금 여기에서의 문명은 별이나 달 혹은 코라와는 다른 비트라는 물질이 토대가 되어 형성되는 그런 세계이다. 인류의 역사를 통시적으로 고찰해보면 인간의 문명의 인공화 혹은 비트화는 필연적인 감이 없지 않다.

역사 이래 인류가 꿈꾼 것은 프랑켄슈타인으로 표상되는 인간의 몸의 개조를 통한 거대한 인공세계의 건설이다. 몸의 기계화 단계를 넘어 몸의 디지털화는 이러한 인류의 욕망을 가속화시키고 있다고 할 수 있다. 몸의 디지털화는 이미 거스릴 수 없는 대세라는데 많은 사람들이 공감하고 있다. 특히 '우주에서의 생명' 이라는 주제로 스티브 호킹 박사가 행한 일본에서의

11) 이재복, 「손무덤의 가치 부드러운 페니스의 힘」, 『몸』, 하늘연못, 2002, p.215.
12) 이재복, 「에코토피아와 디지털토피아」, 『비만한 이성』, 청동거울, 2004, pp.88~93.

강연은 의미심장한 데가 있다. 이 천재 과학자의 강연의 요체는 '태양계의 수명이 다 하는 50억년 뒤에 이 지구상에는 인간과 같은 생식 기능을 하는 생명체는 다른 행성으로 가는 여행을 견디지 못하기 때문에 살아남을 수 없다'는 것이다. 생식 기능의 생명체를 대신해 '실리콘 생명체'라는 새로운 인공화된 생명체가 생겨난다는 것이다. 실리콘 생명체란 컴퓨터 바이러스 같은 것으로 만일 인간이 살아남기 위해서는 정신을 복제해서 컴퓨터 바이러스 같은 실리콘에 그것을 실어 공간 이동을 할 수밖에 없다는 것이다.

사이보그라는 말이 인간이 만들어낸 허황된 환상이 아니라 그것이 실현 가능한 존재의 차원에서 이해되는 것이 지금 여기의 현실이다. 그 욕망을 반영하고 있는 것이 바로 「매트릭스」이다. 몸과 관련해서 「매트릭스」에서 가장 인상적인 것 중의 하나는 네오가 전화 케이블을 타고 차원 이동하는 장면이다. 영화이기 때문에 과학적인 사실을 생략한 채 차원 이동 자체만을 보여주고 있지만 이 상상력이야말로 스티브 호킹 박사의 예언과 다르지 않다고 할 수 있다. 인간의 정신(뇌)을 복제하는 것이 지금의 기술로는 불가능하지만 그 발전 속도를 도저히 예측할 수 없다는 측면에서 보면 이것이 상상이나 예언으로 그치지 않고 실현 가능한 사실로 다가올 수도 있다는 것을 말해준다. 이런 점에서 볼 때 인간의 몸의 사이보그화는 끔찍한 악몽이라고 할 수 있다. 인간의 몸이 사이보그화 되고 실리콘 생명체가 될 때 인간은 여전히 꿈 꿀 수 있을까? 이러한 세계의 도래에 대해 조금이라도 생각해 본 사람은 불안과 공포에 시달릴 것이다. 시인의 감수성은 이미 여기까지 뻗쳐 있다.

14220469103026100151022
3102탈북9402150꽃제비204
15392049586910295849320
50203046839204962049560
5302아프리카에서종말론신자

924명집단자살20194056239
31029403120469103012022
01죽음은기계처럼정확하다01
10207310349201940392054

눈물이 나오질 않는다

전자상가에 가서
업그레이드해야겠다
감정 칩을

– 이원, 「사이보그 3 – 정비용 데이터 B」 부분

몸속에 비트 칩을 내장한 사이보그의 존재를 숫자의 적나라한 병기를 통해 드러내고 있는 시이다. 인간의 존재가 하나의 숫자를 통해 조종되고 통제된다는 사실은 분명 두려운 일이다. 특히 인간이 가장 인간다울 수 있는 척도인 감정까지도 칩을 통해 조종되고 통제된다는 사실은 인간의 몸의 사이보그화가 유토피아가 아니라는 것을 강하게 환기한다고 할 수 있다. 그러나 시인은 그 유토피아가 에코에 있다고 말하지 않는다. 그는 디지털이 지배하는 세계가 일종의 '사막'이며 인간은 그곳에서 '유목민처럼 떠돌 수밖에 없다'고 다소 건조하게 말하고 있을 뿐이다. 이러한 비극적인 세계 인식은 비록 그것이 미래에 대한 어떤 희망적인 비전을 내장하고 있지 않음에도 불구하고 지금 여기에서의 삶의 모습을 다양한 시적인 형식으로 들추어내고 있다는 점에서 일정한 진정성을 획득하고 있다고 할 수 있다.

그러나 시인의 상상력이 계속 여기에 머문다면 문제가 있지 않을까? 디지털 시대를 보여주는 것만으로도 시적인 형상을 획득하고 있지만 시대에 대한 시적인 비전의 제시라는 차원에서 보면 미흡하다고 할 수 있다. 이런 점에서 그녀의 시는 비전의 과잉을 드러내고 있는 에코토피아를 내세우는 시인들의 시와 좋은 대비가 된다. 이 대비가 서로의 결핍을 채워주는 쪽으로 작용하면 보다 생산적인 결과를 얻을 수 있을 것이다.

이러한 감수성을 지닌 시인이 출현해야 하리라고 본다. 아직도 우리시단에 이런 시인들이 부재하다는 것은 몸을 통한 감각과 사유가 깊지 못하다는 것을 말해준다. 지금 여기에서의 우리의 몸은 에코적이면서 동시에 디지털적이다. 우리가 디지털의 가상 세계 속으로 끊임없이 미끄러져 내리다가도 결국에는 기로 충만한 현실의 세계로 돌아와야만 하는 경우를 상기해보라. 우리는 한시라도 숨을 못 쉬면 생명을 유지할 수 없는, 하루 세 끼 밥을 먹어야 하고 그것을 배설해야만 하는 그런 생식기능을 하는 에코적인 존재인 동시에 비트가 만들어내는 가상의 문명의 세례를 온몸으로 받고 자라는 디지털적인 존재인 것이다. 따라서 에코와 디지털은 두 몸이 아니라 한 몸인 것이다.

8. 프랑켄슈타인 혹은 시쓰기의 욕망

인간은 모두 프랑켄슈타인의 후예이다. 유사 이래 인간이 보여 온 저 인간 개조의 욕망을 상기해보라. 인간의 몸이 가지는 유한함과 나약함을 넘어서기 위해 인류는 정신의 비대함과 함께 물질적인 차원의 사이보그화를 끊임없이 욕망해 왔다. 인류의 문명도 따지고 보면 몸이 가지는 한계를 극복하려는 욕망에서 비롯된 것이라고 할 수 있다. 그 욕망은 결과적으로 인간에게 진보에 대한 믿음을 심어주긴 했지만 인간 존재의 비극성과 부조리함이라는 어두운 면을 탄생시켰다고 할 수 있다. 인간의 진보에 대한 믿음은 야만의 배제와 맞물려 있는 문제이기 때문에 간단한 것이 아님에도 불구하고 인간은 그것에 대해 보다 근본적인 회의를 드러내지 않았다.

문명이 진보하면서 인간의 몸 역시 온갖 구속과 한계로부터 해방되리라는 믿음은 그러나 믿음으로 그치고 말았다고 할 수 있다. 문명이 진보하면서 몸이 해방된 것이 아니라 오히려 점점 더 구속당하게 되는 아이러니가 연출된 것이다. 비트를 토대로 하는 디지털 시대가 도래하면서 인간의 몸은 다른 어떤 때보다 해방을 누릴 것이라고 모두가 기대했지만 결과는 온갖 비쥬얼한 이미지와 좀 더 정교해진 감시 체계에 의해 더욱 억압받는 상황에 놓이게 되었다고 할 수 있다. 정신으로써의 몸에 대한 강조에 대한 반발로 육체로써의 몸이 부상했지만 그 몸 역시 동일한 이분법적인 체계에서 벗어나지는 못하고 있는 것이 현실이다. 이 불구적인 세계를 바로잡는 길은 몸의 본성을 회복하는 일밖에는 없다.

프랑켄슈타인의 인간의 몸의 개조 욕망은 좀처럼 그칠 기미가 보이지 않고 있다. 인간의 몸의 모든 유전자의 지도를 작성한 일(인체 게놈 프로젝트)은 이런 점에서 그 욕망의 실체를 보여준 끔직한 사건이라고 할 수 있다. 이 사건이 인간의 행복한 미래를 담보하는 것이 아니라 또 다른 억압을 가져올 뿐이라는 사실을 그간의 역사에서 명명백백히 드러났음에도 불구하고 이 일이 계속되고 있다는 것은 인간의 몸의 개조 욕망이 우리 안에 깊이 뿌리 내리고 있다는 것을 말해준다. 몸에 대한 민감한 자의식을 가진 시인이라면 몸을 둘러싸고 벌어지는 이러한 일련의 일들에 대해 불안을 느끼고 그것을 글쓰기를 통해 해소하려고 할 것이다. 몸보다 확실하게 인간과 세계의 존재를 규정짓는 것은 없으며, 당대의 감수성이 이 몸을 통해 드러날 수밖에 없다면 프랑켄슈타인의 인간의 몸의 개조 욕망은 곧 시인의 시쓰기에 대한 날카로운 자극으로 연결될 수 있을 것이다. 자의식에 상처를 입고도 그것을 치유하지 않는 시인은 없을 것이다. 자신의 몸에 난 상처가 곧 시를 잉태한다. 프랑켄슈타인의 인간의 몸의 개조 욕망이 계속될수록 시인의 시쓰기의 욕망도 그치지 않고 계속될 것이다.

4. 시와 해체주의

이 혜 원

1. 해체주의와 해체시

(1) 해체주의의 기본개념

해체주의는 탈구조주의자 중에서도 가장 급진적인 사유를 행했던 데리다와 밀접하게 연관된다. 데리다는 서양의 역사에서 오랫동안 절대적인 우위를 차지해왔던 신, 이성, 말 중심의 세계관을 비판하고 그것의 해체를 도모한다. '해체(deconstruction)'란 기호의 의미를 고정시키려는 기존의 형이상학에 대한 부정의 방법이다. 형이상학에 질서를 부여하는 절대적 기초는 '말/글', '기표/기의', '객체/주체', '본질/현상', '내용/형식', '영혼/육체' 등의 이항 대립과 그 중에 어느 한 쪽에만 특권을 부여하는 배타적인 사고에서 발생한다고 보고 이것의 허구성에서 벗어나고자 한 것이다. 데리다에 의해 촉발된 해체주의는 모든 기성의 질서와 권위에 대한 근본적인 부정을 뜻한다. "예언자로서 데리다는 우리에게 해체적 인간을 선보이는데 그는 기쁨과 긍정에 차서 세계가 놀이화되어 가는 순수함을 받아들이며, 기호들의 세계와 해석의 능동성을 긍정하고 진리 때문에 세계를 괴롭히거나 기원에 대한 꿈을 충족시키려 들지 않고, 중심 주변에서 기표들의 자유로운 놀이와 구조의 편향적 생산을 추적하며, 인간과 휴머니즘을 깎아 내리고 낡은 이성 중심주의적 마법을 비난하며 기꺼이 그 너머로 나아간다. 해체적 인간은 낡은 감수성을 차갑고 냉혹하게 공격하며 전통적인 기초를 무너뜨린다."[1] 데리다가 자신을 '가장자리'에 있는 것으로 인식하며 중심이니, 본질이니 하는 기존의 질서로부터 끝없이 미끄러지는 해체의 자유로운 놀이를 즐긴다. 그가 보기에 의미는 결코 정립될 수 없고 계속 차연(差延)될 뿐이다.

데리다는 또한 '책'과 '텍스트'를 구분한다. "데리다는 차연이 직조해가는 시공간적 차이의 연쇄적 그물망을 텍스트라 불렀다. 책의 은유 속에 보호되고 있는 형이상학적 진리들이 어떤 닫혀진 체계를 이루고 있다면, 이 흔적들의 세계에는 중심이나 기원이 없다."[2] 텍스트는 책처럼 체계적이고 완결되어 있는 것이 아니라 다른 텍스트와의 이질성과 상호 관련성에 의해 짜이는 직물과 같다. 상호텍스트성을 중시하는 해체주의에서는 단일한 의미를 거부하고 의미의 불확정성을 긍정한다. 저자에게 부여되던 권위를 해체하고 텍스트의 의미와 저자의 의도를 분리한다. 통일적 의미에서 자유로워진 텍스트의 의미는 해석의 무한한 가능성을 열어놓는다.

해체주의에서 '자유로운 놀이'라는 개념을 얻은 언어와 단일한 의미의 사슬에서 벗어난 '텍스트'는 문학의 외연을 확장한다. 형이상학에 행한 과감한 도전과 마찬가지로 문학의 기존 개념에서 벗어날 것을 주장한다. 이제껏 문학적 텍스트라 불려온 것들과 구분됨으로써 미래와 역사를 앞질러가는 텍스트로 끊임없이 움직여간다고 본다.

우리 문학의 경우는 특히 시에서 주도적으로 해체주의적 사고를 반영하는 시도를 행한다. 1980년대 초반부터 일군의 젊은 시인들이 기존의 양식을 해체하는 경향을 나타내기 시작한다. 그들의 시는 "기존의 문화적 세력에 대한 하나의 도전"[3]으로 여겨질 만큼 과감한 파격을 보인다. 이윤택은 일찌

---

1) 빈센트 B. 라이치, 『해체비평이란 무엇인가』, 권택영 역(문예출판사, 1988), p.61.

2) 김상환, 『해체론 시대의 철학』(문학과지성사, 1996), p.166.

3) 김현, 『한국일보』, 1983.11.2.

감치 그들의 시에서 해체의 전략을 포착하고 그것을 새로운 시 양식의 징후로서 적극적으로 평가한다. 그는 한국 현대시에서 무반성적으로 허용되어 온 감상적 인식, 프로퍼갠더적 인식, 소재주의적 전통 인식, 쉬운 시를 빙자한 대중 함몰 인식, 상징의 틀에 갇힌 조직인식 등을 해체되어야 할 단순성의 논리로 지적하며 기존 형식의 파괴와 다양한 변용을 주목한다.[4] 해체주의적 사고의 유입은 우리 시에 뿌리 깊은 '순수/참여' 의 이분법을 극복하고 보다 자유롭고 다양한 시를 시도하게 되는 계기가 된다. 해체주의는 1980년대 한국시를 급격하게 변모시키며 '해체시' 라는 명칭을 탄생시킬 정도로 강력하게 작용한다. 여기서는 해체주의와 시의 관련 양상을 한국의 사회 · 문화적 맥락을 중심으로 살펴보려 한다.

(2) 해체시의 형성과 전개

우리 시사에서 좁은 의미의 해체시는 1980년대 의욕적으로 시도되었던 형식 파괴의 시들을 가리킨다. 해체시는 1980년대 초의 반민주적 정치 체제에 반발하여 질서에 대한 저항을 내포하는 과격한 파괴의 양식을 산출하게 된다. 비슷한 경향의 시들을 아우르는 '실험' 이니 '전위' 니 라는 말 대신에 '해체' 라는 이름이 붙게 된 데에는 때맞춰 도입되기 시작한 '해체주의' 와의 관련을 배제할 수 없다. 해체주의는 의미의 무거움을 가벼움으로, 기성의 권위를 웃음으로, 진지한 사유를 자유로운 놀이로 변환시키는 놀라운 역전을 선보인다. 1980년대 우리의 해체시는 부정의 정신이나 형식 파괴의 정도가 기존의 어떤 시보다도 과감하다는 점에서 해체주의와 상통하는 점이 있다. 1980년대의 해체시는 지배질서에 저항하는 정치적인 성향과 시에 관한 고정관념을 뿌리째 흔드는 전복적 사유에 있어 다른 시기의 시들과 변별성을 갖는다.

---

4) 이윤택, 「해체의 시론」, 『해체, 실천, 그 이후』(청아, 1988), pp.40~41. 참조.

넓은 의미의 해체시는 기존의 문학적 제도나 질서를 비판하고 새로운 미학을 창출하는 시들을 통칭한다. 문학적 전통의 관성과 그에 대한 저항은 문학사의 자장에서 끊임없이 길항해온 대립적인 동력들이다. 해체시는 전통의 파괴를 통한 창조를 새로운 문학의 활로로 삼는다. 해체시에서 새로움의 추구는 미적 성취도에 대한 지향을 능가한다. "문학은 근본적으로, 표현하고 싶은 것을 표현할 뿐만 아니라 표현할 수 없는 것, 표현 못 하게 하는 것을 표현하고 싶어하는 욕구와 그것에의 도전으로부터 얻어진 산물이기 때문이다. 그러면 표현할 수 없는 것을 어떻게 표현할 수 있는 것으로 만들까? 어떻게 침묵에 사다리를 놓을 수 있을까? 나는 말할 수 없음으로 양식을 파괴한다. 아니 파괴를 양식화한다"[5]는 말은 해체시를 작동시키는 '도전'의 정신을 드러낸다. 기존의 양식으로 표현할 수 없는 것을 표현하기 위해서는 양식의 파괴가 필연적임을 선언하고 있다.

해체시를 시의 전통에 대한 부정과 해체라는 넓은 뜻으로 볼 때 우리 현대시는 주목할 만한 일군의 해체시인들을 보유한 것으로 나타난다. 1930년대의 이상은 해체시의 시조로 꼽을 만하다. 숫자나 기호, 도표로 이루어진 생경한 형식이나 의미의 질서에서 일탈한 문자의 조합으로 이루어진 이상의 시는 해체시의 요체를 일찌감치 선취하고 있다. 이상 시의 전통 부정은 자아와 시대의 모순을 돌파하려는 치열한 부정정신의 산물로서 정치적, 미학적 층위를 모두 포괄한다는 점에서 더욱 문제적이다.

이상이 선구적으로 보여준 해체시는 1960년대 김수영과 김춘수에 의해 확고한 방법론으로 자리잡는다. 김수영은 해체시의 정치적 층위를, 김춘수는 미학적 층위를 대표하는 개성의 분화도 주목할 만하다. 김수영의 해체정신은 정치적 자유의 지향으로 드러나며, 욕설과 악담, 야유, 요설의 도입으로 시와 일상어의 경계를 해체한다. 김춘수는 정치 · 역사적 현실과 유리된 무균질의 언어를 추구했으며, 의미의 형성을 애써 해체하는 독특한 미학

5) 황지우, 『사람과 사람 사이의 신호』(한마당, 1986), pp.22~23.

적 실험을 지속하였다.

1970년대, 김춘수 류의 해체시를 계승한 이승훈은 의식과 무의식의 경계가 해체된 자의식 과잉의 시를 선보인다. 오규원은 김수영의 비판 정신을 계승하여 문학적 관습에 대한 부정과 시어와 일상어의 경계를 허무는 작업을 시도한다.

1980년대는 해체시가 전격적으로 시도되는 시기이다. 또한 이 시기에는 정치적인 성격이 강한 해체시가 주류를 이루게 된다. 1980년대 황지우, 이성복, 박남철, 장정일 등의 해체시는 전례 없는 과감한 파격으로 충격파를 던지며 해체시 논의를 촉발시킨다. 기성의 권위와 질서에 대한 날카로운 비판과 조직적인 해체는 해체시의 파괴력을 극대화시켜 보여준다.

1990년대 이후 해체시는 1980년대에 비해 정치적 성격이 줄어드는 대신 존재론적, 혹은 미학적 차원의 개성적인 모색을 행한다. 현실과 환상의 경계를 해체하며 존재의 변환에 대한 의문을 제기하는 시들이 많아진다. 새로운 매체의 등장과 관련하여 시적 언어의 경계를 허무는 다양한 표현의 가능성이 제시되기도 한다.

이처럼 해체시는 우리 현대시의 미학적 변이를 추동하면서 긴요한 시사적 맥락을 형성하고 있다. 전통과 반전통의 길항작용 속에서 전개되어온 우리 현대시사에서 해체시가 행한 비판 정신과 파격적 양식의 역할은 적지 않다. 끊임없이 파격을 추구하는 것이 해체시의 운명이긴 하지만, 지금껏 행해진 그 양상을 통해 해체시의 창조적 지평을 가늠해볼 수 있을 것이다. 1980년대 이후 뚜렷한 경향을 이루는 해체시들은 권위/탈권위, 시/비시, 창조/모방, 현실/환상의 경계를 해체하려는 양상으로 나누어 살필 수 있다. 대표적인 예들을 통해 해체의 정신과 양식적 특성을 점검해 보자.

2. 해체시의 정신과 방법

(1) 권위의 해체

중심/주변, 신/인간, 본질/현상, 정신/물질, 말/글, 남성/여성 등 모든 차별적 관계를 부정했던 해체주의의 정신과 흡사하게 해체시는 기성의 질서에 대한 비판과 전복을 꾀한다. 특히 우리 해체시에서 부권에 대한 부정은 모든 권위에 대한 반감을 대변한다. 가부장제의 오랜 전통이 유지되어온 사회 · 문화적 특성으로 인해 아버지는 강력한 권위의 상징이 되었던 것이다. 1980년대 시에서 유행을 이루다시피 했던 부권에 대한 부정은 '아버지'로 대표되는 권위에 대한 강한 반발에 기반을 둔다. 군부 독재를 승계한 1980년대의 정치적 상황은 그와 유사한 가부장제의 중압감에 대한 염증을 불러온다. 정치적 발언이 제한되었던 당시의 상황에서 많은 시인들은 부권에 대한 강한 비판을 통해 모든 억압적 권력에 대한 부정과 저항의 정신을 드러낸다.

그는 아버지의 다리를 잡고 개새끼 건방진 자식 하며
비틀거리며 아버지의 샤쓰를 찢어발기고 아버지는 주먹을
휘둘러 그의 얼굴을 내리쳤지만 나는 보고만 있었다
그는 또 눈알을 부라리며 이 씨발놈아 비겁한 놈아 하며
아버지의 팔을 꺾었고 아버지는 겨우 그의 모가지를
문 밖으로 밀쳐냈다 나는 보고만 있었다 그는 신발 신은 채
마루로 다시 기어 올라 술병을 치켜들고 아버지를 내리
찍으려 할 때 어머니와 큰누나와 작은누나의 비명,
나는 앞으로 걸어 나갔다 그의 땀 냄새와 술 냄새를 맡으며
그를 똑바로 쳐다보면서 소리 질렀다 죽여 버릴 테야
法도 모르는 놈 나는 개처럼 울부짖었다 죽여 버릴 테야

별은 안 보이고 갸웃이 열린 문 틈으로 사람들의 얼굴이
라일락꽃처럼 반짝였다 나는 또 한번 소리 질렀다
이 동네는 法도 없는 동네냐 法도 없어 法도 그러나
나의 팔은 罪 짓기 싫어 가볍게 떨었다 근처 市場에서
바람이 비린내를 몰아왔다 門 열어 두어라 되돌아올
때까지 톡, 톡 물 듣는 소리를 지우며 아버지는 말했다

– 이성복, 「어떤 싸움의 記錄」 부분

이 시는 제목처럼 한 집안에서 일어난 싸움을 사실적으로 그리고 있다. 시의 형태는 온건한 편이지만 서술되는 충격적 내용을 담담하게 펼쳐 보이는 효과가 있다. 이 시의 화자는 '그'와 '아버지'의 싸움을 '보고만' 있다가 마지못해 개입하는 듯한 양상을 보인다. '그'의 행동도 문제적이지만 선뜻 두 사람의 싸움을 말리지 않는 데는 아버지에 대한 모종의 불만이 잠재해 있다고 할 수 있다. 화자가 싸움을 말린 이유는 '법도 모르는 놈'에 대한 단죄를 위해서다. 이때의 법은 가부장적 질서와 동일시된다. 아버지에게 행패를 부리는 '그'의 행동은 가정의 기본적 질서를 전복시키는 위법에 해당한다. '나' 역시 흔쾌히 아버지의 편을 들지는 않지만 '법'을 지키기 위해 싸움을 말린다. 아버지는 권위를 상실한 채 가부장적 질서에 의해 가까스로 싸움에서 벗어난다.

이성복의 초기시에는 이와 같이 무기력하고 부정적인 아버지가 자주 등장한다. 의심과 증오의 대상인 아버지에게서 더 이상 권위를 찾기 힘들다. 이 시는 아버지에 대한 적나라한 욕설로 인해 충격을 주며 1980년대 '아비' 부정의 시들을 촉발시키는 계기가 된다. 이 시에 나오는 아버지의 왜소한 초상은 권위와 존경의 상징이었던 부권 해체의 양상을 드러낸다. 사실적으로 재현된 어느 싸움의 기록으로 인해 차마 인정할 수 없었던 부권의 실추를 확인하게 된 것이다. 이 시는 물론 한 집안의 가족사를 다루고 있지만 가부장적 권위가 무너지는 장면의 묘사가 가져온 충격파는 그 이상으로 크다.

어떤 절대 권력도 무한할 수 없다는 사실을 대변하기 때문이다. 이성복의 시는 온건한 양식이지만, 권력의 뿌리에 돌이킬 수 없는 손상을 입히며 근본적인 의식의 변화를 일으킨다.

자알 배왔다 논
팔아 올레서 돈 들에 시긴
공부가 게우 그 모양이냐 말이
그렇다는 거지요 예끼 이 천하에

소새끼 같은

아버지 천하에
소새끼 같은 아버지
고정하십시요 야아 이 놈아
아버지

– 박남철, 「아버지」 부분

이성복 이후 시에서 아버지에 대한 욕설을 만나기는 어렵지 않다. 박남철의 위 시는 화자와 아버지의 대화로 이루어져 있는데, 교묘한 시행 배치로 아버지를 욕하는 상황을 연출하고 있다. "천하에/소새끼 같은 아버지", "고정하십시오 야아 이 놈아" 등에서 의도적으로 시행을 혼란스럽게 구사하여 아버지에 대한 욕설을 행한다. 이러한 욕설은 대상의 권위를 삭감하고 희화화하는 작용을 한다.

여성시인들의 시에서 부권에 대한 부정은 더욱 과격한 양상으로 드러난다. 김언희의 시에서 아버지는 여성에게 가해진 남성적 폭력을 상징한다. 시인은 아버지를 중심으로 하는 가족제도를 '가족 극장'으로 상정하고 가족 내 폭력과 억압을 성적 학대의 장면에 빗댄다. 거칠고 적나라한 성적 표현은 시적 허용의 수위를 넘어서는 극단적인 해체의 양상을 보인다. 가부장적 질서에 대한 극도의 부정은 아버지 뿐 아니라 어머니에 대한 부정으로까지 이어진다. "구렁이가/있다 어머니를 삼킨 살진 구렁이/구렁이의 뱃속에서 서서히 구렁이가 되어가는 어머니/나에게 서서히 어머니가 되어가는 구렁이"(「가족극장, 구렁이」)에서 구렁이는 지배적인 남성인 아버지를 상징하는데, 가부장제 하에서는 어머니 역시 아버지에게 동화되어 억압적인 존재가 될 수밖에 없음을 의미한다.

진은영의 시도 가부장제에 대한 전복적 사유를 내포하고 있다. "집의 붉은 혀가/깊은 뱃속으로"(「귀가」) 나를 삼켜버린다는 인식처럼 가부장제가 존속하는 한 가족제도는 억압의 굴레를 벗어날 수 없다. 진은영의 시에서도 어머니와 할머니 같은 여성들조차 가부장제의 틀을 고수하는 억압적인 존재로 나타난다. 시인은 아버지나 신과 같은 권위의 표상들을 부정하며 지배 질서에 대한 유쾌한 전복을 시도한다.

1980년대 이후 우리시에서 아버지로 대표되는 권위와 질서는 꾸준히 해체되어 왔다. 가부장제의 중압은 종종 독재 정권의 억압과 동일시되면서 강력한 부정의 대상이 되었다. 아버지를 향한 욕설과 비난과 의심은 가부장제의 권좌에서 그를 끌어내리고 오랫동안 존속해온 억압의 실체를 해체시킨다. 기성의 제도와 질서에 대해 부정하고 반발하는 해체의 정신이 관념의 깊은 뿌리를 뽑을 수 있는 동력으로 작용한 것이다.

(2) 시/비시의 해체

해체시는 모든 권위와 질서에 대한 전복을 꾀하는데 무엇보다도 시 자체에 대한 해체에 적극적이다. 그러나 해체시는 기성 질서를 대변하는 언어와 시의 양식에 대한 과감한 해체를 통해 보다 근본적인 비판과 부정을 행한다. 해체의 전략이 가장 근본적으로 작동하는 경우는 '시/비시'의 경계를 넘어서는 것이다. 해체주의가 보여주었던 이항 대립의 부정처럼 시에 대한 완강한 고정관념을 벗어나는 방식으로 해체시는 새로운 시의 가능성을 연다. 시와 비시의 해체에서 두드러진 양식 실험은 기존의 시로는 새로운 사회와 의식의 변화를 표현할 수 없다는 각성과도 연결된다. 뿌리 깊은 시의 전통과 질서를 극복하기 위해 시인들은 시에 대한 고정관념을 뒤집는 획기적인 시도를 한다. 황지우는 누구보다도 다양하게 새로운 시의 양식을 실험하며 시에 대한 고정관념을 깨뜨리는 데 앞장섰다.

> 나는 시를, 당대에 대한, 당대를 위한, 당대의 유언으로 쓴다.
> 上記 진술은 너무 오만하다( )
> 위풍 당당하다( )
> 위험천만하다( )
> 천진난만하다( )
> 독자들은 ( )에 표를 쳐 주십시오.
>
> – 황지우, 「도대체 시란 무엇인가」 부분

「도대체 시란 무엇인가」는 시에 대한 근본적인 질문을 담고 있는 시이다. "나는 시를, 당대에 대한, 당대를 위한, 당대의 유언으로 쓴다"는 당당한 전언을 제시한 후에 시인은 자신의 발언이 불러일으키는 반응을 살핀다. 대개의 시들이 시인의 일방적인 고백을 담고 있는 것에 반해 이 시에서는 독자의 존재를 의식한다. 그리하여 독자의 반응을 점검할 수 있는 설문지 같은 독특한 형식이 산출된다. "당대에 대한, 당대를 위한, 당대의 유언"으로서의 시라면 마땅히 당대의 독자들이 함께 해야 하기 때문이다. 이처럼 독자의 직접적인 참여를 유도한 시는 전례를 찾기 힘들다. 시에 대한 고정관념에서 탈피하여 자유롭게 새로운 양식을 추구한 결과이다.

정치적인 성격이 강한 1980년대 초의 해체시에서는 독자들을 의식하는 경향이 두드러진다. 박남철은 「독자놈들 길들이기」에서 "내 시에 대하여 의아해하는 구시대의 독자 놈들에게 차렷, 열중 쉬어, 차렷,/이 좆만한 놈들이…….”라며 구령과 욕설이 뒤섞인 시를 선보인다. 독자를 ‘길들인다’는 발상도 특이할뿐더러 시의 독자를 군대에서 훈련시키듯 다루는 상황도 흥미롭다. 시에 대한 기존의 소통 방식과는 전혀 달라 충격을 주면서 새로운 반응을 유도해낸다.

장정일은 시라는 장르에 대한 전면적인 해체를 행한다. 그는 시와 소설, 희곡, 시나리오를 자유롭게 오가며 새로운 형태의 시를 선보인다. 장르의 경계를 해체함으로써 그는 문학적 형식과 제도를 과감하게 부정한다. 장르 해체 외에도 시에 대한 완강한 고정 관념에서 벗어나는 다양한 시도를 한다.

> 길안에 갔다.
> 길안은 시골이다.
> 길안에 저녁이 가까워 왔다. 라고
> 나는 썼다. 그리고 얼마나
> 많이, 서두를 새로 시작해야 했던가?
> 타자지를 새로 끼우고, 다시 생각을
> 정리한다. 나는 쓴다.
>
> 길안에 갔다.
> 길안은 아름다운 시골이다.
> 그런 길안에 저녁이 가까워 왔다.
> 별이 뜬다.
>
> – 장정일, 「길안에서의 택시잡기」 부분

이 시에서는 시를 쓰는 시인의 자의식이 그대로 드러나는 부분과 그가 쓴 시가 교차 반복되는 특이한 구성을 보여준다. 후자는 한 자씩 들여쓰는 방법으로 전자와 차별된다. 우리가 통상 시라고 할 때는 후자를 연상하기 쉽다. 시 쓰는 과정의 고민과 첨삭의 과정이 생략된 완성된 형태의 시 말이다. 이 시에서도 기존의 시에 해당하는 부분은 완결된다. 그러나 전체 시의 마지막은 "나는 계속, 쓸 것이다."로 끝난다. 억지로 끝낸 시와 달리 시인이 진정 쓰려고 하는 시는 미완성일 수밖에 없다는 것이다. 이러한 특이한 시도를 통해 그는 기존의 시 형식이 갖는 폐쇄성과 보수성에 대해 문제를 제기한다.

그는 시가 너무 오랫동안 점잔을 빼며 쓸데없는 자기만족에 빠져있었다는 점에 대해서도 야유를 금하지 않는다. 「햄버거에 대한 명상–가정요리서로 쓸 수 있게 만들어진 시」에서는 햄버거를 만들 때 필요한 재료를 상세하게 나열한다. 일상적 삶과 거리가 멀었던 기존의 시에 대한 관념을 뒤집으며 시의 '효용'에 대한 의문을 제기한 것이다. 시는 과연 패스트푸드에 불과한 햄버거만큼이라도 우리의 삶에 도움이 되는 것인가라는 자조와 냉소를 엿볼 수 있다.

시와 삶의 거리감을 부정하고 시에 일상성을 부여하려는 시도는 이후에도 지속된다. 시에 부여되어온 위엄을 제거하고 일상과 구분할 수 없는 상태를 그리는 경우가 많다.

> 쇼핑 갔다 오십니까?
>
> 그래, 왜?
> 아니, 그냥
>
> – 성기완, 「쇼핑 갔다 오십니까」 전문

이 가벼운 세 줄의 시는 일상적인 대화의 한 토막을 제시한 것에 지나지 않는다. 시는 그럴듯한 의미와 일정한 형식을 갖춰야 한다는 통념을 이 시에서는 찾을 수 없다. 전세대 해체시들이 보여주었던 부정정신과 전복의 의지는 찾아보기 힘들다. "아니, 그냥"이라는 말처럼 목적 없이 내뱉는 언어를 통해 어떤 의미의 무게로부터도 자유로운 상태를 보여준다.

시에 대한 고정 관념을 해체하는 시들은 어떤 경우보다도 자기 파괴적이며 동시에 창조적인 사유의 산물이다. 형식의 전통을 고수한 채 의식의 변화를 그리는 것이 불가능하다는 미학적 통찰이 가장 과격한 해체를 불러일으킨다. 그로 인해 '시/비시'의 눈에 보이지 않던 완고한 경계가 무너진다. 장르를 해체하는 자기부정으로 인해 시의 위상은 크게 낮아지고 시의 영역은 크게 넓어진다.

(3) 창조/모방의 해체

해체시는 시와 비시의 경계를 무너뜨리면서 다양한 표현의 가능성을 열어놓게 된다. 기존의 시들은 창조성을 필수 자질로 인식해왔지만 해체시들은 창조와 모방의 결정적인 차이를 인정하지 않는다. 이는 상호텍스트성과 혼성 모방을 새로운 문학의 양식으로 인정하는 포스트모더니즘의 사유와도 상통하는 것이다. 해체시는 모방에 대한 거부감 없이 오히려 적극적으로 그것을 새로운 창조의 동력으로 삼는다. 모방의 대상은 실로 다양하지만 특히 방송, 언론, 광고 등의 현대적인 표현 매체를 활용하는 경우가 많다.

황지우는 모방을 통한 창조를 선구적으로 행한 시인이다. 그의 시에는 신문기사, 광고, 만화, 도표, 벽보 등 다양한 매체가 종종 인용된다.

김종수 80년 5월 이후 가출
소식 두절 11월 3일 입대 영장 나왔음
귀가 요 아는 분 연락 바람 누나

이광필 광필아 모든 것을 묻지 않겠다
돌아와서 이야기하자
어머니가 위독하시다

조순혜 21세 아버지가

기다리니 집으로 속히 돌아오라
내가 잘못했다

나는 쭈그리고 앉아
똥을 눈다

– 황지우, 「심인」 전문

이 시에서는 공중화장실에 붙어있는 심인광고를 인용하고 있다. 심인 광고를 늘어놓는 것에 그쳐 영문을 알 수 없던 시의 상황은 마지막 연의 진술에서 명확해진다. 화자가 쭈그리고 앉아 똥을 누는 장면은 앞선 내용들을 일시에 희화화한다. 그러나 웃고 넘기기에는 개운치 않은 점이 있다. 가장 긴 첫 번째 사연은 어쩔 수 없이 1980년의 광주를 떠올리게 한다. 그 해 5월에 행방불명이 되었고 같은 해 입대 영장을 받은 청년의 사연은 아이러니하다. 저마다의 이유로 애타게 가족을 찾는 심인 광고와 무심하게 똥을 누는 화자의 상반된 태도는 블랙유머를 유발하며 소외된 인간관계를 돌아보게 한다. 이런 단편적인 심인 광고가 시가 될 수 있는 것은 적절한 편집 기술과 상황 설정에 기인한다. '방법적 인용'이라고 할 정도로 황지우의 편집술은 의도적이고 치밀하다. 일정한 해석을 유도하는 계산적인 배치와 고도의 암시로 의미를 창조해낸다.

황지우 이후의 시에서 인용이나 패러디는 더욱 전격적으로 활용된다. 유하는 대중문화와 시의 경계를 해체한 대표적인 시인이다. 그가 즐겨 소비하는 것은 만화(-영화), 프로레슬링, 무협소설(/시), 초능력자에 대한 이야기, 영화, 삼류 포르노 영화(/소설) 등이며, 다시 말해 예술비평에서 키치(Kitsch)적인 것이라는 말로 흔히 통용되는 범주의 것들이며, 그것들을 소비하는 자신의 문화적 의미를 반성하는 것이 그의 시가 연 새 지평이다.[6]

6) 김현, 「키치 비판의 의미-유하 시가 연 새 지평」, 『무림일기』(중앙일보사, 1989), pp.143~144.

무력 19년 초봄, 칠청단이란 자객의 무리들이 난데없이 출몰해
무고한 백성들을 자객훈련 시킨다며 백골계곡에 잡아가둔 사건이 있었다
이른바 소림삼십육방 통과보다 더 악명 높다는 지옥십관 훈련
그러나 대부분 지옥일관도 통과하지 못하고 독가시 채찍에 맞아 원혼이 되었다
그무렵 하남 땅에선 민초들의 항쟁이 있었다
아, 이름하여 하남의 대혈겁
광두일귀는 공수무극파천장을 퍼부어 무림잡배의 폭동을
무사히 제압했다고 공표 무림의 안녕을 거듭 확인했다
그날은 꽃잎도 혈편으로 흐드러졌고 봄비도 피비린내의 살점으로 튀었다

– 유하, 「武歷 18년에서 20년 사이」 부분

이 시에서는 대표적인 키치 문화인 무협지의 언어와 세계관을 패러디하여 현실을 풍자하고 있다. 무협지의 고정된 형식을 끌어들여 민감한 현실을 거론하는 방법이 혁신적이다. 무협지 특유의 어법을 활용하여 일관된 분위기를 형성하며, 무협의 세계와 다를 바 없는 거칠고 폭력적인 현실을 은유한다. 시인은 고급예술과 대중예술, 과거와 현재, 상상과 현실의 경계를 자유롭게 넘나들면서 모방의 창조적 가능성을 실험한다.

함성호는 사전의 해설, 각주, 영화 자막, 다큐멘터리 대사 등 다양한 정보를 인용한 시들을 선보인다. 객관적인 정보의 나열을 통해 현실의 불모성을 사실적으로 포착한다. 가령 "선생들은 전부, 미쳤어요……수업 중에, 농약을 처먹구, 자살을 기도한 놈이 있었어요……걔네 아버지가, 선생,……박정희 맹신자래요……(너는 빛)……글쎄요, 나도 내 청춘이 용서될 것 같지 않네요"(「더러운 거래–다큐멘터리」)에서는 다큐멘터리에 나오는 독백을 그대로 적어놓는다. 어떤 논평도 생략된 사실의 제시로 병든 삶의 참담한 실상을 드러낸다. 시인은 시보다 훨씬 함축적으로 현실을 담고 있는 객관적 자료들을 도입하여 사실적으로 편집한다. 냉철한 시선과 날카로운 식견으로

현실과 시의 경계를 허문다.

대중문화나 일상의 자료들을 패러디한 시들이 모두 현실 비판적인 면모를 보이는 것은 아니다. 최근의 패러디시들은 특별한 목적의식이 없이도 책이나 영화나 음악의 분위기나 용어를 빌어서 풍부한 문화적 의미를 산출한다. 이전의 시들처럼 공동의 시대적 체험을 상기시키기보다는 개인의 문화적 취향을 감각적으로 표현하는 것에 가깝다. 다양한 문화의 인용과 향유는 모방과 창조의 경계가 흐려진 이 시대에 별다른 거부감 없이 생산되는 시의 한 양식이 되고 있다.

(4) 현실/환상의 해체

해체시는 리얼리즘의 전통이 강한 우리 문학의 주류와 달리 현실과 환상의 경계를 해체하는 작업을 왕성하게 진행해왔다. "서정시가 꿈꾸는 기억과 근원에로의 회귀가 '정지의 미'를 꿈꾸는 데 비해, 환상시란 애당초 본질이 존재하지 않으며 미래만이 계속되는, 그 미래조차도 영토화가 되려는 순간 '발명해야 할 대상'인 가능성의 영역으로 미끄러지는 차연(差延)의 세계이다."[7] 대개의 시들이 기억과 현실이 조화롭게 결합된 단일한 이미지를 지향하는 것에 비해 현실과 환상의 경계를 해체하는 시들에서는 환상이 끊임없이 새롭게 창출된다는 것이다.

> 기차가 지나갔다
> 그들은 피 묻은 내 반바지를 갈아입혔다
> 기차가 지나갔다
> 그들은 나를 다락으로 옮겨놓았고
> 기차가 지나갔다

---

7) 박형준, 「환상과 실재」, 『창작과비평』(2005.가을), p.317.

첫번째 기차가 아버지의 머리를 깨고 지나갔다
두번째 기차가 어머니의 배를 가르고 지나갔다
세번째 기차가 내 눈동자 속에서 덜컹거렸고
할머니의 피묻은 손가락들이 내 반바지 위에
둑둑 떨어지고 있었다

기차가 지나갔다
나는 뒤집힌 벌레처럼 발버둥쳤다
기차가 지나갔다
달리는 기차에 앉아
흰 구름 한 점 웃고 있었다
기차가 지나갔다

– 박상순, 「빵공장으로 통하는 철도」 전문

박상순의 시는 평이한 언어로 이루어져 있지만 해독이 쉽지 않다. 실재와 환상이 혼합된 진술이 이어지기 때문이다. 각각의 진술들이 보이는 인과 관계는 불충분하다. 다만 단속적인 이미지들이 일으키는 연상 작용에 의해 공동의 분위기를 형성하고 있다. 1연과 3연에서는 "기차가 지나갔다"는 구절과 화자의 고통스런 기억이 병렬된다. 2연에서는 기차와 가족들의 피해가 보다 직접적으로 연결된다. 기차는 아버지와 어머니와 할머니의 고유한 능력들을 훼손시킨다. 제목과 관련지어 볼 때 '빵공장' 즉 자본주의적 생산체계가 개인의 능력을 파괴하며 고속으로 질주해온 근대적 삶과 소외의 문제를 떠올려볼 수 있다. '흰 구름' 은 잘 잡히지도 않는 지배세력의 존재가 아닐까. 워낙 불연속적인 진술들이기 때문에, 이런 식으로 상상해볼 수는 있지만 그것은 다양한 해석의 가능성 중 하나일 뿐이다. 현실과 환상의 경계가 모호한 진술들이 몽타쥬로 이어지면서 막연하게 악몽 같은 삶을 떠올리게 한다. 환상을 사실적으로 그려내는 박상순의 시는 인과적인 인식의 질서를 해체시키며 납득하기 힘든 삶의 기괴함을 더욱 강렬하게 표현한다.

현실과 환상의 경계를 해체시키는 시들은 점점 더 왕성하게 시도되며 새로운 문학의 출구로 작용하고 있다. 관습적인 언어와 인과적 사유가 갖는 한계를 돌파하기 위해 환상의 잠재력을 실험하기 시작한 것이다. 이 역시 이성에 절대적인 우위를 부여했던 근대적인 질서에서 이탈한 새로운 시대적 징후이다. 이런 시들에서는 의미의 불연속성이 두드러질 뿐 아니라 화자조차도 통일되어 있지 않은 혼란스러운 진술이 출현한다.

> 너는 십년 만에 비춰보는 내 거울이야. 난 그때 네가 꼭 죽을 줄만 알았는데, 그래서 유감없이 탈출했는데, 같이 죽기에는 피차 지겨웠으니깐, 이해해?
>
> – 김행숙, 「귀신 이야기 1」 부분

김행숙의 시에서 현실과 환상은 아무 거리낌 없이 뒤섞인다. 박상순의 시에서 현실과 환상의 불연속성이 두드러진 것에 비하면 김행숙의 시에서는 연속성이 돋보인다. 김행숙의 시는 화자가 수시로 바뀌는 독특한 방식으로 현실과 환상의 경계를 메운다. 시인은 사람이 아닌 귀신을 화자로 등장시킬 정도로 시에 대한 통념을 자유롭게 해체한다. 위의 시는 귀신인 화자가 사람에게 들려주는 이야기이다. 이 시에서 '나'와 '너'는 한 몸에 살았던 두 개의 존재이다. 귀신의 회고를 통해 십년 전에 죽음의 목전까지 갔던 사람의 사연을 추적해볼 수 있다. 친구처럼 친숙하게 속삭이는 귀신의 소리는 분열되었던 의식과 무의식의 상태를 연상시킨다. 삶의 본능과 죽음의 본능 사이에서 심각하게 방황했던 자의 상황을 떠올리게 한다. 그러니까 이 시에서 귀신은 초자연적 존재라기보다는 분열되었던 의식의 파편에 가깝다. 시인은 귀신의 존재로 무의식의 심층을 전경화한다. 무의식은 어둡고 모호한 상태로 갇혀있기만 하는 것이 아니라 역동적으로 움직이고 반응한다는 것을 보여준다. 김행숙의 시에서 환상의 적극적 도입은 무의식을 현실의 표층으로 끌어내어 구체적인 감각으로 표현하는 것을 가능하게 한다.

> 마네킹은 얼굴에 들러붙는 나뭇잎을 뜯어내려고 손을 뻗친다. 이마에서 두 팔이 뻗어나와 공중에 흩어진다. 마네킹은 연기처럼 찢어지는 두 팔을 보며 서른 번째 모퉁이를 돌아간다. 뼈끝에서 살이 찌는 구두와 장갑이 무거워 횡단보도 앞에 잠시 멈춘다. 문이 닫히기 전에 정육점에 가야 한다. 차도에는 질주하는 바퀴들이 핏물을 튀기고 있다. 마네킹은 목을 꺾어 뒤를 돌아본다. 사람의 앞면을 지닌 마네킹들이 걸음을 재촉한다. 타닥타닥 뼈 부딪는 소리가 바닥을 질질 끌고 모퉁이를 돌아간다.
>
> – 이민하, 「환상수족」 부분

'감각'은 환상적 이미지에 구체성을 부여하는 데 긴요한 자질이다. 젊은 시인들의 시에서 거침없이 분출되는 환상들은 감각적으로 인지된다. "이민하는 마비된 실제의 수족의 무능을 '환상수족'을 통해 보완할 뿐 아니라, '환상수족'을 적극 배양함으로써 박탈당한 육체와 육체의 감각을 탈환하고자 한다. 이 탈환의 과정을 그녀는 '환생'이라고 부른다."[8] 시뮬라크르가 지배하는 시대에는 마비된 육체의 감각조차 환상에 의해 환생되는가. 이토록 해체적인 사유 앞에서 환상과 실재를 구분하려는 이성의 작동은 너무도 구태의연해 보인다.

현실/환상의 해체는 지금 젊은 시인들 사이에서 가장 활발하게 진행되는 현상이다. 리얼리즘의 중압에서 자유로운 시인들은 상상의 오아시스가 내재한 새로운 시의 영토로 환상을 탐색하고 있다. 그들은 환상에 감각을 부여할 정도로 그것을 구체적으로 인지하고 감응한다. 그런데 환상의 영토는 너무나 광활하면서도 개별적이다. 자신만의 영토에 갇힌 채 자족적인 이미지의 제국에 안주할 수도 있다. 이는 해체를 통한 시의 확장이 아닌 괴멸의

8) 김수이, 「감각의 노래를 들어라」, 『문예중앙』(2005.여름호), p.31.

길로 이어지기 쉽다.

3. 해체시의 미래

1980년대 이후 활발해진 해체시의 전개는 '해체시'를 우리 시사의 모든 전위적인 시들을 통칭하는 대명사로 만들 정도이다. 해체시는 모든 예술을 추동하는 두 개의 힘, 대중성과 실험성 중에서 실험성이 강한 시이다. 해체시는 대중적 지지, 심지어는 미적인 성취를 유보하면서도 첨단의 실험정신을 추구한다. 그러므로 앞선 해체시의 양식을 반복하는 해체시는 아류에 불과하다. 해체시는 끝없이 혁신해야 하는 고단한 운명을 안고 있다.

해체시가 혁신이라는 과업을 수행해나가기 위해서는 해체주의의 정신을 되새길 필요가 있다. 해체주의는 기성의 권위나 고정관념에 대한 전복적 사유로 철학의 역사를 새롭게 하였다. 사유의 고정된 틀을 깨는 해체주의의 과감하면서도 치밀한 비판정신을 참조해야 한다. 해체시가 난해성의 시비에 휘말리면서도 일정한 역할을 인정받을 수 있었다면, 그것은 해체의 필연적인 이유에 대한 분명한 인식과 치열한 자기 부정의 정신이 자리하고 있었기 때문이다. 부정의 대상도, 목적도 없이 맹목적으로 행하는 해체는 정신의 결핍을 증명할 뿐이다. 해체주의가 모든 가치를 의문에 부치고 지적 허무주의에 빠져들어 공격을 받았던 사실을 직시해야 한다. 무조건적인 해체와 가치의 전복은 해체의 동력을 고갈시킨다. 해체시가 지속되기 위해서는 동시대의 역사적인 맥락을 간파할 수 있어야 하며, 해체시의 전통을 숙지한 채 미답의 영역을 개척해가야 한다. 난해성과 폐쇄성, 양식화의 위험성으로 늘 불안한 해체시의 미래는 첨예한 부정의 정신과 부단한 실험을 통해서만 시사의 전위로서 존속할 수 있다.

5. 시와 여성성

맹 문 재

1.

산업사회의 도래로 인해 여성들이 노동시장에 구속되는 또 다른 위협을 겪고 있는 것이 사실이지만,[1] 현대시에 등장한 여성성은 사회활동에 적극적으로 참여하고 주도한 성과물이라고 볼 수 있다. 현대의 여성들은 이전 시대의 여성들과는 비교할 수 없을 정도로 향상된 삶을 영위하고 있다. 가령 자신의 의사와 상관없이 혼인하거나 가문의 번성을 위해 자신의 행복을 희생하는 여성은 찾아보기 힘들다. 현대의 여성들은 스스로 직업을 구하고 배우자를 선택하는 등에서 볼 수 있듯이 삶의 결정권을 가지고 있다. 자신의 한계나 결핍을 인식하고 그 충족을 위해 자기 계발을 하는 욕구도 강하다.

현대의 여성들은 이전 시대의 여성들에 비해 높은 교육 기회를 가지고 있고 다양한 정보를 습득함으로써 사회활동을 하는 데에 유리한 위치에 있다. 그렇지만 아직까지 여성들의 위치가 남성들과 더불어 역사의 주체가 될 만

1) Ulrich Beck and Elizabeth Beck, 강수영 · 권기돈 · 배은경 역, 『사랑은 지독한, 그러나 너무나 정상적인 혼란』(새물결, 1999)

큼 이르지 못한 것도 사실이다. 더욱이 환경오염, 각종 사건과 사고, 치열한 생존경쟁, 인간소외 등의 문제가 정글처럼 삶을 지배하는 상황이어서, 그 위험이 울리히 벡이 『위험사회』[2]에서 진단했듯이 예외적인 것이 아니라 일상적인 것이기 때문에, 성차별을 받고 있는 여성들의 경우 상대적으로 불리한 것이다.

따라서 텔레비전의 드라마나 영화나 문학 작품 들에서 여성이 남성과 갈등을 겪거나 서로 다투는 모습은 부정적으로 바라볼 것이 아니라 열악한 위치에 있는 여성이 자신의 환경에 소극적으로 순응하는 것을 넘어 적극적으로 적응해 가려는 모습으로 이해할 필요가 있다. 단지 여성이라는 이유 때문에 불이익을 당해서는 안 된다고 남성 중심의 사회적 가치나 제도에 맞서는 행동으로 볼 수 있는 것이다.

여성들이 자신의 여성미를 추구하는 것도 마찬가지이다. 여성들이 화장을 하고 복장에 신경 쓰고 몸매를 관리하는 등 자신의 육체미를 추구하는 것을 남성에게 잘 보이기 위해서가 아니라 주체성을 살리려는 행동으로, 이전 시대에 규제되었던 여성미의 기준을 극복해 나가는 것으로 볼 수 있는 것이다.

현대시의 여성성은 여성들의 적극적인 세계 인식과 실천 행동을 지향하고 있으므로 페미니즘의 성격을 띤다. 여성 시인들은 이전 시대의 문학적 성과를 수용하면서 여성으로서 추구해야 할 가치를 나름대로 지향하고 있다. 단순히 감상적이거나 상업적인 차원이 아니라 자신의 정체성을 획득하는 것은 물론 운동성과 담론의 생산을 이루고 있는 것이다. 아직까지 여성성에 대해 부정적인 반응을 보이는 분위기가 남성들 사이에서 혹은 여성들 사이에서 존재하는 것은 사실이지만 그 명분은 약화될 수밖에 없다. 그만큼 여성 시인들이 추구하는 여성성은 여성에 대한 편견을 불식시고 연대감을 획득해 나갈 가능성을 지니고 있고, 또 그렇게 되어야 할 필요가

2) Ulrich Beck, 홍성태 옮김, 『위험사회』, 새물결, 1997.

있는 것이다.

2.

어린 딸들이 받아쓰는 훈육 노트에는
여자가 되어라
여자가 되어라…… 씌어 있다
어린 딸들이 여자가 되기 위해
손발에 돋은 날개를 자르는 동안
여자 아닌 모든 것은 사자의 발톱이 된다

일하는 여자들이 받아쓰는 교양강좌 노트에는
직장의 꽃이 되어라
일터의 꽃이 되어라…… 씌어 있다
일터의 여자들이 꽃이 되기 위해
손톱을 자르고 리본을 꽂고
얼굴에 지분을 바르는 동안
꽃 아닌 모든 것은 사자의 이빨이 된다

신부들이 받아쓰는 주부교실 가훈에는
사랑의 여신이 되어라
일부종신의 여신이 되어라…… 씌어 있다
신부들이 사랑의 여신이 되기 위해
콩나물을 다듬고 새우튀김을 만들고 저잣거리를 헤매는 동안
사랑 아닌 모든 것은 사자의 기상이 된다
철학이 여자를 불러 사자가 되고

권력이 여자를 불러 사자가 되고

종교가 여자를 불러 사자로 둔갑한다

– 고정희, 「여자가 되는 것은 사자와 사는 일인가」 부분

여성들은 가부장제 집안에서 자라나면서부터 "여자가 되"라는 요구를 받는다. 직장인이 되어서도 가정의 살림을 맡는 신분이 되어서도 마찬가지이다. 여성들은 남성주의 사회로부터 받는 그 요구를 거절할 수 없어 자신의 "날개를 자르"고, "얼굴에 지분을 바르"고, 그리고 "저잣거리를 헤"맨다. 남성들은 자신의 요구를 거절하는 여성들을 위험한 발톱과 이빨과 기상을 가진 "사자"와 같은 존재라고 경멸하며 배척한다. 남성들이 지배하고 있는 사회의 "철학"과 "권력"과 "종교"도 마찬가지이다. 그리하여 시인은 "여자가 되는 것은 사자와 사는 일"이 아니라고 남성들의 편견과 왜곡에 강하게 맞서고 있다. 이와 같은 시인의 인식에 의해 여성시라는 개념이 낯설지 않게 사용될 수 있었다. 여성이 쓴 시를 일반적으로 지칭하는 여류시의 개념을 극복하고 여성성을 적극적으로 지향한 페미니즘의 시가 비로소 등장한 것이다.

시부모와 불화합니까

남편과 갈등이 있습니까

아이들이 속을 썩입니까

아니오

아니오 아니오

의사는 고개를 갸우뚱하며

대개의 한국 여성들은 이 세 가지 중 하나

에 문제가 있습니다 잘 생각해 보시면 그

중의 하나가 발견될 것입니다

그러나

아무리 생각해도 아니었다

오늘 나는 화냥질이 하고 싶었다
오늘 나는 독한 술을 마시고 싶었다

– 이경림, 「한국 여자」 부분

한국 사회에서 대다수의 기혼 여성은 한 인간으로서보다 시부모의 며느리로서, 남편의 아내로서, 아이들의 어머니로서, 사회의 아줌마로서 존재한다. 인격적인 대우를 제대로 받지 못하고 가부장제 사회에 몸을 맞추느라 병까지 얻는다. 시부모와의 불화나 남편과의 갈등이나 자식에 대한 기대가 무너져서 생기는 것은 물론이고 인격적인 대우를 받지 못함으로써 생기는 것이다. 그리하여 가정주부의 병인(病因)은 전문의도 찾아내기 어렵고, 그에 따라 치료 방법을 제시하기도 어렵다. 그만큼 여성들은 남성들이 만들어 놓은 높고 견고한 벽에 갇혀 병을 얻고 있는 것이다.

일찍이 나는 아무 것도 아니었다.
마른 빵에 핀 곰팡이
벽에다 누고 또 눈 지린 오줌 자국
아직도 구더기에 뒤덮인 천년 전에 죽은 시체.

아무 부모도 나를 키워주지 않았다

– 최승자, 「일찍이 나는」 부분

"아무 부모도 나를 키워주지 않았다"는 토로에서 보듯이 여성들은 단지 딸이라는 이유로 아들(남성)과 다르게 교육의 기회 등을 갖지 못한다. 그 결과 여성들은 사회에서 제대로 대우받지 못한다. 그리하여 시인은 여성이기 때문에 받은 불이익에 적극적으로 대항하고 있다. 보부아르가 『제2의 성』에서 추구한 페미니즘의 모습이기도 한데, 보부아르는 서구의 역사와 문화가 남성 중심으로 형성되었다고 진단하고 그것을 극복하기 위해서는 여성이 적극적으로 대항해야 된다고 주장했다. 여성의 존재를 자궁이라고 규정하는 것은 잘못이고, 생물학적인 차원에서 남성과 여성을 구별하는 것은 성차(性差)의 기준이 될 수 없다고 부정하고, 여성을 남성과 다른 존재로 만든 역사적 상황들을 고찰한 뒤 "여자는 태어나는 것이 아니라 만들어지는 것"[3]이라고 진단했다. 그리하여 여성은 자신을 억압하는 남성에게 적극적으로 맞서야 된다고 역설했다. 1970년대 이후 여성성을 추구한 한국 여성시들은 대체로 보부아르의 인식과 같은 세계관을 지향했다고 볼 수 있다.

이상준(골드라인 통상 대표), 오희용(국제 가정의학 원장), 손희준(남한 방송국), 김문수(동서대학 교수) 씨 빙모상 = 4일 오후 삼성 병원. 발인 6일 오전 5시.

누군가 실종되었음이 분명하다

다섯 명씩이나!

– 김승희, 「한국식 실종자」 부분

신문에 게재된 부고란의 모습을 통해 한국 사회가 얼마나 남성 중심으로 영위되고 있는지를 신랄하게 풍자하고 있다. 또한 부고란에 쓰인 직함을 통해 남성주의와 사회의 계급 문제를 제시해주고 있다. 한국사회에서 부고는 남성주의가 철저히 발현되는 문화이다. 2008년부터 남녀 차별적인 호주제가 폐지된 것을 비롯해 가족법이 대폭적으로 개정됨에 따라 여권 신장의 토대가 한층 마련되었다고 볼 수 있지만, 여성은 여러 면에서 여전히 불리한 위치에 있다. 여권 신장은 법의 개정과 아울러 사회의 관습과 윤리와 문화

3) Simone de Beauvoir, 조홍식 역, 『제2의 성』, 을유문화사, 1998, p.92.

등의 개선도 마련되어야만 가능하지만 아직까지 이루어지지 않고 있는 것이다. 그 단적인 예가 노동시장에서 여성들이 남성들과 동등하게 기회를 갖거나 처우를 받지 못하는 모습인데, 성매매는 그 극단적인 상황이라고 볼 수 있다.

> 한때는 검은 머리칼 찰지던 그녀,
> 몇 번의 마른기침 뒤 뱉어내는
> 된가래에 추억들이 엉겨붙는다.
> 지독한 삶의 냄새로부터
> 쉬고 싶다.
>
> 원하는 방향으로 삶이 흘러가는 사람들은
> 어떤 사람들일까……
>
> – 이연주, 「매음녀 4」 부분

> 해충이나 병원균처럼 박멸의 대상이 된 목숨
> 나치에 쫓기는 유태인들 마냥
> 암흑의 벙커나 다락방으로 숨어들어 꽃을 판다
> 어제는 커튼 친 차를 타고 게토를 빠져나가
> 몇 블록 밖에서 심장 뛰는 거래가 이루어졌다
> 후미진 골목에 잠복해 있던 그믐달은 들었을 것이다
> 본능적으로 살아남기 위해 죽음의 덫을 밟는 소리를
>
> – 이기와, 「그녀들 비탈에 서다」 부분

한국 사회에서 성을 매매하는 여성들은 탈출구를 마련할 수 없다. 경제적인 토대가 약할 뿐만 아니라 남성들의 비인간적인 구속과 억압이 상상할 수 없을 정도로 크기 때문이다. 그 결과 성매매 여성들은 마치 "나치에 쫓기는 유태인들" 같은 취급을 당하고 있다. 성매매의 문제는 사회적 약자인 여성을 인간 시장에 부려 놓고 사고파는 타락한 자본주의 시장의 한 전형이기 때문에 방치해서는 안 된다. 물론 현대 사회에서 성의 문제는 여성뿐만 아니라 남성의 문제이기도 하고 공적인 것이 아니라 개인적인 것이라는 견해도 있지만, 왜곡된 자본주의 제도에 의해 여성의 성이 유린당하는 것은 마땅히 보호되어야 하는 것이다. 따라서 주홍글씨가 새겨진 성매매 여성들의 처절한 삶을 고백적인 눈물로써 알리고 있는 위의 작품들은 시사되는 바가 크다.

성매매는 각종 보도나 자료를 통해 알 수 있듯이 자본주의 시장을 형성하는 큰 상품이다. 여성들의 성은 남성들이 지배하는 시장에 의해 철저히 이용당하고 있다. "철저한 자본주의 논리의 실천자이면서도 자본주의 체제로부터 가장 대접받지 못하고 있는 비하된 존재"[4]자인 것이다. 따라서 "원하는 방향으로 삶이 흘러가는 사람들은/어떤 사람들일까……"라고 탄식할 정도로 성매매의 위험에 처해 있는 여성들의 문제는 도덕적인 차원이 아니라 경제적인 차원에 의해 해결될 수 있다. 여성이 남성과 대등한 경제활동을 할 수 있다면 자신의 성을 상품화하지는 않을 것이기 때문이다. 여성들이 노동시장에 예속당하는 모습은 노동조합 활동에서도 여실하다.

> 1978년 2월 21일 대의원 선거날
> 선거 한번 민주적으로 해보자 기대에 부풀었던 날 새벽
> 낯익은 동료들
> 술냄새 풍기던 보전반 박씨의
> 초점 없이 하얗게 변색된 얼굴을 뒤따라
> 대의원 선거장은 똥물로 아수라장

---

4) 김효선, 「매춘여성의 성과 사랑」, 『문학으로 보는 성(성과 문학 이론편)』(김종회 · 최혜실 엮음), 김영사, 2001, p.258.

"똥 먹고 싶지 않으면 싹 나가!"
부라리며 고함지르며 덤비던 광란의 눈동자
"아저씨 진정해요. 이럴 때가 아니에요."
뜨거운 눈물 애절한 호소
"비켜! 니 년들이 뭐 잘났다고……
시키는 대로 일하지 않고 까부는 년들에게는 똥물이 약이야.

– 정명자, 「잊지 못할 1978년 2월 21일」 부분

동일방직에 근무하는 여성 노동자들이 노동조합을 결성하려고 투쟁하는 과정에서 당했던 소위 '똥물사건'을 그리고 있다.[5] 회사는 여성 노동자들로 운영되는 노동조합을 무너뜨리기 위해 대의원대회를 원천 봉쇄하고 경찰에 진압을 요청해, 노동자들이 40명이나 졸도하는 일이 발생되었다. 여성 노동자들은 그와 같은 상황에서도 결의를 굽히지 않고 1978년 2월 21일 대의원 선거를 실시했다. 그날 회사는 여성 노동자들에게 똥물을 뒤집어씌우고 대의원 선거를 방해했는데, 시인은 그 사건 앞에서 진실과 정의의 기치를 들고 끝까지 대항할 것을 천명하고 있다. 여성으로서 겪는 불이익 상황을 담아내는 것을 넘어 적극적으로 대항하는 여성성을 보여주고 있는 것이다.[6]

또한 위의 작품은 공동체 의식을 지향하고 있어 주목된다. 여성들이 주체성을 회복하고 정립시키기 위해서는 남성들과의 관계를 중시하는 관습을 극복하고 여성들과 공동체 의식을 형성하는 일이 필요함을 보여주고 있는 것이다. 그런 차원에서

한 여자 어떤 여자 혹은 여자 다른 여자가
　　(감추어진)

5) 자세한 내용은 동일방직복직투쟁위원회 엮음, 『동일방직 노동조합 운동사』(돌베개, 1985) 참조.
6) 맹문재, 「1980년대 시문학사–여성시편」(『다층』, 2005년 봄호, pp.176~195) 참조.

쓰러지는 것이 보였다 나는 똑똑히 보았다 왜냐하면
나는 내 타락한 말로 그녀를 향해 원한의 독침을
쏘아댔었으니까 나쁜 년 너 때문이야

(- 김정란, 「내가 아무렇게나 죽인 여자」 부분)

라고 여성들 간에 적대감을 내보인 자신을 반성하는 자세는 의미하는 바가 크다. 여성들 간에 유대감을 가질 때 남성들이 규정한 존재성으로부터 탈피해 여성으로서의 정체성을 확립하는 데 유리하다. 남성의 꿈을 빌어 꿈을 꾸는 것이 아니라 주체적으로 신화를 만들어낼 수 있는 것이다.

3.

우주의 양쪽 끝을 잡고
마지막 힘을 주는
딸의 앙다문 이빨에는
내 수명의 절반쯤 물려 있었다

- 신달자, 「분만실에서」 부분

그 거울을 열고 들어가니
또 들어가니
또다시 들어가니
점점점 어두워지는 거울 속에
모든 윗대조 어머니들 앉으셨는데
그 모든 어머니들이 나를 향해
엄마엄마 부르며 혹은 중얼거리며

입을 오물거려 젖을 달라고 외치며 달겨드는데

– 김혜순, 「딸을 낳던 날의 기억」 부분

"모성성은 전통적으로 가족 공동체를 위한 여성의 인내와 희생을 강조한다. '여자는 약하지만 어머니는 강하다' 는 말은 각박한 세상을 살아가는 우리에게 사랑과 힘을 주지만 어머니로서는 독립된 존재의 삶을 잃어야 하는 비극을 전제하고 있기도 하다."[7] 그렇지만 여성성을 지향하는 여성 시인이 인식하는 모성은 남성이 주도하는 사회가 부여한 모성과는 다르다. 사회가 부여한 모성은 여성이 사회 질서에 순종할 것을 요구하는데 반해 시인이 지향하는 모성은 주체적이다. "거울을 열고 들어가"는 출산 체험을 통해 자신이 어머니의 아이면서 동시에 자신이 아이의 어머니라는 정체성을 획득하는 것과 같이 자식의 몸과 함께 자신을 살려내는 것이다.

이처럼 시인의 모성은 자본주의 시장에서 사고 팔리는 품목도, 페미니즘이라는 서구 담론에 일방적으로 의지한 여성성도 아니다. 바리데기 같은 화신으로서 "우주의 양쪽 끝을 잡"는 사랑을 하는 것이다. 바리데기는 딸(여성)이라는 이유 때문에 아버지에 의해 버림당했지만 결국 포용력을 발휘해서 아버지를 살려낸다. 남성에 의해 착한 여성상이 만들어진 것으로 볼 수도 있지만, 여성은 남성에게 희생당하는 존재가 아니라 종국적으로 이 세계를 구원하는 존재임을 상징하는 것이다.

세 자매가 손을 잡고 걸어온다

이제 보니 자매가 아니다

꼽추인 어미를 가운데 두고

7) 김현자, 「적극적 창조적 모성과 삶 본능의 에너지」, 『한국 여성시학』(김현자 · 김현숙 · 이은정 · 황도경), 깊은샘, 1999, p.43.

두 딸은 키가 훌쩍 크다 (중략)

그 비단실에

내 몸도 휘감겨 따라가면서

나는 만삭의 배를 가만히 쓸어안는다

– 나희덕, 「누에」 부분

방을 담은 집이 크건 작건

아무것도 탓할 줄 모르는

천사

내 속에서 천사가 나왔다

내게 남은 것은 시커멓게 가라앉은 악의 찌끄러기뿐이다

– 이선영, 「내가 천사를 낳았다」 부분

주름진 얼굴과 육체로

백 살까지 아기를 낳는 산고를 치르리라

사랑 스스로가 제 입을 먹이로 던져

이천 년 왕국의 파수꾼이 되었으니

백 살까지 가랑이를 벌리고 살리라

– 박서원, 「산고(産苦)」 부분

보부아르는 여성은 출산을 통해 남성의 노예가 된다고 주장했다. 그 결과 남성은 초월로써 무한하게 투쟁하는데 비해 여성은 내재성으로써 현재에 실재하고, 남성은 의지적이고 정신적인데 비해 여성은 수동적이고 육체적이라고 보았다. 따라서 여성이 자신의 육체에 지배받지 않고 초월할 때에만 구출될 수 있다고 진단했다. 그렇지만 "내 속에서 천사가 나왔다"거나, "백 살까지 아기를 낳는 산고를 치"를 것이라거나, "만삭의 배를 가만히 쓸어안는" 시인들의 인식은 보부아르의 여성성을 극복하고 있다. 마치 이리가라이가 "나는 여성으로 태어났지만 나는 나이다"[8]라고 주장한 것과 같이 출산의 운명을 거부하거나 두려워하지 않고 당당하게 감당하고 있는 것이다.

여성 시인들은 자신의 몸 안에 새로운 생명이 자라나는 운명을 긍정하고 노래하고 있다. 자신의 몸을 내어 새로운 생명을 살리는 모성의 위대함을 내세우고 있다. 여성으로서 남성의 지배에 순응하는 것이라기보다 주체적으로 여성을 연민하는 차원을 넘어 경의하는 것이다. 다시 말해 여성이 남성에 의해 성녀나 창녀, 천사나 악마 등과 같이 이분법으로 나뉘는 존재가 아니라 타자를 지극히 포용해서 끌어안는 존재임을 보여주고 있는 것이다. 그렇지만 그와 같은 인식이 쉽게 이루어지는 것은 아니다. 여성으로서 겪어야만 하는 고통과 갈등을 극복해 나가야만 가능한 것이다.

> 세상에…… 세상에…… 저 진홍빛……
>
> 무장해제하고 축 늘어져 있는
> 녀석을 보고서야 나는 도망치기 시작했다
> 무서웠다 도대체
> 여자 나이 몇 살이면 뱀을
> 때려잡을 수가 있단 말인가?
>
> – 한혜영, 「뱀 잡는 여자」 부분
>
> 끼야호! 창과 활을 높이 쳐들고
> 인디언 전사처럼

8) L. Irigaray, 박정오 역, 『나, 너, 우리 : 차이의 문화를 위하여』, 동문선, 1996, p.118.

달릴 줄밖에 모르는 말 위에서

전 생을 탕진코만 싶은데

달리면 달릴수록

더 세게 내 허리를 붙잡는 다급한 소리

엄마 천천히 위험해 여보

– 정끝별, 「인디언 전사처럼」 부분

"도대체/여자 나이 몇 살이면 뱀을/때려잡을 수가 있단 말인가?"라는 토로에서 볼 수 있듯이 갱년기 여성으로서 겪게 되는 심리적인 혼란은 단순한 것이 아니다. 신체적 변화로 인해 젊었다고 말할 수는 없지만 늙었다고 인정할 수도 없는 심정은 복잡하고 뱀과 맞닥뜨린 상황처럼 두려운 것이다. 그렇지만 시인은 세상에서 가장 혐오스러운 대상과의 싸움을 회피하지 않고 감당하고 있다. 마치 오정희의 소설 「옛우물」에 등장하는 여성 주인공이 마흔다섯 살 생일날 아침 여성성을 잃지 않으려고 몸부림치면서 적응해가는 모습과 같다고 볼 수 있다.

여성으로서 겪어야 하는 갈등은 "전 생을 탕진코만 싶은데/달리면 달릴수록/더 세게 내 허리를 붙잡는 다급한 소리/엄마 천천히 위험해 여보"와 같은 상황이다. 따라서 남성들이 여성들에 대한 고정관념을 바꾸는 일이 갈등의 해결을 위해 필요하다. 남성들의 고정관념은 아주 높고 견고하기 때문에 그 변화가 여간 어려운 일이 아니다. 그러므로 막연히 기다리거나 기대할 것이 아니라 여성들이 먼저 적극성을 띠어야 한다. "노인 요양소/칠 벗겨진 담장 아래/생의 빈자리를 찾아 여인들이/해바라기하며 앉아 있다." (노향림, 「영산홍」 부분)는 사실을 발견하면서, "나는 곧 재조명될 것이다. 밝혀질 것이다/거울같이 환하게."(천양희, 「아침마다 거울을」 분분)라는 전망을 가질 필요가 있는 것이다

집이 흐느낀다

날이 저문다

바람에 갇혀

일평생이 낙과처럼 흔들린다

높은 지붕마다 남몰래 하늘의 넓은 시계소리를 걸어놓으며

광야에 쌓이는

아, 아름다운 모래의 여자들

부서지면서 우리는 가장 긴 그림자를 뒤에 남겼다

– 강은교, 「자전 1」 부분

"높은 지붕마다 남몰래 하늘의 넓은 시계소리를 걸어놓"고 식구들의 식사를 마련하고 빨래를 하고 청소를 하는 "모래의 여자"는 바쁘다. 그럼에도 불구하고 그 걸음걸이는 발자국을 남기지 못한다. 남편이 하는 일은 중대한 것으로서 발자국을 남기는데 비해 아내가 하는 일이란 보잘것없는 것들로 평가되기 때문이다. 그렇지만 아내는 교환가치가 없는 그 하찮은 일들을 거부하지 않고 수용하며 노래한다. 가부장제의 제도나 관습에 순응하는 것이 아니라 주체적으로 여성의 삶을 개척해 나가는 것이다. 그리하여 "부서지면서 우리는 가장 긴 그림자를 뒤에 남"긴다고 노래하고 있다. 외면으로 보기에는 모래알 같이 작은 일들에 매달리지만 그것이야말로 인류 사회의 기초 단위인 가정을 지키는 큰일이라고 찬양하고 있는 것이다.

4.

현대시의 여성성에서 여성미의 추구는 또 다른 관심을 끈다. 여성미란 여성만이 지니는 특유의 아름다움이다. 여성이 화장을 하고 의복을 차려입고 머리를 꾸미고 장신구를 착용하고 건강관리를 하는 등 자신의 미를 구체적으로 표현한 것이다. 여성들이 육체를 당당하게 내보이거나 성적인 욕망을

추구하는 면도 포함시킬 수 있을 것이다.

여성미는 시대나 사회에 따라 달라 가령 여필종부(女必從夫)나 삼종지도(三從之道)를 운명적으로 수행해야만 되었던 조선시대의 여성들에게는 부수적인 것에 불과했다. 얼굴이 예쁘게 보이도록 화장을 하거나 의복을 입는 것은 여성의 자연스런 욕망이지만 정주학(程朱學)의 사유체계에서는 허물로 보았다. 유교사회에서는 몸보다 마음을 인간의 주인으로 인정하고 몸이란 욕망과 관련이 있으므로 수신(修身)해야 할 대상으로 보았던 것이다. 그리하여 여성은 자식으로서 부모에게 효도를 다하고 아내로서 남편에게 본분을 다하고 어머니로서 자식에게 도리를 지키는 정신적인 가치[美]를 보다 중시했다. 그렇지만 근대 이후에는 각선미, 신장, 몸무게, 피부, 얼굴 생김새 등의 육체적인 미가 훨씬 강조되었다. 따라서 여성미란 기존의 정신적인 차원에서 육체적인 차원으로, 전체적이고 집단적인 차원에서 개인적이고 개성적인 차원으로, 규범의 차원에서 자유의 차원으로 변화한 것을 의미한다.[9]

근대 이전의 여성들은 남성들이 지배하는 사회 제도와 규범의 모순을 인식하지 못했기 때문에, 혹 인식한 여성들도 남성들에 대항할 힘이 없었기 때문에 타협할 수밖에 없었다. 그러므로 여성들이 자신의 여성미를 추구한 것은 여권(女權)을 적극적으로 지향한 것으로 볼 수 있다.

> 나와 내가 마주앉아 벗겨내는
> 운명의 껍질이
> 새빨간 입술 끝에 그늘을 만들고
> 조금씩 조금씩 신음하던
> 내용이

9) 맹문재, 『시와 여성미』, 『시를 어떻게 만날 것인가』(유종호 · 최동호), 작가, 2005, pp.386~387.

화장한 내 모습 속에서

활짝 열리고 있다

– 김상미, 「화장」 부분

시인은 그늘을 만들 정도이던 자신의 일상생활이 "화장한 내 모습 속에서/활짝 열리"는 것을 발견하고 있다. 화장에 대해서 긍정적인 자세를 취하고 있는데, 남성에게 잘 보이기 위해서라거나 시대의 유행을 따르기 위해서라기보다 자신의 존재 가치를 높이기 위한 것으로 볼 수 있다. 단순히 미용을 위한 행동이 아니라 여성으로서의 삶의 가치를 지향하는 행동으로 평가할 수 있는 것이다.

출렁이는 젖가슴과

늘어진 둔부를 가진

닳을 대로 닳은 한 여자가,

사랑하는 욕조가 낳은 무심한 손가락 장난이

넝쿨째 타오르고

남모르게 벌어진 꽃봉오리가

스멀스멀 하초의 윤곽을 더듬을 때면

폭죽처럼 작열하는 저 물방울들

– 진수미, 「아비뇽의 처녀들」 부분

시인은 남성의 시선이 아니라 연대의식을 갖는 여성의 시선에 의해서, 서구 여성주의 이론에 의해서가 아니라 사실성을 바탕으로 여성의 몸이 아름다움을 제시하고 있다. "출렁이는 젖가슴과/늘어진 둔부를 가진/닳을 대로 닳은 한 여자"의 모습은 남성에 의해 정립된 미의 기준으로 보면 아름다움에 이르지 못한다. 그렇지만 시인은 세상살이를 감당해온 한 중년 여성의 몸이 어느 유명한 영화배우의 몸보다도 아름답다고 노래하고 있다. 그만큼 주체적으로 여성미를 추구하고 있는 것이다.

> 슬픔이 지나쳐 독약이 되는 모든 것
> 가슴을 까맣게 태우는 모든 것
> 실패와 실패 끝의 치욕과
> 습자지만큼 나약한 마음과
> 저승냄새 가득한 우울과 쓸쓸함
> 줄 위를 걷는 듯한 불안과
>
> 지겨운 고통은 어서 꺼지라구!

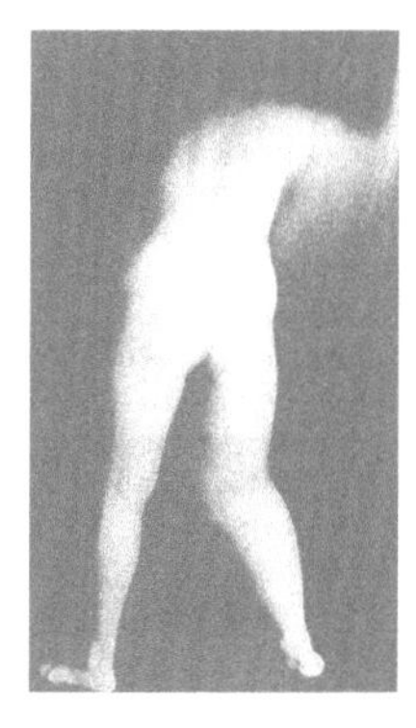

– 신현림, 「나의 싸움」 부분

시인은 자신이 감당해야 되는 삶의 "지겨운 고통은 어서 꺼지라구!" 온몸으로써 외치고 있다. 이와 같은 제시는 그 절실함의 효과를 배가시켜 준다. 삶을 방해하는 대상들에게 언어적 표현 대신 온몸이라는 이미지로써 대항의 목소리를 크게 전하고 있는 것이다. 시인은 남성주의로 시행되고 있는 법, 제도, 관습 등을 비롯해 성차별로 인해 왜곡되고 있는 것들에 대한 강력한 대항의 수단으로써 이전 시대에는 금기시되었던 몸을 활용하고 있다. 그 결과 현대시의 여성성 영역은 확대되고 있는 것이다.

옛 애인이 한밤 전화를 걸어왔습니다

자위를 해본 적 있느냐

나는 가끔 한다고 그랬습니다

누구를 생각하며 하느냐

아무도 생각하지 않는다 그랬습니다

벌 나비를 생각해야만 꽃봉오리를 열겠니

되물었지만, 그는 이해하지 못했습니다

얼레지……

– 김선우, 「얼레지」 부분

시인은 여성의 성이 존재하는 의미가 남성을 상대하기 위한 것이 아님을 표명하고 있다. 오히려 여성의 성을 재생산의 장소로서 국한시키는 남성의 여성관에 대해서 비판한다. "벌 나비를 생각해야만 꽃봉오리를 열겠니/되물었지만, 그는 이해하지 못"하는 것과 같이, 대부분의 남성들은 여성의 성을 하나의 독립체로 인정하지 못한다. 시인은 그와 같은 남성들의 왜곡된 여성관을 "얼레지"를 통해 비판하고 있다. 여성의 성이란 남성을 위해서가 아니라 자신을 위해서 존재한다고 분명하게 주장하고 있는 것이다.

5.

현대시에서 여성성을 추구한 창작 주체가 여성이라는 점은 시사되는 바가 크다. 아직까지 한국 사회에서 여성들의 사회적 지위가 남성들과 대등한 관계를 형성하지 못하고 있음을 반증하는 것이면서 그 극복의 필요성을 남성들보다 여성들이 더 절실하게 느끼고 있음을 말해주고 있기 때문이다. 따라서 여성 시인들이 추구하는 여성성은 페미니즘을 지향한다고 볼 수 있다.

현대시에 나타난 여성성은 서구의 여성담론을 단순히 답습한 것이 아니라 시인들의 삶을 구체적으로 반영한 산물이다. 버지니아 울프나 보부아르 등이 제시한 페미니즘에 영향을 받은 것은 사실이지만 수동적으로 따른 것이 아니라 주체적으로 수용해서 재창조한 것이다. 그리하여 남성이 지배하고 억압하는 사회의 모순을 고발하는 데에 머물지 않고 그 이상의 세계를, 즉 함께할 수 있는 사회를 제시하고 있다.

따라서 여성성을 지향하는 시인들의 세계관은 입센이 『인형의 집』에서 노라를 통해 보여주었듯이 이 세계를 초월하지 않는다. 문을 박차고 나간 노라의 행동은 자신이 살아가고 있는 현실에서 여성성을 추구한 것이다. 버지니아 울프가 『나만의 방』에서 교육 받지 못하고 결혼생활에서 권리가 없고 집안일만 하도록 강요받는 여성이 "소설을 쓰려면 돈이 있어야 하고 자기 방이 있어야 한다"고 주장한 것도 마찬가지이다.[10]

현대시에 여성성이 등장한 기원은 1917년 『청춘』지에 소설 「의심의 소녀」가 당선되어 문단에 나온 뒤 1925년 시집 『생명의 과실』을 간행한 김명순까지 거슬러 올라갈 수 있다. 동시대의 나혜석과 김일엽 역시 여성성을 지향했는데, 그들의 자의식과 남녀평등의식은 매우 선구적인 것이었다. 1930년대에 등장한 모윤숙 및 노천명 등은 "남성 문인들의 '지도와 보살핌'을 받으면서 작품 활동을 하게 되는데, 그 덕분에 문단에서의 위치는 확보되었지만, 그 대신 그녀들의 여성 정체성은 오히려 선배들에 비해서 뒷걸음질 친 결과를 가져왔다."[11] 그와 같은 모습은 1945년 민족해방 이후 등장한 김남조, 홍윤숙, 허영자의 작품에서도 발견된다. 표현력이나 형식적인 면은 이전 시대의 작품들에 비해서 분명 진전되었지만, 작품세계는 여전히 남성들이 바라는 여성스러움을 그린 차원에 머물러 있는 것이다. 따라서 여성성을

10) 김익배 옮김, 『나만의 방』, 백조사, 1987, p.12.

11) 김정란, 『한국 현대 여성 시인』, 나남출판, 2001, p.51.

획득하지 못했다고 평가할 수 있다.

그렇지만 1970년대에 이르러 여성시는 더 이상 여류시라고 부를 수 없을 만큼 양적으로도 질적으로도 큰 발전을 가져왔다. 강은교, 고정희, 문정희, 김승희, 신달자, 유안진, 노향림, 천양희 등은 작품 세계에서 다소 차이를 보였지만, 이전 시대의 여성 시인들과는 차별되는 여성성을 추구한 것이다. 이와 같은 모습은 시대의 변화를 반영한 것이었다. 1970년대는 1972년에 공고된 유신헌법이 상징하듯이 비민주적인 정치가 팽배했다. 국민들은 정부의 인권 탄압이 참을 수 없을 만큼 심해지자 묵인할 수 없다고 저항했다. 그러면서도 경제 개발 정책 및 수출 정책의 성공에 따라 생활수준이 향상되어 국민들은 다양한 사회활동을 할 수 있었다. 이와 같은 시대의 변화에 따라 여성 시인들 역시 자기 인식과 남성주의에 대한 태도가 보다 주체적이고 적극적으로 바뀌게 된 것이다.

1970년대 이후 여성 시인들의 여성성 인식은 계속 확대되고 심화되어 현재에는 몇 가지로 정리하기가 어려울 정도로 다양성을 띠고 있다. 따라서 이 글에서 언급하지 않은 시인들, 가령 정명자, 김언희, 이향지, 이진명, 박라연, 조용미, 최영미, 황인숙, 노혜경, 허혜정, 허수경, 최영숙, 김태정, 김해자, 김소연, 김윤, 한정원, 김종미, 정채원, 한미성, 조은길, 김길나, 김이듬, 이민하, 안현미, 한명희, 여선자, 하선영, 박홍점, 심언주, 류외향, 서안나, 신미균, 손현숙, 휘민, 권선희, 손세실리아, 손한옥 등의 여성성도 고찰할 필요가 있다.

여성성이란 본래 존재하는 것이라기보다 지향함으로써 형성되는 것이다. 여성들이 생물학적인 차원에서뿐만 아니라 사회적이고 역사적인 차원에서 자신을 자각할 때 여성으로서의 존재 가치를 인식하는 것이다. 따라서 여성들은 남성들의 가치판단으로부터 영향 받기보다 주체성을 가지고 여성성을 확대해 나가야 한다. 물론 남성들의 협조와 사회 전체의 개선도 마련되어야 할 것이다.

6. 시와 환상성

김 행 숙

* 이 글의 초고는 『시와 사람』 2005년 봄호에 「환상의 힘」이라는 제목으로 게재되었음.

1. 환상의 첫 번째 도전

20세기 초엽, 한국근대문학사에서 그 도전은 낭만적이었다. '청결한 뇌'를 요구하는 계몽의 빛 아래 '환상'은 뇌의 위생에 해로운 것으로 취급되었는데, 낭만주의는 "가장 아름답고 오랜 것은 오직 꿈속에만 있"다고(이상화, 「나의 침실로」, 1923) 주장했다. 그 꿈을 꿀 수 있는 나의 침실은 현실의 외나무다리 '건너'에 있는 것이었다. 계몽의 유토피아와 미적 유토피아는 이렇게 첫 번째 균열을 드러내었다. 이 낭만주의는 문학사적으로 '병적'이라는 진단을 받은 바 있다. 3·1운동의 실패로 인해 이들은 너무나 절망적이었고 우울했노라고, 문학사는 그 병인을 기록하기도 하였다.

'병적 상태'는 그러나 의도된 전략이기도 했다. 비정상을 자랑스럽게 자처함으로써 정상으로 간주되는 것들을 의문에 붙이고 정상적인 세계에 물의를 일으키는 것은 데카당스의 미학적인 전략이라 할 수 있다.

> 『악의 꽃』의 저자인 사를르 보를레르가 근대문학에 공헌한 힘은 썩 컸다. (……) 근대주의자의 제일인자였다. 단테는 지옥으로 가고, 보들레르는 지옥에서 왔다. '새로운 공포의 창조자'였다. '신성한 시인'이었다. 근대 유럽의 시인,

아니 전 세계의 근대적 시인은 직접으로 간접으로 그의 사상에 난만한 문화의 꽃이 한껏 피어 그 화판을 벌리고 바람도 없는 저녁의 미광에 떨어질까 말까하는 사뇌(思惱)의 아름다운 피로, 퇴폐, 밝음도 어두움도 아닌 음울, 절망, 염세, 불안의 비조(悲調)를 가진 사상에 한결같이 새 세례를 받았다. 세례를 받은 자라야 예술의 문을 두드릴 자격이 있다. 어떠한 것이 '데카당스' 인가? '손가락을 빠는 어린 아이' 라 하며, '예민한 병자' 라고도 하는 신경과민의 희생자며 배덕심(背德心) 가득한 낙양(洛陽)의 주도(酒徒)인 '데카당스' 는 좀더 좋은 말을 쓰면, '심볼리스트' 는 경의를 표할 만한 영국류의 젠틀맨적인 무엇이 있으며 인생을 곧게 인도하려는 열성의 소유자다.

– 김억, 「스핑크스의 고뇌」(『폐허』 1호, 1920, P.114)

'손가락을 빠는 어린 아이' 나 '예민한 병자' 와 같은 데카당스에 대한 조소는 1920년대 초기의 문학을 바라보는 문학사적인 평가의 주류를 이루고 있는 것이기도 하다. 또한 당시에 예술적인 정서로 찬양된 '피로, 퇴폐, 음울, 절망, 염세, 불안의 비조(悲調)' 는 비슷한 문맥에서 문학청년들의 사춘기적 감상성으로 얘기돼 왔다. 당시에 그것은 일종의 '포즈' 였는데, 그러나 여기서 보아야 할 것은 이 포즈가 발휘한(혹은 발휘할 수 있다고 생각한) 기능과 효과라고 할 수 있다. 1920년대 초기에 '데카당스' 적인 정조에 매력을 느꼈던 낭만주의적인 작가들은 '손가락을 빠는 어린 아이' 나 '예민한 병자" 와 같은 조롱을 교정하거나 반박하려고 하지 않았다. 이들은 오히려 이를 적극적으로 활용하여 의미의 역전을 노렸다. 이들에게 있어서의 '병적 상태' 란 '과도함' 을 의미했고, "덕의(德義)라는 장벽을 넘어서는 비범의 경계" (p. 115)에 다름 아니었다. 이들은 이러한 상태에서야말로 "선과 악, 미와 추, 하나님과 악마, 설음과 즐거움, 현실과 이상, 사랑과 미움, 무한과 유한, 긍정과 부정"이 뒤섞인 원초적이면서 동시에 초월적인 경험을 할 수 있다고 생각했다. 그러면서도 이들은 현실에서의 자신에 대해서는 '손가락을 빠는 어린 아이' 에서처럼 "약하고 힘없는" 이미지를 강조하고자 했다. 이를 통해

'상처받기 쉬운' 내면, 따라서 현실의 속악성에 의해 극심하게 고통받는 내면을 드러내고 싶어했다고 할 수 있다. '배덕심 가득한 낙양의 주도인 데카당스'를 '인생을 곧게 인도하려는 열성의 소유자'로 전도시킬 수 있었던 것은, 퇴폐를 초월의 계기로 삼음으로써 '도덕을 넘어서는 도덕'의 세계에서 예술의 자리를 발견해내려 했기 때문이다.

이 문맥에서 신경과민과 나아가 광기(김동인의 「광염소나타」같은 작품을 떠올려보라)는 예술가적인 성격으로 떠오르고, 술과 아편은 현실을 지우고 환상의 문으로 들어가는 초월의 기제로 미학화된다. "망각의 리듬 위에서" "악마는 신에게 결혼을 청"하고 "죄악과 선미(善美)는 화의(和意)"하는 풍경을 보여줬다는 것은[1], 김억의 번역시집 『오뇌의 무도』(1921. 베를렌, 구르몽, 예이츠, 보들레르 등의 시를 싣고 있는데, 당시에 이 시집은 근대시의 참고서처럼 탐독되었다고 한다)에 바쳐진 최고의 찬사였다. "과도(過度)는 가장 우미(優美)한 예술의 생기있는 정신이다. 우리는 항상 과도함을 만들고, 또 더욱 풍부한 과도를 찾아야 한다"[2]와 같은 주장에 공감하였던 이 시기의 낭만주의자들은 현실의 논리와 구속을 벗어난 도취상태를 통해 절대자유의 감각을 향유할 수 있으며, 신의 영역에 가까이 갈 수 있다고 생각했다. 이들에게 있어서 환각은 이성적인 관찰력의 결여 상태라기보다는 인간적인 능력 이상으로 감각이 확장된 상태를 의미했다. 변영로는 "소위 바로 본다는 것은 흔히 물건의 앞이나 모퉁이 밖에 보지 못하나, 착각상태에서는 의례는 못 되지만 가끔 모든 것의 진수와 핵심을 본다"고 말한다.[3]

그러나 그들은 작품을 통해 '즐거운 결혼식'을 보여주는 데 실패한다. 현실과 환상의 낙차를 환멸의 수사학으로 드러내고, 환상으로부터 미끄러지는 경험을 절망의 수사학으로 보여줌으로써, '현실/환상', '유한/무한'의

1) 김찬영, 「'오뇌의 무도'의 출생된 날 -안서군의 시집을 읽고」, 『창조』 9호.
2) 박영희, 「생의 비애」, 『백조』 3호.
3) 변영로, 「개자 몇 알」, 『폐허이후』.

이분법을 미적으로 공고히 하는 결과를 내놨다고 할 수 있다. 이 실패를 미학적으로 말하자면, 낭만적 아이러니다. 이들이 드러낸 것은 '낭만적 동경'의 형식이었고 '낭만적 아이러니'가 다다른 환멸이었다. 이들은 좌절과 연기(延期)를 통해 동경에서 다시 동경으로 나아갔으며, 좌절의 국면에서 연기의 계기들에서 자기반어에 빠지게 된다. 이렇게 '움직이는 내면', '고뇌하는 내면'을 통해 이들은 '내면'의 실감을 창출해 내었으며, 이 내면은 근대적인 의미에서 문학적인 내면의 전통으로 흡수되었다.

> 그는 우수에 잠긴 눈을 아래로 내리깔고 열없이 땅위에 선, 곡선, 점, 원…… 같은 것들을 그리다가 갑자기 무엇에 부딪혀 놀란 듯이 (전기에나 부딪힌 듯이) 벌떡 일어나며, 가없는 하늘을 안아나 볼 듯이 완강한 두 팔을 힘껏 벌리어 손깍지 끼다. 그리고 다시 땅위에 쓰러지다.
>
> – 오상순, 「허무혼의 독어(獨語)」(『폐허이후』, PP.117~118)

이 글에는 「그는」이라는 소제목 붙어 있다. '그'는 낭만주의 작가들이 만들어 낸 예술가의 초상이라고 할 수 있겠다. 여기서 '그'의 동작은 초월적 비약을 꿈꾸는 자의 내면 풍경을 연출하고 있다. 그는 '가없는 하늘'을 양팔로 안아보려고 하지만, 유한(팔이라는 육체, 땅위라는 현실) 속에 무한은 담기지 않는다. 그러나 비극적으로 땅위에 쓰러진 그에게 '무한'을 향한 초월은 또 연기되었을 뿐이다. 이 근대문학 초창기의 예술가들에게 어쩌면 더 중요했던 것은 이 계속될 수밖에 없는 '좌절'과 '연기'를 견딜 수 있는 자아의 힘, 그리고 또 다시 꿈꿀 수 있는 자아의 힘이었다고 할 수 있다. 이들에게 발견된 '내면'은 '상처'의 문학화와 함께하고 있었다. 말하자면, '상처는 문학의 동력'이라는 것이다.

여전히 낭만적 아이러니는 오늘날에도 문학적인 에너지로 말해지고 있다. 다음 시는 낭만적 아이러니의 전통적인 공식을 그대로 보여준다. 그 아이러니를 '이미' 알고 있다는 점에서 덜 순진하긴 하지만 말이다.

치솟는 것들은 알고 있겠지

발광하던 애비는 이후로 잠만 잔다는 걸

重力은 나는 새도 떨어뜨린다는 걸

분수는 잘 알고 있겠지

알면서도 솟구치는 미친 피의 운명을

– 김중식, 「重力은 나는 새도 떨어뜨리고」 부분

2. 다시 환상을 이야기하기 전에

이미 고전이 된 코울릿지(1772~1834)의 상상력 이론에서부터 얘기를 시작해보자. 그의 상상력 이론은 위계적인 분류법에 기초하고 있다. 먼저, 코울릿지는 '상상력'을 '모방'의 능력과 구분한다. 거슬러 올라가면, 아리스토텔레스가 『시학』에서 시는 자연의 모방이라고 했을 때부터 미메시스는 예술의 본질과 현상 그리고 기능을 설명하는 데 있어 한 축이 되어온, 나아가 근대문학에서 환상을 주변화하면서 중심적인 지위를 누렸던 관념이었다. 모방론의 관점에서 상상력은 기억의 재생작용과 밀접하게 관련된다. 반면에 코울릿지가 상상력 개념의 인식론적 근거로 제일 먼저 꼽은 것은 '직관 또는 초월적 인식능력'이다. 그에게 기억은 상상력에 재료를 공급해줄 순 있지만 상상력의 본질과는 상당히 떨어져 있는 단순하고 저급한 능력으로 취급된다. 그는 기억이란 연상의 법칙에 이끌리는 것일 뿐이라고 했다. 그렇다면 상상력은? 상상력의 본질은 '종합하는 힘'에 있다고 본다. 그러니까, 기억보다 상상력이 더 우월하다는 것이다.

그렇다고 그가 미메시스 중심의 문학관에서 멀리 비껴서 있는 것은 아니다. 그는 단순한 재현과 기억의 펼쳐짐보다, 주체와 대상의 합일이라는 서정시의 비전을 더 높은 차원에 올려놓고 있었을 뿐이다. 그랬으므로 코울릿지의 상상력이론이 서정시를 설명하는 데 그토록 오랫동안 중요하게 참조될 수 있었을 게다. 실상, 스펜더(Stephen Spender) 같은 이가 “상상력 그 자체는 기억의 작용이다. 내가 모르는 것을 상상한다는 것은 불가능하다. 상상력이라는 것은 우리가 이전에 경험한 것을 기억하여 그것을 어느 다른 환경에 적용하는 능력이다”라고 상상력을 규정하는 방식과, 주체와 객체의 형상적 종합을 상상의 힘에서 구하는 코울릿지의 방식은 상당히 가까운 거리에 있다.

그러나 오늘날 환상이 문제적으로 떠오르고 있다면, 그 이유는 환상이 미메시스적인 알레고리(상징)나 낯설게하기(변형)로 고스라니 환원되지 않는다는 점과 더불어, 코울릿지와 그의 후예들이 생각한 상상의 ‘구심력’(중심)을 약화시키고 나아가 무화시켜버리는 방향으로 펼쳐지고 있기 때문이다. 그것은 서정시의 장르적 울타리를 흔드는 매우 불안한 조짐으로 비쳐질 수도 있다.

어쨌든, 다시 코울릿지로 돌아가자. 코울릿지는 ‘상상력’과 ‘공상력’을 구분했다. 다시 말하건대, 그는 상상력의 위대함을 융합을 가능하게 하는 힘이라는 데서 찾았다. 그의 생각을 지지할 때, “상상력은 단절된 충동의 굽이치는 소용돌이를 단일하고 정리된 반응으로 용해시키는 능력.’(I. A Richards)으로 여겨질 수 있다. 반면에, 공상력은 연상의 흐름에 따라 그저 기억들을 집합시키는 힘으로 작용할 뿐이라고 말해졌다. 이렇듯 ‘중심’이 없다는 것은 공상력이 상상력보다 한참 열등하다고 말할 수 있는 이유였는데, 그 논리 자체는 의심할 수 없는 것이었다. 그 논리는 시 장르 자체를 규정하는 강력한 논법과 관습에 의해 떠받쳐지고 있는 것이었으니까.

그러나 ‘융합(통일성)’과는 다른 원리를 작품 창작의 동력으로 내세운 예들을 우리는 찾아볼 수 있다. 이를테면, 초현실주의의 시작법 같은 것이 그 경우에 해당될 것이다. 초현실주의의 활동은 「초현실주의 선언문」에도 드러나 있듯이, ‘자동기술법(자유연상 기법)’을 제안하고 주장하면서 전개되었다. 초현실주의자들은 꿈과 무의식의 세계를 유영하면서 이에 상응하는 시적 이미지들을 우연에 기대어 받아씀으로써 이성의 논리와 현실의 논리에 눌려 딱딱해지고 납작해진 인간의 정신을 혁신하고자 했다. 이들의 입장에서 보면, '충동의 소용돌이를 단일하고 정리된 반응으로 용해시키는 상상력' 이란 미학적인 구속에 불과한 것이 된다. 이들은 자유로운 상상력과 공상력을 제한하는 미학적인 규준에서 벗어나기 위한 방법의 하나로 무의식의 흐름에 작가의 의지를 순응시키는 자동기술법을 내세우게 되었다고 할 수 있다. 자동기술법은 현실을 넘어서 超현실에 이르기 위해 미학의 포기를 전략으로 삼는 미적 방법이었다.

어떤 환상들은 무의식과 꿈의 소산으로, 다시 말해 느슨해진 이성의 감시를 틈타(혹은, 이성의 간섭을 묵살하고) 출몰하게 된 '내 안의 타자들' 로 여겨진다. 여기서 '내 안' 이라는 장소 자체가 중요한 것이 아니라고 생각한다면, 그리고 '타자들' 의 소란을 끝내 통합해야 한 어떤 것들로 치부하지 않는다면, 이제 환상에 붙여진 '무의식' 이라는 꼬리표를 고집하지 않아도 될 것이다. '고유한 자아' 라는 근대적인 표상이 근본적으로 의심되고 흔들리는 지점에서 환상은 오늘날 또다시 도전적인 것이 되었다. 이 환상은 여기서 우리가 그 첫 번째 도전이라 불렀던 환상과는 다르게 작용하고 있으며 전혀 다른 효과를 발생시키고 있다. 여전히 환상은 무의식, 비현실, 불가능, 비가시, 무지, 무명 등등 '무엇이 아닌 것(부재하는 것)' 의 이름으로만 불려지고 있지만, 그것은 '무엇(주체)/무엇이 아닌 것(타자)' 의 이분법적 경계를 흔들고 그 위계적인 구분을 무용하게 만드는 데까지 나아가고 있다.

3. 오늘날 우리는 왜 환상을 이야기하는가

몇 편의 시를 읽어보려고 한다. 그 시들을 천천히 건너가면서, 오늘날 우리가 왜 환상을 이야기하는지 생각해볼 수 있을 것이다.

어머니가 촛불로 밥을 지으신다 비가 오기 시작하는데 어머니가 촛불로 밥을 지으신다 날도 어두워지기 시작하는데 어머니가 촛불로 밥을 지으신다 하늘이 죽어서 조금씩 가루가 떨어지는데 어머니가 촛불로 밥을 지으신다 나는 아직 내 이름조차 제대로 짓지 못했는데 어머니가 촛불로 밥을 지으신다 피뢰침 위에는 헐렁한 살 껍데기가 걸려 있는데 어머니가 촛불로 밥을 지으신다 암이 목구멍까지 올라왔는데 어머니가 촛불로 밥을 지으신다 맥박이 미친 듯이 뛰는데 어머니가 촛불로 밥을 지으신다 손톱이 빠지기 시작하는데 어머니가 촛불로 밥을 지으신다 누군가 나의 성기를 잘라버렸는데 어머니가 촛불로 밥을 지으신다 목에는 칼이 꽂혀서 안 빠지는데 어머니가 촛불로 밥을 지으신다 그 칼이 내장을 드러냈는데 어머니가 촛불로 밥을 지으신다 펄떡거리는 심장을 도려냈는데 어머니가 촛불로 밥을 지으신다 담벼락에 비가 마르기 시작하는데 어머니가 촛불로 밥을 지으신다

– 정재학, 「어머니가 촛불로 밥을 지으신다」 전문

나의 신체는 수난을 당하고 있는데, 어머니는 촛불로 밥을 지으신다. 내 신체의 수난을 환상적으로 만들어주는 것이 리얼리티의 감각을 초과하는 수난의 과도함(피뢰침 위에 헐렁한 살 껍데기가 걸리고, 암이 목구멍까지 올라오고, 손톱이 빠지고, 성기가 잘리고…) 그 자체였다면, 이 환상은 그렇게 매력적인 게 못됐을 것이다. 그랬다면 이 환상은 일종의 과장의 수사학에 머무르는 것이었을 테고, 이러한 과장의 수사학은 이미 진부해졌으니 말이다. 내 수난의 정도가 점점 심해지는데, 어머니는 어떤 감정적인 동요도 보이지 않고 촛불로 밥을 짓는 환상적인 노동으로 수난의 리듬을 이끌어가고 있다. 이 리듬 속에서 수난의 환상은 고통의 과시가 아니라 신체를 단련하는 한 방법이 된다. 촛불과 밥을 신비하게 결합시키고 있는 어머니의 행위는 노동이라기보다는 차라리 종교의식에 더 가까워 보이지 않는가. 이 '차가운 샤먼' 앞에서 내 신체는 단련되고 쇄신된다. "그는 자신이 몸이 아니면 학대하지 않았다"(「멈추지 않는, 끊이지 않을」)는 구절처럼, 정재학의

시에서 그의 신체는 집중적으로 환상의 학대를 받고 있으며 이 학대에 순종적으로 내맡겨져 있다. 그의 시는 매저키즘의 시학이라고 부를 만하다. 그는 기꺼이 타자들과 무의식의 통로로 자신의 신체를 내어놓는데, 그의 신체는 자기주장을 단일한 목소리로 내세우지 않음으로써 오히려 표현하는 신체가 된다. 외부와 내부, 심층과 표면은 그의 신체에서 위계화되지 않고 평면화된다. 수난의 환상은 이 평면화를 감당할 수 있는 신체로 한 몸뚱어리를 고양시킨다. 그 사이에 시간은 흘러, 비는 그치고 담벼락에 비가 마르기 시작한다.

우리는 정재학의 시들에서 주체와 타자, 내부와 외부, 표면과 심층이 찢어지고 관통하고 뒤섞이고 흩어지는 소란을 가장 감각적으로 실연하는 신체를 만날 수 있다. 그 소란을 환상적이라고 말한다면, 여기서 환상은 물리적이거나 심리적인 체계들 사이의 벽을 쉽게 뚫으며 주파해해는 이행의 능력에 붙여지는 이름이라고 하겠다. 그 찢어지는 자리를 진지하고 무겁게 느끼는 고통의 감각(그것은 매저키즘의 원리가 그런 것처럼 어떤 쾌락을 동반하고 있다)으로 포착하고 있다는 점에서 보자면, 그의 시는 '어두운 환상'의 계보를 그 끝에서 잇고 있다고 할 수 있다.

> 욕실 창틀에 검은 박쥐가 붙어 있다/오래된 배수관처럼 끓어오르는 심장에 손을 대고/그녀가 훌쩍인다 몸속에서/수만마리 박쥐떼가 날아오른다/그녀는 배수관을 툭툭 친다/구루룩 구루룩 심장을 두드리는 저 새까만 날개들
>
> 이제 배수관 따위에 말하는 것도 지겨워/그녀는 차가운 얼굴을 타월에 비빈다/이 시기가 지나면 박쥐들은 떠나갈 거야/날개를 접듯 처진 가슴을 웅크리고 그녀는/천천히 몸을 기울인다 마모된 배수관이/아무렇게나 심장 속에서 구른다/이런 집, 태양이 없는 곳에서도 달이 뜨는지
>
> 늙은 배관공은 지하방 너머/왼쪽 골목 첫번째 건물에 앉아 있다/밤마다 둥근

달이 떠오르면 그는/덧문을 닫아걸고 사라진다/평생 잘린 날개들을 치워왔다

타일바닥에 주저앉아 그녀는/오래전에 쓴 편지를 떠올린다/첫 문장을 천번 고치면서/그녀는 천번을 퍼덕거렸다 드디어/완성된 천번의 문장들이 골목을 건너간다

밤은 아프고 잔인한 체위/낡은 배수관에서 물이 넘쳐요/새까만 얼굴을 하수구에 파묻고/그녀가 구루룩거린다

이 지하에 숨어 있는 수많은 동굴들/좁은 욕실에 쪼그리고 앉은 검은 박쥐가 조용히 운다/한 생애를 흘려 보낸다

– 이영주, 「그녀가 사랑한 배관공」 전문

'어두운 환상' 의 전통에서, "태양이 없는 곳"은 그 자체로 환상적인 공간이면서 환상을 가동시키는 장소가 되어 준다. "밤은 아프고 잔인한 체위"로 그녀의 체위를 '웅크리게' 하고, '파닥거리게' 하고, '파묻히게' 한다. 그녀는 검은 박쥐(검은 환상)의 체위로 운다. 그렇다면, 달이라도 떠 준다면? 달빛은 이성의 빛(낮의 빛)이 관장하지 않는 영역, 비합리적이고 주관적이라고 말해지는 환상의 세계의 눈(目)이 아니었던가. 그렇지만 "태양이 없는 곳에서도 달이 뜨는지" 미심쩍은 그녀는 태양빛도 달빛도 스며들지 않는 지하방에 살고 있다. 그리고 달빛의 낭만성은 '밤마다 둥근 달이 떠오르면 덧문을 닫아걸고 사라지는' 늙은 배관공과 함께 사라진다. 그녀가 사랑한 것은 배관공과 함께 덧문 너머로 사라지는 어떤 환상이었다고도 할 수 있다. 배관공은 그녀의 검은 환상과 낭만적 아이러니의 관계로 맺어지는 그녀의 또 다른 환상을 사랑의 문법으로 쓰게 하는 존재다. 이제 배관공이 늙은 만큼 그녀의 편지도 오래되었으나, 그 편지쓰기는 매우 흥미로운 진행형이다. 첫 문장을 천 번 고치면서 그녀는 천 번 퍼덕였는데, 드디어 완성된 것은 고쳐

지고 다듬어진 하나의 문장이 아니다. '천 번의 문장들' 을 통틀어 그녀는 완성되었다고 말한다. 그녀는 단 하나의 완성된 문장을 향하여 고쳐 쓰기를 한 것이 아니라, '문장들' 로서 존재할 수밖에 없는 다르게 쓰기를 수행하였던 것이다. 이 복수(複數)의 첫 문장, 문장들은 골목을 건너가서 수많은 환상들을 퍼뜨릴 것이다. 혹은 "잘린 날개"들을 이곳저곳에 흩어놓을 것이다. 여기서 글쓰기의 주체는 단일하게 확정되지 않고 '첫 문장들' 과 함께 흩어진다. '배수관들', '수많은 동굴들', '박쥐떼들', '잘린 날개들' 은 욕실의 풍경을 환상적으로 묘사하는 데 쓰이면서 그녀의 내면(심장) 풍경으로 환기되는데, '천 번의 첫 문장들' 의 복수성과 함께 이 복수성은 주체의 균열과 분산의 광경을 그려낸다. 그녀에게 그 풍경은 "아프고 잔인한 체위"이지만, 그녀의 편지쓰기는 이 체위를 자발적으로 실천한 사례이자 사랑의 추억이라고 하겠다.

더 많은 보충 논의가 따라줘야겠지만, 오늘날 환상은 주체의 균열과 분산이라는 탈근대적인 현상을 현시하는 문제와 깊이 연루되어 있다고 하겠다. 사실상, '자아(내면)의 균열' 은 근대사회가 만들어낸 부정적인 양상이자 마땅히 극복되어야 할 것으로 얘기돼왔다. 통합을 미적으로 실현하고자 한 시적 비전이 근대를 통과하면서 오랫동안 존중될 수 있었던 게 그 때문이었고, 바로 위의 시의 경우처럼 균열의 풍경이 '어두운 환상' 으로 드러나는 되는 것도 대체로 그 때문이라고 할 수 있을 것이다. 그렇지만 그녀의 이상한 편지쓰기는 우리에게 다른 한편을 생각해보게 한다. 다른 한편으로 생각해보면, 근대를 관리해온 동일성의 이데올로기가 그 균열을 은폐하고 봉쇄해왔으며 우리들의 일상과 내면을 규율하는 보이지 않는 권력이 되어오지 않았는가. 균열은 그 이데올로기 앞에서 병적인 것으로 치부되었다. 그러한 지점에서라면 '균열' 을 드러내고 과시하고 즐기는 것, 그 자체가 미적인 성취 이전에 '해방의 에너지' 를 품고 있다고 할 수 있다. 균열에 대한 괴로운 자의식 없이 균열을 즐길 수 있는 감수성이 균열 혹은 분열이라는 말과 함께 떠오르는 문학사적인 인물인 이상의 계보에서 이제야 떨어져 나오는 탈근대적인 새로운 감성은 아닐까.

> 1999년 여름 나는 생애에서 가장 훌륭한 생각이 떠오른다
>
> 나무를 가꾸는 방식으로 구름을 가질 수 있다면……
>
> 그해 여름 나는 생애에서 가장 훌륭한 생각이 다시 떠오른다
>
> 구름의 형상과 습기는 무관한 것인가
> 구름이 물고 가는 것은 나의 상상력
>
> 존재의 근원을 체험하고 스스로를 다시 선택할 때
> 구름은 어떤 자세를 취할 것인가
>
> 나의 손가락이 가리키는 아름다운 방향과
> 치어 죽은 고양이와 새들의 영혼이 추스르는
> 조각난 뼈와 살점들
>
> 골목에서 담장 위에서
> 처음부터 끝까지 웃고 있는 구름
>
> 1999년 그 여름의 습도는 전부 형상을 가졌지만
> 사라진 동물들의 꼬리에서 다음 해가 이어졌다
>
> 나는 한결같이 생애를 통틀어 가장 위대한 생각에 매달린다
>
> 전쟁은 분명하지 않으며

매번 다시 죽기 위해

구름은 구름의 뒤를 물고
치어죽은 동물들은 더욱 납작하게 엎드리는 것이다

– 이근화, 「그해 여름」 전문

"1999년 여름 나는 생애에서 가장 훌륭한 생각이 떠오른다", "그해 여름 나는 생애에서 가장 훌륭한 생각이 다시 떠오른다", "나는 한결같이 생애를 통틀어 가장 위대한 생각에 매달린다", 이 세 문장은 '생애에서 가장 훌륭한(위대한) 생각' 이라는 복수화할 수 없는 구문을 복수화한다. 한 생애에 걸쳐 위대한 사유체계를 이루는 데 전혀 바쳐지지 않는 위대한 생각의 편편들을 나는 그 자체로 황홀하게 즐기고 또 기꺼이 망각한다. 복수화할 수 없는 구문의 복수화는 망각의 능력("매번 다시 죽기 위해") 위에서라면 얼마든지 가능하다. 망각은 "존재의 근원을 체험하고 스스로를 다시 선택할 때" 결정적으로 요구되는 능력이다. 생애에서 가장 훌륭한 생각에 매여 있는데, 어찌 생애에서 가장 훌륭한 생각이 '다시' 떠오를 수 있겠는가. 나는 매번 죽고 다시 선택하는 다른 '나들' 이다.

이렇게, "훌륭한" "위대한" "아름다운"과 같은 수식어들은 유일한 자아의 나르시시즘에서 나오지 않는다. 그리고 훌륭한, 위대한, 아름다운 것의 방향은 우리들의 통념을 멀찍이 비껴감으로써 심리적으로나 실질적으로 작동하는 위상체계를 무력하게 한다. 생애에서 가장 훌륭한 생각은 "나무를 가꾸는 방식으로 구름을 가질 수 있다면……"과 같이 통념상으론 도대체 쓸데없는 공상이고(그러나 멋지구나), 다시 떠오르는 가장 훌륭한 생각들도 그 사정은 비슷하다. "나의 손가락이 가리키는 아름다운 방향"과 "치어죽은 고양이와 새들의 영혼이 추스르는 조각난 뼈와 살점들"이 이루는 당돌한 병치. 또 여기엔 "나무를 가꾸는 방식으로 구름을 가질 수 있다면……"에 나타나는 소망과 "구름이 물고 가는 것은 나의 상상력"이라는 구절이 가리키는 엇갈리는 방향도 덧붙일 수 있겠다. 이 시에서 환상들(공상들)은 그 당돌한 배치와 무용성으로 인해 더욱 훌륭하고 위대하고 아름다운 것으로 여겨질 수 있는 것이다. 이렇듯 무용성을 부끄러워하거나 그 때문에 쭈뼛거리지도 않고 '훌륭한', '위대한', '아름다운' 같은 형용사를 환상들 앞에 자랑스럽게 바칠 수 있는 감수성은, 저 멀리 1920년대의 '어두운 낭만주의'를 3·1 운동의 실패와 관련지어서야 간신히 그 어둠에 대해 면죄부를 줄 수 있었던 한국문학사의 오래된 윤리적 짐과 강박에서 완전히 벗어나 있는 것이다. 이 시인은 톨킨(J. R. R. Tolkein)이 그랬듯 "이것(환상)이 사실이라면 좋을 리가 없다"고 말할지도 모른다.

호주머니를 잃어서 오늘밤은 모두 슬프다
광장으로 이어지는 계단은 모두 서른 두 개
나는 나의 아름다운 두 귀를 어디에 두었나
유리병 속에 갇힌 말벌의 리듬으로 입맞추던 시간들을.
오른손이 왼쪽 겨드랑이를 긁는다 애정도 없이
계단 속에 갇힌 시체는 모두 서른 두 구
나는 나의 뾰족한 두 눈을 어디에 두었나
호수를 들어올리던 뿔의 날들이여.
새엄마가 죽어서 오늘밤은 모두 슬프다
밤의 늙은 여왕은 부드러움을 잃고
호위하던 별들의 목이 떨어진다
검은 바지의 밤이다
폭언이 광장의 나무들을 흔들고
퉤퉤퉤 분수가 검붉은 피를 뱉어내는데
나는 나의 질긴 자궁을 어디에 두었나
광장의 시체들을 깨우며
새엄마를 낳던 시끄러운 밤이여.

꼭 맞는 호주머니를 잃어서

오늘밤은 모두 슬프다

– 황병승, 「검은 바지의 밤」 전문

호주머니를 잃어버렸구나. 아름다운 두 귀와 뾰족한 두 눈, 나의 질긴 자궁과 새엄마를 모두 잃어버렸구나. 그래서 슬프구나. 여기서, 호주머니 아름다운 두 귀 뾰족한 두 눈 나의 질긴 자궁 새엄마는 같은 계열에 놓이는 것들이다. 그것들과 함께 "유리병 속에 갇힌 말벌의 리듬으로 입맞추던 시간들", "호수를 들어올리던 뿔의 날들", "광장의 시체들을 깨우며 새엄마를 낳던 시끄러운 밤"은 사라져 버렸다. 이 소란스럽고 자랑스럽고 황홀한 환상이 더 이상 피어오르지 않는 광장에선 오른손이 왼쪽 겨드랑이를 애정도 없이 긁고, 별들이 떨어지고, 폭언이 나무들을 흔들고, 퉤퉤퉤 분수가 검붉은 피를 뱉어낸다. 그러한 광장의 밤을 시인은 "검은 바지의 밤"이라고 부른다. 우선, 검은 바지의 불모성은 현실(남성성)과 관련되고, 호주머니의 생산성은 환상(여성성)과 연계되어 있다고 볼 수 있겠다. 그러나 이 뻔한 이분법적인 배치에서 이 시의 특이한 매력이 발산되는 건 물론 아니다. 이 시에서 환상은 배제의 방식으로 특권화되는 것이 아니라, 이분법을 교란시키는 이질적인 것들이 충돌하면서 빛을 발한다. '아름다운', '뾰족한', '부드러운', '질긴' '시끄러운' 같은 형용사들의 집합이 그렇고, '유리병'과 '말벌'의 결합과 '호수'와 '뿔'의 결합이 또한 그렇다. 그 무엇보다도 '새' 엄마는 엄마가 갖는 여성성(모성)의 관념에서 튕겨져나가는 존재가 아닌가. 내 환상의 자식이기도 한 '새' 엄마는 이 시를 포함하여 그의 시들을 받치고 있는 감수성의 새로움을 그 말에 표시하고 있는 것은 아닐까. 그러니 부디, 오늘밤엔 잃어버린 호주머니(자궁)를 홀연 찾게 되길. 검은 바지의 남성이여, '여장남자 시코쿠'여, 그대의 자궁을 작동시키라.

현실이 리얼리티를 산출하는 것이 아니라, 리얼리티의 감각으로 구성되는 것이 우리에게 현실로 받아들여지는 것이라고 할 수 있다. 그리고 리얼리티는 역사적으로 변모해 온 감각이며 공시적으로도 서로 다른 리얼리티는 얼마든지 공존할 수 있다. 일례로, 『삼국유사』의 환상은 일연이 살았던 시대에는 역사적 리얼리티로 기록되었던 게 아닌가. 근대적인 의미의 리얼리티 감각과 그 관념은 오늘날 〈매트릭스〉로 표상될 수 있는 시뮬라크르의 시대에 이미 근본적인 회의의 대상이 되었고 또 그 만큼 크게 흔들리고 있다. 오늘날의 새로운 환상은 현실의 리얼리티와 이분법적으로 대립하는 자리에 있는 것이 아니라 현실의 리얼리티를 초과하는 것이 될 것이다. 균열에 대한 괴로운 자의식이 없이 균열을 살고 있듯이, 환상에 대한 배타적인 자의식 없이 현실을 초과하는 환상을 살고 있는, 그래서 그것을 환상이라고 별로 생각하지도 않는 세대들에게 이제 환상은 무엇이고 시는 무엇일까. 이 환상은 주체의 타자성과 복수성을 과시하고 나아가 시의 비전을 그 근본에서 다시 묻게 할지도 모른다. 그런 의미에서 환상과 더불어, '시란 무엇인가' 라는 질문은 또 다시 새로운 도전으로 다가온다.

7. 시와 신화

윤 재 웅

1. 담론의 역사적 기원으로서의 시와 신화

이 짧은 글에서 시와 신화의 관계를 만족스럽게 논의하는 일이 쉽지 않기 때문에, 의미를 압축해서 전달하는 것을 독자들이 이해해 주리라 믿는다. 언어의 기원에 대해서 접근하는 장 자크 루소의 자유분방한 사유, 과학철학자이면서 동시에 최고의 시 이론가였던 가스통 바슐라르[1]의 경이로운 상상력과 직관은 논리실증주의자들의 학문적 엄숙주의를 뛰어넘고 싶어 하는 이들에게는 좋은 전범이다. 그 전범의 열정적이고 자유로운 사색의 무늬들이 설혹 우리에게 익숙하지 않다 하더라도 문학에 대한 정의적이고 심미적인 영역에 발을 들여놓는데 도움이 된다면 굳이 주저할 필요가 없다는 생각이다.[2]

1) 바슐라르의 제자인 질베르 뒤랑의 다음과 같은 회고가 참고할 만하다. "나는 가스통 바슐라르의 제자이자 친구가 되는 행운을 가졌었다. (…) 바슐라르는, 우리들 입장에서 보자면 과학(학문)에 방법론적이고 논리적인 인식론적 질서가 존재한다면 이른바 비과학적 질서, 즉 시학과 몽상과 상상계 등등의 질서 역시 똑같이 존재한다는 사실을 알아차린 최초의 과학자였고 최초의 중재자였던 셈이다." 질베르 뒤랑, 유평근 옮김, 『신화비평과 신화분석』, 살림, 1998, p. 75.

2) 지식과 정보 전달 위주의 인지적 영역이 일방적으로 통용되고 있는 모습은 문학 논의에서 바람직하지 않다. 문학은 세계에 대한 태도이기도 하고 심미적 구조체에 대한 독서 경험의 내면화 과정이기도 하다. 이 글은 이런 반성에서부터 시작한다.

요컨대 '시의 본질을 구성하는 은유는 신화의 흔적이면서, 그 조상' 이라는 이 글의 주제문은 시와 신화의 관계를 암시하는 진술인 동시에 그 자체로 하나의 은유이다. 그러므로 은유는 이 글이 지향하는 주요한 표현 형식으로서 시와 신화를 연결하는 구름다리가 된다. 가령 저 뛰어난 피아노 연주가이자 포에지로 가득한 저작의 주인공인 러셀 셔먼의 문장들을 만날 때의 놀라움과 즐거움 비슷한 어떤 감흥을 이 글은 독자들과 공유하고자 한다.

> 음악은 시간 – 균일한 순간들과 수명의 기록으로서의 시간 – 에 대한 반역이다. 음악은 초월을 추구한다. 장미꽃 채집과 영원과의 랑데부를 추구한다. 음악은 세속의 순간을 무한한 기쁨과 깨달음의 안식처로 뒤바꾸고, 그 흐름의 순간들을 엮어 구부러지고 복잡한 시간의 궤도를 만든다. (…) 음악은 일곱 겹으로 이루어져 있고, 겹마다 또 일곱 겹으로 이루어진, 먹을수록 점점 커지는 케이크이다.[3]

물론 이런 방식의 진술은 문학연구나 비평담론이 지향하는 논리체계로 독자들에게 다가서지는 않을 것이다. 그러나 은유와 직관으로 충만한 문장들은 사람과 짐승이 자연스럽게 존재의 본질을 교류하던 신화시대 문법의 숙명적인 유전자를 고스란히 보존하고 있다는 점에서 흥미로운 지식고고학의 여행 초대권을 우리에게 보낸다.

어떤 내용이 유익할지를 고민할 필요는 없을 듯하다. 새로운 '시론' 속에서 신화를 다루는 목표와 성격은 분명하다. 첫째는 시와 신화의 발생론적 기원에 대한 검토를 하는 것이다. 물론 간소한 개괄에 그치겠지만 오늘의 우리 현대시를 이해하는 과정 전반에 비추어 보면 그만큼 논의의 지평을 확대하고 심화시킬 수 있는 장점이 있다. 둘째는 신화를 분석하는 연구방법론

3) 러셀 셔먼, 김용주 옮김, 『피아노 이야기』, 이레, 2004, pp.249~250.

으로서의 상징과 원형에 대한 논의를 일정 부분 감당하는 것인데, 그것은 이 책의 기획 단계에서부터 두 요소가 누락된 데 대한 기본적인 책무 때문이다. 신화가 가지고 있는 이야기로서의 특성 역시 중요한데, 그것은 논의의 범주에서 일단 제외하기로 하겠다. 오늘날 우리 시 속에 수용되고 있는 다양한 방식의 내러티브와 신화와의 관계를 살펴보는 일은 지면을 따로 마련해야 한다는 점만 제기하고 싶다. 셋째는 시와 신화의 특성과 영향 관계를 살펴보는 일이다. 여러 논의 범주들 중에서 주로 시간과 공간의 확장 문제를 다루고자 한다. 끝으로 신화의 태동과 상실, 그리고 신화의 귀환에 대한 전망을 빼놓을 수 없다.

우선 한 편의 흥미로운 이야기를 소개하는 게 좋겠다.

> 북아프리카 특산의 투구풍뎅이는 똥에다 알을 깐 후에 공 모양으로 똥을 굴려 가며 적당한 부화 장소를 찾아갑니다. 알이 똥 속에서 부화했을 때, 작은 알을 육안으로 볼 수 없었던 이집트 사람들에겐 돌연 '생성'의 기적이 일어납니다. 또한 풍뎅이가 땅에 굴리고 다니던 형체가 기억 남습니다. 창조적 생성작용과 움직이는 공 모양이라는 두 현상의 결합은 무엇을 암시하겠습니까? 당연히 태양입니다. 태양은 그 따뜻한 빛으로 생명의 가장 중요한 원천이 되고, 또한 우리 육안으로 볼 수 없는 신성한 풍뎅이에 끌려 하늘을 굴러다니게 되는데 이것이야 말로 지상을 기어 다니는 작은 곤충의 영광스런 천상적 원형입니다. 이집트의 성직자들이 쓰는 용어로 보면, 천상의 풍뎅이는 '신성한 풍뎅이 scarb'로 번역되는 특별한 표의문자로서 구별해 쓰는데, 그들은 태양의 빛을 따라 황금색으로 그려졌으며 우주적 생성력이 부여되었습니다. (…) 종교적 맥락에서 이 생성력은 곧 갱생력입니다. 그래서 황금풍뎅이는 사후의 영생과 정신적 갱생의 상징이 됩니다. 이러한 두 가지 면이 상징적으로 드러나는 경우가 고대 이집트에서 시체의 심장을 제거하고 미라를 만드는 과정에서 그 자리에 작은 황금풍뎅이를 넣는 관습입니다.[4]

휠라이트가 시의 본질을 살아 있는 긴장언어(tensive language)로 명명하고 그 주요한 특징을 은유적 기능으로 설명하면서 은유를 다시 외유(epiphor. 비교를 통한 의미의 탐색과 확대. 의미의 암시)와 교유(diaphor. 병치와 합성에 의한 새로운 의미의 창조. 존재의 창출)로 나눈 뒤,[5] 이 긴장언어와 신화 사이에 생기는 모호한 인과 관계를 규명하기 위해 동원한 이야기 사례이다. 일명 똥풍뎅이로 불리는 투구풍뎅이가 유사성의 원리에 의해 태양과 비교되고 사후 영생과 정신적 갱생이라는 새로운 의미로 탄생하는 과정을 주목한다. 그리고 고대인들에게 자연과 자아, 현실과 환상은 근본적으로 상호 침투할 수 있고 융합될 수 있는 것이라는 주장을 편다.

고대인들의 사고체계로서의 신화가 가지고 있는 이런 속성은 사실상 시의 주요한 본질 가운데 하나이며, 이런 맥락에서 시와 신화의 발생론적 기원은 유사하다고 말할 수 있다. 카시러가 모든 문학의 기원으로서의 신화를 언급했고,[6] 루소가 "인간이 말을 하게 된 최초의 동기가 정념이었던 것처럼 최초의 표현은 비유였다. 사람은 먼저 시로서 말을 했다. 이치를 따져볼 생각을 한 것은 오래 뒤의 일이다."[7]라고 과단성 있게 추론한 진술을 두고 시가 먼저인가 신화가 먼저인가를 이 자리에서 굳이 판별할 필요는 없다.

문제는 은유의 정신과 신화의 본질이 비교와 결합의 원리를 공유한다는 관점이다. 시와 신화는 아마도 발생학적으로 이란성 쌍둥이라 불러도 좋을 것이다. 시는 신화의 자손인 동시에 조상이기도 하다. 이런 까닭에 인류 최초의 표현으로서의 비유가 탄생한 이래 가장 멀리까지 진화해 나온 현대시에 이르러서도 저 기억의 현연(玄淵)으로서의 신화의 흔적은 엄존한다.

최근의 진전된 연구 중에 주목할 만한 것은 나카자와 신이치(中澤新一)의

4) Philp Wheelwright, *Metaphor and Reality*, Indiana University Press, 1962, pp.138~139.
5) 외유와 교유는 각각 치환은유와 병치은유로 번역되기도 한다. 김준오, 『시론』, 이우출판사, 1988. 참조.
6) Ernst Cassire, *Philosophy of Symbolic Forms*, Yale University, 1953~1957. 제2권 Mythical Thinking 참조.
7) 장 자크 루소, 주경복 · 고봉만 옮김, 『언어의 기원에 관한 시론』, 책세상, 2002, p.31.

일련의 저작들이다. 『신화, 인류 최고의 철학』, 『곰에서 왕으로 – 국가, 그리고 야만의 탄생』, 『사랑과 경제의 로고스 – 물신숭배의 허구와 대안』, 『신의 발명』, 『대칭성의 인류학 – 무의식에서 발견하는 대안적 지성』 등을 통해 저자는 폭넓은 문화인류학적 자료 조사와 치밀한 문헌 섭렵을 통해 신화의 모호함을 보다 분명하게 드러나게 해주는 '설득의 기술' 을 보여주고 있다. 가령 다음과 같은 진술을 증명하기 위해 그가 동원하는 문화인류학적 사례들은 매우 흥미롭다.

> 모든 신화에는 각각 나름대로 지향하는 바가 있습니다. 그것은 공간과 시간 속으로 퍼져서(흩어져서라는 표현이 더 나을지도 모르겠습니다) 본래의 연관성을 잃어버린 듯이 보이는 것에 대해 상실된 연관성을 회복하는 것이고, 상호관계의 균형이 심하게 깨진 것에 대해 대칭성을 회복시키고자 노력하는 것이며, 현실 세계에서는 양립이 불가능해진 것에 대해 공생의 가능성을 논리적으로 찾아내고자 하는 것입니다.[8]

연관성과 대칭성의 회복을 통한 공생의 가능성 탐색이라는 신화론적 주제만 존중한다 하더라도 우리 현대시 속에 나타나는 신화의 '빛나는 그림자' 를 살펴보는 일은 간단치가 않다. 도처에서, 거의 모든 시인들의 내면에서부터 빛나는 그림자는 언어의 형상으로 드러난다.

> 햇살 가득한 대낮
> 지금 나하고 하고 싶어?
> 네가 물었을 때
> 꽃처럼 피어난

8) 나카자와 신이치, 김옥희 옮김, 『신화, 인류 최고의 철학』, 동아시아, 2003, p. 30. 이 책에서 언급되는 사례들은 일일이 예거하기 어려울 만큼 풍성하다.

나의 문자
"응"

동그란 해로 너 내 위에 떠 있고
동그란 달로 너 내 아래 떠 있는
이 눈부신 언어의 체위

오직 심장으로
나란히 당도한
신의 방

너와 내가 만든
아름다운 완성

해와 달
지평선에 함께 떠 있는
땅 위에
제일 평화롭고
뜨거운 대답
"응"

– 문정희, 「"응"」 전문

말놀이에 의한 신화적 상상력의 출현을 바라보는 우리의 눈은 즐겁다. "응"은 왜 꽃처럼 피어날까? 그것은 왜 신의 공간(방)일까? 그것은 왜 제일 평화롭고 뜨거울까? 너와 내가 함께 만드는 에로스는 우주의 은유인 '신의 방' 안에서 삶의 대칭성 회복을 통해 구현된다. 지상과 천상, 또는 천상과 천상의 평화로운 통합은 '아름다운 완성' 속에 실현되는 것이다. 물론 실재가 아니라 시인의 꿈이며 상상력일 뿐이다. 그러나 이 꿈은 개인의 독특한 시적 개성이 아니라 저 신화적 상상력의 생명체가 보유하고 있는 집단무의식의 발현이다.

대칭의 회복과 완성을 꿈꾸는 동일성의 원리는 비유적 언어의 초시간적 종속에도 똑같이 적용된다. 신화학자 쿠르트 휘브너가 휠덜린의 시 「조상의 초상」을 분석하면서 언급한 "조상은 (…) 실제로는 참으로 현존하고 있다. 자손들의 집에서 불멸의 존재로서 함께 한다. (…) 우리는 한 식구가 죽으면 슬퍼한다. 이러한 실체는 유가족이나 자손과 함께 고인이 계속 살 수 있다는 위안의 담보인 것이다. 이러한 실체가 바로 신화적인 것이다."[9]라는 대목, 또는 괴테가 『파우스트』에서 언급한 대목들은 이런 점에서 주목할 만하다.

> (…)
> 옛 조상 때부터 내려오는
> 풍부한 신화나 영웅의 전설 같은 것을
> 들은 일도 없으시지요?
>
> 오늘날
> 일어나는 일은 모두
> 빛나는 조상 때의
> 슬픈 여운입니다.
> 마야의 아들 머큐리에 대해서
> 애교 있는 거짓 이야기가

9) 쿠르트 휘브너, 이규영 옮김, 『신화의 진실』, 민음사, 1991, pp.24~25. 세계적인 신화학자인 쿠르트 휘브너는 그의 저작에서 독자들을 신화적 사고로 유도하기 위해 신화적인 것으로 인정될 만한 신빙성 있는 문화를 거론하는 방법을 택하는데 그 첫 사례가 바로 휠덜린 시 텍스트 분석이다. 저자는 휠덜린 문학의 특수성을 '신화적 경험'으로 정의하고 있다. 위의 책 제 1장 참조.

사실보다 더욱 그럴듯하게 노래 불리고 있는 것에 비하면
당신 이야기 같은 것은 비교도 되지 않습니다.[10]

괴테는 사실보다 더 그럴듯하게 다가오는 신화의 특성을 강조함으로써 신화가 "모든 중요한 인간 행위에 대한 범례"[11]라는 점을 강조한다. 결국 이 모든 논의들을 종합하면 신화는 "계통발생학적 역사의 박물관"[12] 수장고 속에 있는 기억의 현연(玄淵)이다.

그러므로 현연의 저 밑바닥에 수없이 분화해나간 신화의 촉수를 헤아려 보는 일은 지구상에 현존하다 사라져버린 조상의 호흡수를 계산하는 것만큼이나 셈법의 현실성을 초월해버린다.

신화는 얼마나 깊숙한 시간 속에 웅크리고 있는 것이며 얼마나 많은 것인가. 마치 우리 몸속의 DNA의 조합만큼이나 무한정하게 얽혀 있을 터이다. 어떤 지식고고학적 연구에 의하면, 신화 구전 시작 2만년 후에야 문자가 발명되었다고 한다. 그러므로 "무문자 시대에 얼마나 많은 신화가 구전되었는지 상상조차 할 수 없다"[13]는 진술은 그리 과장된 것은 아닌 듯하다.

논의가 따분해지는 걸 막기 위해 이즈음에서 약간의 기분전환을 해보자. 여러분과 함께 이제 어떤 음악을 상상한다. 눈을 감는다. 라벨의 〈볼레로〉가 좋겠다. 처음엔 아주 미약한 작은 북과 비올라 소리가 들릴 듯 말 듯 봄나비처럼 날아온다. 피아니시모로 탄생한 가락은 계속 반복되며 여기에 다른 악기들이 가세하면서 소리는 마치 초승달이 몸집을 불리듯이 점점 커져간다. 두 개의 주제 가락 사이에 볼레로 리듬이 끼여 끝까지 반복되는 구조

---

10) 괴테, 박덕환 옮김, 『파우스트』(하), 범우사, 1995, p.151.

11) M. Eliade, *Myth and Reality*, N. Y. 1968, p.168.

12) C. G. Jung, *'THE ARCHETYPES AND THE COLLECTIVE UNCONSCIOUS'*, *THE COLLECTED WORKS OF C. G. JUNG, VOLUME 9, PART 1*, translated by R. F. C. HULL. (Princeton University Press, 1968), p. 287. 융은 인간의 몸(휴먼 바디)이 계통발생학의 박물관인 것과 마찬가지로, 영혼(프시케)의 성격을 규명하는 데 있어서도 같은 은유를 사용하고 있다.

13) 나카자와 신이치, 앞의 책, pp.22~23.

를 유지한다. 단성에서 다성으로, 작은 소리에서 큰 소리로 발전하는 소리의 구조를 누구나 체감할 수 있다. 마침내 수많은 관현악기가 모두 참여하여 우주의 상징으로서의 도상, 즉 만다라의 형상을 소리로 번역하는 '조화속'을 경험한다.

레비스트로스는 신화의 이해과정에 이런 방식을 적용한 최초의 구조주의 문화인류학자이다. 그는 남북아메리카에서 기록된 수천 개의 신화를 상세하게 조사해서 그 중 8백여 개 정도를 골라 치밀하게 분석하고 있는데, 신화를 구성하고 있는 복잡한 코드의 조합을 발견하고 그것들의 상호관계를 밝혀내게 된다. 한 신화는 다른 신화로 계속 모습을 바꾸어 변형해가며 마침내 몇 백 개에 달하는 신화가 하나의 거대한 우주를 이루고 있는 모습을 묘사하게 되는 것이다.[14)]

그가 발견한 신화의 구조와 내적 논리는 세포 내에서 생물의 유전정보를 보관하는 DNA를 구성하는 뉴클레오티드의 발견에 비견될 만하다. 결합되어 있는 염기에 의해 구분되는 네 종류의 뉴클레오티드가 중합되어 이중나선구조를 이루는 게 바로 디옥시리보핵산으로서 이는 곧 유전되는 생물체의 근원 구조이다. 융이 사람의 몸을 두고 '계통발생학적 역사의 박물관'이라는 은유를 사용했을 때, 이런 과학적 발견을 목도했다면 얼마나 기뻐했을까. 그는 휴먼 바디만이 아니라 정신이나 영혼도 같은 방식으로 정의했다. 융의 어법에 따르면 프시케의 언어적 실현태가 바로 신화이다.

생물학이 보증하는 뉴클레오타이드의 존재와 마찬가지로 수많은 신화 역시 근원 구조를 스스로 증명하고자 한다. 이 근원 구조가 곧 시의 구성 원리이자 본질의 주요한 국면을 이룬다. 그 모형은 통합(결속)의 논리, 비약의 논리, 감각의 논리, 상징적 사고의 탄생 등으로 유형화할 수 있다. 그러나 우리는 이 글에서 시와 신화가 만나는 몇 가지 국면들을 비교적 쉽고 흥미 있는 영역으로 재조정하고자 한다.

---

14) 나카자와 신이치, 위의 책, p. 26.

2. 은유의 탄생

사랑하는 나의 하나님, 당신은
늙은 비애다.
푸줏간에 걸린 커다란 살점이다.
시인 릴케가 만난
슬라브 여자의 마음속에 갈앉은
놋쇠 항아리다.
손바닥에 못을 박아 죽일 수도 없고 죽지도 않는
사랑하는 나의 하나님, 당신은 또
대낮에도 옷을 벗는 어리디 어린
순결이다.
삼월에
젊은 느릅나무 잎새에서 이는
연두빛 바람이다.

– 김춘수, 「나의 하나님」 전문

인용시의 기본 통사는 은유의 반복으로 이루어져 있다. 처음부터 끝까지 은유로 일관하고 있으며, 그 자체로서(언어의 두레박을 통해) 기억의 심연에서부터 의도적 효과를 길어 올리려 애쓰고 있다. 'A = B이다'를 반복적으로 웅얼거리되 변주를 가하고, 여기에 의미론적인 두 극단(신성과 세속성)을 폭력적으로 결합시킴으로써 과학적 세계관에 의해 구축된 일상을 갑자기 낯설게 만들어버린다.[15]

15) 이 시에서의 은유는 매우 도전적이다. 은유가 기본적으로 유사성의 원리에 의해 동일성(identity)을 추구하는 데 비해, 여기의 은유는 이질적 긴장감을 조성을 통해 기존 규범을 벗어나고자 하는 미적 충동을 반영하고 있다. 그러나 기본 문법 자체는 동일성을 꿈꾸는 신화적 사고의 계열체이다.

앞에서 살펴본 황금풍뎅이 이야기라든가, 인간과 동물이 변신을 통해 서로의 위치를 바꾸며 자유롭게 오가는 숱한 신화의 사례들에서 볼 수 있는 게 바로 이런 이질적 개체들이나 성격들 사이의 결합의 논리이다. 결합의 논리는 인간의 유추능력에서 기인하는 것이며, 이것은 '유동적 지성이야말로 인간의 징표' 라는 고고학에 기초한 철학적 선언을 쉽게 풀이한 것이다. 나카자와 신이치는 이에 관하여 흥미로운 발언을 하고 있다.

> 인간이 현재 사용하고 있는 언어는 시의 구조와 동일한 원리를 가진 지성이 활동할 수 있음으로써 생겨난 것입니다. 지난 번 강의에서 말씀드렸듯이 현생인류의 뇌에 기능이나 카테고리가 다른 영역들에 대한 상호 연결을 가능케 하는 뉴런 조직의 재구성에 의해 인류의 결정적인 진화가 일어난 것으로 생각됩니다. 그때까지 네안데르탈인의 뇌에서는 은유나 환유 같은 '비유' 능력이 발달되지 않은 것으로 추정되고 있습니다. 그런데 이질적인 영역 사이를 자유롭게 돌아다닐 수 있는 '유동적 지성' 이 발생함으로써, 인류는 모든 걸 '기호' 가 아닌 '의미' 로 이해할 수 있게 된 것입니다.[16)]

사실 이 인용문은 정밀하고 체계적인 논증이 아닌 추정에 기초하고 있지만, 시에 대한 현대적 논의가 나아가야 할 방향에 대한 새로운 암시가 풍부하다는 점에서 가치를 평가할 수 있다. 그의 논의에서 생물학과 고고학, 철학과 언어학과 문학이 한 데 섞이고 있다는 점은 우리 '시론' 의 풍성한 교양과 여러 학문의 통섭 과정을 통한 새로운 발견을 기대하게 한다.

'신석기시대의 혁명' 으로 천명되는, '뇌 속에 서로 다른 인식 영역을 연결시켜 자유자재로 움직이는 뉴런 네트워크의 형성' 이 신화 구성의 기초가 되었다는 주장은 보다 정밀한 논증이 필요하지만, 유추를 통해 '의미' 를 부여할 줄 알게 되는 능력이 탄생했다면 이는 단순한 뇌 속의 혁명이 아니라

---

16) 나카자와 신이치, 김옥희 옮김, 『곰에서 왕으로 – 국가, 그리고 야만의 탄생』, 동아시아, 2003, p. 97.

'문화폭발 혁명' 으로 이름 해도 좋을 것이리라.

은유의 탄생은 확실히 시적 발상인 동시에 신화의 터전이 된다. 그러나 오늘날 의미의 지시적 전달을 목적으로 하는 유용한 수단으로서의 일상 언어에서는 잘 사용하고 있지 않기 때문에 그 문화사적 의의가 크게 주목받지 못하고 있다. 그럼에도 불구하고 은유의 가치, 계통발생학적 역사 박물관으로서의 가치는 여전히 살아 있다. 언어의 최고 조상인 시 속에서. 그리고 시의 자손이자 부모인 신화 속에서.

3. 은유에서 상징으로, 그리고 원형의 출현

현대시 논의에서 흔히 언급되는 상징과 원형 등도 역시 신화적 상상력과 무관하지 않다. 상징은 기본적으로 비유의 확장이며, 원형은 현대 심리학이 발견한 신화의 이미저리이다.

> '자연' 은 하나의 신전, 거기에 살아 있는 기둥은
> 이따금 어렴풋한 말소리를 내고,
> 인간이 거기 상징의 숲속을 지나면
> 숲은 정다운 눈으로 그를 지켜본다.
>
> – 보들레르, 「만물조응」 부분

상징의 본질은 암시이다. 상징은 지시적 의미가 모호한 것이며 원관념과 보조관념 사이의 관계가 복수성 혹은 다성성의 관계이다. 보들레르가 암시하고자 했던 것은 당대인들이 향유하고자 했던 신비의 세계이다. 그것이 '상징의 숲' 이다. 모든 사물이 정신의 상징이라는 보들레르의 주장은 결국 은유를 확장시키는 방식이다.

이것은 소리없는 아우성,
저 푸른 해원을 향해 흔드는
영원한 노스탈쟈의 손수건

유치환의 「깃발」에 나타나는 '아우성'과 '손수건'은 감각적 비유 차원에 머무는 게 아니라 갈망하는 정신적 태도를 숨겨서 보여준다는 점에서 일종의 암시이다. 그러므로 상징은 은유가 진화된, 은유의 계통발생학적 후손이다. 백석의 '갈매나무'를 다시 한 번 보는 건 어떨까. 「남신의주 유동 박시봉방」의 가장 매혹적인 끝부분의 시안(詩眼)으로서의 '그 드물다는 굳고 정한 갈매나무라는 나무를 생각하는 것이었다.'에서, 우리는 시인의 상상력이 '헌 샅을 깐, 습내 나는 춥고 누긋한 방'으로부터 밖으로 나와 수직으로 솟아오르는 씩씩한 어떤 나무로 전이되는 것을 본다. 방바닥에 깔린 헌 '갈대깔개(샅)'와 '갈매나무'는 사물을 가리키는 단순한 기호가 아니라 이미 시인이 인식하거나 지향하고자 하는 어떤 정신세계이다. 그것이 바로 암시이며, 이런 맥락에서 '샅'과 '갈매나무'는 상징이다. 전자가 현실의 불우한 처지를 암시한다면 후자는 숭고한 이상과 도덕적 의지를 암시한다. 나르시스 신화에 등장하는 수선화가 자기연민이라는 정신의 세계를 암시하는 방식과 본질적으로 똑같다. 신화적 사고, 신화적 상상력의 뿌리가 얼마나 깊은 것인지 더욱 실감하고 싶으면 서정주의 「수대동시」의 앞부분을 음미해보라.

흰 무명옷 가라입고 난 마음
싸늘한 돌담에 기대어 서면
사뭇 숫스러워지는 생각, 고구려에 사는 듯
아스럼 눈감었던 내 넋의 시골
별 생겨나듯 도라오는 사투리.

'내 넋의 시골'과 '도라오는 사투리'는 서정주 시력 전체에서 볼 때, '신화의 귀환' 을 암시하는 젊은 시인의 선언에 가깝다. 이 이미지들은 신화의 DNA를 불러내는 주술들로서, 휠덜린 시에 나오는 '초시간적 연속에 대한 혈통적 종속' 을 보다 보편적이고 광범위한 영역으로 확장한 경우이다. '시골' 과 '사투리' 는 각각 '선운리 고향' 이나 '전라도 방언' 이라는 협의의 상징을 뜻하지 않는다. 역사적 기원으로서의 공간, 집단무의식을 구성하는-유전하는 언어의 표상이 이 이미지들 속에 있다. 격렬한 성적 충동, 정신적 고뇌와 방황을 끝낸 젊은 시인은 고향 수대동으로 돌아가 저 아득한 현연 속의 신화를 호명하는 것이다.

상징의 또 다른 형태는 원형(Archetype)이다. 학자에 따라서는 원형을 상징 안에 편입시키기도 한다. 원형은 무수한 실제의 개체를 만들어내는 근본 형식이라는 점에서 추상적 개념을 가리키거나 시간을 초월하여 불변하는 범인류적인 보편 이미지를 뜻한다. 그러니 동서고금의 시 구절구절마다에 원형의 사금파리조각들은 얼마나 많이 반짝이고 있을 것인가. 인류학자 제임스 프레이저가 세계 각 민족의 신화와 종교의식을 비교 연구한 결과 이들의 근본적인 양식이 공통적이라는 점을 발견한 것은 원형의 등장을 과학적으로 담보하는 중대한 성과였다.[17] 심리학자 칼 구스타프 융은 프로이트의 개인무의식 이론에 대응하는 집단무의식 이론을 주창하였고[18], 이들 논의에 기초하여 문학에서 심리주의 연구가 진행되고 그 주요한 연구방법론으로 원형비평이 자리하기 시작함으로써 신화적 상상력에 대한 문학의 수용이 중요한 국면을 이루게 된다. 20세기 문학비평의 한 봉우리를 이루고 있는 노드럽 프라이의 역저 『비평의 해부』는 아주 간명하게 '신화의 재발견' 으로 은유화 할 수 있다.

시인들이 이런 연구 성과에 주목을 했는지는 잘 모르겠다. 그러나 대부분의 시인들은 이런 학문 분야의 도움 없이도 다양한 방식으로 상징과 원형을

17) 프레이저, 장병길 역, 『황금가지』, 삼성출판사, 1982. 참조.
18) 욜란드 야코비, 이태동 역, 『칼 융의 심리학』, 성문각, 1978. 참조.

경험하고 표현한다. 예컨대 대립적 이미지로서의 물과 불은 생성과 소멸, 하강과 상승, 평화와 투쟁, 여성과 남성 등을 보편적으로 표상한다. 물론 융의 주장처럼 집단무의식이 유전한다는 전제 하에서 가능하다. 강은교의 「우리가 물이라면」이 표방하는 세계가 그렇다.

우리가 물이 되어 만난다면
가문 어느 집에선들 좋아하지 않으랴.
우리가 키 큰 나무와 함께 서서
우르르 우르르 비 오는 소리로 흐른다면.

흐르고 흘러서 저물녘엔
저 혼자 깊어지는 강물에 누워
죽은 나무 뿌리를 적시기도 한다면.
아아, 아직 처녀(處女)인
부끄러운 바다에 닿는다면.

그러나 지금 우리는
불로 만나려 한다.
벌써 숯이 된 뼈 하나가
세상에 불타는 것들을 쓰다듬고 있나니

만 리 밖에서 기다리는 그대여
저 불 지난 뒤에
흐르는 물로 만나자.

푸시시 푸시시 불 꺼지는 소리로 말하면서
올 때는 인적 그친

넓고 깨끗한 하늘로 오라.

이 시에서 '물'과 '불'은 기본적으로 시인의 개인 상징이지만 인류의 사고나 상상력의 근원적 동질성의 예증으로서 설명할 수 있다. 그것은 두 물질적 상상력에 대한 수없이 반복되는 언어 정보의 통계 덕분이다. 이 반복과 되풀이가 강력하면 할수록 원형의 보편성은 강화된다.

만약 어떤 시인이 원형을 잘 다루고 있다면 그는 틀림없이 저 아득한 신화시대의 기억술사의 직분을 상속받은 후예일 것이다. 이 분야에서 가장 주목할 만한 시인은 김인희이다. 그녀가 발표한 일련의 시집들이 지향하는 세계는 우리 시문학사에서 전무할 정도로 독특한데, 그 독특함의 성격은 바로 저 현연의 세계로 입사하는 것이다.[19]

차디찬 영혼의 무리인 푸른 용

뜨거운 대지의 심장이었던 붉은 용

곧 둘의 해후가 이루어질 시간

둘의 해후는 서로가 서로를 먹어주고

서로가 성스러운 먹이가 되는 것

– 김인희, 「두 마리 용의 해후」 부분

두 마리의 용은 천지 우주론의 상징임과 동시에 남성성과 여성성의 상징이다. 기(氣)의 순환과정으로 읽을 수도 있다. 천지 이전의 세계를 형성하는 혼원지일기(渾元之一氣)가 나뉘어 천과 지가 된다는 주장처럼, 푸른 용과 붉은 용은 하나(全一)에서 나온 둘의 원형이다. 세상의 시작은 이렇게 하나의 갈림으로부터 비롯된다. 시인이 바라보는 것은 신경생리학적 병증으로서의

19) 『아담의 상처는 둥글다』(1992), 『불의 오르가슴』(1994), 『여황의 슬픔』(1996), 『시간은 직유 외엔 그 어떤 것으로도 나를 해석하지 말라하네』(2007) 참조. 신화 및 원형과 관련하여 가장 치열하게 형상화 한 사례들이다.

환시가 아니라 상호텍스트성에 힘입은 원형과의 해후이다.

많은 시인들의 구절들 속에 원형의 탯줄이 달려 있음을 본다. 천문현상이며 공간과 시간의 다양한 이미지들 속에 원형으로 분류할 수 있는 이미지들이 너무나 풍성하다는 사실을 아는 순간, 우리는 신화의 시대가 우리와 결별된 정신 진화 과정의 어두운 과거가 아니라 시공을 초월하여 함께 하는 '살아 있는 박물관' 임을 불현듯 깨닫게 된다.

4. 시간과 공간의 확장

신화는 현실의 시공을 확장하는 특성이 있다. 김소월의 「산유화」에 나타나는 시간의 순환반복은 본질적으로 신화적이다. 이육사의 「광야」에 드러나는 '까마득한 날' 과 '千古의 뒤' 역시 시간의 무한 연장에 대한 일종의 은유이다. 영원의 상대개념은 찰라나 순간이 아니라 시간이다. 영원은 시간의 반대편에 있는, 시간이라는 관념을 넘어서고자 하는 신화의 숨은 얼굴이다.

> 이것이 무엇인가? 할아버지의 할아버지의 그 또 할아버지의 千年 아니 萬年, 눈시울에 눈시울에 실낱 같이 돌던 것. 지금은 무덤가에 다소곳이 돋아나는 이것은 무엇인가? 내가 잠든 머리맡에 실낱 같은 실낱 같은 것. 바람 속에 구름 속에 실낱 같은 것. 千年 아니 萬年. 아버지의 아저씨의 눈시울에 눈시울에 어느 아침 스며든 실낱 같은 것. 네가 커서 바라보면, 내가 누운 무덤가에 실낱 같은 것. 죽어서는 무덤가에 다소곳이 돋아나는 몇 포기 들꽃… 이것이 무엇인가? 이것이 무엇인가?
>
> – 김춘수, 「눈물」 전문

인용시에서 존재의 의미와 생의 가치에 대한 탐구는 삶과 죽음의 순환반복 형식을 통해서 형상화된다. '천년 아니 만년' 은 생명의 기원에 대한 은유이다. '실낱'은 또 어떤가? 면면히 이어져 오는 'DNA의 사슬'이 유사성의 원리에 의해 환치되는 경우가 아닐까? 아슬아슬하고 위태롭지만 끈질기게 이어져 내려오는 숙명과 같은 '이 무엇'에 대한 자각이야말로 시인이 영원의 신화세계로 들어가는 관문이다.

新婦는 초록 저고리 다홍치마로 겨우 귀밑머리만 풀리운 채 新郎하고 첫날밤을 아직 앉아 있었는데, 新郎이 그만 오줌이 급해져서 냉큼 일어나 달려가는 바람에 옷자락이 문 돌쩌귀에 걸렸읍니다. 그것을 新郎은 생각이 또 급해서 제 新婦가 음탕해서 그 새를 못 참아서 뒤에서 손으로 잡아다리는 거라고, 그렇게만 알곤 뒤도 안 돌아보고 나가 버렸읍니다. 문 돌쩌귀에 걸린 옷자락이 찢어진 채로 오줌 누곤 못 쓰겠다며 달아나 버렸읍니다.

그러고 나서 四十年인가 五十年이 지나간 뒤에 뜻밖에 딴 볼일이 생겨 이 新婦네 집 옆을 지나가다가 그래도 잠시 궁금해서 新婦방 문을 열고 들여다보니 新婦는 귀밑머리만 풀린 첫날밤 모양 그대로 초록 저고리 다홍치마로 아직도 고스란히 앉아 있었읍니다. 안스러운 생각이 들어 그 어깨를 가서 어루만지니 그때서야 매운재가 되어 폭삭 내려앉아 버렸읍니다. 초록 재와 다홍 재로 내려앉아 버렸읍니다.

– 서정주, 「신부」 전문

시인은 현실과 환상을 뒤섞어버린다. 버림받은 시간의 고통은 연소하는 불의 상상력을 암시하면서 '매운재'를 예비하는 기제로 작동한다. '四十年인가 五十年이 지나간 뒤'는 현실시간이라기보다 '신화적인 인고의 시간'이다. 억울하게 버려진 첫날밤의 시간이 무한정 연장되어 님이 돌아오지 않는 한 그대로 지속될 수밖에 없다는 기다림의 상징으로 발전한다. 사실상 우리 문화에서 이 시간은 '신부 개인'의 시간이 아니라, 박해받아온 그러나 극한의 인내로 견뎌 나온 '모든 보편적 여성들'의 시간으로 확장된다. 텍스트 속의 현실은 일순 집단무의식의 신화 속으로 미끄러져 편입한다. 그리하여 억울함을 참아온 시간, 사랑을 기다려온 시간은 '초록 재'와 '다홍 재'의 아름답고 서글픈 환상을 탄생시키기에 이른다. 신화적 상상력은 감각의 준마들로 하여금 시간의 논리를 뛰어넘게 한다. 영원한 자유인 동시에 현실문법의 일탈로 부를 수 있는 작시상의 이런 발상의 문제점을 서정주는 늘 안고 있었다.

다음은 공간의 경우를 보자. 「광야」를 다시 보겠다.

> 까마득한 날에 / 하늘이 처음 열리고 / 어데 닭 우는 소리 들렸으랴 // 모든 산맥들이 / 바다를 연모해 휘달릴 때도 / 차마 이곳을 범하던 못하였으리라 // 끊임 없는 광음을 / 부즈런한 계절이 피어선 지고 / 큰 강물이 비로소 길을 열었다 // 지금 눈 나리고 / 매화 향기 홀로 아득하니 / 내 여기 가난한 노래의 씨를 뿌려라 // 다시 천고의 뒤에 / 백마 타고 오는 초인이 있어 / 이 광야에서 목놓아 부르게 하리라

시간을 껴안는 대지의 표상으로서의 '광야'는 우리 현대시의 '성소(聖所)'이다. 이 성소는 텍스트 내에서 부사어들로 둘러싸여 있다. '차마', '비로소', '지금', '홀로', '다시' 등은 시인의 태도를 나타내는 지표이다. 광야의 성격이 자연스럽게 드러난다. 광야는 의지와 신념의 공간이며 초월적 존재를 위해 '가난한 노래의 씨'를 뿌리는 풍요를 약속하는 땅이다. 그리하여 이 공간은 까마득한 날로부터 천고의 뒤까지 이어지는 성스러운 곳이자 약속의 공간이 된다.

신화적 공간으로서의 성소의 관념은 오늘의 시에서는 통상적으로 '장소애(topophilia)'로 변모한다. 이상향으로서의 청산, 떠나온 고향 또는 사적인 열망의 공간 등은 원초적 경험의 토대이자 그 흔적이다. 장소를 점유하지 않는 실존을 상정할 수 있을까? 공간은 그만큼 경험적이다. 백석의 '정주' 또는 '통영', 서정주의 '수대동 14번지', 윤동주의 '북간도', 신경림의 '목계', 이성복의 '남해 금산' 등은 시의 배경인 동시에 감각적 경험의 중심

지이다. 이 모두가 신화적 공간의 전이현상의 일종이다.

시에 나타나는 신화적 공간의 전이는 장소애의 방식을 넘어 방향성과 운동성을 지향하는 경우도 많다. 윤동주의 「서시」를 구축하고 있는 공간 상상력은 '별'과 '길'의 이미지를 통해 머나먼 극단을 끌어와 보여준다. 별은 시적 화자의 수직적 상상력의 극점에서 빛난다. 반면에 길은 수평적 상상력의 어떤 극점을 상상하게 한다. 그러므로 별과 길을 통한 공간의 확장은 현실 너머의 초월적 가치에 대한 열모를 내면화한 채 자기 생의 현실을 담담하게 받아들이는 신화적 자아 탄생의 배경이 된다. 장소애와 구조적 극한 공간에 대한 시인의 지향성은 신화시대의 공간 상상력과 친연성이 매우 강하다.

5. 신화의 상실과 귀환, 백석과 네루다를 위하여

잃어버린 신성성, 혹은 신화를 상실한 시대란 무엇을 뜻할까? 과학의 발견으로 인한 마법세계의 퇴조일까 아니면 저 시원의 야생보다 더 야만적인 문명에 대한 풍자일까. 문화인류학자들은 사람과 동물 사이의 자연스러운 교류관계가 깨진 '국가의 탄생' 이후를 신화 상실의 시대라고 판단한다. 자연을 점령하고 국가를 탄생시켜 권력을 독점화 하려는 움직임이 커지면서 '야만의 문명'이 신화를 축출한다고 본다.[20]

대안이 전혀 없는 건 아니다. 동물과의 평화적 공존 상태, 즉 신화시대로부터의 결별의 원인을 인간의 이기심으로 보고 여기에 대한 경고를 통해 신화의 귀환을 꿈꾸는 소박한 동화 『빙하쥐의 털가죽』은 신화에 대한 인류의 아름다운 환상을 제공하는 최고의 선물에 값한다.[21] 동물 가죽을 얻기 위해 베링행 초특급열차를 타는 지독한 사냥꾼에게 동물들이 복수한다는 내용으

20) 나카자와 신이치, 김옥희 옮김, 『곰에서 왕으로 – 국가, 그리고 야만의 탄생』, 동아시아, 2003, pp.15~21.

21) 미야자와 겐지, 이경옥 옮김, 『빙하쥐의 털가죽』, 우리교육, 2006.

로 꾸려진 이 동화는 신화적 사고력의 복원이 얼마나 절박한가를 조용히 소곤거리고 있다.

이런 맥락에서 현대시가 신화와 만나는 접점을 찾을 수 있다면 그것은 신화의 복원과 귀환에 대한 미적 각성과 그 방법적 실천의 문제이다. 이것은 환원주의나 퇴영주의가 아닌 보다 근원적인 차원에서 논의되어야 할 사안이다. 근대와 그 극복, 혹은 해체의 담론 등으로도 해결되지 않는 현대적 과제들의 출구로서 신화적 사고를 당연히 모색해야 한다는 뜻이다. 이런 점에서 '신화의 귀환' 을 주창하는 뒤랑의 목소리는 경청할 만하다.

> 신화는 재귀한다. 그리고 새로운 신화가 있다고 믿는 것은 피상적인 환상일 뿐이다. (…) 하나의 신화가 포화 상태에 이르러 쇠퇴하고 소멸하게 되면, 인류가 이미 알고 있던 다른 신화가 다시 등장하게 된다. 신화의 작용은 끊임없이 되풀이 되며, 최소한 수천 년 동안 호모 사피엔스는 이런 식의 끊임없는 몽상 때문에 희망을 갖고 살아올 수 있었으며, 그 몽상 속에서 신화적 유산을 이어올 수 있었다. '행복한' 시지프의 바위는 따라서 끝없이 반짝이는 몽상인 것이다.[22]

신화는 사라진 유산이 아니라 서정주식 은유로 말하면 '별 생겨나듯 도라오는 사투리' 이다. 한 번의 밝음과 한 번의 어둠이 교체하면 언제나 다시 돌아오는 별. 그 별의 이미지 속에서 젊은 시인은 현연의 이야기를 듣는다. '사투리' 는 곧 신화의 그림자이다. 이는 신화를 향한 귀환 욕구가 자연스럽게 드러난 경우이다. 그 반대의 사례도 있다.

우리 시에서 신화의 상실을 실감나게 표현하는 경우는 백석이다. 신화의 세계와 현실 세계 사이의 단절을 비장한 목소리로 노래하는 「북방에서」는 조국 상실과 고향 상실 이상의 더 시원적 상실에 대한 회한이 드러나 있다.

22) 질베르 뒤랑, 앞의 책, pp.63~64.

아득한 녯날에 나는 떠났다
夫餘를 肅愼을 渤海를 女眞을 遼를 金을,
興安嶺을 陰山을 아무우르를 숭가리를.
범과 사슴과 너구리를 배반하고
송어와 메기와 개구리를 속이고 나는 떠났다.

나는 그때
자작나무와 익갈나무의 슬퍼하든것을 기억한다
갈대와 장풍의 붙드든 말도 잊지않었다
오로촌이 멧돌을 잡어 나를 잔치해 보내든것도
쏠론이 십리길을 딸러나와 울든것도 잊지않었다.

나는 그때
아모 익이지못할 슬픔도 시름도 없이
다만 게을리 먼 앞대로 떠나나왔다
그리하여 따사한 해ㅅ귀에서 하이얀 옷을 입고 매끄러운 밥을먹고 단샘을 마시고 낮잠을 잤다
밤에는 먼 개소리에 놀라나고
아츰에는 지나가는 사람마다에게 절을 하면서도
나는 나의 부끄러움을 알지못했다.

그동안 돌비는 깨어지고 많은 은금보화는 땅에 묻히고 가마귀도 긴 족보를 이루었는데
이리하야 또 한 아득한 새 ㄴ날이 비롯하는때
이제는 참으로 익이지못할 슬픔과 시름에 쫓겨
나는 나의 ㄴ 한울로 땅으로 나의 胎盤으로 돌아왔으나

이미 해는 늙고 달은 파리하고 바람은 미치고 보래구름만 혼자 넋없이 떠도는데

아, 나의 조상은 형제는 일가친척은 정다운 이웃은 그리운것은 사랑하는것은 우럴으는것은
나의 자랑은 나의 힘은 없다 바람과 물과 세월과 같이 지나가고 없다.

이 시의 목소리는 힘차고 서글프고 아름답다. 시인이 상실과 이별을 자각하는 방법은 총체적이다. 시간과 공간과 동일성의 세계로부터 떨어져 나온 그는 지친 몸으로 귀환했으나 이미 현실 세계가 신화적 시공으로부터 단절되어 격리되었음을 간파한다. 이 단절감은 정체성의 근원적 공간 속에서 탄생함으로써 더욱 비장해진다.

'ㄴ 한울', 'ㄴ 땅', '나의 태반'으로서의 '북방'은 우리 시의 인류학적 기원이다. 오랜 시간, 머나먼 공간, 동물의 세계로부터 그들을 배반하고 속이며 떠나오는 여행 자체가 인간 진화 역사의 은유이다. 곧 인류학자들이 말하는 신화 상실의 원인이다. 그러므로 이 시에서 노래하는 상실과 회한은 그 의미론적 귀착과는 별개로 신화적 존재와 신화적 삶에 대한 새로운 각성을 요구하는 방편으로 읽을 수 있다. 상실의 토로가 오히려 귀환의 욕구를 강력하게 환기한다는 역설이 이 시를 읽는 재미있는 문법이다. 백석 시의 상당수가 이런 미적 각성에 따라 시도되고 있다는 점이 입증된다면 우리 시의 신화에 대한 논의의 지평이 그만큼 넓어질 수 있을 것이다.

끝으로, 시와 신화의 은밀한 관계에 대한 매력적인 담론, 파블로 네루다(1904~1973)의 「시」를 일독함으로써 이 글을 마무리하고자 한다. 네루다에 의하면 시는 영감이다. 그러나 그 에너지(시)가 찾아오는 시간과 공간을 구분할 수 없고, 무엇으로부터 오는지 그 대상도 알 수 없으며, 그렇지만 시인은 감각이 살아나는 경험을 하고, 우주의 심연과 동화되는 느낌을 가진다. 이것이 무엇인가? 통합(결속)의 논리, 비약의 논리, 감각의 논리, 상징적 사

고의 탄생 등 신화적 사고를 구성하는 체계가 뒤엉켜 꼬여 있다. 이것이 무엇인가? 바로 신화적 언어의 DNA인 시이다.

> 그러니까 그 나이였어…… 시가 / 나를 찾아왔어. 몰라, 그게 어디서 왔는지, / 모르겠어, 겨울에서인지 강에서인지. / 언제 어떻게 왔는지 모르겠어, / 아냐, 그건 목소리도 아니었고, 말도 / 아니었으며, 침묵도 아니었어, / 하여간 어떤 길거리에서 나를 부르더군, / 밤의 가지에서, / 갑자기 다른 것들로부터 / 격렬한 불속에서 불렀어, / 또는 혼자 돌아오는데 말야 / 그렇게 얼굴 없이 있는 나를 / 그건 건드리더군. // 나는 뭐라고 해야 할지 몰랐어, 내 입은
>
> 이름들을 도무지 / 대지 못했고, / 눈은 멀었으며, / 내 영혼 속에서 뭔가 시작되어 있었어, / 熱이나 잃어버린 날개, / 또는 내 나름대로 해보았어, / 그 불을 / 해독하며, / 나는 어렴풋한 첫 줄을 썼어 / 어렴풋한, 뭔지 모를, 순전한 / 넌센스, / 아무것도 모르는 어떤 사람의
>
> 순수한 지혜, / 그리고 문득 나는 보았어 / 풀리고 / 열린 / 하늘을, / 遊星들을, / 고동치는 논밭 / 구멍 뚫린 그림자, / 화살과 불과 꽃들로 / 들쑤셔진 그림자, / 휘감아 도는 밤, 우주를 // 그리고 나, 이 微小한 존재는 / 그 큰 별들 총총한 / 虛空에 취해, / 신비의 / 모습에 취해. / 나 자신이 그 심연의 / 일부임을 느꼈고, / 별들과 더불어 굴렀으며, / 내 심장은 바람에 풀렸어.
>
> – 정현종 번역

8. 시와 종교

유성호

1. '종교적 상상력'의 다양한 층위

종교학자 폴 틸리히는 『문화의 신학』에서 종교를 인간의 다른 정신적 활동과 마찬가지로 '문화'의 한 형태로 보았다. 그의 이 같은 언급은 종교가 '언어'라는 문화적 창조력에 힘입어 체계화된 측면을 강조한 것이지만, 인간의 문화 활동에 의해 전개되어온 종교의 역사를 바라볼 때 매우 타당한 지적이 아닐 수 없다. 또 그 역으로 종교가 한 시대의 문화적 가치와 양식을 만드는 데 큰 역할을 해온 것 역시 부인할 수 없다는 측면에서 틸리히는 종교와 문화의 각별한 친연성을 언급한 것이다. 이처럼 역사 이래로 종교와 문화는 상보적인 영향 관계 아래 공존해왔다.

문화 가운데서도 가장 첨예한 언어 양식인 문학 그 가운데서도 '시'는 이러한 종교와의 관련성이 매우 높은 장르이다. 이는 종교적 지도자의 언어 양식과 시가 닮아 있다거나, 주요한 가르침이 시적 비유를 통해 이루어졌다거나 하는 표면적 이유 외에도 궁극적으로 시와 종교가 추구하는 세계가 비슷하기 때문일 것이다. 말하자면 그것은 궁극적이고 근원적인 실재에 대한 열망이라는 수원(水源)을 가지고 있는 것이다. 그래서 시에 나타나는 종교적 상상력은 어느 정도는 필연적인 것이다. 우리가 주목하려는 현대시의 역사에서 종교적 상상력은 '기독교' 라는 외래 종교의 강력한 영향 아래 유 · 불 · 선 · 기독교 등으로 다양한 모습을 보이게 된다. 우리는 그 가운데 기독교에 한정하여 우리 시에 나타난 종교적 상상력의 실례를 알아보려 하는 것이다.

물론 '종교적 상상력' 의 뜻을 쉽게 결론지을 수는 없다. 그것은 신에 의한 창조, 사랑, 섭리, 구원의 역사를 자신의 사유의 근본 구조로 받아들이고, 그 질서에 따라 삶을 영위하는 신학적 · 이념적 원리를 이름하는 것이다. 거기에 우리는 신의 창조 질서에 비추어볼 때 변질되어버린 이 세계의 역사와 문화에 관심을 돌리는 태도를 적극적으로 첨가할 수 있다. 이러한 가정이 가능할 때 '종교적 상상력' 은 인간의 구체적 삶과 의식에 대한 관찰을 통해 세속적 합리주의가 아닌 종교 이념적 극복 의지를 반영한 실천적 형상(形象)에서 구현되는 것이라 할 수 있다. 그것은 또 신과 인간의 문제, 인간과 인간의 문제, 인간과 자연의 문제에 대한 바람직한 인식과 비전을 창출하는 데서 얻어지는 것이기도 하다.

하지만 종교적 상상력이 우리 시에 나타날 때에는 매우 다양한 모습을 띤다. 가령 그것은 종교적 진리에 대한 탐구로 나타나기도 하고, 자기 성찰의 에너지로 나타나기도 하며, 신과의 마주섬이라는 실존적 사건으로 나타나기도 한다. 또한 굴곡 많은 현대사를 떠나 상상적인 이상향을 그리는 낙원 의지로 나타나기도 하고, 현대사에 대한 적극적인 해석과 실천 의지로 모습을 바꾸기도 한다. 또한 편재(遍在)하는 신성의 긍정과 발견을 통해 우리 삶의 궁극적 근원을 묻기도 한다. 이 글에서는 기독교에 한정하여 이러한 종교적 상상력이 어떻게 드러나는가를 알아보려 한다.

2. 정지용 – 신성에 대한 열망과 몰입

문학이 인간의 감각을 중시하고 개별적 구체의 경험을 중시하는 반면 종교적 담론은 인간의 내발적 욕구보다는 선험적 실재를 중시하고 일반적 추상의 원리로 시종한다는 점에서, 감각과 구체적 경험을 중시했던 정지용이 종교적인 시편을 써서 그것들을 통합하려 시도했다는 것은 그다지 어색하지 않다. 정지용 시에서 이 같은 신성 원리는 세속 부정, 주체 소멸과 절대타자에의 몰입, 그리고 탈역사와 탈구체의 성격을 띠고 있다. 그래서 자아의 갈등과 치유의 과정이 생략되고 자아가 소멸(혹은 왜소화)되면서 절대 타자에의 긍정이 야기되고 있다. 미리 말하자면, 그것은 감각의 전면화에 따른 역사성 소멸(혹은 왜소화)의 성격을 띠었던 초기 시세계와 구조적 상동성(相同性)을 띠는 것이다.

> 내 무엇이라 이름하리 그를?
> 나의 영혼 안의 고운 불,
> 공손한 이마에 비추는 달,
> 나의 눈보다 값진 이,
> 바다에서 솟아올라 나래 떠는 금성,
> 쪽빛 하늘에 흰 꽃을 단 고산식물,
> 나의 가지에 머물지 않고
> 나의 나라에서도 멀다.
> 홀로 어여삐 스스로 한가로워 — 항상 머언 이,
> 나는 사랑을 모르노라 오로지 수그릴 뿐.
> 때없이 가슴에 두 손이 여미어지며
> 구비구비 돌아나간 시름의 황혼길 위 —
> 나 — 바다 이편에 남긴
> 그의 반임을 고이 지니고 걷노라.
>
> –「그의 반」 전문

그가 가톨릭이라는 하나의 이념을 전제하고 쓴 처음 시편이 바로 이 작품이다. 대개 첫 작품이 이후의 도정에 대한 강력한 암시가 되곤 하듯이 이 시편 역시 정지용 종교시편의 지형도를 그 안에 원형적으로 함축하고 있는 시사적인 작품이다.

이 작품의 화자가 그리고 추앙하는 '그'라는 존재가, 정지용의 신앙적 대상이자 절대 타자인 신적 존재임은 의심할 나위없다. '그'는 우선 "나의 영혼 안의 고운 불"이다. 열렬히 타오르기보다는 은은히 온기와 빛을 주는 불임에 틀림없을 이 존재는 '나'의 영혼 안에서 역동하며 숨쉬며 거주한다. '그'가 역사적 예수이자 시인 스스로 고백하고 있는 성주(聖主)임은, 다른 상징적 해석을 들먹일 여지없이 분명하다. 또한 '그'는 "달/값진 이/금성/고산식물"로 나란히 은유되면서 그 이미지를 확산해간다. '불'이 그러하듯이 이 비유의 매재(媒材)들은 한결같이 은은하고, 밝고, 고고하고, 값진 사물(관념)들이다. 그것들은 화자가 상정하는 절대 타자가 인간과의 연결고리를 육체 속에 갖고 있는 존재이기보다는 성소(聖所)에서 고답적으로 거주하는 존재임을 알려준다.

또한 '그'는 "나의 가지에 머물지 않고/나의 나라에서도 멀다." 또한 "홀로/스스로" 존재하면서도 "항상 (아득히) 머언 이"다. '머언 곳(피안)'에서 '바다 이편(차안)'을 바라보고 있는 '그'는 지상을 떠나 초월해 있는 신성원리 혹은 신적 존재 그 자체이다. '그'에게 '나'가 연결되는 통로는 오로지 '수그'리는 일 외에는 없다. 왜냐하면 '그'의 사랑은 알 수 없는 경지이기 때문이다. 그러니 화자가 자신을 신이 "바다 이편"에 남긴 '반(半)'적 존재로 자각하는 일종의 자기 왜소화는 그의 신앙 고백적 절정의 다른 표현이 되는 것이다.

그러한 왜소한 자신을 "고이 지니고 걷"고 있는 화자의 마음은 평안하고 은혜롭다. 이 절대 타자에의 몰입과 투사가 지상의 숱한 갈등과 복합성을 사상한 단순성에 기인한다는 사실이 정지용 종교시편의 단순성과 무갈등성에 그대로 이어지고 있다. "꽃도/귀향 사는 곳"(「구성동」)으로 후기 시편에 나타나는 그 '고산식물(高山植物)'의 처소는 그래서 인간이 가 닿을 수 없는 지성소가 되는 것이다. 결국 이 시편은 정지용이 대상으로 하고 있는 절대 타자와 자신의 관계를 명료하게 함으로써, 신성 원리의 절대 긍정이라는 종교시편의 한 축이 강조될 것이라는 암시를 주기에 족한 작품이라고 할 수 있다.

결국 정지용의 종교시편은, 그의 시 전체 과정 중에서 의미 있는 계기를 이루는 구체적 세계이다. 비록 그 세계가 '지금 이곳'의 삶의 정황(Sitz im Leben)에서의 해석과 통찰을 다소 결여하고는 있지만, 정지용 개인사에 국한해서 본다면 그것은 여전히 일관되고도 완강하게 자신의 문학적 목표와 질감이 반영된 연속적 실체였다고 할 수 있다.

3. 윤동주 – 부끄럼과 자기 성찰의 힘

윤동주는 길지 않은 우리 문학사에서 남다른 개성과 시세계로 우리의 가슴 속에 지금도 숨쉬고 있는 시인이다. 그의 시의 특성은 결국 한 사람의 시와 삶이 분리되지 않는다는 것, 다시 말하면 시인의 정직성과 자기 고백성에 있다. 그래서 그의 순결했던 삶과 우수한 시편은 우리의 메마른 일상을 뒤돌아보게 하는 '힘'이 되고 있으며, 그의 극적인 죽음 역시 역설적으로 우리의 마음 속에 불멸이 되고 있다. 우리는 윤동주가 가진 '그 무엇'이, 20세기를 관통하면서 우리 인간이 상실한 어떤 원형 같은 것이라고 생각할 수 있다. 그 중에서 취할 것이 물론 많겠지만, '그 무엇'의 핵심에는 바로 시편 구석구석에서 고독하게 빛나고 있는 그의 '부끄럼'과 '자기 성찰'의 힘과 아름다움이 있다고 본다. 그 같은 형질을 가장 아름답게 표현하고 있는 작품이 시집의 서시 격인 그의 대표작 「서시」일 것이다.

죽는 날까지 하늘을 우러러
한 점 부끄럼이 없기를,
잎새에 이는 바람에도

나는 괴로워했다.

별을 노래하는 마음으로

모든 죽어가는 것을 사랑해야지

그리고 나한테 주어진 길을

걸어가야겠다.

오늘 밤에도 별이 바람에 스치운다.

-「서시」 전문

이 작품에는 한 청년 시인이 어려운 시대를 관통하면서 키워온 '꿈'의 내용과 형식이 아름다운 시어로 담겨 있다. 섬세하고 꽉 짜여진 자기 고백적 양식을 띠고 있는 이 시는 윤동주의 시정신과 내적 치열성을 잘 보여주는 그의 대표작이다. 그 '시정신'이란 다름아닌 신실한 신앙에서 우러나오는 윤리적, 실존적 감각이라고 달리 표현할 수 있는데, 이 시 역시 그런 면에서 어김없이 그의 실존 감각과 윤리적 의지가 결합하여 표출된 작품이라고 할 수 있다.

이 작품에서 그가 노래하는 "죽는 날까지 하늘을 우러러/한 점 부끄럼이 없기를,/잎새에 이는 바람에도/나는 괴로워했다."는 것, 거기서 우리가 받는 시적 감동은 "한 점 부끄럼이 없"이 살겠다는 윤리적 의지에서 생겨나는 것이 아니라, "한 점 부끄럼이 없기를" 끊임없이 괴로워하는 자아의 행위에서 생겨난다. 그러한 양심 혹은 '자기 성찰'의 가치는, 윤리적 완성이나 종교적 탈속을 이룬 자가 보이는 넉넉한 품과는 전혀 다른, 다시 말해서 세계 내적 존재로서의 인간의 모순, 한계, 실존적 운명 같은 것을 "죽는 날까지" 짊어지고 갈 수밖에 없는 '꿈'의 역설적 모습을 명징하게 보여주었다는 데 있다. 그래서 시인은 "별을 노래하는 마음으로/모든 죽어가는 것을 사랑해야지" 하는 '꿈'의 불가항력성과 "그리고 나한테 주어진 길을/걸어가야겠다."는 적극적인 '꿈'의 형식을 함께 노래하는 것이다. 그 시적 자아를 사이에 두고 "하늘과 바람과 별"은 둘째 연에서 서로 화창(和唱)하고 갈등하면서 흔들리는 이 세계를 함께 걷고 있다. 그렇다면 이와 같은 그의 시가 지금 우리에게 주는 빛과 그림자는 무엇인가. 우리는 그것을 '부끄럼'과 '자기 성찰'의 힘과 아름다움이라고 했거니와, 그런 의미에서 윤동주의 '부끄럼'은 타인의 시선보다는 자기 자신의 눈을 의식하는 정서이다. 그리고 그것은 자기 스스로 설정해놓은 삶의 기율이나 기준에서 벗어나는 것에 대한 스스로의 반성적 행위이기도 하다. 거기서 남이 어떻게 여길까 하는 것은 부차적이 될 수밖에 없다. 요컨대, 그의 '부끄럼'은 '또 하나의 나'를 의식하는 반성적 정서이고 궁극적으로는 '신(神)'을 의식하는 것이다. 윤동주는 이 치열하고도 충실한 그리고 정직한 자기 응시와 자기 입법으로서의 '부끄럼'을 가장 섬세하고 아름답게 보여준, 그래서 자기 확인이나 자기 성찰이 얼마나 성실한 내적 변증을 이루면서 한 사람의 삶에 개입해 들어오는가를 실증적으로 우리에게 보여준 사례이다.

그 '부끄럼'은 그의 시집에서 "무화과 잎사귀로"(「또 태초의 아침」) 가리는 아담과 하와의 원죄적 '부끄럼'으로, 또는 "돌담을 더듬어 눈물 짓다"(「길」) 생겨나는 생래적인 '부끄럼'으로, 또는 "인생은 살기 어렵다는데/시가 이렇게 쉽게 씌어지는 것은/부끄러운 일이다"(「쉽게 씌어진 시」)에서 나타나는 시인으로서의 자기 정체성 탐구로, 또는 "그때 그 젊은 나이에 왜 그런 부끄런 고백을 했던가"(「참회록」) 하는 인생론적 되새김질로 변형되어 간단없이 나타나고 있다. 그러니 그 '부끄럼'과 '괴로움'이 그의 생애에서 「별 헤는 밤」의 "그러나 겨울이 지나고 나의 별에도 봄이 오면/무덤 위에 파란 잔디가 피어나듯이/내 이름자 묻힌 언덕 위에도/자랑처럼 풀이 무성할 게외다"라는 마지막 구절에서처럼 자연스럽게 '자랑스러움'으로 거듭나지 않는가. 왜소하고 가녀리게 보였던 '꿈'이 가장 자랑스러운 형식으로 재생되는 역설(逆說), 그 미완의 '꿈'이 윤동주가 우리에게 남긴 가장 아름다운 몫이다.

4. 김현승 - 신과 마주선 내적 갈등과 실존적 자기 인식

우리 시사에서 김현승만큼 시와 종교적 상상력이라는 관점으로 많이 논의되어온 시인도 없을 것이다. 우선 그의 개인적 이력이 강한 기독교적 자장에서 한 치도 벗어나 있지 않았고, 또 생애를 일관하여 그 스스로 신과 인간의 관계 또는 인간의 윤리적 실존을 줄곧 노래해왔기 때문에 그를 그러한 시각으로 재단하고 고착시켜온 것도 어쩌면 자연스런 일이라고 할 수 있다. 또 김현승은 가장 인간적인 존재 방식인 '고독'과, 신과의 관계 방식인 '신앙'의 공존이라는 유다른 양상을 보여 준 시인으로 각별히 우리들의 기억에 남는 시인이다.

가을에는
기도하게 하소서……
낙엽들이 지는 때를 기다려 내게 주신
겸허한 모국어로 나를 채우소서.

가을에는
사랑하게 하소서……
오직 한 사람을 택하게 하소서.
가장 아름다운 열매를 위하여 이 비옥한
시간을 가꾸게 하소서.

가을에는
호올로 있게 하소서……
나의 영혼,
굽이치는 바다와
백합의 골짜기를 지나

마른 나뭇가지 위에 다다른 까마귀같이.

-「가을의 기도」 전문

이 작품은 앞서 이야기한 관념의 서정적 육화에 성공한 작품이라고 할 수 있다. 작품의 구조는 3연의 평행법(Parallelism)에 의해 구성되어 있다. 그 평행법의 핵심 이미지는 각각 '기도' -' 사랑' -' 고독' 이다. 그 각각에 대한 열망은 가을이라는 시간성에 의해 구속되는데 '가을' 은 김현승에게 소멸을 동반한 평화의 시간을 뜻한다.

먼저 시의 화자는 기도하는 자세를 열망한다. 여기서 기도는 신과의 소통이라는 1차적인 의미를 넘어서서 명상적 고백과 반성적 사유를 아우르는 개념으로 확산되고 있다. 그래서 화자는 겸허한 모국어로 채워진 반성의 시간을 갈구하고 있는 것으로 나타난다. 두 번째 연에서는 오직 한 사람에 대한 사랑 곧 그가 지상에서 가장 희구한 가장 아름다운 열매를 갈망한다. 비옥한 시간이란 그러한 사랑을 가능케 하는 순수하고 온전한 상태를 상징하지 어떤 특정한 시간성을 뜻하는 것은 아니다. 마지막 연은 이 시의 시상이 집중되는 연이다. 그것은 고독의 시적 상관물인 '까마귀' 로 집중화된다. 3연은 까마귀에 이르는 도정을 시적으로 제시하고 있는데 그것은 시적 분신의 영혼이 '굽이치는 바다' 와 '백합의 골짜기' 를 지나서야 마른 나뭇가지에 이른다는 암시이다. 여기서 바다와 골짜기는 어느 일정한 성숙의 이미지에 다다르기까지의 격정과 그 경험을 포괄하는 상징을 띤다. '마른 나뭇가지' 는 온갖 것을 다 떨치고 핵심만 남은 본질적인 세계를 표상하는데 그 단순성 및 결정성은 그의 후기시에서 집중되어 나타나는 '보석(寶石)' 이미지와 연맥된다고 할 수 있다. 바로 이러한 본질의 세계에 이르는 치열한 도정과 그 결정으로서의 '까마귀', '마른 나뭇가지' 등의 표상 이미지는 김현승의 독자적인 시적 사유의 결과라고 할 것이다.

그의 고독은 단독자로서의 자기 자신에 대한 실존적 각성의 방법론적 형식이다. 따라서 허무주의나 감상벽은 끼어들 여지가 없다. 더욱 단순해지고, 순수하고 투명한 인간으로서의 본질만 남는 끊임없는 자기 소멸 또는 자신으로의 응집이 바로 고독이라는 형식이다. 따라서 그의 고독은 결과적으로 부정을 통한 절대 긍정의 회로의 한 단계로서의 의미를 띠게 된다. 전통적이고 외피적인 신앙의 습속 및 형식을 과감히 부정하고 새로운 자아 인식에 눈뜬 지식인의 행동 및 사유 양식이 '홀로' 있는(exist) '외로움(Lonliness)' 이 아니라 '호올로' 있는(be) '고독(Solitude)' 이다.

5. 박두진 – 신성한 역동적 공간으로서의 자연

박두진은 자신의 아호인 '兮山' 이 암시하듯, 줄곧 '자연' 이라는 상관물을 자신의 관념이나 정서를 드러내는 시적 근간으로 삼은 시인이다. 물론 이와 같은 현상은 대부분의 서정시들이 가지는 보편적 기율일 수도 있겠지만, 혜산에게는 각별하고 의미 있는 창작 방법이자 인식론적 진경(進境)이 되고도 남는다. 혜산이 추구한 자연은 생태학적 관점에 의거한 환경으로서의 자연이나 문명 비판적 대안으로서의 자연으로 현현하지 않는다. 오히려 그것은 그의 정신과 이상을 구현하는 관념의 매개체이자 그것에 형식과 육체를 부여하는 대상으로 줄곧 나타난다. 그가 그리는 신앙적 이데아의 세계, 그것이 모든 인간적 갈등을 해소한 이상향이라면, 자연은 그의 이러한 생각이 반영된 세계이다.

그는 일상에서 겪는 일들, 자신의 육체 속에서 움트는 정서의 결들, 역사 속에서 체험하는 어마어마한 변이들에 형식을 부여하기 위해서 곧잘 '자연' 으로 달려갔고, 그 '자연' 을 관념 및 의지와 등가적인 관계 속에서 보편화시켰다. 따라서 그의 '신자연' (정지용)은 인간 주체와 분리되는 객관적 실체나 심미적인 관조적 대상으로서의 자연이 아니고, 인간의 내면적 정서에 교응하는 주관적 변이의 대상만도 아니며, 바로 시인의 의식 속에서 선택, 재구성된 '관념화된 자연' 임에 우리는 주목하여야 한다. 그 관념의 내질을 형성하는 것이 '기독교 의식'에 빚진 바 크다는 것은 별 의심의 여지가 없어 보인다. 그는 1939년 『문장』에 정지용에 의해 추천을 받아 본격적으로 시단에 발을 들여놓는다. 이때의 추천자인 정지용은 "박두진군. 박군의 시적 체취는 무슨 삼림에서 풍기는 식물성의 것"이라며, 시단에 하나의 '신자연'을 소개한다고 하였다. 혜산 스스로 가장 소중히 아꼈던 「묘지송(墓地頌)」(『문장』, 1939. 6)도 그 추천작 중의 하나이다.

> 북망(北邙)이래도 금잔디 기름진데 동그만 무덤들 외롭지 않어이
>
> 무덤 속 어둠에 하이얀 촉루가 빛나리. 향기로운 주검읫 내도 풍기리
>
> 살아서 설던 주검 죽었으매 이내 안 서럽고, 언제 무덤 속 화안히 비춰줄 그런 태양만이 그리우리
>
> 금잔디 사이 할미꽃도 피었고, 삐이 삐이 배, 뱃종! 뱃종! 멧새들도 우는데, 봄볕 포근한 무덤에 주검들이 누웠네

이 시에는 '죽음'이라는 물리적이고 현실적인 한계를 초월하려는 기독교적 상상력이 짙게 나타나 있다. 이 작품은 식민지 시대 전체를 통해서 인간의 존엄성을 해치던 일제의 폭력성을 역설적으로 초극하려는 의지가 내포된 중의적(重義的)인 시편이기도 하다. 특히 어둡기 짝이 없는 '죽음'의 이미지를 밝고 생동하는 '생명'의 분위기로 환치시키는 역동적 상상력은 우리 시사에서 유례가 없을 정도로 독특한 것이다. 이러한 '죽음'에 대한 새로운 시적 해석은 그가 갖고 있는 기독교 의식의 핵심 중의 하나인 '부활 사상'을 그 나름대로 시화한 결과로 얻어진 것이다.

이 시는 주지하듯 '묘지(墓地)'라고 하는 가장 음습하고 소멸 지향적인 상징을 오히려 가장 밝고 생성(또는 부활)지향적인 성격으로 바꾸어놓은 작품이다. 그에게 무덤은 삶과 죽음이 조화롭게 공존하는 가상적 공간이다. 서정적 주체는 '북망'의 어두운 성격을 이질적인 밝은 공간으로 전복시키는데, 그 안에서는 삶과 죽음의 연속성이 쉽게 화해하며 무갈등의 세계를 드

러내고 있다. 따라서 이 시에 나타나고 있는 '태양'은 죽음을 극복하고 미래의 새 삶을 위해 요청되는 힘의 원리일 수 있다.

6. 박목월 – 신성에 대한 무한 긍정의 태도

박목월의 후기 시편은 생활적 구체성을 담은 채, 존재론과 인생론 그리고 종교적 편향으로 흐르고 있다. 언어의 세공성과 함축성으로 특징지어지는 초기 시편의 기율은 후기 시편으로 오면 거의 자취를 감추게 되고, 박목월은 산문화된 시형을 통해 자신의 정신적 입지를 비교적 명료하게 드러내고 있다. 특히 유고 시집이자 신앙 시편의 집적물인 『크고 부드러운 손』은 하나의 경건한 신앙인으로서 더 나아가 세상의 번쇄로부터 격절되어 형이상학적 열망을 원고지에 두루 탐침했던 시인으로서의 박목월을 구체적으로 알려주고 있다. 「빈 컵」이라는 작품에서는, 비어 있다는 것(결핍), 그것은 가득 채워짐(충일)을 열망하는 신앙적 자아의 은유적 정황을 드러내준다. 그래서 '빈 컵'은 그것 자체로 "정결한" 신앙인의 모습이 된다. 그러나 아이러니컬하게도 화자는 "빈 것이 있을 수 없다"고 한다. 왜냐하면 "당신"이 그것을 비어 있는 상태로 놓아두지 않기 때문이다. 그는 반드시 "서늘한 체념으로/채우지 않으면/신앙의 샘물로 채운다." 여기서 말하는 "서늘한 체념"이란, "모든 것은/제나름의 한계에 이르면/싸늘하게 체념한다"(「한계」)에서 볼 수 있듯이, 인간의 한계에 대한 자각과 그때에야 비로소 시작되는 신(神)의 섭리에 대한 체념적 긍정이다. 그 서늘함이 아니라면 절대자는 "신앙의 샘물" 같은 부드럽고 온기 있는 어떤 것으로 빈 컵을 채운다. 그러니 신의 섭리는 화자에게 선택적인 그 무엇이 아니라, 절대적으로 수용해야 하는 은총일 뿐이다. 물론 이러한 자각은 이성적 원리에 의한 것이 아니고 신앙적 경험에 의한 것이다.

걸으면서

안으로 중얼거리는 주기도문.

진실로

당신이 뉘심을

전신(全身)으로 깨닫게 하여 주시고

오로지

순간마다

당신을 확인하는 생활이 되게

믿음의 밧줄로

구속하여 주십시오.

그리하여

나의 걸음이

사람을 향한 것만이 아니고

당신에게로 나아가는 길이 되게 하시고

한강교를 건너가듯

당신의 나라로 가게 하여 주십시오.

－「거리에서」 부분

이 또한 박목월 신앙 시편이 다다른 하나의 극점을 보여주는데, "전신으로 깨닫"게 되는 "당신"의 존재, 그것을 "믿음의 밧줄"로 연결시켜 달라는 간구는 매우 고백적이고 기투(企投)적이며 그 나름으로 실존적이다. 문제는 김현승의 고독의 결정이나 단독자 의식, 윤동주의 속죄양 의식, 박두진의 메시아 의식 등과는 다른, 생활 감각으로서의 신앙 의식이라는 점, 그리고 복합성으로서의 세계 인식이 아니라 단순화된 감각에 시종하고 있다는 것이 박목월 신앙 시편의 특징이라면 특징이다.

7. 고정희 – 민중 신학의 육화와 발전

고정희는 민중 신학적 기독교 문학의 성격을 누구보다도 치열하게 구현해낸 시인이다. 고정희의 이러한 기독교적 인식이 가장 명료하게 드러난 작품으로 우리는 「이 시대의 아벨」을 들 수 있다. 여기서 그는 수탈 받는 민중의 형상을 '아벨'로 표상하여 불평등한 사회적 구조에 침묵으로 일관하지 말고 주체적이고 능동적인 열정과 흔연한 참여 의식을 권고하고 있다. 그럼으로써 개인 고통을 우상화하고 실존적 자기 구원에 탐닉되어 있는 기독교 의식의 폭을 역사적 지평으로 넓히고 있다. 이를 통해 그는 기독교적 역사 의식의 한 본보기를 보여준다. 이렇듯 그의 작품 세계는 기독교를 절대적 구심(求心)으로 놓은 배타적 세계 인식으로서의 시세계가 아니라 허무주의를 극복하고 신의 뜻의 사회 역사적 의미를 추구해내려는 시인의 성실한 노력에서 빚어지는 아름다운 '인간들의 세계'인 것이다.

> 오 아벨은 어디로 갔는가
> 너희 안락한 처마밑에서
> 함께 살기 원하던 우리들의 아벨,
> 너희 따뜻한 난롯가에서
> 함께 몸을 비비던 아벨은 어디로 갔는가
> 너희 풍성한 산해진미 잔치상에서
> 주린 배 움켜쥐던 우리들의 아벨
> 우물가에서 혹은 태평 성대 동구 밖에서
> 지친 등 추스르며 한숨짓던 아벨
> 어둠의 골짜기로 골짜기로 거슬러오르던
> 너희 아벨은 어디로 갔느냐?

구약성서의 『창세기』에 나오는 가인과 아벨 이야기를 패러디의 모티프로

삼은 이 작품은 서정적 주체가 어떤 청자를 향하여 질타하며 추궁하는 형식을 빌리고 있다. 그 청자는 "회칠한 무덤들, 이 독사의 무리들"로 지칭되는데, 그 구체적 형상은 대부분의 알레고리적 작품이 그러하듯이 작품 안에 명시되지는 않는다. 그러나 우리는 이와 같은 대립적 형상 곧 '아벨'과 그를 억압하는 어떤 세력이라는 구도 설정에서, 이 작품이 이야기하고 있는 것이 인간다움의 참가치를 억압하고 말살하는 우리 사회의 폐부를 비판적으로 풍자하는 형상임을 읽을 수 있다. 그런데 여기서 아벨은 '우리들의 아벨'이자 '너희 아벨'로 나타나는데 결국 사회의 질곡과 부조리는 양 진영을 모두 피해자로 묶는 것임을 이 시의 서정적 주체는 말하고 있는 것이다. 청자를 향한 뚜렷한 적의(敵意)는 결국 진정한 화해를 위한 매개고리로 설정된 것일 뿐이지 그 자체가 정당성을 띤 것은 아니다. 따라서 고정희가 현실로부터 받은 충격의 아픔은, '아벨'의 죽음으로 표상되는 양심 · 정의의 상실이라는 문제와 함께 우리 역사 속에서 짓눌림을 받아온 민중의 슬픔이라는 두 개의 환부를 갖는다. 이와 같이 고정희의 시는 인간의 생명과 자유를 가장 본원적인 가치로 옹호하는 점에서 기독교적 휴머니즘의 현현이라고 볼 수 있다.

8. 최문자 – 고통의 수용과 자유 의지로의 승화

최문자가 보여주는 종교적 상상력의 모습은 인간 존재의 근원적 '고통'과 맞닿아 있다. 이처럼 고통의 문제를 불가피한 생의 형식으로 승인하고 있는 그녀의 감각은 우리가 깊이 주목할 만한 어떤 것이다. 그것은 보통의 시가 추구할 법한 신성과의 부드러운 화해와는 근본적으로 다른 성격의 것이다.

참 기억나네

나 어릴 적

아니 그 이전부터

목사님이 나더러 꼭 소금이 되라 했는데

몇 십 년 그 말을 어겨왔다.

저렇게 시퍼런 배추의 영혼 속으로 들어가

간을 치고 죽어야 하는데

믿을 수 없다.

가시를 품고도 내가 소금이 된다는 거

소금 속의 가시가

배추를 먼저 찌를텐데

살해의 꿈을 매일 꾸면서

소금이 피를 흘린다는 거

그 피로 배추의 시퍼런 죄를 씻어준다는 거

믿을 수 없다.

꺼끌꺼끌한 몸을 가끔 만져본다.

가시 먼저 녹이려고 부대낀 자리

핏물 엉긴 붉은 반점.

소금 속 가시는

무엇을 더 찌르려고

여태 그 속에 서 있는 걸까?

—「붉은 소금」 전문

이 작품은 소중했던 종교적 가르침이 생의 치유보다는 오히려 근원적 고통을 일깨우는 태도를 불러오고 있음을 보여주는 일종의 고백 시편이다. 시인이 말하는 '소금'과 '가시'의 내적 공존과 상충이야말로 '죄'라는 실존적 아이러니에 밝은 시인의 눈에만 발견되는 고통스런 모습이기 때문이다. 그런데 여기서 시인의 기억은 "어릴 적"의 것이기도 하고, "그 이전"의 것 곧 오래된 신앙 공동체의 기억일 수도 있다. 그때로부터 귀가 아프게 들어온 말씀이 곧 "꼭 소금이 되라"는 성서적 전거(典據)이다. 그런데 시인은 이러한 종교적 권면을 스스로 "어겨왔다/믿을 수 없다"고 고백한다. 왜 이 신실한 신앙인이 그 말씀을 지키지 못하고 믿지 못했던 것일까. 그 까닭이 만약 외적 이유에서 연원하는 것이라면 시인의 단호한 의지와 노력으로 극복해 가면 될 텐데, 사정은 전혀 그렇지가 않다. "저렇게 시퍼런 배추의 영혼 속으로 들어가/간을 치고 죽어야 하는데" 자신이 그러지 못하는 이유는 바로 자신의 몸 안에 '가시'의 고통이 있기 때문이다.

이 '가시-날카로움-살해 충동-피흘림-정죄(淨罪)'의 연쇄적 이미지는 예수의 십자가 수난과 그 사건을 통한 대속(代贖)의 서사를 떠올리게 한다. 그와 동시에 소금이 타자들을 찌를 가능성 못지 않게 스스로를 찌를 수 있음을 알린다. 결국 소금의 희생 제의(祭儀)는 스스로의 고통을 아프게 확인하는 내적 제의였던 셈이다. 그래서 시인은 소금의 "꺼끌꺼끌한 몸을 가끔 만져본다". 그러면서 소금은 "가시 먼저 녹이려고 부대"낀다. 섣불리 "소금이 되라"는 말씀보다는 자신의 육체 안에 공존하는 가시를 녹이려 하는 저 불가능한 노력이야말로 성서가 보여주는 가장 아름답고도 고통스런 실존의 모습일 것이다. 그러니 그 육체 안에는 "핏물 엉긴 붉은 반점"이 있지 않겠는가. 시의 제목이 왜 "붉은 소금"인지, 그리고 "소금 속 가시는/무엇을 더 찌르려고/여태 그 속에 서 있는"지를 우리는 인간의 알 수 없는 고통의 모순을 받아들이면서 이해하게 된다. 하지만 그 '고통'이야말로 인간은 자유케 하는 근원적인 자질이 된다. 이처럼 최문자가 보여주는 생의 고통은 시인의 예민한 감각으로 수용되어, 우리 생의 보편적 조건으로 그리고 더 깊은 의미의 자유 의지로 형상화되고 있는 것이다.

9. 고진하 - 편재하는 신성의 발견

대부분의 신앙 시편들이 종교적 관념이나 교의(Dogma)를 드러내고 확인하는 데 골몰하는 반면, 고진하의 시편들은 구체적인 생명의 세목들('나무'나 '꽃' 같은 '자연'이 가장 빈번하게 나타난다)을 이른바 '일반 계시'의 차원까지 끌어올리면서, 만물의 영장인 인간조차 사실은 신성한 자연의 망(網) 속에서 자그마한 일부를 이루고 있을 뿐이라는 '생태적 사유'를 거기에 결합시키고 있다. 고진하가 일관되게 보여주는 이 같은 '종교적 상상력'과 '생태적 사유'의 결합은, 그의 시로 하여금 근원적이고 불가해한 신성을 탐구케 하는 동시에 세계내적 존재로서의 인간의 욕망에까지 그 시선을 투시하게 하며, 나아가 그 이면에 살아 움직이는 세계의 실상을 파악하려는 충동까지 가져다준다. 그래서 그의 상상력과 시는 현실 탐색의 의지보다는 근원 탐구적 욕망에 의해 더욱더 강하게 규율되고 완성되고 있는 세계이다.

아침마다 산을 오르내리는 나의
산책은,
산이라는 책을 읽는 일이다.
손과 발과 가슴이 흥건히 땀으로 젖고
높은 머리에 이슬과 안개와 구름의 관(冠)을 쓰는
색다른 독서 경험이다.
그런데, 오늘, 숲으로 막 꺾어들기 직전
구불구불한 길 위에
꽃무늬 살가죽이 툭, 터진
꽃뱀 한 마리 길게 늘어붙어 있다.
(오늘은 꽃뱀부터 읽어야겠군!)
쫙 깔린 등과 꼬리에는
타이어 문양,
불꽃 같은 혓바닥이 쬐끔 밀려나와 있는 머리는
해 뜨는 동쪽을 베고 누워 있다.
뭘 보려는 것일까,

차마 다 감지 못한 까만 실눈을 보여주고 있는

꽃뱀.

온몸을 땅에 찰싹 붙이고

구불텅구불텅 기어다녀

대지의 비밀을

누구보다도 잘 알 거라고 믿어

아프리카 어느 종족은 신(神)으로 숭배했단다.

눈먼

사나운 문명의 바퀴들이 으깨어버린

사신(蛇神),

사신이여,

이제 그대가 갈 곳은

그대의 어미 대지밖에 없겠다.

대지의 속삭임을 미리 엿들어

숲속 어디 은밀한 데 알을 까놓았으면

여한도 없겠다.

돌아오는 길에 보니,

부서진 사체는 화석처럼 굳어지며

풀풀 먼지를 피워올리고 있다.

산책, 오늘 내가 읽은

산이라는 책 한 페이지가 찢어져

소지(燒紙)로 화한 셈이다.

햇살에 인화되어 피어오르는

소지 속으로

뱀눈나비 한 마리 나풀나풀 날아간다.

—「꽃뱀 화석」 전문

아침 산책길에서 문득 발견하게 된, 풍화되어가는 '뱀'의 시신이라는 모티프는 두 가지 점에서 '생명'과 거리가 있다. 하나는 이미 죽어 화석처럼 굳어져 "풀풀 먼지를 피워올리고" 있다는 점 때문이고, 또 하나는 전통적인 기독교적 상상력에서 '뱀'이라는 상징이 악(惡)의 화신으로 각인되어 있기 때문이다. 그러나 시인은 그 같은 두 가지 편견을 극복하고 거기에서조차 우리가 잃어버린 '신성'의 흔적을 들추어낸다.

시인은 자신의 산책길을 "산이라는 책을 읽는 일"이라고 비유하고 있다. 이것은 물론 일종의 언어유희에서 발상을 빌려온 것이지만, 자연에 미만해 있는 뭇 존재 형식들에 대한 깊은 통찰을 불러오는 언어 감각이다. 이 "색다른 독서 경험"에서 시인은 뱀의 등과 꼬리에 있는 "타이어의 문양"을 보게 되는데, 이때 '문양(文樣)'이라는 말은 '무늬'의 뜻도 되지만, "산이라는 책"에 담겨 있는 '문양(文樣, 文體 또는 文彩)'이기도 하다. 시인은 잔혹하게 밟고 간 타이어 자국을 통해 "산이라는 책"에 담겨 있는 문명의 날카로운 틈입을 바라보고 있는 것이다. 그래서 뱀의 시신은 "눈먼/사나운 문명의 바퀴들이 으깨어버린/사신(蛇神)"으로 시인에게 읽혀지고 있다.

여기서 시인의 뱀에 대한 시선은 창세기의 신화를 떠올리게 하는 성서적 상상력과 뱀을 시원(始原)의 생명의 한 사례로 보는 문명 비판적 시각의 통합성에서 나온다. 문명의 바퀴에 희생당한 뱀의 시신을 두고 그는 "사신이여,/이제 그대가 갈 곳은/그대의 어미 대지밖에 없겠다./대지의 속삭임을 미리 엿들어/숲속 어디 은밀한 데 알을 까놓았으면/여한도 없겠다."고 노래하는 대목은, 시인이 보기에 "어미 대지"만이 생명과 신성의 원형이 훼손되지 않은 모태('무덤'이기도 하다)이기 때문에 가능한 것이다. 그래서 이제 서서히 화석이 되어가는 뱀의 시신을 두고 시인이 노래하는 것은, 우리가 잃어버리는 것들의 원형이 된다. 이처럼 "산이라는 책"에서 고진하가 읽어내는 감각과 통찰은 너무도 섬세하여 우리에게 신선한 미적, 반성적 시선을 가져다주고 있다.

10. 나희덕 – 영성과 사랑의 형식

또한 우리는 자신의 시편 깊숙이 종교적 모티프나 감각을 가라앉힌 채, 하지만 철저하게 그것의 경험과 규율을 거친 채 시적 발화(發話)를 하는 시인으로 나희덕을 들 수 있을 것이다. 그녀의 시는 근본적으로 '영성(靈性)'에 대한 욕망에서 시작되어 그것의 궁극적 귀일(歸一)을 향한다. 따라서 그녀의 시는 절대자에 대한 몰입을 한사코 거부하면서, 동시에 그 절대자를 배경으로 삼고 있는 역설의 시편이기도 하다.

나 그곳에 가지 않았다
태백 금대산 어느 시냇가에 앉아
조금만 더 올라가면
남한강의 발원지가 있다는 말을 듣고도
나 그곳에 가지 않았다

어린 시절 예배당에 앉아 있으면
휘장 너머 하느님의 옷자락이 보일까봐
눈을 질끈 감곤 했던 것처럼
보아서는 안 될 것 같은 어떤 힘이 내 발을 묶었다

끝내 가지 않아야
세상의 물이란 물, 그
발원에 대해 생각할 수 있을 것 같기에,
흐리고 사나운 물을 만나도
그 첫 순결함을 믿을 수 있을 것 같기에,
간다 해도 그 물줄기 어디론가 숨어
내 눈에 보여지지 않을 것 같기에,

나 그곳에 가지 않았다
골지천과 송천이 만나는 아우라지쯤에서
나는 강물을 먼저 보내고
보이지 않는 발원을 향해 중얼거릴 것이다

만나지 못한 것들이 가슴을 샘솟게 하나니
금대산 검용소,
가지 않아서 끝내 멀어진 길이여
아직 강이라는 이름을 얻기 전의 물줄기여

–「발원을 향해」 전문

'그곳'에 다다르는 순간 '그곳'을 상실하는 자명하고도 불가피한 역설, 명명되자마자 소멸되어버리는 '그곳'은, 인간적 고통의 근원이기도 하고 그 고통을 넘어선 화해의 공간이기도 하다. 그러한 속성은 그녀에게 '신(神)' 마저도 마찬가지가 된다. 신에 대한 몰입의 욕망과 신의 품에 안착을 끝내 거부하려는 균형 감각의 과정이 나희덕 시의 원천인 것이다. 따라서 "끝내 가지 않아야/세상의 물이란 물, 그/발원에 대해 생각할 수 있을 것 같기에," 가지 않는 머뭇거림과 끊임없는 유보의 정서가 그녀의 시적 자유를 지탱하게 하는 힘이다.

또한 그녀는 다른 시편들에서, 모든 생명체가 자기 자리로 돌아가는 감각적 현존의 시간을 어둑하게 노래함으로써, 신성의 계시가 여러 사물에 침잠해 있는 상태를 그리기도 한다. 하지만 그녀가 그리는 사물들은 충족감과 완전성으로 존재하지 않는다. 그래서 신의 완전무결한 창조 행위를 기리는 목소리가 아니라, 그 사랑의 형식 속에서도 우리가 예민하게 보듬어야 할 고통과 상처가 존재한다는 발견이야말로 그녀의 시가 추구하는 실체를 알게 한다. 이처럼 나희덕은 존재의 의식 밑바닥에 가라앉아 있는 사물과 자연 혹은 인간까지 포함한 모든 존재자에 서려 있는 영성과 사랑의 형식을 바라보고 있다. 가령 그것은 뭇 타자를 끌어안는 영성과 사랑의 형식으로 나타난다. 이는 말할 것도 없이, '여성'이라는 역사적 육체가 발견한 '종교적 상상력'의 불가피하고 독자적인 내질(內質)이 아닐 수 없다.

11. 맺음말

일반적으로 종교는 인간이 자기 자신의 존재값에 대하여 깊이 묻고 따지는 데서 생기는 인간 실존의 한 사건이다. 그리고 종교는 그러한 자기 응시의 시선이 절대 타자를 향해 확장되어가는 원형 회귀의 회로를 그 메커니즘으로 가진다. 이때 그 회귀의 매개적 힘이 되는 것이 인간의 이른바 '궁극적 관심(Ultimate concern)'이다. 그러나 그 궁극적 실재에 대한 관심은 또다시 자기 질문으로 순환하고 그 해답을 쫓아 인간은 실존적 결단을 해가며 삶을 영위하는 것이다.

따라서 종교는 그 성격상 인간의 자기 인식 및 자기 성찰과 떼어질 수 없으며 인간의 삶을 떠나서는 생각할 수 없는 것이다. 종교적 삶이 이성적 합리주의와 영적 초월이라는 두 경계선을 부단히 오가야만 하는 까닭이 바로 여기에 있다. 곧 종교적 인식에 토대를 두고 세계를 이해한다는 것은 결국 자기를 포함한 인간의 역사와 현실에 관심을 투사하는 일과 추상적이고 절대적인 궁극적 실재에 대한 관심을 가지게 되는 것의 양 측면을 아울러 이름하는 것이다.

우리 근대사에서 기독교에 바탕을 둔 종교시편은, 소재나 양식의 문제가 아니라 정신 또는 이념의 문제로 우리에게 다가온다. 그러한 기준을 적용할 때, 한 종교의 절대적 우월성을 격렬한 감정에 얹어 토로한 것이거나, 소재적 측면의 신앙 고백적 기도문, 또는 자기 과시성 호교(護敎) 문학 등은 '기독교 문학'의 핵심적 본령에서 멀찍이 벗어나 있는 것이라고 할 수 있다.

저자 소개

최승호(필명 : 최서림)

1956년 경북 청도 출생. 서울대학교 국어국문학과, 동 대학원 국어국문학과 졸업. 시인. 1993년 『현대시』로 등단. 시집 『이서국으로 들어가다』 『유토피아 없이 사는 법』 『세상의 가시를 더듬다』 『구멍』, 시론집 『말의 혀』, 학술저서 『한국현대시와 동양적 생명사상』 『한국적 서정의 본질 탐구』 『서정시의 이데올로기와 수사학』 『서정시와 미메시스』, 편저 『서정시의 본질과 근대성 비판』 등.

현재 서울산업대학교 문예창작과 교수. 이메일 : seurim@hanmail.net

김윤정

1970년 인천 출생. 서울대학교 국어국문학과, 동 대학원 국어국문학과 졸업. 문학평론가. 2006년 『시현실』로 등단. 저서 『김기림과 그의 세계』 『한국 모더니즘 문학의 지형도』 등.

이메일 : 63yjk@hanmail.net

송기한

1962년 충남 논산 출생. 서울대학교 국어국문학과 및 동 대학원 국어국문학과 졸업. 문학평론가. 1991년 『시와시학』으로 등단. 저서 『1960년대 시인연구』 『21세기 한국시의 현장』 등.

현재 대전대학교 국어국문학과 교수. 이메일 : skh906@hanmail.net

손진은

1960년 경북 안강 출생. 경북대학교 국어국문학과, 동 대학원 국어국문학과 졸업. 시인. 1987년 동아일보 신춘문예(시), 1995년 매일신문 신춘문예(평론)로 등단. 시집 『두 힘이 숲을 설레게 한다』 『눈먼 새를 다른 세상으로 풀어놓다』 등, 시론서 『서정주의 시간과 미학』 『현대시의 미적 인식과 형상화 방식』 『한국 현대시의 성신과 무늬』 『현대시의 지평과 맥락』 등.

현재 경주대학교 한국어문학과 교수. 이메일 : sonje@kyongju.ac.kr

금동철

1964년 경북 청도 출생. 서울대학교 국어국문학과, 동 대학원 국어국문학과 졸업. 문학평론가. 1995년 『현대시』로 등단. 저서 『한국현대시의 수사학』 『구원의 시학』 등.

현재 아세아연합신학대학교 교수. 이메일 : keumdc@hanmail.net

이미순

1963년 대구 출생. 서울대학교 국어국문학과, 동 대학원 국어국문학과 졸업. 문학평론가. 저서 『한국 현대시와 언어의 수사성』 『한국 현대문학 비평과 수사학』 『김기림의 시론과 수사학』 등.

현재 충북대학교 국어교육과 교수. 이메일 : leems@chungbuk.ac.kr

박현수

1966년 경북 봉화 출생. 세종대학교 국어국문학과, 서울대 대학원 국어국문학과 졸업. 시인. 1992년 한국일보 신춘문예로 등단. 시집 『우울한 시대의 사랑에게』 『위험한 독서』, 평론집 『황금책갈피』. 문학이론서 『모더니즘과 포스트모더니즘의 수사학』 『현대시와 전통주의의 수사학』 『한국 모더니즘 시학』 등.

현재 경북대학교 국어국문학과 교수. 이메일 : tryrun@hanmail.net

고현철

1961년 제주 출생. 부산대학교 국어국문학과, 동 대학원 국어국문학과 졸업. 문학평론가. 1991년 『오늘의 문예비평』으로 등단. 저서 『현대시의 패러디와 장르 이론』 『구체성의 비평』 『현대시의 쟁점과 시각』 『비평의 줏대와 잣대』 『탈식민주의와 생태주의 시학』 등.

현재 부산대학교 국어국문학과 교수. 이메일 : khchul@pusan.ac.kr

김경복

1959년 부산 출생. 부산대학교 국어국문학과, 동 대학원 국어국문학과 졸업. 문학평론가. 1991년 『문학과 비평』으로 등단. 저서 『풍경의 시학』 『서정의 귀환』 『생태시와 넋의 언어』 『한국 아나키즘시와 생태학적 유토피아』 등.

현재 경남대학교 국어교육과 교수. 이메일 : kkbyh@kyungnam.ac.kr

김종태

1971년 경북 김천 출생. 고려대학교 국어교육과, 동 대학원 국어국문학과 졸업. 시인. 1998년 『현대시학』으로 등단. 시집 『떠나온 것들의 밤길』, 창작집 『이 외출이 행복하기를』, 연구서 『한국현대시와 전통성』 『정지용 시의 공간과 죽음』 『대중문화와 뉴미디어』(공저) 『한국현대시와 서정성』 『문화콘텐츠와 인문학적 상상력』(공저), 평론집 『문학의 미로』, 편저 『시와 소설을 읽는 문학교실』 『정지용 이해』 등.
현재 호서대학교 국어국문학과 겸임교수. 이메일 : bludpoet@hanmail.net

홍용희

1966년 경북 안동 출생. 경희대학교 국어국문학과, 동 대학원 국어국문학과 졸업. 문학평론가. 1995년 중앙일보 신춘문예로 등단. 저서 『꽃과 어둠의 산조』 『아름다운 결핍의 신화』 『대지의 문법과 시적 상상』 『김지하 문학연구』, 편저 『그날이 오늘이라면- 통일시대의 남북한 문학』 『한국문화와 예술적 상상력』 등.
현재 경희사이버대학교 미디어문예창작과 교수. 이메일 : chaenjan@naver.com

이재복

1966년 충북 제천 출생. 문학평론가. 저서 『몸』 『비만한 이성』 『한국문학과 몸의 시학』 『현대문학의 흐름과 전망』 『몸의 위기』 『몸과 몸짓문화의 리얼리티』 등.
현재 한양대학교 문화콘텐츠학과 교수. 이메일 : momjb@hanmail.net

이혜원

1966년 강원 양양 출생. 고려대학교 국어교육과, 동대학원 국어국문학과 졸업. 문학평론가. 저서 『현대시의 욕망과 이미지』 『세기말의 꿈과 문학』 『현대시 깊이 읽기』 『현대시와 비평의 풍경』 『생명의 거미줄-현대시와 에코페미니즘』 『적막의 모험』 등.
현재 고려대학교 문예창작과 교수. 이메일 : hwlee3@korea.ac.kr

맹문재

1963년 충북 단양 출생. 고려대 국어국문학과, 동 대학원 국어국문학과 졸업. 시인. 1991년 『문학정신』으로 등단. 시집 『먼 길을 움직인다』 『물고기에게 배우다』 『책이 무거운 이유』, 시론 및 비평집 『한국 민중시 문학사』 『패스카드 시대의 휴머니즘 시』 『지식인 시의 대상애』 『현대시의 성숙과 지향』 등.
현재 안양대 국어국문학과 교수. 이메일 : mmunjae@hanmail.net

김행숙

1970년 서울 출생. 고려대학교 국어교육과, 동 대학원 국어국문학과 졸업. 시인. 1999년 『현대문학』으로 등단. 시집 『사춘기』 『이별의 능력』, 학술서 『문학이란 무엇이었는가』 『창조와 폐허를 가로지르다』 『문학의 새로운 이해』(공저).
현재 강남대학교 국어국문학과 교수. 이메일 : fromtomu@hanmail.net

윤재웅

1958년 경남 충무 출생. 동국대학교 국어국문학과, 동 대학원 국어국문학과 졸업. 문학평론가. 1991년 세계일보 신춘문예로 등단. 저서 『미당 서정주』 『문학비평의 규범과 탈규범』『내 친구 슈』 『판게아의 지도』.
현재 동국대학교 국어교육과 교수. 이메일 : shouuu@hanmail.net

유성호

1964년 경기 여주 출생. 연세대학교 국어국문학과, 동 대학원 국어국문학과 졸업. 문학평론가. 1999년 대한매일 신춘문예로 등단. 저서 『상징의 숲을 가로질러』 『침묵의 파문』 『움직이는 기억의 풍경들』 등.
현재 한양대학교 국어국문학과 교수. 이메일 : annieeun@hanmail.net

詩 論

초판인쇄일 | 2008년 08월 25일
초판발행일 | 2008년 09월 09일

지은이 | 최승호 외 16인
펴낸이 | 金永馥
펴낸곳 | 도서출판 황금알

주간 | 김영탁
실장 | 조경숙
편집 | 칼라박스
표지디자인 | 칼라박스
주 소 | 110-510 서울시 종로구 동숭동 201-14 청기와빌라2차 104호
물류센타(직송 · 반품) | 100-272 서울시 중구 필동2가 124-6 1F
전화 | 02)2275-9171
팩스 | 02)2275-9172
이메일 | tibet21@hanmail.net
홈페이지 | http://goldegg21.com
출판등록 | 2003년 03월 26일(제300-2003-230호)

값 15,000원

ISBN 978-89-91601-58-1-03800